Brigitte H. Hammerschmidt

# Lug und Trug auf Pemberley

Roman

www.schenkbuchverlag.de
www.schenkverlag.com
www.schenkverlag.eu

Brigitte H. Hammerschmidt

# Lug und Trug auf Pemberley

Schenk Verlag ❖ Passau

Die Deutsche Bibliothek verzeichnet diese Publikation
in der Deutschen Nationalbibliographie;
detaillierte bibliographische Daten sind im Internet
über http://dnb.ddb.de abrufbar.

ISBN 978-3-944850-38-2

© Schenk Verlag GmbH, Passau, 2015

Coverbild, Umschlaggestaltung: Gabi Bartha
Satz: Tibor Stubnya
Titelfoto: © fotolia – david hughes

Das Werk einschließlich aller seiner Teile ist urheberrechtlich geschützt.
Jede Verwertung außerhalb der engen Grenzen des Urheberrechtsgesetzes
ist ohne Zustimmung des Verlags unzulässig und strafbar. Das gilt insbesondere für Vervielfältigungen, Übersetzungen, Mikroverfilmungen und
die Einspeicherung und Verarbeitung in elektronischen Systemen.

*für Ulla*

## Kapitel 1

Es ist ein allgemein bekanntes Übel, dass manch junges Mädchen in Hinsicht auf die Avancen ihres Kavaliers einem bedauerlichen Irrtum unterliegt. Mitunter kommt es vor, dass ein junger Gentleman nicht die Ehre, sondern nur deren Anschein besitzt. Dabei leisten die jungen Damen nicht selten durch ihre Gutmütigkeit Lug und Trug Vorschub. Die Kunst besteht nun darin, beizeiten zu erkennen, wem sie ihr Vertrauen zu Recht und wem zu Unrecht schenken.

In Eintracht saßen Mr. und Mrs. Darcy nebeneinander und schwiegen. Nicht, dass sie sich nichts zu sagen gehabt hätten. Ganz im Gegenteil, die vergangenen vierzehn Tage waren so angefüllt mit Ereignissen gewesen, dass sie stundenlang ihre gegenseitigen Eindrücke hätten austauschen mögen. Allein der Regen, der auf das Verdeck der Kutsche ungestüm niederprasselte, verbat jeden Gedanken an ein vernünftiges Gespräch. So schwiegen beide beharrlich, zermürbt vom Schaukeln der Kutsche einerseits und dem Krach des Regens andererseits, und sehnten sich gleichermaßen nach einem wärmenden Kaminfeuer wie nach einer Tasse heißen Tee.

Selbst Mrs. Darcys jüngere Schwester Miss Catherine Bennet, die ihnen gegenüber saß, verspürte nicht die geringste Lust, sich gegen diese vielstimmigen Geräusche durchzusetzen. Dabei lag ein seltsames Lächeln auf Catherines Antlitz. Elizabeth Darcy hätte zu gerne gewusst, was dieses Lächeln hervorbrachte oder wem es galt. Aber neuerdings schien ihre zweitjüngste Schwester Geheimnisse zu pflegen. Kitty, wie sie von ihrer Familie nach wie vor liebevoll gerufen wurde, wirkte ausgeglichener und ruhiger als noch vor einem halben Jahr. Unlängst war es sogar vorgekommen, dass sie aus einer ungewöhnlichen Laune heraus ein Buch zur Hand nahm. Aus diesem mochte sie die berückende Erkenntnis gewonnen haben, dass eine Frau erst durch ein Geheimnis wahrhaft interessant für ihre Mitmenschen – insbesondere für die der männlichen Gattung – werde. Seitdem versuchte sie sich jedenfalls, mit einer geheimnisvollen Aura zu umgeben. Elizabeth hoffte inständig, die derzeitige Verschwiegenheit ihrer Schwester sei allein dem Wunsche entsprungen, betörend zu wirken, und nicht bereits einem bestimmten jungen Gentleman geschuldet.

So war es keine drei Tage her, dass Miss Bennet ausgelassen auf dem Ball zu Ehren von Miss Georgiana Darcy tanzte. Elizabeth hegte die Hoffnung, Kitty möge Georgiana nicht um ihr Debüt beneiden. Die beiden Mädchen hatten sich mittlerweile angefreundet. Es schien ihr dieser Freundschaft nicht zuträglich, wenn Catherine sich im Nachteil wähnte. Denn ein Debüt in London kam für ein Bennetmädchen nicht infrage! Gleichwohl konnten sich weder Elizabeth noch ihre älteste Schwester Jane beklagen. Beiden war es vergönnt gewesen, auch ohne Debüt eine jeweils hervorragende Partie einzugehen. Ein Umstand, der zeitweise nicht so selbstverständlich ausgesehen hatte, wie er sich im Nachhinein ergab.

Unbewusst musste Elizabeth Darcy schmunzeln. Denn solch nostalgische Anwandlungen befielen sie gern, wenn sie sich nach einer weiten Fahrt Pemberley näherte. Kaum war sie sich dieses Umstandes bewusst, dachte sie auch schon an jenen Sommer zurück, in dem sie mit Onkel und Tante Gardiner in die Grafschaft Derbyshire reiste und sie das erste Mal in ihrem Leben einen Blick auf das malerisch gelegene Herrenhaus von Pemberley warf. Damals hätte sie sich nicht träumen lassen, einst Herrin von diesem stolzen Landgut zu werden. Und jetzt, drei Jahre später, konnte sie es kaum mehr erwarten, nach Hause zu kommen und ihren kleinen Sohn Edward in die Arme zu schließen. Es war das erste Mal seit Master Edwards Geburt im letzten Sommer, dass Mutter und Kind für zwei Wochen voneinander getrennt waren. Aber die weite Reise nach London, noch dazu in dieser Jahreszeit, schien kaum zuträglich für den kleinen Mann.

Elizabeth hatte es in den letzten Jahren nie in die Stadt gezogen. Darcy hatte sie unmittelbar nach ihrer Hochzeit in die Londoner Gesellschaft eingeführt und es dann dabei belassen. Es hatte zu einigen Irrungen und Wirrungen geführt, bis Elizabeth den wahren Grund für sein Verhalten erfuhr. Lady Catherine de Bourgh hatte ihre Drohung wahr gemacht und Elizabeth in der Verwandtschaft Darcys zu einer unmöglichen Person erklärt. Schmerzlich hatte Darcy erkennen müssen, dass sich selbst Menschen, von denen er es nicht erwartet hatte, dem Urteil der reichen Tante unterordneten. Ein Verhalten, das wohl von der Erwartung getragen wurde, dereinst von dieser Seite eine beträchtliche Summe zu erben. Allein diese Hoffnung wurde getrübt, als Anne, das einzige Kind des seligen Sir Lewis und seiner Gattin Lady Catherine de Bourgh und damit alleinige Erbin von Rosings Park, ihren Vetter Colonel Fitzwilliam heiratete. Eine Heirat, die nicht nur unerwartet, sondern auch durch ein beträchtliches Maß an weiblicher Raffinesse vonseiten Elizabeths herbeigeführt wurde.

Mittlerweile jedoch zeigte sich der ein oder andere aus Darcys Verwandtschaft geneigt, den Herrn von Pemberley wieder zu kennen. Ein Umstand, den ihre Ladyschaft in nicht geringem Maße selbst herbeigeführt hatte. Denn die persönliche Einführung ihrer Nichte Georgiana bei Hofe trug dazu bei, die alten Ressentiments gegen Elizabeth der Vergangenheit angehören zu lassen. Auch dass Fitzwilliam und Anne sich bereit erklärt hatten, Georgiana während ihres Debüts in London zu begleiten, hatte einen nachhaltigen Eindruck in der Verwandtschaft Darcys hinterlassen. Dennoch war Elizabeth dankbar, dass Lady Catherine davon Abstand genommen hatte, ihnen auf Georgianas Ball zu begegnen. Als Begründung diente ihrer Ladyschaft nicht zuletzt die beschwerliche Reise, die sie überdies schon ein paar Monate zuvor für die Einführung Georgianas bei Hofe auf sich genommen hatte.

Auch ihre älteste Schwester Jane traf Elizabeth auf dem Ball zu Ehren Georgianas wieder. Diese Schwester vermisste sie am meisten. Umso mehr war sie für die gemeinsame Zeit dankbar, die sie auch nach ihrer beider Eheschließungen miteinander verbracht hatten. Denn es war ihnen vergönnt gewesen, dass sie mehr als ein Jahr gemeinsam auf Pemberley wohnten. Überdrüssig der ständigen Besuche von Mrs. Bennet auf Netherfield waren Bingley und Jane vor zwei Jahren regelrecht aus Hertfordshire geflohen. Doch die Suche nach einem Herrenhaus in der Nähe von Pemberley hatte sich als schwieriger erwiesen als gedacht. Und selbst als die Bingleys endlich das ersehnte Anwesen in der Nachbargrafschaft Nottinghamshire gut dreißig Meilen entfernt von Pemberley fanden, war dies in so einem erbärmlichen Zustand, dass langwierige Bauarbeiten unumgänglich waren. So hatte sich der Aufenthalt von Bingley und Jane auf Pemberley – sehr zur Freude der Schwestern – unweigerlich hingezogen. Erst im vergangenen Herbst hatten Bingley und Jane sich endgültig in Glenister niedergelassen und dies wenig später durch einen Ball mit Freunden und Nachbarn gebührend gefeiert.

Der Ball auf Glenister hatte zudem einen Wechsel in der familiären Konstellation auf Pemberley zur Folge. So hatte Darcy seine Schwester Georgiana in die Obhut von Fitzwilliam und Anne gegeben, die unmittelbar nach dem Ball ihre Fahrt nach London antraten. Im Gegenzug hatten die Bennets, die mit Mary und Catherine angereist waren, sich von ihrer zweitjüngsten Tochter getrennt, damit jene auf Pemberley zukünftig ihr Benehmen vervollkommnen konnte. So jedenfalls lautete die offizielle Erklärung. Eine wesentliche Rolle für dieses Arrangement hatte in Wahrheit ein gewisser Mr. Forrester gespielt. Denn jener Gentleman hatte nach dem Weggang der Bingleys Netherfield Park gemietet und damit die Hoffnung bei dem einen oder anderen Nachbarn geweckt, ihn dereinst als Familienmitglied begrüßen zu können. So war auch Mrs. Bennet felsenfest davon überzeugt gewesen, Mr. Forrester würde keine andere als ihre Tochter Kitty zur Frau begehren. Ein Irrtum, wie sie schmerzlich feststellen musste, da jener kapitale Junggeselle sich schon längst eine Braut erwählt hatte. Obwohl Mrs. Bennet die Schmach mehr traf als Catherine, war sie sehr darauf bedacht, ihre Tochter vor dem Gespött der Nachbarn zu schützen. So willigte sie schließlich in den Vorschlag ihres Gatten ein und gab ihre Zustimmung für Kittys Umzug nach Pemberley. Und dies, obwohl sie ganz außerordentlich darunter litt, auf unabsehbare Zeit nur noch Mary als Letzte ihrer fünf Töchter auf Longbourn zu ihrer Verfügung zu haben.

Elizabeth entfuhr ein Seufzer bei dem Gedanken an ihre Mutter, den ihre beiden Mitreisenden aber nicht vernahmen. Schuld daran war der Regen, der nach wie vor ungestüm wütete. Und so hielt der Kutscher auch nicht wie sonst üblich an, als sie die Stelle passierten, die einen herrlichen Ausblick auf das Herrenhaus bot und zum Verweilen einlud. Ein Umstand, den Elizabeth sicher bedauert hätte. Allein er blieb ihr verborgen. Denn zu guter Letzt hatte sie der Schlaf doch noch übermannt.

## Kapitel 2

Nach einer erholsamen Nacht in den eigenen Betten und einem ausgiebigen Frühstück am nächsten Morgen befand die Herrin von Pemberley, der Zurückhaltung sei Genüge getan und sprach ihre jüngere Schwester direkt auf Georgianas Debütball an. Sie begehrte zu wissen, wie jene den Abend erlebt hatte. Doch anstatt von jenen jungen Gentlemen, mit denen sie getanzt und darüber hinaus sogar etwas Konversation betrieben hatte, zu erzählen, stellte Catherine eine Gegenfrage.

»Fandet ihr nicht auch, Anne wirkte recht blass?«

Die Art, wie jene auswich, behagte Elizabeth gar nicht. Denn nun musste sie befürchten, ihre kleine Schwester könne bereits ein ernsthaftes Interesse zu einem der jungen Gentlemen gefasst haben.

»Wie galant du meiner Frage aus dem Wege gehst, Kitty! Solltest du die Absicht verfolgen, meine Sorge um dein Wohlergehen zu steigern, vermagst du dich kaum besser zu verhalten. So muss ich wohl befürchten, du könntest auf jenem Ball mehr erlebt haben, als mir lieb sein kann.«

»Du siehst Gespenster, Lizzy! Muss ich denn über alles und jedes, was ich tue oder denke, Rechenschaft ablegen?«

Diese Verschwiegenheit passte so gar nicht zu dem bisherigen Verhalten Catherines, wenn jene in den Genuss gekommen war, gleich so vielen jungen Kavalieren vorgestellt zu werden. Wo war das junge Mädchen geblieben, das im Wetteifer mit ihrer jüngsten Schwester Lydia die Neuigkeiten der Nachbarschaft verkündete? Nie hatten die beiden es sich nehmen lassen, einen ausführlichen Bericht abzustatten, wenn sich auch nur *ein* junger, attraktiver Gentleman nach Hertfordshire verirrte.

»Kommt jetzt wieder so eine Erklärung wie: Eine Frau braucht ihre kleinen Geheimnisse?!«, echauffierte sich Elizabeth.

Auf diese Entgegnung fiel Catherine keine passende Erwiderung ein. So griff sie, wie meist, wenn sie sich nicht mehr zu wehren wusste, zu ihrem letzten Ausweg: Sie wandte sich an ihren Schwager. »Darcy, stimmst du mir nicht zu? Fandest du nicht auch, dass Anne sehr blass wirkte? Ich schwöre, ich hätte sie beinahe nicht wiedererkannt!«

Der so plötzlich angesprochene Hausherr, der sich wohlüberlegt aus den Zwistigkeiten von Gattin und Schwägerin heraushielt, versuchte möglichst eine unbeteiligte Miene zur Schau zu stellen. Bedächtig legte er die Zeitung beiseite.

»Darcy! *Wir* sprechen von Anne! Fandest du nicht auch, dass sie ...«

»Es ist nicht nötig, Catherine, die Frage erneut zu wiederholen«, unterbrach er ihre hastig hingesprochenen Worte. »Ich habe dich schon sehr gut beim ersten Mal verstanden. Allein mir will kein großer Unterschied zu ihrem bisherigen Erscheinungsbild auffallen. Denn in der Vergangenheit beliebte meine Cousine Anne immer ein blässliches, ja mehr noch, kränkliches Aussehen zu haben. Es ist vielmehr so, dass ihr rosiger Teint im letzten Sommer mich überaus verwunderte. Auf Georgianas Ball hingegen erkannte ich in ihr bei Weitem besser meine Cousine Anne wieder als noch vor einem halben Jahr bei ihrem Besuch hier auf Pemberley.«

Ein Umstand, der in der Tat nicht zu leugnen war. Zur Tauffeier von Master Edward war Darcys Cousin Fitzwilliam zu Überraschung aller in Begleitung seiner Gattin Anne erschienen. Im Nachhinein hatte sich die Begleitung seiner Ehefrau jedoch als weniger überraschend herausgestellt als deren Veränderung. Denn wahrlich eine erstaunliche Wandlung war mit der Tochter von Lady Catherine de Bourgh vorgegangen. Aus dem kleinen, unscheinbaren jungen Mädchen war eine aparte, zarte Frau erblüht.

»Je mehr ich darüber nachdenke, desto mehr muss ich Kitty zustimmen!«, pflichtete Elizabeth plötzlich ihrer Schwester bei, als hätte sie den Anlass ihres Zwistes bereits vergessen. »Anne wirkte leicht kränklich. – Was mag der Grund für diesen erneuten Wandel sein?«

»Diese Frage stellst du nicht ernsthaft, Liebste, oder?«

Über ihrer beider erstaunte Gesichter konnte Darcy nur lachen. »Ist es möglich? Sollten euch tatsächlich die Inhalte der regen Korrespondenz meiner Schwester entfallen seien? Wie oft habt ihr euch in den letzten Monaten gegenseitig und unermüdlich die ausführlichen Beschreibungen Georgianas vorgelesen! Habt ihr sie vergessen? Die endlosen Auflistungen über Unternehmungen und Verpflichtungen, die Tag für Tag bei ihrem Debüt erfüllt werden müssen! Ist es wahrlich nötig? Muss ich euch in

Erinnerung rufen, welch ungeheuerliche Strapazen Fitzwilliam, Anne und Georgiana in den letzten Monaten hinter sich gebracht haben?«

Catherine, auf die Darcys Worte im Gegensatz zu Elizabeth keinen Eindruck machten, meinte: »Aber weder Fitzwilliam noch Georgiana sahen meinem Empfinden nach anders aus als eh und je.«

»Ach *Kind*, was weißt du schon!«, entgegnete ihr Schwager leise.

Es kam selten vor, dass Darcy sich der Anrede ›Kind‹ bediente. Auch wusste er genau, wie wenig seine Schwägerin jene schätzte, zumal sie meist den Auftakt einer Belehrung bildete. So lag Catherine schon eine freche Erwiderung auf den Lippen, als sie sich eines Besseren besann und stattdessen den Hausherren mit einem fragenden Blick zu weiteren Ausführungen aufforderte.

Mit einem gutmütigen Lächeln sagte Darcy: »Wenn man nur allein die Anzahl der Bälle betrachtet, vermag man eine Vorstellung von der Herausforderung zu gewinnen, die ein Debüt bedeutet.«

Elizabeth, die sich gewillt zeigte, aus den Berichten ihrer Schwägerin eine ungefähre Zahl zu ermitteln, meinte beschwichtigend: »Es dürften schon *einige* zusammenkommen.«

»*Einige*!«, rief Darcy aufgebracht. »*Einige* ist eine ungeheure Untertreibung, Liebste! Es dürfte sich gut und gerne um fünfzig Bälle handeln! Und mindestens ebenso viele Feste. Dann müsst ihr noch so ungefähr mit dreißig Abendeinladungen und noch einmal der gleichen Anzahl von Frühstücken rechnen. Das alles spielt sich in einem Zeitraum von knapp einem halben Jahr ab.«

»Na und?«, erwiderte Catherine gelassen. Die Vorstellung von so vielen Bällen, Abendeinladungen und Frühstücken entzückte sie viel mehr, als dass sie abschreckend auf sie wirkten.

»Ach, das scheint dir in der Tat nicht zu imponieren!«, entgegnete Darcy. »Dabei würde es dir gut anstehen, Catherine, einmal genau darüber nachzudenken! Denn es würde bedeuten, du müsstest ein halbes Jahr lang jeden Morgen in Herrgottsfrühe aufstehen, um einen Ritt oder eine Kutschfahrt durch den Hyde-Park zu absolvieren. Denn schließlich müsstest du stets in der Öffentlichkeit Präsenz zeigen. Anschließend würde das Frühstück folgen, das, wenn du Glück hast, in den eigenen vier Wänden und ohne Gäste stattfindet. Dann hättest du ein wenig Zeit zu deiner persönlichen Verfügung, es sei denn, jemand aus dem engeren Kreis deiner Bekannten würde bei dir vorbeischauen, um dich mit seiner Anwesenheit zu erfreuen. Von zwölf Uhr mittags bis fünf Uhr nachmittags müsstest du darauf vorbereitet sein, dass neue Bekanntschaften bei dir vorstellig werden. Ein solcher Besuch dauert in der Regel nicht länger als eine halbe Stunde. Das ist exakt festgelegt! Wenn es günstig verläuft, schaut ein Besucher nach dem anderen vorbei. Danach, also zwischen sechs und sieben Uhr abends, würdest du das Dinner einnehmen. Anschließend stände eine Soiree, eine Oper oder eine andere gesellschaftliche Verpflichtung auf dem Programm. Du wirst doch nicht etwa müde werden, oder?«

Allein Darcy hatte den scheinbar gelangweilten Gesichtsausdruck seiner Schwägerin gänzlich missverstanden. Hätte er nur bei seiner langen Auflistung ein einziges Mal in Richtung seiner Gattin geschaut, hätte er sich vielleicht durch deren entsetzte Miene mehr Zurückhaltung auferlegt. Denn so wie Elizabeth das Verhalten ihrer Schwester deutete, rief bei Kitty die Vorstellung, so viele Bälle und Abendveranstaltungen zu besuchen, eher Begehren denn Mitleid hervor.

So fuhr er ohne Umschweife in seiner Ausführung fort: »Der Abend ist noch lange nicht zu Ende! Denn Punkt zehn Uhr würdest du schon die Eröffnung des nächsten Balls miterleben. Und erst etliche Quadrillen später und mit wehen Füßen würde es dir gestattet sein, ihn zu verlassen. Nicht selten zeigt die Uhr dann schon die dritte Stunde in der Frühe an. So legst du dich erschöpft und mit hämmernden Kopfschmerzen ins Bett. Zu wenig Schlaf, zu viel Krach, zu viele Eindrücke, zu viele Tänze und zu viel schweres Essen, all das zermürbt dich mit der Zeit und du wünschst dir nur noch eins: Möge es ein baldiges Ende finden! Aber nein, nicht für dich! Denn ein paar Stunden später müsstest du dich erneut aus deinem Bette erheben, ohne auch nur im Entferntesten ausgeruht, geschweige denn ausgeschlafen zu sein. Und die ganze Prozedur begänne von vorne! Ein halbes Jahr lang würde diese Qual andauern. Und wofür? Niemand kann Georgiana die Garantie geben, sie würde bei dieser Tortur einen Ehepartner finden. Sollte ihr unter den vielen Anwärtern keiner zusagen, darf sie in der nächsten Saison erneut ihr Glück versuchen. Auch eine dritte Saison wird ihr die Gesellschaft durchaus einräumen. Aber, wenn sie dann immer noch nicht einen geeigneten Kandidaten gefunden hat, gilt sie als hoffnungsloser

Fall! Niemand wird ihr dann noch zutrauen, ein Gentleman würde sie jemals erwählen.«

Die minutiöse Aufzählung der mannigfachen Veranstaltungen außer Acht lassend, verwahrte sich Elizabeth gegen die Vorstellung, es könne Georgiana an ernsthaften Verehrern gebrechen.

»Wenn man dich so reden hört, Darcy, dann könnte sich einem der Eindruck aufzwängen, du willst um Himmels willen nicht zugeben, welch durchaus vielversprechende Aussichten deine Schwester auf einen Antrag von einem respektablen jungen Gentleman hat.« Kaum ausgesprochen, bedauerte Elizabeth auch schon ihre unbedachten Worte Kitty gegenüber. Denn wie mussten jene auf Catherine wirken, die ebenfalls unverheiratet und noch dazu zwei Jahre älter als Georgiana war. »Kitty, verzeih, ich wollte dich nicht kränken!«

»Wie kommst du darauf, du könntest mich mit einer solchen Bemerkung kränken?«, entgegnete Catherine viel zu hastig, um ihre wahren Gefühle zu verbergen.

»Nun, ich dachte, der eine oder andere Gentleman hätte auch deine Aufmerksamkeit auf sich gezogen.«

»Ich weiß nicht, wen du meinst!«

»Oh, Kitty, keine Sorge, bei *dir* konnte ich keine Vorliebe für einen bestimmten Gentleman feststellen«, besänftigte Elizabeth sie. Dabei war es genau dieser Umstand, der sie so nervös machte.

Darcy war die Betonung nicht entgangen, die Catherine ausschloss. Was in der Umkehrung bedeutete, seine Gattin habe bei einem anderen jungen Mädchen durchaus eine Vorliebe festgestellt. Und wen anderes könnte sie meinen als seine Schwester? Hatte er sich eben noch der holden Weiblichkeit überlegen gefühlt, musste er nun erkennen, dass ihm offenbar etwas Entscheidendes in London entgangen war.

»Soll das heißen, Georgiana hätte bereits einen ernsthaften Kavalier gefunden?«, fragte er besorgt.

Verlegen sah ihn Elizabeth an. Aus ihrem Schweigen schloss er, dass er von dieser Seite keine Auskunft erhalten würde. Daher richtete er unverwandt seinen Blick auf seine Schwägerin, die errötend ihr Gesicht abwandte.

»Dann wisst ihr also von einem Gentleman, dem Georgiana den Vorzug gibt!«, stellte Darcy konsterniert fest.

»Gab es *den* nicht schon im vergangenen Jahr?«, entgegnete Elizabeth widerstrebend.

»Ach, ja? Und wer sollte das sein?«

Einmal mehr blieben ihm die Damen eine Antwort schuldig.

Aus beider hartnäckigem Schweigen erkannte Darcy, die Antwort müsse sich ihm durch reifliches Überlegen selbst erschließen. Und da ihm nur *ein* junger Gentleman in den Sinn kommen wollte, der sich zudem in dieser Saison in der Stadt aufhielt, beschlich ihn das unangenehme Gefühl, seine größte Befürchtung könnte sich bewahrheiten. Zögernd fragte er: »Du meinst doch nicht etwa Mr. Saunders, Elizabeth? – Nein! Nicht diesen ... diesen ...« Es gab viele Bezeichnungen, die ihm für jenen jungen Gentleman durch den Kopf gingen. Nicht eine von diesen schien ihm für weibliche Ohren tauglich. »Du willst nicht sagen, Georgiana könnte sich ernsthaft für Mr. Saunders interessieren, Elizabeth! Nein, oder? – Aber Georgiana ... sie hat ihn in ihren letzten Briefen mit keinem Wort mehr erwähnt! Ich dachte, dieser Kelch sei an uns vorübergegangen!«

»Du musst noch viel über junge Mädchen lernen, Darcy«, meinte Elizabeth einfühlsam. »Gerade die Tatsache, dass sie Mr. Saunders in ihren letzten Briefen nicht mit einem einzigen Wort erwähnte, und auch auf ihrem Ball in keiner besonderen Weise auszeichnete, macht für mich ihre Vorliebe fast zur Gewissheit.«

»Das verstehe ich nicht! Denn im letzten Jahr nach dem Ball auf Glenister beliebte sie, ohne jede Scheu von ihm zu schwärmen. Das kannst du doch nicht vergessen haben, Elizabeth! Warum sollte sie sich nun eine solche Zurückhaltung auferlegen?«

Zustimmend nickte sie. Das konnte und wollte sie nicht bestreiten. Aber wie sollte sie Darcy die vielschichtigen Empfindungen eines verliebten jungen Mädchens verständlich machen?

Im vergangenen Herbst, auf dem Ball zur Einweihung des im neuen Glanz erstrahlten Glenister, war ihnen Mr. Saunders vorgestellt worden. Mr. Dixon, ein neuer Nachbar der Bingleys, hatte es sich nicht nehmen lassen, seinen Neffen Saunders ins beste Licht zu rücken. Dazu gehörte, die Anwesenden von der vielversprechenden Zukunft Mr. Saunders in Kenntnis zu setzen. Sechstausend Pfund im Jahr! Über diese gewaltige Summe würde der zu allem Überfluss auch noch gut aussehende junge Gentleman eines Tages verfügen. Allein auf Darcy machte dessen beträchtliches Erbe keinen Eindruck. Zumal, wer konnte schon sagen, wann und ob überhaupt Mr. Saunders *sein* Erbe jemals antreten würde. Darcy missbilligte Mr. Saunders nicht zuletzt deswegen, weil jener ausgerechnet Georgiana für den ersten Tanz des Abends als seine Partnerin erkor. Er war sich sicher, der übereifrige Mr. Dixon hatte längst ausgekundschaftet, dass die reizende Miss Georgiana Darcy dereinst die stattliche Mitgift von dreißigtausend Pfund in eine Ehe einbrächte. Ferner ging Darcy davon aus, dass Mr. Dixon als guter Onkel dieses Wissen mit seinem Neffen teilte. Daher befürchtete er, Mr. Saunders unverkennbare Bevorzugung Georgianas sei vor allem deren Vermögen geschuldet.

»Solltest du recht haben, Elizabeth, und Mr. Saunders von meiner Schwester zum Gatten auserkoren werden, dann hätte *sie* sich die anstrengenden Monate in der Stadt und *wir* uns die enormen Kosten sparen können! Denn in diesem Fall wäre der Ball auf Glenister völlig ausreichend gewesen.«

Nun war es an Elizabeth zu schmunzeln, wusste sie doch nur zu gut, wie wenig Darcy auf die Ausgaben für seine Schwester achtete. Nichts konnte zu teuer oder zu kostbar für Georgiana sein.

»Dann hoffen wir, dass ich mich irre«, entgegnete Elizabeth, »und sei es nur, damit sich die Strapazen des Debüts auch wirklich gelohnt haben.«

Catherine schwieg beharrlich zu diesem Thema. Vielleicht mochte sie nicht zugeben, wie wenig sie bei ihrem zweiwöchigen Aufenthalt in der Stadt als Freundin von Georgiana über deren tatsächliche Befindlichkeiten in Erfahrung bringen konnte.

## Kapitel 3

Es kam einem ungeschriebenen Gesetz gleich, seinen Nachbarn nach einer längeren Reise wenigstens ein paar Tage der Ruhe zu gönnen, bevor man ihnen einen Besuch abstattete. Allein Lady Wragsdale, Ehefrau des erst vor zwei Jahren geadelten Sir Arthur Wragsdale, legte sich nicht eine solche Zurückhaltung auf. Da die Herrin von Pemberley um die bäuerlichen Wurzeln ihrer Ladyschaft wusste, verwunderte es sie nicht, von ihrem Butler noch am selben Tage zu vernehmen, Lady Wragsdale würde sich die Ehre geben. Selbst eine Mrs. Bennet hätte sich dergleichen nicht erlaubt. In solchen Dingen achtete jene peinlich auf den Anstand, selbstverständlich nicht ohne dies mehrmals zu betonen.

So rauschte Lady Wragsdale, kaum dass sie vernahm, die Hausherrin würde sie im Salon empfangen, in selbigen hinein und begann ohne jegliche Einleitung aufgeregt ihre Rede:

»Mrs. Darcy, Sie können sich gar nicht vorstellen, wie sehr ich Ihre Ankunft herbeigesehnt habe. Keinen Tag länger konnte ich ausharren! Denn ich habe *unglaubliche* Neuigkeiten aus Glenister zu berichten!«

Trotz des inneren Aufruhrs ihrer Ladyschaft ließ es sich Mrs. Darcy nicht nehmen, ihrem Gast einen Platz auf dem Sofa anzubieten und sich selbst betont langsam und ruhig auf einem Sessel niederzulassen. Elizabeth bewahrte schon allein deshalb Ruhe, da sie sich von

Bingley und Jane erst vor vier Tagen in London verabschiedet hatte. Folglich konnten die Neuigkeiten nicht diese beiden betreffen.

»Wie Sie sich vielleicht erinnern, Mrs. Darcy, erwähnte ich bei meinem letzten Besuch, dass Sir Arthur und meine Wenigkeit uns mit der Absicht trügen, meine älteste Tochter Frances in Nottinghamshire zu besuchen. Und nachdem Sie alle wegen des Balls von Miss Darcy in die Stadt abgereist waren, gedachte ich eigentlich abzuwarten, bis Sie wieder zurück seien. Denn, so sagte ich mir, dann brächten Sie viele Neuigkeiten mit, die ich meiner Frances kurz darauf sozusagen *brühwarm* berichten könnte.«

Obwohl Elizabeth ihrem Gast bestätigend zunickte, musste sie sich doch sehr wundern. Denn Lady Wragsdales Tochter Frances, das älteste Kind von fünfen, war verheiratet mit Mr. Fletcher, einem direkten Nachbarn der Bingleys. Somit könnte Mrs. Fletcher, sollte sie *Neuigkeiten* über den Ball in London begehren zu wissen, diese in der Tat *brühwarm* von den Bingleys in Erfahrung bringen.

»Aber ach, Mrs. Darcy«, fuhr Lady Wragsdale seufzend fort. »Sie können sich kein Bild machen, als welch bedrückende Last Sir Arthur und meine Wenigkeit das sozusagen *verwaiste* Pemberley empfanden. Denn ich frage Sie, Mrs. Darcy, wen sollte man auf dem Lande denn nicht mehr vermissen, als die hochherrschaftlichen Nachbarn?! Ja, freilich habe ich viele Bekannte in Lambton und Umgebung! Nicht zuletzt Mrs. Beagles statte ich regelmäßig einen Besuch ab. Aber die Stube der guten Mrs. Beagles kann mir selbstredend unmöglich einen Besuch in Pemberley House ersetzen! Wie ich allein die leckeren, saftigen Scheiben kalten Braten, den ihr französischer Küchenchef so vortrefflich zubereitet, vermisst habe.«

Dies war Mrs. Darcy Aufforderung genug, um mit einem kurzen Nicken die Diener anzuweisen, die bevorzugten Köstlichkeiten ihrer Ladyschaft aus der Küche heraufzubringen. Schließlich sollte ihr Gast nicht darben. Eine Umsicht, deren es angesichts des stetig zunehmenden Leibesumfangs ihrer Ladyschaft nicht bedurft hätte. Allein die Gastfreundschaft gebot es, über eine derart ins Auge fallende Tatsache hinwegzusehen.

Gleichwohl Lady Wragsdale hinderte das stumme Zwiegespräch ihrer Gastgeberin nicht daran, in ihrem Wortschwall fortzufahren. Solange die Speisen nicht vor ihr auf dem Tisch standen, sah sie auch keine Notwendigkeit, ihren Dank für selbige auszusprechen. Dafür bot sich später noch Gelegenheit. Zumal sie befürchtete, sie würde vor lauter Aufregung kaum in der Lage sein, wie sonst den Leckereien gebührend zuzusprechen.

»Sie werden es nicht für möglich halten, Mrs. Darcy! Sir Arthur wollte von meinem Einwand nichts hören! Er war der festen Überzeugung, ich könne Frances schriftlich über die Neuigkeiten aus London unterrichten. Wie die Männer halt so sind! – Aber wer hätte auch gedacht, Mrs. Darcy, dass nun meine Wenigkeit ganz *erstaunliche* Neuigkeiten für Sie aus Nottinghamshire überbringen würde? Sir Arthur kann gelegentlich sehr energisch sein. Er bestand auf unserer sofortigen Abreise. Die vielen Jahre an seiner Seite haben mich gelehrt, ihm dann besser seinen Willen zu lassen. Aber ich schweife ab! – Wir brachen also, kaum da Sie, Mrs. Darcy, mit Mr. Darcy und Miss Bennet Pemberley verlassen hatten, nach Nottinghamshire auf. Gott sei Dank hatten wir nur dreißig Meilen Weges vor uns. Bei diesen Temperaturen ist für mich eine längere Fahrt mit der Kutsche sehr beschwerlich, da nützt es einem auch nichts, dass man die Wahl zwischen zwei Gefährten hat.«

Die Tatsache, dass im Schuppen von Alberney zwei Kutschen standen, betonte Lady Wragsdale sehr gerne; zeigte dies doch ihrer Meinung nach, wie wohlhabend sie seien und wie weit Sir Arthur es in der Gesellschaft gebracht hatte. Dass eine der beiden Kutschen wegen eines Achsbruchs unbrauchbar war und sie somit eigentlich keine Wahl hatte, vergaß ihre Ladyschaft absichtlich.

»Wie wir so auf Ravensdale weilten, statteten uns eine Menge lieber Leute einen Besuch ab. Schließlich lebt Frances nun schon viele Jahre in Nottinghamshire, so dass selbst Sir Arthur und meine Wenigkeit dort Freundschaften pflegen. Da fällt mir ein, ich soll Sie, liebe Mrs. Darcy, ganz herzlich von Mrs. Shaw grüßen. Und sie wollte auch wissen, wann Sie beabsichtigen, Glenister wieder einmal einen Besuch abzustatten. Nun denn, die Besuche erforderten selbstredend die entsprechenden Gegenbesuche. Gerne hätten wir auch Mr. und Mrs. Bingley unsere Reverenz erwiesen, allein jene weilten ja mit Ihnen, Mrs. Darcy, in London. So kam es jedenfalls, dass ich das Versprechen, das ich Mrs. Beagles gemacht hatte, erst an meinem letzten Tag unseres Aufenthaltes dort erfüllen konnte. Wie hätte ich auch der guten Mrs. Beagles die Bitte abschlagen können, mir persönlich vom Befinden ihres Mündels ein Bild zu machen. Zumal Clara, ich meine natürlich Mrs. Rogers, eine sehr nachlässige Briefschreiberin ist. Und die Frau des Verwalters Ihrer werten Schwester, Mrs. Darcy, gehört selbstverständlich nicht zu den Leuten, die uns auf Ravensdale einen Besuch abstatten können. – Nun, ich bin froh, Mrs. Darcy, Ihnen berichten zu können, dass sich Mrs. Rogers der besten Gesundheit erfreut. Auch dünkt mich, dass das freudige Ereignis nicht mehr lange auf sich warten lässt. Dabei scheint es mir noch recht früh, oder? Nun ja, der Umfang einer Frau in gesegneten Umständen kann mitunter sehr voneinander verschieden sein.«

Da Lady Wragsdale einen Moment innehielt, um von ihrem Gegenüber eine Bestätigung zu erfahren, lächelte Elizabeth Darcy höflich. Dabei wusste sie es besser. Denn Mrs. Peabody, die Frau des hiesigen Pfarrers, hatte sie seinerzeit ins Vertrauen gezogen, in welch prekäre Lage sich die damalige Miss Beagles bereits im zarten Alter von sechzehn Jahren gebracht hatte. Es war nicht zuletzt Darcys Eingreifen zu verdanken, dass es zu keinem Skandal kam und durch die unverzügliche Heirat die Schande abgewendet werden konnte. Nicht einmal die alte Mrs. Beagles ahnte, welchem Kummer sie entkommen war. Doch Elizabeth wunderte sich nicht über Lady Wragsdales Misstrauen. Immerhin hatte ihre Ladyschaft, als sie noch schlicht Mrs. Wragsdale gewesen war und nicht die distinguierte Dame spielte, wie es ihrer Meinung nach der neue Titel verlangte, zwei Mädchen und dann noch drei Söhnen das Leben geschenkt.

»Aber Sie kennen ja Mrs. Beagles«, fuhr Lady Wragsdale unbeirrt fort, »sie hat ja schon immer so ein *Getue* um ihr junges Mündel gemacht. Die Ärmste, seit ihre Tochter in jungen Jahren tödlich verunglückte, war die kleine Clara ihr ganzer Trost. Dennoch kam mir ihr Aufhebens um dieses Kind angesichts der entfernten Verwandtschaft immer schon maßlos übertrieben vor. Na ja, immerhin hat Clara mit Mr. Rogers einen stattlichen Mann gefunden. – Aber nun stellen Sie sich vor, Mrs. Darcy«, sagte Lady Wragsdale und senkte dabei geheimnisvoll ihre Stimme, als wolle sie verdeutlichen, nun käme endlich der Grund ihres ungebührlichen Erscheinens.

Leider wurde das theatralische Getue ihrer Ladyschaft durch die Ankunft der Lakaien mit den Erfrischungen gestört. So sah sich selbst Lady Wragsdale gezwungen, dem Anstand Genüge zu tun und ihren Bericht zu unterbrechen. Zumal es sich um eine delikate Mitteilung handelte, die besser dem Personal nicht zu Ohren kam. Der eindringliche Blick, den sie Mrs. Darcy zuwarf, bewirkte schließlich, dass jene – wiederum nur durch ein kurzes Nicken – die gesamte Dienerschar aus dem Raum wies.

Als sie allein waren, nahm Lady Wragsdale, den gedämpften Tonfall beibehaltend, erneut das Wort. »Sie werden nie erraten, Mrs. Darcy, auf wen ich dort traf! Als ich meinen Besuch im Verwalterhaus hinter mich gebracht hatte, und so nichts ahnend meinen Weg durch den Park von Glenister nahm ... Denn, obwohl ich so schlecht zu Fuß bin, sah ich mich bemüßigt, ein wenig die Parkanlage zu erkunden. Also, wie ich so arglos daher wandele, treffe ich hinter einer Biegung unverhofft auf ... Miss Bingley! *Miss Bingley*, Mrs. Darcy! Stellen Sie sich das vor! Dabei dachte meine Wenigkeit, dass jene längst in Italien ihre Hochzeit vorbereiten würde. Ich frage Sie, Mrs. Darcy, wie kann das angehen? Ich erinnere mich noch gut, wie Miss Bingley auf dem Ball auf Glenister im November letzten Jahres eindeutig zum Ausdruck brachte, dass sie spätestens in diesem Frühjahr wieder in der Toskana weilen würde. Es muss sich doch um ein Missverständnis handeln, oder? Anders kann ich mir die Sache nicht erklären.«

Durch die vielen Abschweifungen von Lady Wragsdale hatte Elizabeth Darcy vergessen, auf der Hut zu sein. Miss Bingley und ihre angebliche Verlobung mit Conte Horatio hatte sie schon beinahe auf wunderbare Weise vergessen. Aber so war es immer. Gerade dann, wenn man sich sicher fühlte, wenn man dachte, es sei überstanden, dann passierte etwas Unvorhergesehenes und all die Worte, die man sich früher zurechtgelegt hatte, um eventuell angemessen parieren zu können, waren aus dem Sinn.

»Mrs. Darcy, Sie müssen sich doch erinnern! Conte Horatio hieß der Gentleman. Sein Vater ist der Conte di Montepulcello. Sie sehen, *ich* habe *nichts* vergessen!« Und vorbei war es mit der vornehmen Zurückhaltung Lady Wragsdales. Zu aufgebracht war sie, um noch länger ihre Stimme zu dämpfen. »So ausführlich, wie mir Miss Bingley auf dem Ball auf Glenister davon erzählte, mag das auch nicht verwundern. Sie können mich ruhig für hoffnungslos romantisch halten. Aber die Geschichte von Conte Horatio und Miss Bingley hat mich angerührt. Und nun treffe ich jene im Park von Glenister, da ich sie doch längst in der Toskana wähnte. Sie haben ja in den letzten Monaten auch kein Wort über die bevorstehende Vermählung der Schwägerin ihrer Schwester verloren, Mrs. Darcy. So habe ich schließlich nicht mehr gewagt, mich zu erkundigen. Ich dachte, Ihr Verhalten sei einem bestimmten Taktgefühl geschuldet. Dabei habe ich so darauf gebrannt, mehr zu erfahren! Und nun stellen Sie sich meine Überraschung vor, Mrs. Darcy, *auch* Miss Bingley hüllt sich in Schweigen! Und selbst, als ich jene an ihre Worte von damals erinnere, schiebt sie diese beiseite, als handele es sich um eine unwichtige Nebensache und nicht um das Glück ihres Lebens! Was hat man da für Worte? Für so nüchtern hätte ich Miss Bingley nicht gehalten! Ganz angetan war ich dereinst von ihren Schilderungen über ihre Bekanntschaft mit Conte Horatio. – Schließlich erlaubte ich mir, sie zu fragen, *wo* und vor allem *wann* die Hochzeit stattfinden werde! Ich meine, das ist doch von Interesse, oder? Denn sollte sie beabsichtigen in Italien auf der väterlichen Liegenschaft des Conte Horatio zu heiraten, was bedeutet das dann für Ihre Familie, Mrs. Darcy? Mr. und Mrs. Bingley sowie Mr. und Mrs. Hurst würden es sich doch bestimmt nicht nehmen lassen, in einem solchen Fall in die Toskana zu reisen, um ihr an ihrem wichtigen Tage zur Seite zu stehen. Schließlich hat die Ärmste keine Eltern mehr! Und was ist mit Ihnen, Mrs. Darcy, und mit Mr. Darcy, Miss Darcy und Miss Bennet?! Werden Sie auch in die Toskana aufbrechen? Ja, werden wir unter Umständen Sie alle dieses Jahr kaum hier auf Pemberley antreffen? Dabei hat doch schon die Abwesenheit von Miss Darcy eine schmerzliche Lücke in unsere Gemeinschaft gerissen. – Wie geht es überhaupt Miss Darcy? Hat sie schon einen festen Kavalier?«

»Mir gegenüber hat Miss Darcy keinen speziellen Gentleman genannt, dem sie den Vorzug gäbe«, entgegnete Elizabeth, wohlwissend dass dies nicht die ganze

Wahrheit war. Allein es wäre ihr nie in den Sinn gekommen, deshalb ein schlechtes Gewissen gegenüber Lady Wragsdale zu haben. Besonders da Elizabeth vermutete, jene frage im Auftrag ihres jüngsten Sohnes Leutnant William Wragsdale.

»Um noch einmal auf Miss Bingley zu kommen«, fuhr Lady Wragsdale gnadenlos fort, »können Sie sich vorstellen, Mrs. Darcy, dass jene es plötzlich sehr eilig hatte? Ja, sie hielt es noch nicht einmal für nötig, mir anzubieten, sie ins Herrenhaus zu begleiten. Dabei hätte es meinen wehen Füßen gutgetan, am Kamin aufgewärmt zu werden. Und eine Tasse Tee hätte ich auch nicht abgeschlagen! Stattdessen erklärte mir Miss Bingley, sie habe noch dringende Korrespondenz zu erledigen, und empfahl sich kurzerhand. Sie ließ mir noch nicht einmal genügend Zeit, sie zu fragen, ob es sich bei jener Korrespondenz um einen Brief an ihren Verlobten handele. Ehe ich mich versah, war sie auch schon meines Blickes entschwunden. Was sagen Sie dazu, Mrs. Darcy? Ohne sich richtig von mir zu verabschieden! Dabei habe ich mich auf dem Ball auf Glenister so vorzüglich mit ihr unterhalten und sie als äußerst gesprächig in Erinnerung. Und jetzt dies! – Zudem, verehrte Mrs. Darcy, habe ich noch eine zweite eigenartige Neuigkeit. Sie müssen wissen, der Bruder meines Schwiegersohns Verwalter ist befreundet mit dem Cousin des Briefträgers des königlichen Postamtes von Sherby. Und jener will gehört haben, dass in den letzten Monaten nicht *ein einziger* Brief aus Italien für Glenister House bestimmt gewesen sei! Das bedeutet doch, dass Miss Bingley von Conte Horatio in den letzten Monaten keinerlei Briefe erhalten hat! Ist das bei so einem jung verliebten Paar denkbar? Noch dazu einem Paar, das sich mit der Absicht trägt, demnächst vor den Traualtar zu treten? – Nun habe ich mich gefragt, Mrs. Darcy, ob Conte Horatio womöglich nicht mehr in Italien weilt. Vielleicht hat er sich ja schon vor Monaten eingeschifft und befindet sich längst auf britischem Boden! Wer könnte es ihm verdenken? Aber warum sollte man das verheimlichen? Und sollte er wegen der Saison in der Stadt sein, warum weilt sie dann auf Glenister? Nein, das ergibt keinen Sinn! – Auf der anderen Seite wäre denkbar, Mrs. Darcy, sie hätte eine andere Möglichkeit gefunden, mit ihrem Verlobten zu korrespondieren. Vielleicht, so dachte ich mir, lässt Miss Bingley sich ja auch die Post von London aus nachschicken. Wäre das nicht möglich? Vielleicht hat sie ja aus Taktgefühl Conte Horatio die Londoner Adresse ihrer Schwester Mrs. Hurst gegeben. Oder halten Sie diese Idee für abwegig? Aber wie sonst sollte sie mit ihm den Kontakt aufrechterhalten? Zwei Verliebte, noch dazu verlobt, müssen sich untereinander austauschen können! Alles andere wäre doch undenkbar, oder? Was meinen Sie? Ich weiß, Sie mögen mich tadeln, weil ich so romantisch bin! Dies mag man mir gar nicht ansehen. Aber vergessen Sie nicht, Mrs. Darcy, auch ich war mal jung, auch ich habe mich einst nach ein paar Zeilen von Sir Arthur gesehnt. Ja, ich weiß, Ihr jungen Leute könnt Euch das meist nicht vorstellen, dass auch die Älteren einst jung und verliebt waren. Aber so ein schroffes und unterkühltes Verhalten, wie ich es bei Miss Bingley erlebt habe, hätte ich nicht von ihr erwartet, nicht nach ihren warmherzigen Worten im vergangenen November. – Es wird doch keine Probleme geben? Ich meine,

Conte Horatio und Miss Bingley haben sich doch nicht etwa überworfen, oder? Das wäre ja schrecklich! Das mag ich mir gar nicht vorstellen!«

Unverhofft hielt Lady Wragsdale in ihrem Monolog inne. Und da sie beharrlich schwieg und gleichzeitig Elizabeth herausfordernd ansah, kam jene zu der Erkenntnis, dass es ihr diesmal nicht möglich sein würde, das Thema einfach auf sich beruhen zu lassen. Elizabeth sah nur *eine* Möglichkeit, sich mit Anstand aus der Affäre zu ziehen: *leugnen!*

»Sie sehen mich ratlos, Lady Wragsdale. Es ist mir völlig unbegreiflich, was in Miss Bingley vorgeht!« Erstaunt stellte Elizabeth fest, dass diese Aussage nicht einmal gelogen war. Denn in der Tat hatte sie Miss Bingley noch *nie* verstanden.

Diese Entgegnung war nicht dazu angetan, Lady Wragsdale zufriedenzustellen. Nun war sie noch verwirrter und besorgter als zuvor. »Aber, Mrs. Darcy, *Sie* gehören zur Familie, Sie *müssen* doch wissen, wie es um die Liebenden steht!«

»Ich fürchte, ich muss Sie enttäuschen, Lady Wragsdale, aber ich sehe mich außerstande, Ihnen das Seelenleben der Schwägerin meiner Schwester zu erklären, da es mir selbst nicht vergönnt ist, jenes bis auf den heutigen Tage zu ergründen.«

»Aber Miss Bingley wird Sie doch wohl ...«

»Auch zieht mich Miss Bingley nicht ins Vertrauen, was die Gestaltung ihres Lebens fürderhin angeht!«, unterbrach Elizabeth sie entschieden.

Die Tatsache, dass ihr Mrs. Darcy ins Wort fiel, brachte Lady Wragsdale zum Verstummen. Auch der

Tonfall der Herrin von Pemberley ließ keinen Zweifel offen, wie wenig jene gewillt war, weiter über dieses Thema zu sprechen.

So kam es beiden Damen gerade recht, Miss Bennet den Salon betreten zu sehen. Catherine erkundigte sich bei ihrer älteren Schwester, ob das geplante, gemeinsame Handarbeiten noch anstünde. Sonst würde sie mit Hannah gerne einen Ausritt unternehmen.

»Oh, Miss Bennet, wie löblich von Ihnen, sich der Reitkunst so ausgiebig zu widmen«, stürzte sich Lady Wragsdale sogleich auf ihr nächstes Opfer. »Meine Töchter konnte ich nur schwerlich dazu bewegen, auf unserer guten alten Amy zu reiten. Dabei war sie so eine brave Stute. Aber hier auf Pemberley verfügen Sie ja über eine Menge ausgezeichneter Reitpferde. Dennoch bin ich mir nicht sicher, ob Ihre Begleitung Ihren hohen Ansprüchen entspricht. Schließlich handelt es sich bei Hannah *nur* um die Tochter des Stallmeisters.«

»Aber, Lady Wragsdale, dann wissen Sie noch nicht, dass Hannahs Vater, Mr. Holmes, seit dem Weggang von Mr. Rogers die Stellung des Verwalters übernommen hat?«, meinte Catherine vorlaut.

»Kitty!«, rief Mrs. Darcy lauter als beabsichtigt und fuhr dann ruhiger fort, »du kannst gerne mit Hannah einen Ausritt unternehmen. Sieh nur zu, dass ihr euch nicht zu weit vom Haus entfernt, denn es könnte wieder zu einem kräftigen Regenschauer kommen.«

Erfreut so rasch einer Konversation mit Lady Wragsdale entfliehen zu können, knickste Catherine Bennet höflich vor der älteren Dame und entfernte sich sogleich.

»Dann wurde Mr. Rogers bereits ersetzt!«, stellte Lady Wragsdale erstaunt fest. Gerade so, als hätte der Herr von Pemberley ihre Erlaubnis einzuholen, wenn er sich einen neuen Verwalter nahm.

»Durchaus nicht!«, erklärte die Hausherrin unverwandt. »Da Mr. Holmes jedoch in den vergangenen Monaten neben seiner Arbeit als Stallmeister die umfangreichen Aufgaben eines Verwalters erledigte, würde es mich nicht wundern, wenn mein Gatte ihn letztendlich als einen solchen einstellt.«

Dem war nichts hinzuzufügen. Die Bestimmtheit, mit der Mrs. Darcy gesprochen hatte, ließ Lady Wragsdale bald ihren Besuch beenden. Zuvor kostete sie allerdings vom Braten und sprach auch den anderen schmackhaften Speisen ausgiebig zu.

Elizabeth fühlte sich danach gedrängt, ihrer Schwester Jane von dem Vorfall zu berichten. Es war höchste Zeit auf Miss Bingley einzuwirken, damit jene bei passender Gelegenheit die Aufkündigung ihrer Verlobung kundtat.

# Kapitel 4

Unmittelbar nach Lady Wragsdales Aufbruch, begab sich Elizabeth in ihren bevorzugten Salon. Dieser mit Chippendale Mobiliar gestaltete Raum war einst das Refugium ihrer Schwiegermutter gewesen. Die zierlichen Möbel schienen von ihrer ehemaligen Besitzerin zu sprechen. Die selige Lady Anne Darcy war eine feinfühlige, sensible Frau gewesen, die so gar keine Ähnlichkeit mit ihrer dominanten, hartherzigen Schwester Lady Catherine de Bourgh besaß. Wie viel lieber hätte Elizabeth die Bekanntschaft mit Lady Anne als mit der Herrin von Rosings Park gemacht. Aber so ungerecht, wie das Leben spielen kann, hatte es dem Herrgott gefallen, Lady Anne schon in jungen Jahren zu sich zu rufen. Und obwohl die Erinnerung an jene längst nicht verblasst war, nannte die ganze Familie mittlerweile diesen kleinen Salon liebevoll ›Lizzys Salon‹.

In Gedanken vertieft setzte sich Elizabeth vor ihr Schreibpult, tauchte die Feder in das Tintenfass, zog eine Haarsträhne beiseite und starrte auf das leere Blatt Papier. Wie konnte sie ihr Anliegen vorbringen, ohne Jane allzu großen Kummer zu bereiten? Nach längerem Zögern schrieb sie:

Pemberley, 17. März

Liebe Jane,

wie schön war es, Dich nach den vielen Monaten des Winters endlich wieder in die Arme schließen zu können. Allein die zwei Wochen in der Stadt mit Euch sind viel zu rasch vergangen. Und neben dem ganzen Trubel, den ein Debüt ohnehin mit sich bringt, blieb uns leider viel zu wenig Zeit, uns in aller Ausführlichkeit auszutauschen. Du musst mir versprechen, dass wir uns schon bald wiedersehen und diesmal für längere Zeit. Ich bin so glücklich, dass Ihr trotz der schlechten Witterung die beschwerliche Reise auf Euch nahmt. Ungern hätte ich mich der Londoner Gesellschaft gestellt, ohne Dich an meiner Seite zu wissen. Ich höre Dich schon widersprechen. Und Du hast ja recht! Denn zweifellos wäre Darcy mir beigestanden. Aber, da Darcy der Begegnung mit seiner Verwandtschaft wie ich besorgt entgegensah, half uns beiden Eure heitere, unbekümmerte Gelassenheit über unsere Befangenheit hinweg. Dir kann ich ja offen eingestehen, Jane, wie gerne ich dem Ball zu Ehren Georgianas ferngeblieben wäre. Das habe ich noch nicht einmal Darcy gestanden. Welchen Zweck hätte es auch gehabt? Als Schwägerin war es meine Pflicht, Georgiana an diesem für sie so wichtigen Tage – und sei es auch nur durch meine Anwesenheit – zu unterstützen. Dennoch graute mir ganz fürchterlich vor Darcys Verwandten. Dass alles so harmonisch ablief, verdanken wir nicht zuletzt Deinem sanften Wesen, mit dem Du auch noch den schwierigsten Zeitgenossen für Dich einzunehmen weißt. Mit der Verwandtschaft ist das so eine Sache. Keiner von uns kann sich jene frei erwählen. Ich muss Dir gestehen, so manches Mal wünschte ich mir schon, Caroline Bingley wäre nicht die jüngere Schwester von Deinem Charles. Womit ich nun bei dem Grund meines Schreibens angekommen bin. Zu meinem Leidwesen fuhren die Wragsdales während unseres Aufenthaltes in der Stadt nach Nottinghamshire, um ihrer ältesten Tochter Frances Fletcher einen Besuch abzustatten. Wäret Ihr daheim gewesen, hätte es sich ihre Ladyschaft nicht nehmen lassen, auch Glenister mit ihrer Anwesenheit zu beehren. Da Ihr nun einmal abwesend wart, blieb Lady Wragsdale nichts anderes übrig, als zumindest Euren Park ausgiebig zu erkunden. Selbstverständlich verfügt sie über eine adäquate Erklärung für ihren ungewöhnlichen Streifzug. Denn sie begehrte Mrs. Rogers einen Besuch abzustatten, um Mrs. Beagles von deren Wohlbefinden persönlich ins Bild zu setzen. Wie Du Dir unschwer vorstellen kannst, wartete Mrs. Beagles in Lambton schon ganz ungeduldig auf einen ausführlichen Bericht darüber, wie es ihrem Mündel geht. Du kennst mich gut genug, Jane, um nicht zu merken, wie sehr ich versuche, dem auszuweichen, was ich Dir nun zu berichten habe. Denn wahrhaft unglückselig ist der Umstand zu nennen, der Lady Wragsdale den Park von Glenister näher in Betracht ziehen ließ. So traf sie bei ihrem Spaziergang auf Deine Schwägerin Miss Bingley. Da ich davon ausgehe, dass Caroline Dir dieses Zusammentreffen verschwieg, muss ich nun die unangenehme Pflicht übernehmen, Dir über selbiges zu berichten. Wie Du Dir unschwer vorstellen kannst, drückte Lady Wragsdale ihre Verwunderung aus, da sie Miss Bingley längst in Italien wähnte. Schließlich hätte jene ihre Hochzeit mit dem ehrenwerten Conte Horatio vorzubereiten! Übe bitte Nachsicht mit mir, Jane. Aber angesichts Lady Wragsdales mannigfachen Fragen sah ich

mich überfordert, eine plausible Erklärung abzugeben. So leugnete ich einfach, nähere Einzelheiten zu kennen und versicherte ihr, wie unverständlich mir das Verhalten von Miss Bingley immer schon gewesen sei. Du musst zugeben, damit blieb ich geschickt bei der Wahrheit, wenn dies auch nur ein schwacher Trost für Dich sein mag. Denn dessen sei versichert: Lady Wragsdales Charakter ist es nicht gegeben, diese Angelegenheit auf sich beruhen zu lassen. Sie wird sich so lange in ihren Mutmaßungen ergehen, bis sie restlos ergründet hat, was es mit dem seltsamen Verhalten Deiner Schwägerin auf sich hat. Deshalb ist es an der Zeit, dass Miss Bingley sich eine offizielle Erklärung zurechtlegt, damit wir alle in Zukunft diesen unangenehmen Fragen begegnen können. Ich hoffe, ich bringe Dich mit meinem Anliegen nicht zu sehr in Bedrängnis. Und wider besseren Wissens gebe ich dem Wunsche Ausdruck, Du mögest vor dem Zorn Deiner Schwägerin, den, ich befürchte, Du auf Dich ziehen wirst, verschont bleiben. Verzeih mir, Jane, dass ich dies von Dir verlange, aber die Umstände erfordern ein sofortiges Handeln. – Es wird Dich freuen zu hören, wie unbegründet Deine Sorge um Deinen Neffen war. Er hat die vierzehn Tage ohne seine Eltern unbeschadet überstanden. Ich gebe zu, es schmerzt mich sogar, festzustellen, wie wenig ihn unsere Abwesenheit berührt hat. Wahrlich, Jane, ich hätte nie für möglich gehalten, wie sehr ich den kleinen Mann in den zwei Wochen in London vermissen würde. In Erwartung einer baldigen Antwort von Dir, verbleibe ich,
Deine etc.

Zufrieden mit dem Ergebnis ihrer Bemühungen faltete Elizabeth den Briefbogen zusammen, versiegelte ihn und machte sich sogleich auf den Weg, um für seine Beförderung Sorge zu tragen.

Allein die unbekümmerte Heiterkeit, die sie nach dem Verfassen der schwierigen Zeilen überfiel, sollte genauso rasch wieder verfliegen. Einen Brief in der Hand wedelnd kam ihr Catherine auf der Treppe entgegen. Und dessen Inhalt sollte für weitere Aufregung in Pemberley House sorgen.

»Ihr seid schon von eurem Ausritt zurück?«, rief Elizabeth erstaunt.

»Wen interessiert noch der Ausritt?«, entgegnete Catherine, griff die Hand ihrer Schwester und zog jene unsanft die paar Stufen wieder empor und zurück in ›Lizzys Salon‹.

»Oh Lizzy, es gibt ganz wunderbare Neuigkeiten! Ans Ausreiten war danach nicht mehr zu denken! Stell dir vor: Lydia plant die nächsten Wochen auf Glenister zu verbringen! Ist das nicht wunderbar? Wir müssen natürlich hinfahren. Keine Frage, mein Gott, wie lange haben wir sie nicht mehr gesehen! Oh, ich kann es kaum erwarten! Ich muss umbedingt Mama schreiben. Die wird auch ganz aus dem Häuschen sein. Oh, ich meinte natürlich«, stellte sie mit gezierter Höflichkeit fest, »ich werde Mama alsbaldig von diesen Neuigkeiten schriftlich in Kenntnis setzen.«

Und nach diesen artig vorgetragenen Worten gedachte Catherine, ganz ungestüm aus dem Zimmer zu enteilen. Doch ihre Schwester hielt sie am Arm fest. »Nicht so rasch, Kitty! Du hast mir noch gar nicht gesagt, ob Jane auch so überaus glücklich ist, Kitty in ihrem Haus zu empfangen.«

»Was sollte sie dagegen haben?«, erwiderte Catherine trotzig.

»Nun, immerhin sind Bingley und Jane die erklärten Gastgeber bei dieser Reise unserer jüngsten Schwester. Da scheint es mir doch angebracht, zumindest in Erwägung zu ziehen, dass jene einen Einwand gegen die Pläne von Lydia erheben könnten. Nebenbei, trägt sich Wickham mit dem Gedanken, seine Gattin zu begleiten?«

»Wen kümmert's, ob Wickham vorhat, Lydia zu begleiten? *Lizzy*!«, rief sie laut und schüttelte gleichzeitig deren Hand ab. »Hast du überhaupt begriffen, was ich dir gerade mitgeteilt habe? *Lydia* kommt nach Glenister! Mein Gott, wir haben sie seit *vier* Jahren nicht mehr gesehen! Seit damals, als sie uns nach ihrer Hochzeit für vierzehn Tage mit Wickham in Hertfordshire besuchte. Brennst du denn gar nicht darauf, mit eigenen Augen festzustellen, wie Lydia das Eheleben bekommt? Und wenn Wickham sie begleitet, was solltest *du* dagegen haben? Denn wenn ich mich recht erinnere, warst du Wickham einst sehr zugetan!«

»Ich erinnere mich vielmehr daran, Kitty, dass ich sehr wenig davon erbaut war, wie Wickham dereinst beliebte, unsere jüngste Schwester zu verführen und sie dazu brachte, mit ihm durchzubrennen. Ich hoffe, diese kleine Episode im Leben von Lydia ist noch nicht deinem Gedächtnis entfallen!«

»Oh, Lizzy, du willst nicht ernsthaft diese alte Geschichte aufwärmen, oder? Im Übrigen, durch ihre Heirat mit Wickham wurde Lydias Ruf wiederhergestellt. Und meines Wissens hat sie sich seitdem auch nichts mehr zu Schulden kommen lassen. Es besteht also kein Grund, dass die Familie sie weiterhin meidet, als hätte sie eine ansteckende Krankheit! Und ich finde, deine schwesterliche Liebe sollte dich eigentlich bei der Aussicht, die einst verlorene Schwester wieder in die Arme zu schließen, frohlocken lassen!«

Nach dieser Zurechtweisung sah sich Elizabeth genötigt, ihrem Brief an Jane noch ein paar Zeilen hinzuzufügen. So ließ sie Catherine gehen, schloss die Tür hinter ihr zu und setzte sich erneut vor ihr Schreibpult. Nun galt es zudem, in Erfahrung zu bringen, ob Jane der Besuch der Wickhams genehm war oder nicht. Allein der Umstand, dass Caroline immer noch auf Glenister weilte, mochte selbst ein so sanftmütiges Wesen wie Jane davor zurückschrecken lassen, sich mit der vorlauten Lydia ein gewichtiges Problem ins Haus zu holen.

Freilich, wie groß der Verdruss war, der ihr durch Lady Wragsdales Besuch bereitete wurde, sollte die Hausherrin in Gänze erst am Abend erfahren. Dann nämlich, als ihr Darcy vorwarf, sie würde ihre Schwester im Beisein von *Gästen* immer noch mit dem Kosenamen anreden.

»Hat sich diese unverschämte, kleine Kröte bei dir etwa beschwert?«

Elizabeth war noch zu erbost über die Schwierigkeiten, die ein Besuch der Wickhams bei den Bingleys nach sich ziehen würde, als dass sie in der Lage gewesen wäre, ihre Worte mit mehr Bedacht zu wählen. Sie war nicht zuletzt deshalb so garstig, weil sie sicher sein konnte, Jane würde eine *Bitte*, auch wenn sie von Lydia käme, niemals abschlagen.

»*Elizabeth*! Die Bezeichnung ›kleine Kröte‹ ist nicht akzeptabel!«

»Wir sind unter uns, Darcy! Oder erwartest du Besuch? Noch dazu in unserem Schlafzimmer?! Es wäre nett von dir, mich darüber in Zukunft aufzuklären!«

Darcys entschlossene Miene, mit der er über diese kleine Neckerei hinwegging, zeigte ihr nur zu deutlich, wie ernst ihm das Thema war. Aber so schnell gab sich eine Elizabeth Darcy nicht geschlagen!

»Ich bitte dich, Darcy, Kitty ist meine kleine Schwester und das wird sie auch immer bleiben. Ich komme mir geradezu albern vor, wenn ich sie plötzlich mit *Catherine* ansprechen soll!«

»Ist dir entfallen, Elizabeth, weshalb *Catherine* zu uns gekommen ist? Sie soll bei uns die Gelegenheit erhalten, ihr Benehmen zu vervollkommnen. Wäre es da nicht förderlich, wenn auch du, ihre ältere Schwester, dir angewöhntest, ihr in Gegenwart von Gästen den gebührenden Respekt zu zollen?«

»Jetzt übertreibst du, Darcy! Unser Gast war lediglich Lady Wragsdale. Eine Nachbarin, die, wenn sie sich in ein Thema verbissen hat, ihre bäuerlichen Wurzeln in ihrer Ausdrucksweise deutlich zu erkennen gibt. Wenn man dich so reden hört, könnte man meinen, wir hätten Seine Majestät höchstselbst zu Gast gehabt!«

»Es besteht keine Notwendigkeit, die Angelegenheit ins Lächerliche zu ziehen, Elizabeth! Mir ist es ernst! Nimm dir ein Beispiel an mir, wie ich über meine Schwester gegenüber Besuchern von Miss Darcy rede!«

»Es kann eben nicht jeder *so* vollkommen sein wie du, Darcy!«

»Elizabeth! Selbst Mrs. Bennet schafft es, sich gegenüber einer Lady Wragsdale des Taufnamens ihrer zweitjüngsten Tochter zu entsinnen. Du wirst mir doch nicht erklären wollen, du seist zu etwas nicht imstande, was deiner Mutter keine Schwierigkeiten bereitet, oder?«

»Oh, da fiele mir eine Menge ein, was ich nicht zustande brächte, womit Mama keine Schwierigkeiten hat. Nein, wahrlich, Darcy, es ist geradezu grotesk, wie du mir ausgerechnet meine Mutter als leuchtendes Vorbild für den richtigen Umgang in der Gesellschaft hinstellst! Vor allem wenn man bedenkt, dass mein Vater gerade wegen Mamas fehlender Etikette Kitty in unsere Obhut gab!«

»Da bin aber erleichtert, Elizabeth, zu guter Letzt sind wir doch einer Meinung!«

Überrascht sah sie ihn an. Hatte sie, ohne es zu merken, seinem Standpunkt zugestimmt?

»Da – wie du soeben richtig feststelltest – Mrs. Bennet gerne gegen die Etikette verstößt, sagen wir, weil sie es nicht besser weiß, sollte es dir umso leichter fallen, Elizabeth, ihr in diesem speziellen Fall nachzueifern. Damit meine ich: Catherine in Gegenwart von Gästen mit ihrem Taufnamen anzusprechen! Dies sollte dir ohne Schwierigkeiten gelingen, da du sie ja auch ohne erkennbare Probleme als Miss Bennet vorzustellen vermagst.«

»Welch ein Aufhebens um so eine geringfügige Sache! Aber bitte, Darcy, wenn dir so viel daran liegt, gelobe ich dir hiermit feierlich, mich zu bessern!«, gab sie schließlich nach. Zumindest wollte sie es versuchen!

Mit diesem Zugeständnis gab sich Darcy zufrieden. Fürderhin vermied er es jedoch, seine Gattin noch einmal auf dieses für sie offenbar heikle Thema anzusprechen. Zumal schon ein Blick seinerseits genügte, um jene an ihr *Gelöbnis* zu erinnern. Elizabeth ließ es sich im Gegenzug nicht nehmen, sofern nicht wirklich ein bedeutender Gast anwesend war, keck und genüsslich *Kitty* zu rufen. So wollen wir versuchen, uns ein Beispiel an ihr zu nehmen und es Mrs. Darcy gleichtun. Denn wer wären wir, um einem Gentleman wie Mr. Darcy zu widersprechen!

# Kapitel 5

Die nächsten Tage zogen sich in der sehnsüchtigen Erwartung einer Antwort von Jane dahin. Dabei waren die Empfindungen der beiden wartenden Schwestern ganz unterschiedlicher Natur. Während Catherine ganz erfüllt war von der Hoffnung auf ein baldiges Wiedersehen mit Lydia, befiel Elizabeth bei der Vorstellung eines solchen ein Gefühl der Beklemmung. Aus den Querelen, die sich aus diesen unterschiedlichen Gemütsbewegungen der beiden Schwestern ergaben, hielt sich Darcy wenn irgend möglich heraus. Er zog es vor, sich erst dann Gedanken über ein Wiedersehen mit Mr. Wickham zu machen, wenn dieses unweigerlich bevorstand. Dabei schienen Bedenken allein aufgrund Janes Charakter unangebracht. Und in der Tat sollte die Antwort selbiger einmal mehr zeigen, wie deren unerschütterliche Gutmütigkeit den Sieg davontrug. Denn wie von Catherine gewünscht, hatte die Herrin von Glenister ohne auch nur einen Moment des Zögerns eine herzliche Einladung an Mr. und Mrs. Wickham gleichermaßen ausgesprochen.

Catherine vergaß jegliche Etikette und rannte, kaum dass Elizabeth die entscheidende Passage aus Janes Brief vorgelesen hatte, aus dem Raum. Sie befand sich in einem Zustand unbändigen Glücks. Ein Glück, das sie mit jemandem zu teilen begehrte. In Anbetracht der Abwesenheit von Georgiana lief sie in den Stall, wo sie gewiss sein konnte, Hannah anzutreffen.

Darcy verzichtete darauf, seinen ganz gegensätzlichen Empfindungen Ausdruck zu verleihen. Stattdessen stellte er seiner Gattin nur eine Frage: »Was ist mit Miss Bingley?«

»Oh, das Problem scheint sich gelöst zu haben«, erwiderte Elizabeth, nach wie vor in Janes Brief vertieft. Flink wanderten ihre Augen über die Zeilen, bis sie die Stelle gefunden hatte. Laut las sie vor:

»Was Caroline anbelangt, hat jene beschlossen, unseren Gästen aus dem Weg zu gehen. Selbstredend wählte sie andere Worte. Sie gab uns zu verstehen, ihre Freunde in der Stadt trügen ihr mittlerweile vehement die Bitte an, sich ihnen anzuschließen, da man sie schmerzlich misse. Und Du, Lizzy, magst mir verzeihen, aber Charles und ich kommen nicht umhin festzustellen, dass wir Erleichterung empfinden, Caroline nicht der Neugierde von Lydia ausgesetzt zu sehen. Zudem bedeutet ein Aufenthalt in London für sie Abwechslung und damit willkommene Ablenkung. Die arme Caroline hat mein tiefstes Mitgefühl. Was Deine Bitte angeht, waren Charles und ich uns gleich einig, dass – bei allem Verständnis für Carolines Befindlichkeiten – Deine Bedenken ihre Berechtigung haben. Ich bin ihm sehr dankbar, denn er erklärte sich sogleich bereit, mit seiner Schwester zu sprechen. Wie von Dir gewünscht, legte er ihr nahe, sich eine passende Erklärung für ihre Trennung von Conte Horatio einfallen zu lassen. Du vermagst Dir vorzustellen, wie unangenehm Bingley solche Gespräche sind und wie behutsam er daher mit Caroline umging. Dem ungeachtet war sie ob dieser Forderung sehr erzürnt! Nach einer kurzen Bedenkzeit gab sie dann aber zu, es sei besser, sie streue ein Gerücht nach ihrem Geschmack, als dass andere auf die Idee verfielen, sich ihren eigenen Reim auf die Umstände zu machen. Nun also will sie ihr Glück in der Stadt versuchen. Womöglich hat dort niemand genaue Kenntnis von ihrer engen Bindung zu Conte Horatio. Schließlich weilte sie nur eine kurze Zeit in London bei den Hursts, bevor sie zu unserem Ball nach Glenister aufbrach. Und in jener Zeit betrieb sie noch die *Geheimhaltung* ihrer Verlobung mit dem nötigen Ernst.«

»Täusche ich mich, Liebste, oder hast du auch den Eindruck, Jane verdränge erfolgreich die Tatsachen? Es hat nie eine Verlobung zwischen Conte Horatio und Miss Bingley gegeben!«

»Ich weiß, Darcy! Dennoch bin ich davon überzeugt, ist sich Jane dessen ebenso bewusst wie wir. Ich denke, Bingley und sie haben sich der Harmonie zuliebe angewöhnt, mit Caroline so zu sprechen, als hätte diese Verlobung tatsächlich bestanden.«

»Wenn dem so sein sollte, und das würde mich nicht wundern, täten sie beide gut daran, ihr Verhalten zu überdenken. Es wäre an der Zeit, Miss Bingley die Augen zu öffnen, damit sie begreift, welche Widrigkeit sie begangen hat. Einen Gentleman zu bezichtigen, er habe das Versprechen einer Ehe gering geachtet und nicht gehalten, ist ein schwerwiegender Vorwurf! Mehr noch: ein Sakrileg! Dank Miss Bingleys ausschweifender Fantasie werden in Kürze eine nicht geringe Anzahl von Personen jenem Gentleman adliger Abstammung vorwerfen, er habe es an Manieren und Respekt fehlen lassen. – Wenn ich an den Abend des

Balls zurückdenke, an die Sorge, Bingley könnte übereilt handeln. Nimm nur einmal an, Liebste, es wäre ihm tatsächlich gelungen, bevor ich ihn einholte, einen Weg zu finden, auf das Festland überzusetzen! Allein diese Vorstellung lässt mich erschaudern! Womöglich hätte mein Freund Conte Horatio zum Duell gefordert! Einen Gentleman, der sich völlig integer verhalten hat! Einen ...«

»Völlig integer?«, unterbrach ihn seine Gattin. »Wohl kaum! Ich mag keine Freundin von Miss Bingley sein, Darcy, aber so viel Zugeständnis muss ich ihr schon machen. Hätte sich dieser Gentleman nicht so zuvorkommend verhalten, bin ich mir sicher, wäre sie nicht auf die Idee verfallen, er trüge sich mit der Absicht, sie zur Frau zu begehren.«

»Ich sehe, Elizabeth, auch du hast mittlerweile deine Meinung, was das Verhalten von Miss Bingley angeht, geändert. Ja, seid ihr denn alle dem Irrtum erlegen, sie sei im Recht?«

»In keinerlei Hinsicht! Dennoch kann ich nicht die Augen davor verschließen, wie geschockt sie war, als ausgerechnet ich ihr die Wahrheit offenbarte. Du warst nicht dabei, Darcy! *Du* hast nicht ihre Verzweiflung gesehen! Conte Horatio verdient zumindest den Tadel, nicht auf die pekuniäre Lage seiner Familie hingewiesen zu haben.«

»Elizabeth, du erwartest nicht ernsthaft, ein Gentleman müsse seine pekuniäre Situation einer jungen Dame gegenüber erklären?«

»Wenn man bedenkt, welche Rolle dem Vermögen bei einer guten Partie zukommt, erscheint mir deine Ansicht recht einseitig, Darcy!«

»So hätte deiner Meinung nach, Elizabeth, Conte Horatio schlechthin Miss Bingley gestehen sollen, die Bauarbeiten am Palazzo seiner Familie in Rom würden nur erfolgen, um jenen anschließend zu veräußern?«

»Was wäre so schändlich daran gewesen? Ist es nicht hinlänglich bekannt, welche Schwierigkeiten gerade adelige Familien mit dem Erhalt ihres Besitzes haben?«

»Wie kannst du nur so ein Ansinnen stellen, Elizabeth? Ein Gentleman solle – noch dazu einer Fremden gegenüber – von seinen monetären Schwierigkeiten berichten? Es ist in der Tat hinlänglich bekannt, wie sehr sich gerade die feine Gesellschaft bemüht, keinen Einblick in ihren Geldbeutel zu gestatten. All unser Getue, all unsere Eitelkeiten und all unser Ausstaffieren dienen allein dem Zwecke, unseren Nächsten Sand in die Augen zu streuen! Niemand soll wissen, was uns wahrhaftig im Innersten bewegt!«

»Und dennoch«, beharrte Elizabeth auf ihrem Standpunkt, »weiß ein jeder sogleich, das Vermögen eines ledigen Gentlemans zu benennen, sobald dieser einen Ballsaal betritt. Oder hast du vergessen, wie es auf dem Debütball von Georgiana zuging?«

»Die auf einem Ball kursierenden Gerüchte müssen nicht unbedingt zutreffen! Auch wurde Conte Horatio Miss Bingley nicht auf einem Ball vorgestellt. Die beiden lernten sich beim Dinner in einer kleinen Pension in Rom kennen. Wohlgemerkt, nachdem Miss Bingley den jungen Gentleman belauschte und ihm nachreiste. Ihre Absicht war von Anfang an nicht lauter! Genauso wenig bereitete es ihr Gewissensbisse, uns alle zu belügen!«

Die harschen Worte Darcy beendeten schließlich das unerquickliche Thema. Dagegen vermochte er nicht, das andere kaum weniger beliebte zu verhindern. Denn seine Schwägerin Catherine sprach von nichts anderem mehr als dem Wiedersehen mit ihrer Lieblingsschwester Mrs. Wickham. Ausgelassen imitierte sie die unverwechselbar kecke Art Lydias, tanzte schwungvoll wie ein kleines Mädchen durch die Räume, zog Bedienstete am Ärmel, zwang sie, sich mit ihr zu drehen und in ihren Übermut einzustimmen.

Elizabeth fühlte sich um Jahre zurückversetzt. Hier und jetzt erlebte sie die Kitty aus Kindertagen. All die Bemühungen der vergangenen Monate, aus Catherine eine wohlerzogene junge Damen zu machen, schienen spurlos an dieser vorübergegangen zu sein. Eine empörende Zurechtweisung hätte angemessen erscheinen mögen. Allein Elizabeth empfand kein Bedauern bei diesem Anblick. Sooft sie sich auch in der Vergangenheit über das vorlaute Benehmen ihrer jüngsten Schwestern geärgert hatte, heute sah sie nur Heiterkeit und Freude. Eine Ausgelassenheit, die für ihr Empfinden die Räume von Pemberley House allzu selten erlebten.

Die Freude wurde nur durch den verdrießlichen Gesichtsausdruck des Hausherrn getrübt. Elizabeth war sich sicher, nicht das zügellose Verhalten ihrer Schwester, sondern die Aussicht Mr. Wickham in absehbarer Zeit wiederzusehen, verzerrte das sonst ebenmäßige Antlitz Darcys so ungeheuerlich.

Catherine ließ sich nicht von seinem Missmut anstecken. Noch fühlte sie sich zu irgendwelcher Rücksicht veranlasst. Wenn es nach ihr gegangen wäre, hätte sie sogleich anspannen lassen. Jegliches Argument gegen eine sofortige Abreise suchte sie durch ausgiebige Reden zu entkräften.

»Was bedeutet schon die Witterung bei guten Straßen?«, fragte sie ganz ungeniert und übernahm damit eine Lieblingsphrase Darcys. »Liebe Lizzy, sollte dir schon entfallen sein, dass wir erst vor ein paar Tagen aus London zurückgekehrt sind? Du willst mir nicht erklären, dir würden die dreißig Meilen bis Glenister etwas ausmachen! Das ist lachhaft! – Aber bitte, wenn ihr euch nicht in der Lage seht, die paar Meilen Weges hinter euch zu bringen, dann ladet Wickham und Lydia nach Pemberley ein! Ich verstehe ohnehin nicht, wieso ihr eine solche Einladung nicht schon längst ausgesprochen habt. Letztes Jahr auf der Taufe von Eddy hätte Lydia eigentlich zugegen sein müssen. Sie ist deine jüngste Schwester, Lizzy! Auch wenn sie vor Jane und dir heiratete und ja, die Umstände, wie diese Heirat zustande kam, gefielen dir nicht. Wen kümmert es heute noch, dass Lydia damals in Brighton mit Wickham durchbrannte? Genauso wenig ist von Interesse, ob Wickham zu Eddys Tauffeier abkömmlich war oder nicht! Wenn ihr die Kosten übernommen hättet, wäre Lydia sicher allein gekommen. Denn schließlich gehört es sich, dass die eigene Schwester bei so einer wichtigen Familienfeier dabei ist! Täusche ich mich«, fügte sie nun in einem affektierten Tonfall hinzu, »oder schreibt die Etikette dergleichen nicht sogar vor? Sollte nicht bei Familienfesten immer die *ganze* Familie zugegen sein? Oder schämst du dich für Lydia? Du sagst ja gar nichts, Lizzy!«

»Wie sollte ich, da du ununterbrochen redest!«

»Nun denn, du hast meine ungeteilte Aufmerksamkeit, Lizzy.«

»Ach, Kitty, meine Argumente kennst du zur Genüge. Warum quälst du Darcy und mich immer wieder mit den gleichen Fragen?«

»Weil ich eure Antworten nicht verstehe!«, rief Catherine erbost.

»Dann fürchte ich, Kitty, wirst du dich damit abfinden müssen, das es so ist, wie es nun einmal ist.«

»Das werde ich bestimmt nicht! Und wenn ich hinreiten muss. Ich werde Lydia auf Glenister wiedersehen. Unabhängig davon, Lizzy, wie du darüber denkst.«

Und mit solch tollkühn ausgesprochenen Worten verließ sie ihre ratlose Schwester, ihre Meinung durch einen kräftigen Knall der Zimmertür deutlich machend. Darcy, der dem Streit schweigend zugehört hatte, ergriff nun das Wort.

»Mr. Wickham auf Pemberley!«

»Oh, Darcy, bitte fang du nicht auch noch an, deinem Unmut Gehör zu verschaffen. Ich habe wahrlich genug davon!«

»Und ich hatte mir eingebildet«, entgegnete er betroffen, »Catherine hätte sich ein distinguiertes Benehmen zugelegt. Aber wenn ich ihre Auftritte der letzten zwei Tage bedenke, beschleicht mich das Gefühl, auf ganzer Linie versagt zu haben. Die Erziehung junger Damen scheint mir nicht zu liegen.«

»Und was ist mit Georgiana? Sie hätte sich derlei Betragen nie erlaubt. Du kannst nicht erwarten, Mamas jahrenlangen Einfluss in wenigen Monaten zu korrigieren.«

»Wie ist es nur dir und Jane gelungen, euch unter den gleichen Bedingungen so vorteilhaft zu entwickeln?«

»Ach, dann findest du tatsächlich, Darcy, ich entspräche dem Bild eines *braven*, *netten* und *gutmütigen* Eheweibes?«

»Du hast bei deiner Auflistung die Attribute *gehorsam*, *selbstlos* und *aufopfernd* vergessen, Liebste!«

»So, so, das ist also *deine* Vorstellung von der idealen Frau. Hätte ich *das* nur vorher gewusst! Aber so ist das mit euch Männern, man entdeckt erst in der Ehe eure wahren Wünsche. So muss ich wohl zu guter Letzt noch meiner Freundin Charlotte recht geben! Denn sie meinte seinerzeit, es wäre besser, man wisse möglichst wenig über seinen zukünftigen Partner, da die Ehe noch genügend Zeit ließe, dessen Eigenarten kennen zu lernen!«

»Danke, Liebste! Jetzt begreife ich erst, wie deine sonst so vernünftige Freundin Charlotte einen Ehemann wie Mr. Collins erwählen konnte. – Nun aber ernsthaft«, fuhr er nach einer Weile fort, »wir müssen eine Lösung finden. Denn lange werde ich die Tiraden deiner Schwester nicht mehr ertragen. Und eins dürfte feststehen: Mr. Wickham ist auf Pemberley *nicht* willkommen! Darin sind wir uns doch einig, oder?«

»Dieser Versicherung bedarfst du nicht, Darcy. Die Frage ist doch vielmehr: Welche Kutsche wird benötigt? Mit anderen Worten: Wirst du dich uns anschließen?«

»Und was ist mit dir? Bist du bereit, dich erneut ein paar Wochen von deinem Sohn zu trennen?

»Aber Darcy, du glaubst, Jane würde es mir gestatten, ohne den Kleinen nach Glenister zu kommen? Nein, Eddy muss mich begleiten. Alles andere wäre undenkbar. Auch für mich! Mir stellt sich nur noch die

Frage: Werde ich auf deine Anwesenheit die nächsten Wochen verzichten müssen?«

Der ausweichende Blick Darcys war Antwort genug. Dennoch gab er sich große Mühe, ihre Enttäuschung zu mildern. »Glaube mir, Liebste, du wirst noch dankbar sein, mich nicht an deiner Seite zu haben. Oder kannst du dir vorstellen, ich könnte Mr. Wickhams Reden mit Gelassenheit folgen? – Nein, ich bin mir sicher, in diesem speziellen Fall werden weder Gastgeber noch Gäste meine Abwesenheit bedauern.«

»Oh Darcy, so ungerecht kannst du Bingley und Jane gegenüber nicht sein. Zugegeben die letzten Monate mit Miss Bingley waren bestimmt auch für so genügsame Charaktere wie die beiden nicht leicht zu ertragen. Dennoch vermag ich mir nicht vorzustellen, sie würden kein Bedauern empfinden, wenn sie auf deine Gesellschaft verzichten müssen.«

Zweifellos hatte Mrs. Darcy ihre Worte ernst gemeint. Doch je mehr sie über seinen Einwand nachsann, desto mehr stimmte sie ihm zu. Letztendlich war sie überzeugt, ihr Gatte tat recht daran, Mr. Wickham aus dem Wege zu gehen. Deshalb versuchte sie ihn nicht zu überreden. Zumal die Vergangenheit sie gelehrt hatte, wie unberechenbar Mr. Wickhams Verhalten war. Oder irrte sie sich? Vielleicht war Mr. Wickhams Verhalten weniger unberechenbar als vielmehr durchschaubar! Dies traf allerdings nur dann zu, wenn man sich hinsichtlich seines Charakters keiner Illusion hingab!

# Kapitel 6

»Oh, wie schön, ihr seid schon da! *Wir* sind schon seit einer Viertelstunde hier! Da staunt ihr, was? Dabei hatten wir *so* einen weiten Weg! *Zwei Mal* mussten wir übernachten. Aber gestern sind wir *so* gut vorangekommen, da habe ich zu meinem lieben Wickham gesagt: Komm, lass uns gleich morgen in der Frühe aufbrechen! So schaffen wir es noch vor den anderen! Das wird ein rechter Spaß! Ich kann es kaum erwarten, in ihre überraschten Gesichter zu schauen, wenn *wir* sie empfangen! – Na, was sagt ihr? Habe ich das nicht alles ganz *wunderbar* eingefädelt?«

Da war sie wieder, diese unverwechselbare Art von Lydia Bennet. Dabei hörte jene nun schon seit vier Jahren auf die Anrede Mrs. Wickham. Die Ehe schien sie kein bisschen verändert zu haben! Elizabeth hatte gehofft, die vergangenen vier Jahre hätten auch ihre jüngste Schwester reifer und besonnener werden lassen. Ein Irrtum, wie sie nun erkennen musste. Denn Mrs. Wickham legte sich keinerlei Zurückhaltung auf. Im Gegenteil, sie prahlte ganz ungeniert damit, ihnen allen ihren Willen aufgezwungen zu haben.

»Was für eine Begrüßung, Lydia! Auch ich freue mich, dich wiederzusehen«, sagte Elizabeth kopfschüttelnd.

»Lizzy, wie ich sehe, steht dir immer noch nicht der Sinn nach etwas Spaß!«

»Oh, Lydia, da unterliegst du aber einem Trugschluss. Ich halte mich für einen Menschen, der durchaus eine Menge Spaß versteht, nein, der sogar Humor besitzt! Doch deine Art von Spaß, Lydia, bekenne ich frank und frei, hat selten mein Verständnis gefunden. Ich mag es nämlich nicht, wenn der Spaß, den man treibt, für den Nächsten alles andere als amüsant ist oder schlimmer noch, auf dessen Kosten geht!«

»Wie komisch du wieder redest!«, stellte Lydia fest, ohne richtig zugehört zu haben. »Kein Grund, Lizzy, einen Streit vom Zaun zu brechen. Schließlich galt meine Bemerkung nicht dir, sondern Kitty! Ich wollte nur höflich sein, deshalb sprach ich euch alle an«, erklärte sie und meinte dann mit einem Augenzwinkern zur ihrer Lieblingsschwester: »Wir verstehen uns, nicht wahr, Kitty!?«

Der erstaunte Blick Janes zeigte Elizabeth, dass sie nicht die Einzige war, die nicht wusste, worum es ging.

»Mir scheint, Jane, wir sind einem Komplott erlegen. – Gibt es vielleicht irgendetwas«, und bei diesen Worten wandte sich Elizabeth ihrer Schwester Catherine zu, »was du vergessen hast, mir mitzuteilen, Kitty?«

Doch Catherine Bennet war einfach zu glücklich, als dass sie es geduldet hätte, dass irgendwelche Äußerungen dieses Glück trübten. So antwortete sie lapidar: »Nun stell dich nicht so an, Lizzy! Das Einzige was zählt, ist immer das Ergebnis, nicht wahr, Lydia?«

Danach schloss sie ihre Lieblingsschwester so fest in die Arme, dass selbige ihr nach Luft ringend die Antwort schuldig blieb.

»Miss Bennet, ich bitte Sie, lassen Sie mir meine liebe Frau heil! Was sollte ich ohne sie machen? Denn wir armen Ehemänner sind ohne unsere bessere Hälfte doch völlig hilflos, nicht wahr, Mr. Bingley?« Mit diesen galanten Worten schritt unverkennbar Mr. Wickham neben dem Gastgeber die große Freitreppe hinab. Er war in Uniform, gleichsam als wäre dieses Kleidungsstück für ihn ein Garant dafür, bei den Damen einen noch besseren Eindruck zu machen, als er ohnehin beliebte. Oder vielleicht war es auch seiner Gattin so genehm. Schließlich war es kein Geheimnis, dass Lydia Wickham eine Vorliebe für die roten Röcke der Offiziere hatte.

Die Begrüßung zwischen Mr. Wickham und Mrs. Darcy fiel höflich, aber kühl aus. Ein Umstand, dem weder Lydia noch Catherine Beachtung schenkten. Sie waren viel zu sehr damit beschäftigt, sich möglichst in den ersten fünf Minuten ihres Wiedersehens alle Neuigkeiten auf einmal zu berichten. Dabei hörte die eine der anderen genauso wenig zu, wie umgekehrt.

»Wie ich sehe, bin ich wohl die nächste Zeit für meine Gemahlin überflüssig. So fürchte ich, werden wir bei dem gegenseitigen Austausch unserer Erlebnisse der letzten Jahre auf uns allein gestellt sein.«

Und in der Tat sollte Mr. Wickham recht behalten. Denn in diesem Augenblick zog Lydia ihre Schwester Kitty ungestüm fort, um für all die Nichtigkeiten, die die beiden immer schon leidenschaftlich auszutauschen pflegten, keine Zeugen zu haben. So blieb den Zurückgelassenen nichts anderes übrig, als gute Miene zum bösen Spiel zu machen und ihre Bestürzung, sich im Grunde nichts zu sagen zu haben, möglichst gut zu verbergen.

Über die erste Verlegenheit half ihnen Master Edward hinweg. Denn wie in solchen Fällen üblich galt es, klein Eddy zu begutachten. Seine Tante konnte nicht umhin festzustellen, wie sehr er sich seit ihrem letzten Beisammensein verändert habe. Und ganz wie es von einer fürsorglichen Tante zu erwarten war, fand Jane viele Worte, um zu beschreiben, wie sehr der Junge in die Höhe gewachsen sei, wie sehr sich die Veränderungen allein in seinem Antlitz widerspiegelten. Und da ihm nun so eine Vorlage gegeben worden war, zeigte sich einmal mehr die Gewandtheit in Ausdruck und Galanterie bei dem angeheirateten Onkel. Mr. Wickham, der es verstand, sehr rasch den jungen Damen den Kopf zu verdrehen, wusste auch einer jungen Mutter gegenüber, die richtigen Worte zu wählen. Und nach einem geradezu verschwenderischen Gebrauch von Adjektiven, mit denen er Schönheit und Einmaligkeit des jungen Erdenbürgers zum Ausdruck brachte, konnte er nicht umhin, festzustellen, eine größere Ähnlichkeit des Knaben mit der Mutter zu sehen als mit dem Vater. Ja, die Übereinstimmung mit dem Vater sei so geringfügiger Art, dass sie schwerlich in Worte zu fassen sei. Nach dieser Feststellung fügte er, wie er meinte, als Beruhigung hinzu, dass dieser Umstand kein Bedauern hervorrufen müsse, denn bekanntermaßen würde die Schönheit der Mutter bei Weitem die des Vaters übertreffen.

Ob nun beabsichtigt oder nicht, verfehlte diese Schmeichelei ihr Ziel, was zu einem abrupten Ende des Themas führte. Wie Mr. Wickham wohl bekannt sein musste, teilte Elizabeth schon lange nicht mehr seine Abneigung gegen Darcy. Eine Tatsache, die sich nicht zuletzt in ihrer Heirat mit jenem manifestierte. Aber vielleicht wollte Mr. Wickham die echte Zuneigung, die Mrs.

Darcy für ihren Gatten empfand, einfach nicht anerkennen. Elizabeth sah zumindest die Zeit für gekommen, Edward wieder in die Obhut seines Kindermädchens zu geben. Schließlich waren die allgemein gültigen Plattitüden von Artigkeiten an dem Jungen hinreichend abgearbeitet worden. Mrs. Harvey verstand den Wink ihrer Herrin sogleich und nahm dankbar den kleinen Mann an sich. Sie war froh, ihren Schützling der allgemeinen Aufmerksamkeit entziehen zu können. Denn Mrs. Harvey vertrat die Ansicht, in derlei Fällen sei für ein so junges Geschöpf weniger besser als zu viel.

So stiegen sie nun, bar jeden Gesprächsstoffes, die Stufen der großen Freitreppe hinauf, von Zeit zu Zeit vergeblich Ausschau haltend nach den beiden unzertrennlichen Schwestern. Oben angekommen, schlug die Hausherrin vor, sich bei einer Tasse Tee von den Anstrengungen der Reise zu erholen. Dankbar folgten sie ihr in den Salon.

Tee hat die wunderbare Eigenschaft, nicht nur zu jeder Tages- und Nachtzeit bekömmlich zu sein, nein, darüber hinaus bietet er für den echten Kenner auch ein schier unerschöpfliches Gesprächsthema. Nachdem man einhellig festgestellt hatte, dass Twinings den besten Tee überhaupt führe, tauschte man sich gegenseitig über den jeweiligen Lieblingstee aus. Dann folgte eine Erörterung der verschiedenen Teesorten, die Beschreibung der schönsten Teekästchen, der korrekten Zubereitung der Teeblätter sowie der unterschiedlichen Teearomen. Schließlich war der Tee getrunken und so wandte man sich dem Wetter zu. Erschreckend rasch war man sich einig, dass es für Ende März schon recht warm sei, wenn auch nicht zu heiß, kein Vergleich zum Frühlingsbeginn des letzten Jahres! Auch das zögerlich vorgebrachte Erstaunen über den Verbleib Lydias und Kittys vonseiten Janes war mit wenigen Sätzen abgehandelt. Für einen kurzen Moment fürchtete Elizabeth gar eine völlige Stille, doch dann nahm Wickham das Wort.

»Kaum zu glauben«, begann er, »wie die Zeit verstreicht. So sind es nun schon vier Jahre, dass meine Lydia und ich im Bunde der Ehe vereint sind. Und auch Sie, die ich nun Schwestern nennen darf, schauen auf beinahe die gleiche Zeit zurück, in der Sie Ihre Ehen schlossen. Wenn ich es recht bedenke, Mrs. Bingley, war Ihre Heirat seinerzeit fast schon eine abgemachte Sache. Mochten die Umstände auch zwischendurch für ein paar Verwirrungen gesorgt haben. Wie meine Lydia immer betont, waren Sie, verehrter Sir«, und bei diesen Worten neigte er sein Haupt wohlgefällig zu Bingley, »von Anfang an dazu auserkoren, diese reizende junge Dame zu ehelichen. Ja, so ist es, wenn Amors Pfeil uns Männer trifft, dann bleibt uns nur noch zu gehorchen!«

Elizabeth musste an sich halten. Gehorcht hatte Mr. Wickham wohl mehr den Einwänden Darcys als Amor! Zudem hatte eine nicht unbeträchtliche Summe zur Überzeugung beigetragen. Das Geld freilich war zum größten Teil für die Tilgung der Schulden des erlauchten Gentlemans benötigt worden. Aber über diese Dinge schwieg man besser. Da keiner der Zuhörer offenbar Lust verspürte, auf die geistreichen Worte Mr. Wickhams einzugehen, fuhr jener, nachdem er eine Weile seine Augen über das Inventar des Salons hatte gleiten lassen, in seinem Monolog fort.

»Wie geschmackvoll dieser Raum eingerichtet ist. Man spürt sogleich die Hand der Hausherrin wie gleichermaßen den Wohlstand des Hausherren. Überhaupt kann ich nicht umhin, festzustellen, wie gelungen sich bei diesem Herrenhaus die unterschiedlichen Architekturen zusammenfügen. Dies vermag ich schon jetzt zu sagen: Selten habe ich ein Anwesen betreten, bei dem auf der einen Seite die Eigentümlichkeit eines jeden Stils belassen und auf der anderen Seite ein harmonisches Bild geschaffen wurde. Die Ausgewogenheit des Bauwerks scheint die des Bauherren widerzuspiegeln. Und ich denke, in diesem Punkt täusche ich mich nicht, werter Mr. Bingley, denn – wie mir meine Lydia stets versichert – besitzen Sie, Sir, einen so ausgeglichenen Charakter wie Ihre Gattin. Ja, ich kann Ihnen beiden nur zu so einem Besitz gratulieren. Und glauben Sie mir, als Offizier, der sozusagen jederzeit mit einem Ortswechsel rechnen muss, weiß gerade ich es zu schätzen, wenn man ein Haus in der Tat sein Heim nennen darf. Nun war es mir auch nicht in die Wiege gelegt, dereinst mein Auskommen im Gewande des roten Rockes zu finden. Und so mögen Sie mir meine Melancholie verzeihen, die mich angesichts eines solchen Anwesens in die Kindheit versetzt. Ich hatte ja nicht nur die Ehre, auf Pemberley das Licht der Welt zu erblicken, sondern bin auch dort aufgewachsen. Bei alldem denke ich auch an meine Lydia. Obwohl es ihr nicht schwer zu fallen scheint, nie an einem Ort *Wurzeln* schlagen zu können.«

Hier fühlte sich Mrs. Darcy bemüßigt, diesen Eindruck zu bestätigen. So habe Lydia schon als kleines Mädchen sehr häufig von der Ferne geschwärmt.

»Dennoch, Mrs. Darcy, beliebt gerade meine Lydia, mir die Zeit in Hertfordshire des Öfteren ins Gedächtnis zu rufen. So erinnere ich mich noch gut, wie Sie, verehrter Mr. Bingley, als Neuankömmling in Meryton aufgenommen wurden.«

Einmal mehr wunderte sich Elizabeth über Mr. Wickham. Denn Bingley war *vor* jenem nach Hertfordshire gekommen. Wie konnte sich Wickham dann an dessen Ankunft erinnern?

»Wie gut hat es doch ein Gentleman, der gleichermaßen gesegnet ist mit einer so natürlichen Art wie mit den Gaben des Wohlstandes. Wie hocherfreut waren meine Lydia und ich, als wir die Nachricht erhielten, dass endlich das zusammenfand, was zusammengehört. Lydia hat ja immer an den glücklichen Ausgang Ihrer Verbindung geglaubt, Mrs. Bingley! Meine Gemahlin schwört, sie habe es gleich gewusst. Schon auf dem Ball in Meryton, wo Sie sich das erste Mal begegneten, wären Sie, Sir, für die anderen jungen Damen im Saal verloren gewesen! Nur Augen für die bezaubernde Miss Bennet hätten Sie gehabt.«

Wie zur Bestätigung nickte Bingley und warf dabei seiner Gattin einen Blick zu, der verriet, dass sich an diesem Zustand nichts geändert hatte.

»Doch so sehr wir diese Vereinigung erwarteten«, fuhr Wickham fort, »umso überraschter waren wir von der Nachricht, dass Sie, Mrs. Darcy, ebenfalls den Freuden der Ehe entgegensahen. Nichts hatte darauf hingedeutet, Sie könnten die Absicht haben, mit Mr. Darcy den Bund der Ehe einzugehen. Nicht einen Moment hätte ich es für möglich gehalten, *Sie* würden einst von den Wiesen und den Wäldern, durch die *ich* als Kind streifte, die Herrin sein!«

»Ich hoffe, Mr. Wickham, Sie sind nicht allzu betrübt, dass ich nun diesen Anspruch erhebe«, konnte Elizabeth nicht umhin zu bemerken. Es war die Formulierung, die er wählte, die sie bis ins Mark traf. Lady Catherine de Bourgh hatte ihr gegenüber ganz ähnliche Worte gebraucht, als sie ihr die Unmöglichkeit einer Verbindung mit Darcy vor Augen führte.

»Aber, keineswegs, verehrte Schwester! *Hocherfreut* bin ich über die glückliche Fügung, die Ihnen das Leben bereitet hat.«

»Sie können sich vorstellen, Mr. Wickham«, meinte Bingley, »wie glücklich ich mich erst schätzte, über die Aussicht fürderhin durch meine liebe Jane mit meinem besten Freund verwandtschaftlich verbunden zu sein. Denn es gibt kein stärkeres Band als das der Familie!«

Offenbar mochte Mr. Wickham diesen Gedanken nicht vertiefen, denn er wechselte sogleich das Thema. »Mr. Bingley, bei unserer Fahrt durch Ihren Park, ist mir nicht entgangen, wie sehr er dem von Pemberley ähnelt, dessen ich mich als wahrer Kenner rühmen darf!«

»Es ist sehr großherzig von Ihnen, Mr. Wickham, eine Ähnlichkeit festzustellen«, entgegnete Bingley. »Ich bin mir aber durchaus bewusst, dass unser Park – schon allein wegen seiner bescheidenen Ausmaße – dem Vergleich mit Pemberley nicht standhalten kann.«

»Es muss eine wahre Freude sein, das eigene Heim zu verschönern«, wandte sich Wickham nun an Jane.

»Oh ja, Mr. Wickham, eine große Freude«, pflichtete ihm Jane bei. »Eine Freude noch dazu, die kein Ende nimmt. Denn es gibt immer etwas, was noch schöner herausgeputzt werden kann.«

»Derlei Verschönerungen ließen sich in Netherfield selbstredend nicht bewerkstelligen«, sagte Wickham, froh über ihre Zustimmung. »Es ist etwas ganz anderes, wenn man zur Miete wohnt. Ich weiß, wovon ich spreche. Nein, nichts kann an das Dichterwort von der eigenen Scholle heranreichen. Es passt nicht zu dem Leben eines Offiziers, Wurzeln zu schlagen und heimisch zu werden. Im Gegenzug steht ihm die Welt offen! Und diese Möglichkeit – das gebe ich bereitwillig zu – liegt ganz in der Natur des Gentlemans. Abenteuer reizen uns auf ganz eigentümliche Weise. Die Damen hingegen empfinden dies meist anders. Wie glücklich kann ich mich daher schätzen, dass meine Lydia aus der Art geschlagen ist. Denn auch ihr liegt das Abenteuer im Blut! Ihr frohgemuter Charakter hilft ihr dabei über manche Unbill hinweg. Nie höre ich ein Wort der Klage! So entsteht der Eindruck, ihr setze die Unrast weniger zu als bei ihresgleichen üblich. Wenn ich nur allein an Ihre gute Tante Mrs. Philips denke! Schon am ersten Tag unserer Bekanntschaft vertraute sie mir an, wie ungern sie verreise. Kaum zu glauben, dass sie mit meiner Lydia verwandt ist!«

Eine Feststellung, die Jane nur zu bereitwillig bestätigte.

»Wie oft denke ich an *jene* Tage zurück«, setzte Wickham seine Rede fort. »Wer hätte damals gedacht, wir würden einst geschwisterlich verbunden sein, als wir uns um Mrs. Philips Kartentisch versammelten. Die Monate in Hertfordshire waren eine Zeit der Leichtigkeit und Unbeschwertheit. Aber die Zeiten haben sich geändert und mit ihnen auch der Dienst in der Armee! Von daher wünscht sich manches Mal der unfreiwillige Krieger, er könne den roten Rock abstreifen und ganz andere Wege gehen.«

Die Stille, die nun folgte, ließ den letzten Satz im Raum verklingen. Es schien, als wären all die vielen Worte nur gemacht worden, um diesen Satz möglichst undramatisch und doch bedeutungsvoll anzuhängen. Es war gleichsam, als offenbarte Mr. Wickham in diesem letzten Satz, was sein Begehr war.

Elizabeth konnte nicht umhin aus jenen Worten eine speziell an *sie* gerichtete Aufforderung zu sehen.

Schon in ihrem Brief zur Hochzeit gratulierte Lydia ihr seinerzeit ganz unverblümt zu ihrem Reichtum und bat sie gleichzeitig um Unterstützung. Eine Stelle bei Hofe, im Grunde jeder Posten mit drei- oder vierhundert im Jahr wäre recht. Elizabeth hatte diese Bitte damals als halbherzig empfunden. Denn Lydia hatte ihr gleichzeitig anheimgestellt, ob sie jene Darcy vorbringe. Und da Lydia für ihre Capricen bekannt war, hatte Elizabeth diesen Passus des Briefes als bloße Laune abgetan. In diesem Punkt schien sie sich geirrt zu haben, wie Wickhams Ausführungen ihr nun allzu deutlich zeigten.

Was Elizabeth jedoch am meisten auffiel, war, wie Wickham geschickt immer wieder auf Lydia verwies. Dabei war doch der *unfreiwillige Krieger* mit seiner jetzigen Situation unzufrieden.

Erinnerungen an ihre erste Begegnung mit Mr. Wickham stiegen in ihr auf. Damals hatte er ihr ohne jede Scheu von dem großen Unrecht erzählt, das Darcy ihm angeblich angetan hatte. Mit seiner galanten Art hatte er sie über seinen wahren Charakter zu täuschen vermocht. Aber heute kannte sie die Wahrheit über Mr. Wickham. Und diese hatte sie gelehrt, seinen Worten grundsätzlich zu misstrauen.

Daher waren seine Komplimente und seine Schmeicheleien an sie verschwendet. Bei genauerer Betrachtung waren die Äußerungen, mit denen er sie bedacht hatte, immer mit einer Spitze versehen gewesen. Allein sein Erstaunen, dass Wiesen und Wälder Pemberleys sie als Herrin bekamen, war eine Unverschämtheit! So reduzierte Elizabeth das Gespräch letztendlich auf seinen Wunsch nach Veränderung, den sie schon bald in Gedanken als *Forderung* an sie betrachtete.

Diese Überlegungen trugen dazu bei, ihr Misstrauen hinsichtlich der Entstehung dieser Zusammenkunft zu schüren. Was wiederum zur Folge hatte, dass Catherine ihr noch am selben Abend Rede und Antwort stehen musste. Sie wollte in Erfahrung bringen, was es mit Lydias seltsamer Bemerkung bei ihrer Begrüßung auf sich hatte.

»Mir scheint, Kitty, du weichst mir schon den ganzen Tag aus, achtest tunlichst darauf, nicht allein mit mir in einem Raum zu sein!«, begann Elizabeth ihr schonungsloses Verhör.

»Wie kommst du nur auf so einen *absurden* Gedanken? Wieso sollte ich mich so *unsinnig* verhalten? Sind wir etwa im Moment nicht allein?«

Für einen Moment musste Elizabeth an sich halten, da sie vermeinte, ihre Mutter sprechen zu hören. Wie leicht neigen wir Menschen doch dazu, in unangenehmen Situationen bekanntem Verhalten nachzueifern. Aber dadurch ließ sich Elizabeth nicht beirren. Denn mochte Catherine auch Mrs. Bennet nachahmen, deren Hartnäckigkeit besaß sie damit noch lange nicht.

»Was meinte Lydia damit: Sie habe alles wunderbar eingefädelt?«

»Oh, Lizzy, du kennst doch Lydia! Sie macht sich gerne wichtig!«

»Was hat das nun zu bedeuten? Willst du damit sagen, der Vorschlag, sich auf Glenister zu treffen, ging von *dir* aus?«

Von jetzt auf gleich überzog eine dunkle Röte Catherines Gesicht.

»*Kitty*!«

»Wo hätten wir uns denn sonst treffen sollen?«, verteidigte sich Catherine. »Ihr wollt ja Lydia nicht nach Pemberley einladen!«

»Soll das heißen, die Idee der Zusammenkunft stammt *allein* von dir, Kitty?«

»Und wenn dem so wäre, was ist denn so schlimm daran? Wundert es dich wirklich, Lizzy, dass ich mich danach sehne, *meine* Lieblingsschwester nach *vier* Jahren wieder einmal in die Arme zu schließen?«

»Dann hast du Lydia dazu überredet, sich selbst nach Glenister einzuladen?«, fragte Elizabeth erschüttert.

»Du und Jane, ihr seid ja nicht von allein darauf gekommen! Also, was echauffierst du dich so? Bedenke, für Wickham und Lydia liegt Nottinghamshire am nächsten! Und ihr sprecht doch immer davon, die Reisekosten seien so hoch.«

»Ich verstehe deinen Wunsch, Kitty, Lydia wiederzusehen. Aber warum hintergehst du uns? Warum fragst du nicht einfach?«

»Wie oft, Lizzy, wie oft *habe* ich euch schon gefragt?! *Nie* habt ihr euch dafür interessiert! Weder zur Taufe von Eddy noch zum Ball auf Glenister habt ihr Lydia eingeladen. Und eure Begründungen sind immer die gleichen! Wickham sei bei seinem Regiment nicht abkömmlich, die Reise zu teuer!«

Diesen Argumenten musste sich Elizabeth beugen. Unbestreitbar hatten weder Jane noch sie in den vergangenen Jahren die Nähe zur jüngsten Schwester gesucht. Im Gegenteil, sie hatten bewusst Lydia ferngehalten, nicht vergessend, welche Schande jene ihnen allen in der Vergangenheit bereitet hatte. Wie sehr Catherine ihre Schwester vermisst haben musste, konnte Elizabeth sehr gut nachempfinden, da sie selbst Jane nun seit ein paar Monaten auch aufs Schmerzlichste vermisste.

# Kapitel 7

Zwei Tage später beim Frühstück sollte die Sprache erneut auf den ›unfreiwilligen Krieger‹ kommen. Elizabeth hatte schon geglaubt, sie hätte Mr. Wickham unrecht getan, seinen wohlgewählten Worten zu viel Bedeutung beigemessen, es mit ihrem Argwohn übertrieben. Nun aber, da Wickham sich derselben Formulierung bediente, erkannte sie, wie treffend sie ihres Schwagers Absicht durchschaut hatte.

Liegt es tatsächlich in unserer Macht, dem Unabwendbaren zu entrinnen? Anders ausgedrückt: Konnte Elizabeth wie die anderen den ›unfreiwilligen Krieger‹ überhören? Hatte Mr. Wickham nicht unzweifelhaft seine Worte und die dahinter verborgene Forderung an *sie* gerichtet? Hatte sie überhaupt eine Wahl? Würde nicht Lydia sie über kurz oder lang direkt auf dieses Thema ansprechen? Und war es nicht sogar in Elizabeths Charakter begründet, auf das Gehörte einzugehen, statt es schweigend zu übergehen? – Schließlich tat sie Mr. Wickham den Gefallen und stellte *die* Frage, auf die er so brennend zu warten schien:

»Soll das bedeuten, Sir, es gefällt Ihnen nicht mehr, als Oberfähnrich in der Armee Ihren Dienst fürs Vaterland zu verrichten?« Sie versuchte die Frage möglichst beiläufig klingen zu lassen. Aber genauso wenig, wie sie beiläufig gemeint war, genauso wenig beiläufig gestaltete sich die Antwort.

»Meine verehrte Schwester Elizabeth, wo soll ich anfangen, ohne Sie zu langweilen. Der Militärdienst hat sich verändert. Es weht mittlerweile ein anderer Wind in der Armee als zu dem Zeitpunkt, als ich mich zum Offizier berufen fühlte.«

Der Wind, so dünkte es Elizabeth, *wehte* scharf vom Festland herüber. Ein Wind, der wohl den Geruch von Pulverdampf mit sich trug und nichts mehr mit dem festlichen Umzug einer Militärparade gemein hatte. Daher fragte sie unumwunden: »Wollen Sie damit andeuten, Mr. Wickham, Sie zögen die Ruhe einer Kanzel dem Getöse einer Kompanie vor?«

»Oh, Mrs. Darcy, da verkennen Sie meine Ambitionen. Die Zeiten, da ich glaubte, mein Glück in dem gelegentlichen Halten einer Predigt zu finden, gehören schon lange der Vergangenheit an. Nein, es gab noch ein weiteres Studium, das ich einst in Cambridge anstrebte, bevor mich Umstände dazu zwangen, meinen Dienst beim Militär anzutreten.«

»Ich hatte ja keine Ahnung, Mr. Wickham, von der Vielseitigkeit Ihrer universitären Laufbahn«, meinte Bingley verzückt. Jegliches selbstständige Unterfangen in der Weiterbildung der eigenen Fähigkeiten rührte Bingley. Dies hing nicht zuletzt damit zusammen, dass er nur die Früchte seines Vaters Arbeit zu ernten hatte. Während der alte Bingley, der mit Handel sein Vermögen machte, von der feinen Gesellschaft ausgeschlossen war, ermöglichte gerade dieses Vermögen seinem Sohn Teil jener Gesellschaft zu sein.

»Oh, mein Wickham ist ja *so* gebildet, Mr. Bingley!«, rief Lydia mit vollem Mund. »Es dürfte schwerlich einen zweiten Mann auf Erden geben, dessen Begabungen so vielseitig sind!«

Elizabeth lächelte ob dieses Lobliedes. Immerhin schien ihre jüngste Schwester sich das einfältige Bild, das sie von ihrem Gatten besaß, auch in ihrer vier Jahre andauernden Ehe bewahrt zu haben.

Mr. Wickham räusperte sich, bevor er bedeutungsvoll und mit unverkennbarem Stolz erklärte, er habe sich durchaus ein paar Semester lang in Cambridge einen Einblick in die Jurisprudenz verschafft.

»Ich kann mir vorstellen, es erweist sich als sehr vorteilhaft, mit der Juristerei vertraut zu sein«, meinte Bingley anerkennend.

Geschmeichelt von dieser Wertschätzung entgegnete Mr. Wickham: »Sie müssen wissen, Mr. Bingley, dass mein Vater selbst auf diesem Gebiet brillierte, bevor er, um seinem Freund, dem seligen Mr. Darcy, zu Diensten zu sein, sich der Verwaltung von Pemberley aufopferungsvoll widmete! Daher begehrte ich durch ein Studium der Jurisprudenz – wie man so schön sagt – in die Fußstapfen meines Vaters zu treten.«

»Leider muss ich zu meiner Schande gestehen«, sagte Bingley, »dass ich mich schon bei dem kleinsten Kontrakt angesichts des juristischen Jargons nicht in der Lage sehe, auch nur ein Wort zu begreifen, und nach meinem Justiziar rufe.«

»Siehst du, meine liebe Lydia«, frohlockte Wickham, »es ist so, wie ich dir immer gesagt habe: Das Land benötigt Gentlemen, die sich im Recht auskennen!«

Nach dieser Aussage verstand Elizabeth, wieso sich Lydia bisher eine solche Zurückhaltung auferlegt hatte.

Offenbar war sie mit ihrem Gatten in dieser Angelegenheit uneins.

»Für mich, mein lieber Mann, brauchst du nicht auf das Ansehen eines Offiziers zu verzichten!«

»Bereitet dir der ständige Ortswechsel denn überhaupt keine Probleme, Lydia?«, fragte Jane verblüfft.

»Ach, Jane, du kennst mich! Ich finde es spannend, fremde Orte zu erkunden und neue Bekanntschaften zu schließen.«

»Wie Sie sehen, behagt meiner lieben Gemahlin der Gedanke ganz und gar nicht, ich könnte meinen roten Offiziersrock gegen die unscheinbare Kleidung eines Zivilisten eintauschen. Das politische Weltgeschehen hat in einem so reizenden kleinen Köpfchen keinen Platz.«

»Ich sehe nur nicht ein, mein Lieber, wieso du den Dienst quittieren musst! Ein ruhiger Posten in London, am besten am königlichen Hofe würde mir vollauf genügen. Ich stelle es mir aufregend vor, in der Stadt zu leben!«

»Kind, du weißt nicht, wovon du sprichst«, mahnte Wickham. »Ein jeder Offizier könnte in die Pflicht genommen werden! – Was willst du anfangen, wenn ich abberufen werde? Kaum auszudenken, du wärest schon in jungen Jahren auf dich allein gestellt!«

Solch selbstlose Worte passten nicht zu Mr. Wickham. Es entstand der Eindruck, der Offizier fürchte gar nicht um sein Leben.

»Was kann man da tun?«, fragte Bingley seufzend.

»Nun, ich erhoffe mir«, erwiderte Wickham und wandte sich wie selbstverständlich seiner Schwägerin

Elizabeth zu, »meine verehrte *Schwester* könnte auf Ihren Gatten einwirken, dass er sich für mich verwendet. Dabei ist mein Anliegen von bescheidener Natur. – Ich meine mich zu entsinnen, Mr. Darcy habe einen Onkel in der entfernten Verwandtschaft, der einst in London ein Amt als Richter bekleidete. Also habe ich mich gefragt, ob Mr. Darcy sich nicht mit jenem erlauchten Gentleman in Verbindung setzen könnte, auf dass dieser mir behilflich wäre bei der Suche nach einer geeigneten Position. Einer Position, die selbstredend eines Gentlemans würdig ist. Ich denke, eine adäquate Anstellung in London würde auch meine Frau den Schmerz über den Verlust meiner schicken Uniform vergessen lassen.«

Hatte sie es nicht geahnt, fragte sich Mrs. Darcy unwillkürlich! Nun hatte Mr. Wickham seine *Forderung* gestellt. Ganz ungeniert, als wäre es die natürlichste Sache der Welt, begehrte Wickham die Hilfe von Darcy, so als wäre nie etwas zwischen ihnen vorgefallen. Aber nein, da täuschte sie sich, denn er wollte ja sie als Vermittlerin einspannen. Dennoch verblüffte sie die Direktheit, mit der Mr. Wickham sein Anliegen vortrug. Sie hatte eine wortreiche und höfliche Einleitung erwartet. Stattdessen hatte er ohne Umschweife seine Karten auf den Tisch gelegt.

»Oh, das wird Darcy bestimmt gerne für Sie in die Wege leiten, nicht wahr, Elizabeth?«, erklärte Jane nur allzu bereitwillig.

Alle Augen richteten sich erwartungsvoll auf Elizabeth.

»Nun gib dir schon einen Ruck, Lizzy, und sag ja!,« rief Catherine herausfordernd.

Dass ausgerechnet Jane sie in eine solche Lage brachte, schmerzte Elizabeth besonders. Der lieben guten Jane konnte doch nicht entfallen sein, welch tiefe Abneigung Darcy gegen Mr. Wickham hegte. Dabei war sie die Einzige in der Runde, die völlig im Bilde war, über die Gründe dieser Abneigung. Denn nur Jane hatte sie seinerzeit ins Vertrauen gezogen und ihr von dem unlauteren Verhalten Wickhams gegenüber Georgiana berichtet. Ein Verhalten, das Darcy auf immer und ewig den Wunsch hegen ließ, von den Bedürfnissen dieses Gentlemans verschont zu bleiben.

»Ich kann nichts versprechen«, entgegnete Elizabeth halbherzig, »zumal Darcy diesen *Onkel* mir gegenüber nie erwähnte. Wer weiß, vielleicht weilt er gar nicht mehr unter uns Lebenden.«

»Ja, in der Tat«, kam ihr Bingley zu Hilfe, dem zwar der Grund der vehementen Abneigung seines Freundes für Mr. Wickham bis auf den heutigen Tag verborgen, der sich aber dieser vollauf bewusst war, »mich würde es sehr wundern, wenn dem so wäre! Denn wieso hätte Darcy dann im vergangenen Jahr auf dessen Dienste bei Mrs. Gardiners Prozess verzichtet.«

Dafür wären Elizabeth eine Menge Gründe eingefallen. Allen voran der, dass besagter *Onkel* die Heirat Darcys mit Miss Elizabeth Bennet genauso abgelehnt haben mochte wie die meisten von Darcys Verwandten. Erschwerend kam hinzu, dass diese Ablehnung nicht zuletzt aus der *unmöglichen* Verwandtschaft Elizabeths unter anderem mit den Gardiners resultierte. Daher war es gar nicht verwunderlich, dass Darcy sich um keinerlei Hilfe aus seiner Verwandtschaft bemühte!

Immerhin rüttelte Jane die Erwähnung des unseligen Prozesses von Tante Gardiner wach. Sie erkannte, wie unbedacht sie ihre Zusicherung geäußert und in welche Zwickmühle sie ihre Schwester damit brachte. Sie warf Elizabeth einen um Verzeihung heischenden Blick zu.

»*Tante Gardiners Prozess*!«, schrie Lydia auf. »Ich konnte es nicht fassen, als ich erfuhr, sie säße im Gefängnis! Ich dachte zuerst, mein Mann würde sich einen gehörigen Spaß mit mir erlauben! Aber als Wickham standhaft und unerbittlich behauptete, seine *Quelle* sei absolut zuverlässig, da musste ich es wohl oder übel glauben! Ich schrieb sogleich an Mama, um alle Einzelheiten zu erfahren. Mama und ich waren uns einig: Tante Gardiners Verhalten war einfach *unmöglich*! Ausgerechnet unser ach so tugendhaftes Tantchen saß im *Knast*!«

»Lydia, mäßige deine Worte!«, entgegnete Elizabeth erschüttert.

»Ach, Lizzy, du hättest sie hören müssen, damals, als ich die vierzehn Tage vor meiner Hochzeit bei den Gardiners in der Gracechurch Street wohnen musste. – Wie konntest du nur Kind! Welche Schande für deine ganze Familie! Deine armen Schwestern! Was soll nur werden? Und so ging es in einem fort. Es war nicht auszuhalten!«

»Ich bezweifle, dass du ihr auch nur einen Augenblick deine Aufmerksamkeit schenktest, Lydia!«

»Bitte, Lizzy, können wir diese unselige Geschichte nicht endlich ruhen lassen?«, meldete sich Catherine zu Wort. »Das ist nun schon so lange her!«

»Ich habe nicht damit angefangen, Kitty!«

»Wieso ist es mir eigentlich nicht vergönnt, auch einmal über ein Familienmitglied herzuziehen?«, protestierte Lydia.

»Aber, Lydia, niemand hat seinerzeit über dich hergezogen«, versicherte ihr Jane.

»Oh, natürlich nicht! Ihr wart bestimmt alle *lammfromm*. Obwohl, wenn ich es recht bedenke, Jane, dir traue ich das tatsächlich zu!«

»Als ob du noch *nie* über andere hergezogen hättest, Lydia!«, entgegnete Elizabeth verärgert.

»Wie wir alle, oder, Lizzy?!«, verteidigte Catherine ihre Lieblingsschwester.

»Genau!«, bekräftigte Lydia. »Ihr tut immer nur so scheinheilig! Allen voran Tante Gardiner, dieses ach so *anständige* Mitglied der Familie. Und dann landet sie im Gefängnis! Das hätten wir uns *nie* erlaubt, nicht wahr, Wickham?«

»Lydia, die arme Tante Gardiner saß völlig unschuldig im Gefängnis, wie du nur zu gut weißt«, erwiderte Jane nun sichtlich erregt.

»Ich schätze Mrs. Gardiner sehr!«, sagte Bingley bedächtig. »Selten findet man einen Menschen, dem Aufrichtigkeit und Ehrlichkeit so am Herzen liegen. Ich bewundere ihren Mut! Statt sich der Erpressung der Schwindlerin zu beugen und zu zahlen, nahm sie viele Unbilden auf sich. Allein dafür kann sie meines tief empfundenen Respektes auf ewig sicher sein.«

»Selbst du musst zugeben, Lydia«, meinte Elizabeth nun ebenfalls in ruhigem Tonfall, »dass sie nur wenige Tage hinter Gefängnismauern verbrachte. Und auch dort hatte man ihr einen Raum im Hause des Wächters zur Verfügung gestellt. Du siehst, kein Mensch hat ernsthaft je an Mrs. Gardiners Integrität gezweifelt!«

Das entsprach zwar nicht ganz der Wahrheit, aber das musste Lydia nicht wissen. Wie so oft hatte eine nicht unbeträchtliche Summe Mrs. Gardiner diese Vergünstigungen eingeräumt. So durfte sie die Monate bis zu ihrer Verhandlung in den heimischen vier Wänden verbringen.

»Genau so ist es!«, pflichtete Jane ihr ungewöhnlich lebhaft bei. »Und die Urteilsfindung der Geschworenen, die nicht einmal fünf Minuten brauchten, hat diesen Tatbestand auch für alle sichtbar gemacht.«

»Entschuldigen Sie, *bitte*, mein forsches Vorgehen, Mrs. Darcy«, bemühte sich nun ausgerechnet Mr. Wickham die Wogen zu glätten, in dem er zum eigentlichen Thema zurückkehrte. »Als ich Sie um die Unterstützung durch besagten Verwandten von Mr. Darcy bat, ging ich leichtfertig davon aus, Sie seien mit dem Stammbaum der Familie Darcy vertraut.«

Beabsichtigte Wickham mit seiner Entschuldigung, Elizabeth wohlgefällig zu stimmen, dann verfehlte er gründlich sein Ziel. Die Anspielung auf ihre Unkenntnis hinsichtlich der Verwandten ihres Gatten war nicht dazu angetan, sich ihr zu empfehlen. Denn nun nagte an Elizabeth der Verdacht, dies sei eine neue Stichelei gegen sie, die *unwürdige* Herrin von Pemberley.

»Aber«, fuhr er unbeirrt fort, »wie heißt es so schön in der Heiligen Schrift: ›Wes das Herz voll ist, des geht der Mund über!‹ Da meine Lydia und ich uns schon seit geraumer Zeit mit dem Gedanken einer Veränderung unserer Lebensumstände herumtragen und die verschiedenen uns gegebenen Möglichkeiten erörtert haben, vergaß ich für einen Augenblick, dass mein Anliegen für Sie völlig unvorbereitet kam. Es muss Ihnen ungehörig erscheinen, dass ich meine Befindlichkeiten dermaßen hervorkehrte. Wenn ich Sie damit verletzte, würde ich das zutiefst bedauern und bitte daher vertrauensvoll um Ihre Nachsicht, auf dass Sie mir meine Unbedachtheit großherzig verzeihen mögen.«

»Ach, papperlapapp, wie Mama immer zu sagen pflegt. Du machst ein viel zu großes Brimborium um die Sache, Wickham!«, bekundete Lydia freimütig. »Lizzy wird unsere Bitte Darcy vortragen! Nicht wahr, Lizzy? Das machst du! – Und sollte der alte *Knopf* tatsächlich das Zeitliche gesegnet haben, findet sich halt ein anderer. Darcy kennt eine Menge wichtiger Leute! Da wird wohl einer drunter sein, der uns helfen kann. Damit wäre das also erledigt! – Wie sieht es aus, wollen wir etwas unternehmen? Ich bin noch nie zuvor in Nottinghamshire gewesen! Was hat es zu bieten?«

»Sie werden finden, dass die Grafschaft Nottinghamshire einige beachtenswerte Sehenswürdigkeiten besitzt«, erklärte Bingley in der Hoffnung, die unliebsamen Themen seien nun beendet.

»Sehenswürdigkeiten? Wen interessieren denn Sehenswürdigkeiten! Ich habe nie verstanden, was die Leute an der Besichtigung von alten Gemäuern finden! Für mich sehen die alle irgendwie *gleich* aus. Nein, ich dachte an Spaß!«

»Spaß? Was meinst du mit Spaß, Lydia?«

»Oh, Lizzy, ich hoffe, deine Mutterschaft macht dich nicht zu einer von diesen langweiligen Glucken, die nicht mehr vor die Tür gehen und sich nur noch im Haus verstecken!«

Ausführlich berichtete ihr der Hausherr von den Vergnügungen, die der kleine Marktflecken Sherby zu bieten hat.

»Das klingt ja, als wäre Sherby genauso langweilig wie Meryton!«, rief Lydia. »Nun gut! Wieso nicht? Für heute will ich mich mit dem Laden der Putzmacherin von Sherby zufrieden geben. Für die nächsten Tage, lieber Schwager, erwarte ich aber unterhaltsamere Zerstreuung!«

## Kapitel 8

In den nächsten vier Tagen widmete man sich ausgiebig der Zerstreuung Mrs. Wickhams. Doch dann fanden die Unternehmungen ein abruptes Ende. Das Wetter war umgeschlagen. Kräftige Regenschauer weichten kurzerhand die Straßen auf. Selbst Sherby schien nun unerreichbar. Allein Lydia wollte sich dieser häuslichen ›Klausur‹ nicht beugen.

»Ich verstehe das Problem nicht! Wie viele Meilen sind es bis Sherby? Zwei? Drei?«

»Nicht die Länge des Weges ist ausschlaggebend, Lydia, sondern die Beschaffenheit der Straße«, erläuterte die Gastgeberin nun schon zum wiederholten Male.

»So aufgeweicht, wie die Wege sich derzeit gestalten, riskieren wir einen Achsbruch!«, erklärte Bingley.

»Wie öde wäre das Leben, würde man nie etwas riskieren!«, meinte Lydia trotzig.

»Ich glaube kaum, Lydia, du fändest es berauschend, knietief im Schlamm stecken zu bleiben«, entgegnete Elizabeth.

»Das sind ja grandiose Aussichten!«, rief Lydia, ließ sich auf das Sofa neben dem Kamin fallen, verschränkte die Arme und gähnte herzhaft. »Und wie lange, schätzt ihr, sitzen wir hier fest?«, fragte sie missmutig.

»Wer kann das wissen?«, erwiderte Jane mitfühlend. »Wir haben Anfang April!«

»Und der ist bekanntermaßen launenhaft«, ergänzte Elizabeth. »Das immerhin, Lydia, hast du mit ihm gemein!«

»Sehr witzig, Lizzy! – Tee und Scones! Was für eine Abwechslung!«, murrte Lydia, als Jane ihr einen Teller mit den kleinen Naschereien reichte. Ungeachtet ihrer Äußerung hatte sie im nächsten Augenblick auch schon zwei besonders schöne Exemplare des süßen Gebäcks verschlungen.

»Lydia! Lass uns gefälligst auch noch etwas übrig!«, klagte Catherine.

»Kitty, was sind das denn für Ausdrucksweisen?«, echauffierte sich Elizabeth.

»Ich dachte, wenn wir unter uns sind ...«

»... könntest du deine gute Erziehung vergessen?«, vollendete ihre zweitälteste Schwester den Satz.

»Wie früher«, seufzte Jane und strahlte dabei übers ganze Gesicht. »Tee, Scones und geschwisterliche Neckereien.«

»Ja, Jane, genauso langweilig wie auf Longbourn!«, stellte Lydia mit vollem Munde fest.

»Also, diese Scones sind von einer unglaublich lockeren Beschaffenheit«, bemerkte Mr. Wickham höflich. »Sie zergehen geradezu auf der Zunge. Bitte richten Sie Ihrem Küchenchef meine Bewunderung aus.«

Beflissen versicherte die Hausherrin ihrem Schwager, dieses Kompliment gerne weiterzugeben. Eine Zusicherung, die Jane in den vergangenen Tagen in schöner Regelmäßigkeit gab. Denn Mr. Wickham war voll des Lobes. Jederzeit entdeckte er etwas Außergewöhnliches und tat dies wortreich kund. Und Jane, ganz die perfekte Gastgeberin, wurde nicht müde, sich zu bedanken.

»Wie wäre es mit einem Ball?«, rief Lydia, die der Loblieder gleichermaßen müde war wie des beflissentlich ausgesprochenen Dankes.

»Oh, ja!«, stimmte Catherine begeistert zu.

»Lydia! Kitty! Ihr werdet es wohl nie lassen!«, mahnte Elizabeth. Wie wenig ihre Rüge ernst gemeint war, verriet ihr Schmunzeln. Auch sie fühlte sich an vergangene Tage erinnert. Nie würde sie vergessen, wie Lydia, frech und unbekümmert, den ihr zu jener Zeit noch weitgehend unbekannten Mr. Bingley an sein Versprechen gemahnte, einen Ball auf Netherfield zu geben.

»Ich fürchte, liebe Schwägerin, für dieses Mal muss ich Sie enttäuschen«, antwortete Bingley zerknirscht. »Um diese Jahreszeit einen Ball auf dem Lande zu veranstalten, ist wenig vielversprechend. Abgesehen von der derzeitigen Witterung, die es unseren Gästen erschweren würde, Glenister heil zu erreichen, verbringen einige der hier ansässigen Familien die Saison in der Stadt.«

»Alle sind in London, nur wir nicht!«, beschwerte sich Lydia.

»Wer möchte schon in London sein!«, sagte Catherine eilfertig und erntete ob dieser Aussage verwunderte Blicke von ihren älteren Schwestern. Errötend erklärte sie: »Ich wollte damit zum Ausdruck bringen, wie glücklich und zufrieden ich mit unserem Beisammensein bin.«

Elizabeth hoffte, dies entspräche der Wahrheit. So rasch und bestimmt wie Kitty einen Aufenthalt in der Stadt ablehnte, befürchtete sie, jene könne doch Georgiana um ihr Debüt beneiden.

»Apropos London!«, unterbrach Lydia ihre Gedanken. »Sag, Lizzy, hast du Darcy schon unsere Bitte angetragen?«

»Kind, mäßige dich!«, sagte Mr. Wickham erzürnt, um dann zu Elizabeth gewandt mit sanfter Stimme Abbitte zu leisten: »Ich muss mich für das vorlaute Betragen meiner Gemahlin entschuldigen, verehrte Schwägerin.«

»Wieso entschuldigst du dich für mich, Wickham? Du platzt doch auch vor Neugierde!«, verteidigte sich Lydia. Sie mochte es gar nicht, von ihrem Mann mit ›Kind‹ angesprochen zu werden. Was zu ihrem Leidwesen nur allzu häufig vorkam, da Wickham zwölf Jahre älter war als sie.

»Ich muss dich enttäuschen, Lydia«, ergriff nun Elizabeth das Wort, die einem ernsthaften Disput vorbeugen wollte. »Wie du nur zu gut weißt, waren die letzten Tage angefüllt mit Ausflügen zu deiner Zerstreuung. Außerdem ...«

»Alles nur Ausreden, Lizzy!«, unterbrach Lydia sie. »Ich habe genau beobachtet, wie der Butler *jeden* Tag einen Brief von dir zur weiteren Beförderung an die Post bekam. Und wem sonst als Darcy hättest du *täglich* schreiben sollen?!«

»Ich war mir nicht bewusst, dass du mit Argusaugen meine Schritte bewachst«, erwiderte Elizabeth amüsiert.

»Mit was für Augen?«

Doch bevor Elizabeth ihre Schwester aufklären konnte, kam Wickham ihr zuvor und meinte: »Sie müssen verzeihen, teure Schwägerin, meine Frau ist eine scharfe Beobachterin, wie sie sich gewiss gut erinnern. Es stand meiner Lydia selbstverständlich fern, Sie in irgendeiner Form auszukundschaften.«

»Davon gehe ich aus«, erwiderte Elizabeth. Und in der Tat war ihr unvergessen, wie wenig Lydia als Backfisch Interesse zeigte, aus Büchern zu lernen. Aber wenn es darum ging, den neuesten Klatsch zu verbreiten, war jene mit Feuereifer dabei. Offenbar hatte sich daran nichts geändert.

»So hast du also Darcy geschrieben!«, stellte Lydia ganz ungeniert fest.

»Aber natürlich, Lydia, wie ich es mit ihm vereinbart habe. Und um deine Neugierde vollends zu befriedigen: Ich gebe meinem Mann täglich einen Bericht über das Wohlbefinden unseres Kindes. Du siehst, ich bin eine von jenen langweiligen *Glucken*, die nichts anders tun, als sich um ihre *Brut* zu scheren.«

»Ich kann mir vorstellen, dass sich Darcy über deine gewissenhaften Berichte freut«, meinte Bingley. »Bestimmt fällt es ihm nicht leicht, deine und Edwards Gegenwart für so lange Zeit zu entbehren.«

»Mrs. Harvey, fürchte ich, würde dir darin widersprechen«, entgegnete Elizabeth, froh über den Themenwechsel. »Sie ist felsenfest davon überzeugt, Väter würden erst dann ein wahrhaftes Interesse an ihren Kindern zeigen, wenn diese verständig würden.«

Es wirkte so, als hätte Mrs. Harvey nur darauf gewartet, ihren Namen zu vernehmen. Denn just in diesem Moment wurde sie von einem Diener angekündigt. Doch das Erscheinen des Kindermädchens mit dem kleinen Stammhalter war mit Mrs. Darcy vereinbart. Daher gab

Mrs. Harvey, kaum dass sie den Raum betrat, auch resolut zum Ausdruck, es sei die Zeit, die Mrs. Darcy genannt habe, ihren Sohn zu bringen.

»Entschuldigung, Jane, ich vergaß dich zu fragen, ob du etwas dagegen hast. Es war ein plötzlicher Einfall, den ich heute Morgen hatte. Es zeichnete sich bereits ab, dass wir den Tag im Haus verbringen. So dachte ich mir, du würdest dich freuen.«

Dieser Entschuldigung bedurfte es nicht, versicherte ihr Jane. Und um ihren Worten Nachdruck zu verleihen, stand sie auf und empfing ihren Neffen aus den Armen von Mrs. Harvey.

Die Anwesenheit des Kindes indes sollte das Beisammensein beenden. Lydia schlug sogleich vor, die Räumlichkeiten zu wechseln, um Mutter und Kind nicht zu stören.

»Wir haben uns lang genug unterhalten!«, meinte sie. »Wie wär's mit Karten? Ich habe schon lange nicht mehr Vingt-un gespielt!«

So verließ einer nach dem anderen den Raum. Nur Jane blieb mit Elizabeth zurück, nach wie vor das Kind im Arm haltend. Als sich ihr Gatte nach ihr umsah, befand sie, vier Spieler seien die perfekte Anzahl. Bingley stimmte ihr wohlwollend zu. Dann beugte sich Jane liebevoll über ihren kleinen Neffen, küsste ihn auf die Stirn und reichte ihn ihrer Schwester.

# Kapitel 9

Nachdem alle den Raum verlassen hatten, forderte Mrs. Bingley die Dienstboten auf, das Teeservice abzuräumen und Mrs. Darcy und sie allein zu lassen. Dann beobachtete Jane eine geraume Zeit fasziniert, wie Elizabeth nur mittels ihrer Augen ein stummes Zwiegespräch mit ihrem Sohn hielt. Als jene sich des sehnsüchtigen Blickes ihrer Schwester bewusst wurde, beendete sie abrupt diese Vertraulichkeit. Sie wollte Janes Leid, immer noch kein eigenes Kind zu haben, nicht durch diesen Anblick vergrößern.

»Du und dein Sohn, ihr gebt so ein wunderschönes Bild ab«, meinte Jane.

»Nicht minder wie du und dein Neffe«, entgegnete Elizabeth. »Vielleicht magst du ihn mir abnehmen. Er wird auf die Dauer schon recht schwer.«

Den Vorwand durchschaute Jane genauso wie die liebevolle Absicht dahinter. Dankbar nahm sie ihren kleinen Neffen entgegen. Ihr Versuch, sich ebenfalls mit ihm in solch stummer Weise zu verständigen, scheiterte allerdings kläglich. Denn Edward war nicht geneigt, seiner Tante die gleiche Huld angedeihen zu lassen wie seiner Mutter. Er gähnte herzhaft und schlief kurz darauf ein.

»Nun, da wir keine Zuhörer mehr haben, Lizzy, kannst du ruhig Darcys abschlägige Antwort auf Wickhams Bitte zugeben.«

Überrascht sah Elizabeth sie an.

»Es ist mir nicht entgangen, Lizzy, dass du Lydia die Antwort schuldig geblieben bist.«

»Oh, liebe, gute Jane, in dem Fall hätte ich Darcy erst einmal von dem Ansinnen der beiden berichten müssen.«

»So hast du nicht?«

Das entsetzte Gesicht ihrer Schwester ärgerte Elizabeth. Wieso ging Jane so selbstverständlich davon aus, Darcy würde sich sogleich bereit erklären, Wickham zu helfen. »Verwundert dich das wirklich so sehr, Jane? Ich dachte, wenigstens *du* hättest verstanden, wie unmöglich die Forderung Wickhams an Darcy ist!«

»Aber das ist es ja gerade!«

»Was meinst du?«

»Die Tatsache, dass Wickham sich an Darcy wendet, zeigt, wie groß seine Verzweiflung sein muss!«

»Oder wie wenige Freunde ihm noch wohlgesonnen sind. Nein, wahrlich, Jane, das kannst du nicht übersehen! Wir beide sind oft genug mit unserem Wirtschaftsgeld eingesprungen, um die Schulden unseres vortrefflichen Schwagers zu begleichen.«

»Soll das heißen, du hast gar nicht vor, Darcy um diese Gefälligkeit zu bitten?«, fragte Jane ungläubig.

»Offen gestanden bin ich mir darüber noch nicht im Klaren. Eins weiß ich jedenfalls, in einem Brief werde ich Darcy nicht über diese neuerliche Eskapade von Wickham in Kenntnis setzen. Es wird ohnehin schon sehr schwierig sein, Darcy zu überzeugen. Von daher muss ich mit Bedacht handeln.«

»So du nur etwas unternehmen wirst und dich nicht von vornherein gegen die Absicht stellst, bin ich zufrieden«, erwiderte Jane.

»Ich fasse es nicht! Wie schaffst du es nur immer wieder, mir eine Zusage zu entlocken, die ich im Grunde meines Herzens nicht bereit bin, zu geben? Ich muss mich vor dir und deiner sanften Überredungskunst hüten!«

Janes um Verzeihung heischender Blick verfehlte seine Wirkung nicht. Dennoch wollte Elizabeth das Thema beendet sehen, um nicht Gefahr zu laufen, noch mehr Versprechungen zu geben. Zielsicher wählte sie ein Thema, das ihrer Schwester nicht minder unlieb sein musste als ihr Wickhams Begehr. Und die Art, wie sie es tat, verriet ihre leichte Verstimmung.

»Sag, Jane, welche Einigung habt ihr mit Miss Bingley getroffen?«

Nun war es an Jane, überrascht zusammenzuzucken.

»Einigung?«, fragte sie sichtlich erschüttert.

»Aber, Jane, in deinem Brief stand, Bingley hätte mit seiner Schwester über das leidige Thema gesprochen!«

Ein zögerliches Nicken war die einzige Antwort.

»Nun gut«, entgegnete Elizabeth zufrieden. »Hat Caroline euch gegenüber denn erwähnt, welcher Ausrede sie sich zukünftig bedienen möchte? Ich meine, wie sie *plausibel* erklären will, weshalb sie dieses Jahr *nicht* in die Toskana reist, um dort in die alteingesessene, adlige Familie der Conte di Montepulcello einzuheiraten?«

»Ausrede? Wieso sollte sich Caroline einer Ausrede bedienen?«

»Wenn man dich so reden hört, Jane, könnte man meinen, Caroline wäre tatsächlich mit Conte Horatio verlobt gewesen! Muss ich dich daran erinnern, dass es sich bei der vermeintlichen Verlobung um ein Hirngespinst deiner Schwägerin handelte?«

»Nein, selbstredend nicht! Aber, Lizzy, so wie Caroline darüber zu reden beliebt, vermittelt sie mir nach wie vor den Eindruck, als hätte Conte Horatio tatsächlich um ihre Hand angehalten.«

»Allein wir beide wissen es besser, Jane!«, entgegnete Elizabeth harsch.

Die Verlegenheit ihrer Schwester sprach für sich.

»Ich weiß, Jane«, sagte Elizabeth jetzt mit sanfter Stimme, »es fällt dir schwer, anzuerkennen, wie sehr Miss Bingley uns alle hintergangen hat. Aber, wenn du möchtest, dass niemand sonst von ihrem skandalösen Verhalten erfährt, ist es nun einmal unumgänglich, eine plausible Erklärung zu finden. Denn glaube nicht, Lady Wragsdale würde eines schönen Tages aufhören, sich nach Miss Bingleys Hochzeit zu erkundigen!«

»Lizzy, wir haben es redlich versucht! Du weißt, wie ungehalten Caroline werden kann, insbesondere in einer so heiklen Sache, die ihr sichtlich *Unbehagen* bereitet.«

»Bei aller Rücksicht, Jane, sie wird sich schon in ihrem eigenen Interesse darüber Gedanken gemacht haben! – Was für eine Geschichte wird sie denn ihren Freunden in London erzählen?«

»Aber, Lizzy, keiner ihrer Freunde aus London weiß von dieser Verlobung. Sie hat erst hier auf Glenister davon gesprochen.«

»Was ist mit Freunden und Nachbarn, die auf dem Ball zugegen waren und diese Saison in der Stadt verbringen? Nein, je mehr ich darüber nachdenke, desto überzeugter bin ich davon, dass Eile geboten ist. Wir haben lange genug still gehalten, nun müssen wir unsere Taktik ändern. So können wir die Oberhand behalten, über das, was verbreitet wird. – Und wenn Miss Bingley sich sträubt, dann müssen eben wir eine passende Geschichte erfinden.«

»Das haben Bingley und ich uns auch schon überlegt!«, entgegnete Jane in einer plötzlich aufflammenden Begeisterung.

Eine Begeisterung, die ihr Neffe nicht teilte. Ihre Erregung hatte ihn unsanft geweckt. Sein Protest war eindeutig. Erst die Liebkosungen seiner Mutter vermochten, Master Edward wieder zu beruhigen.

Die Röte, die Janes Gesicht überzog, als sie ihrer Schwester vorschlug, die große Entfernung als Schuld für eine Entfremdung der Verlobten anzugeben, rührte Elizabeth. Die dann schüchtern vorgetragene Frage, was sie von der Idee halte, brachte Elizabeth in Verlegenheit. Sie wusste genau, was sie von dem Vorschlag hielt. Allein um Jane nicht zu verletzen, gab sie vor, länger über ihn nachzudenken, bevor sie einfühlsam antwortete:

»Sag, Jane, hätte dich eine noch so große Entfernung der Welt daran gehindert, Bingley zu lieben? Bedenke, selbst in der Zeit als kaum Hoffnung bestand, dass ihr beide je zueinander finden würdet, schmälerte das in keiner Weise deine Liebe zu ihm. – Ich weiß, Caroline besitzt nicht dein sanftmütiges, liebes Wesen. Dennoch, auch wir haben ihr die große Liebe zugetraut, haben gemeint, eine Miss Bingley hätte sich geändert! Deshalb, Jane, denkst du wahrlich, irgendjemand würde dieser Erklärung Glauben schenken?«

»Sicher hast du recht«, lenkte Jane bedrückt ein. »Ich bin wahrscheinlich auch nicht die Richtige, um sich Ausreden einfallen zu lassen.«

»Oh, liebe Jane, das ist kein Makel. Deine Aufrichtigkeit und deine Ehrlichkeit wissen wir, die wir das Glück haben, dich gut zu kennen, umso mehr zu schätzen.« Nach einer Weile fuhr Elizabeth fort: »Wir müssen eine Erklärung finden, die auch dem kritischen Blick einer Lady Wragsdale standhält. Denn sollten wir jene überzeugen, dann gelingt uns das auch bei allen anderen.«

»Ich war mir bisher nicht bewusst, welch hohes Ansehen Lady Wragsdale in deinen Augen genießt«, entgegnete Jane nun wieder heiter.

»Ach, herrje«, stellte Elizabeth erstaunt fest, »ich auch nicht!«

Diese Erkenntnis brachte beide zum Lachen. Ein Lachen, in das sich bald das Brabbeln eines Kindes mischte.

»Du siehst, Eddy haben wir schon überzeugt!«, meinte Elizabeth verschmitzt. »Dann wird es uns auch keine Schwierigkeiten bereiten, die Zustimmung der anderen zu erlangen. – *Zustimmung*! Das ist es! Wieso habe ich *das* nicht gleich erkannt?«

»Was meinst du, Lizzy?«

»Erinnere dich, Jane! Wer hat seinerzeit Miss Bingley seine Zustimmung verweigert? Wer war überhaupt nicht angetan von der Idee, Miss Bingley könnte mit Conte Horatio die Ehe eingehen?«

»Mir will niemand in den Sinn kommen, Lizzy!«

»Wirklich nicht? Und wie klingt dies für dich: Eine *Untertanin* Seiner Majestät, die nicht nur beabsichtigt, einen *Ausländer* zu heiraten, sondern, schlimmer noch, das *Taufkleid*, mit dem sie in den Schoß der Kirche von England aufgenommen wurde, zu verwerfen!«

»Ach, herrje, Mr. Collins!«

»Eben selbiger!«

»Das ist wirklich spaßig, Lizzy, wenn ausgerechnet *du* meinst, ein Einwand von Mr. Collins könnte eine glaubhafte Erklärung für die Auflösung der Verlobung von Caroline abgeben! Erst Lady Wragsdale, nun Mr. Collins! Was ist geschehen? Seit wann stehen diese beiden so hoch in deiner Achtung?«

»Du missverstehst mich, Jane. Weder gedenke ich Mr. Collins besondere Beachtung zu schenken, noch ihm in irgendeiner Weise zuzustimmen. Aber seinen Einwand hinsichtlich der unterschiedlichen Konfessionen halte ich durchaus für einen gewichtigen Grund, eine solche Verbindung in all ihren Konsequenzen kritisch zu überdenken.«

Jane sah nach dieser Erklärung wenig überzeugt aus.

»Erinnerst du dich noch, Jane, wie Caroline das erste Mal ganz offen davon sprach, in die Familie des Conte di Montepulcello einzuheiraten? Ohne Umschweife erklärte sie, der aufgeschlossene Katholizismus der Contessa di Montepulcello sei für sie entscheidend. Wie wäre es nun, wenn sich herausstellen würde, mit der religiösen Aufgeschlossenheit der Contessa di Montepulcello sei es nicht so bestellt, wie gedacht?«

»Was meinst du damit?«

»Ich meine, es könnte doch der Contessa eingefallen sein, dass es ganz *unmöglich* sei, dass ihr Sohn und Erbe jemanden heiratet, der nicht katholisch ist. Zudem kämen wir mit dieser Behauptung der Wahrheit schon sehr nahe. Erinnerst du dich an den Brief von Darcys Freund Mr. Courtney?«

»Wie könnte ich den vergessen!«

»Die Ehe, die Conte Horatio mit dieser Maria Gabalbi eingehen sollte, schrieb Mr. Courtney, sei von den Eltern arrangiert worden.«

»Ja, wie es aussieht, hatte Conte Horatio gar keine Wahl.«

»Das Entscheidende ist, Jane«, ging Elizabeth über die romantische Anwandlung ihrer Schwester hinweg, »die Familie des Conte legte Wert auf eine standesgemäße Heirat! Dies kann man auch in Bezug auf die Konfession sehen. Nun könnte sich doch Caroline darüber im Klaren geworden sein, es auch ihrerseits für unmöglich zu halten – wie Mr. Collins es so vortrefflich formulierte – das Taufkleid ihrer Kirche zu verwerfen. Erinnere dich, Jane, an Miss Bingleys Ausführungen über den geradezu grotesken Überschwang der Architektur der römisch-katholischen Kirche in Rom. Man spürte, wie sehr ihr dieser ganze Prunk zuwider war!«

»Und du denkst, Lizzy, dieser Erklärung wird die Gesellschaft Glauben schenken? – Pardon, ich meine natürlich, wird Lady Wragsdale Glauben schenken?«, ergänzte Jane mit einem Schmunzeln.

»Mir will keine bessere einfallen«, gab Elizabeth zu.

»Ich meinte nicht, sie sei schlecht.«

»Nein, nur überzeugt, überzeugt habe ich dich nicht. Und das stimmt mich nachdenklich, Jane.«

»Vielleicht bin ich wirklich zu romantisch veranlagt.«

»Aber dann, Jane, dürfte dir die Vorstellung, Carolines Liebe sei aufgrund der Entfernung erkaltet, auch nicht behagen. Du musst zugeben, dass mein Vorschlag glaubhafter klingt. Denn eine Caroline Bingley, die zum katholischen Glauben wechselt? Ist das denkbar?«

Jane schüttelte den Kopf.

»Und bedenke, Jane, Caroline würde mit dieser Erklärung ihr Gesicht wahren! Niemand könnte ihr verdenken, dass sie so einen großen Schritt in seiner letzten Konsequenz nicht zu gehen vermag. In Italien mochte ihr alles noch so leicht erschienen sein. Aber jetzt, vor allem nach Monaten der Bedenkzeit, wurde ihr erst das ganze Ausmaß dieser Heirat bewusst. Dazu gehört auch, ein Leben im Ausland, getrennt von ihrer Familie und auf sich selbst gestellt. Aber vor allem müsste sie all ihre Überzeugungen, woran sie seit ihrer Geburt glaubte, für immer aufgeben! Nein, so sehr vermag sich eine Miss Bingley – auch für die Liebe – nicht zu verbiegen!«

»Dir scheint mehr an Caroline zu liegen, als du bisher zuzugeben bereit warst«, bemerkte Jane anerkennend. »Und ich muss unumwunden gestehen, je mehr ich über deine Idee nachdenke, umso besser gefällt sie mir.«

»Dann säume nicht, Jane, und teile Miss Bingley diese möglichst bald mit«, erwiderte Elizabeth sichtlich erleichtert.

# Kapitel 10

Das Wetter des nächsten Tages war nicht dazu angetan, Hoffnung auf eine Änderung der häuslichen Abgeschiedenheit zu geben. Dennoch nahm weder das Pfeifen des Windes noch das Peitschen des Regens Einfluss auf die Stimmung im Herrenhaus. Dies hing nicht zuletzt mit zwei Überraschungen zusammen, die der Tag für alle bereithielt.

Die erste Überraschung kam mit der morgendlichen Post in Gestalt eines Briefes an die Hausherrin. Man war gerade vom Frühstückstisch aufgestanden und in den großen Salon hinüber gegangen, als der Butler Mrs. Bingley das Schreiben überreichte.

Nachdem Jane verkündet hatte, der Brief sei von Mrs. Bennet, brach sie das Siegel und begann, still für sich zu lesen. Indes diskutierten die anderen, ob Billard für die Gentlemen und Handarbeit für die Damen oder lieber Kartenspiele für alle, das Geeignete seien, um sich zu beschäftigen. Allein Mrs. Wickham hörte kaum zu. Sie langweilte sich jetzt schon. Langeweile weckt nicht selten Übermut. Und genau der nahm von ihr Besitz. So hatte Lydia beobachtet, wie ihre älteste Schwester angesichts Mrs. Bennets Zeilen erblasste. Und ehe man es sich versah, war sie auch schon von ihrem Platz aufgesprungen, zu Jane herüber geeilt und hatte selbiger das Schriftstück entrissen.

»Lydia!«, schrie Jane entsetzt auf.

Im Nu verstummte das Gespräch. Alle Augen richteten sich auf Lydias Hand, die das *Corpus Delicti* hochhielt.

»Lydia, lass die Kindereien und gib Jane ihren Brief zurück!«, sagte Elizabeth gestreng.

»Hol ihn dir doch, Lizzy!«, rief Lydia keck. Hierauf trat sie auf Elizabeth zu, wedelte vor ihr mit dem Brief, zog ihn dann aber geschwind zurück, bevor Elizabeth nach ihm greifen konnte. Wütend stand Mrs. Darcy auf und hoffte, die vor ihr tänzelnde Lydia mit einem strengen Blick zur Vernunft zu bringen. Allein das hatte bei jener noch nie gefruchtet.

»Oh, Lizzy, ich würde mich ja von deinem Verhalten einschüchtern lassen, wenn du etwas größer geraten wärest. Doch, obwohl die Jüngste bin ich auch die Größte unter uns Geschwistern! Also, was willst du, *Kleine*!«

Elizabeth bewegte sich keinen Schritt und erwiderte auch nichts. Was Lydia überrascht innehalten ließ. Diesen Augenblick der Ruhe machte sich Catherine zunutze, die sich Lydia unbemerkt von hinten genähert hatte. Und im nächsten Moment wechselte der Briefbogen erneut seinen Besitzer.

Hatte Elizabeth geglaubt, damit sei der Kinderei ein Ende gesetzt, musste sie nun ungläubig sehen, wie Catherine ohne jeglichen Skrupel und mit übertriebenem Pathos begann, jenen Brief vorzulesen.

»Jane,
wie kannst *Du* mir das nur antun! Ausgerechnet *Du*, die ich bisher immer für *so* zuverlässig und respektabel hielt!«

Ein Lachanfall hinderte Catherine daran weiterzusprechen. Dieser galt weniger den Worten Mrs. Bennets als vielmehr den verdutzten Gesichtern, in die sie blickte. Ihre Darbietung war so ausgezeichnet, dass die anderen tatsächlich vermeinten, Mrs. Bennet sprechen zu hören. So stimmten sie schließlich in das Lachen ein und ließen Kitty gewähren.

»Was muss ich erfahren? Du hältst es nicht für nötig, uns, Deine eigenen Eltern, darüber zu informieren, dass Wickham und Lydia bei Euch zu Besuch sind! Hast Du nicht einen Moment in Erwägung gezogen, *ich* könnte auch Gefallen daran finden, meine jüngste Tochter, die ich seit so vielen Jahren entbehre, in die mütterlichen Arme zu schließen? – Nicht, dass ich es in dieser Jahreszeit wagte, eine so beschwerliche und große Reise zu unternehmen. Aber man möchte gefragt werden, oder?! Das ist doch wohl das Mindeste! Stattdessen lädst Du auch noch Lizzy und Kitty ein. So sieht es recht nach einer familiären Begegnung aus. Hättest Du nicht ein paar Monate warten können? Damit auch Deine armen Eltern Teil dieser familiären Zusammenkunft wären. Aber kein Wort, keine noch so kleine Andeutung von Deinem Vorhaben ist zu uns nach Longbourn gedrungen. Und ausgerechnet Lydia, die nur selten schreibt, teilt mir mit, wie sie sich derzeit mit Wickham auf Glenister vergnügt. Dabei vermag sie ihre Begeisterung kaum zu zügeln. Zudem erwecken ihre ausführlichen Beschreibungen den Eindruck, *ich* würde Glenister nicht kennen! Dieses unverschämte Gör soll mir nur unter die Augen kommen! Dabei hat *sie* ja noch nicht einmal die Pracht von

Pemberley gesehen! – Apropos Pemberley, richte Lizzy aus, falls sie daran dächte, demnächst die Wickhams nach Derbyshire einzuladen, soll sie mich ja rechtzeitig unterrichten, damit genug Zeit zu disponieren bleibt. Schließlich brennen Mr. Bennet und ich auf ein baldiges Wiedersehen mit unserer Lydia.«

»Oh, was für eine wunderbare Idee!«, unterbrach Lydia den Vortrag Catherines. »Das wäre ein rechter Spaß, wir alle auf Pemberley!

Bei diesem Gedanken erblasste nun auch Mrs. Darcy. Wickham und Lydia auf Pemberley! Das wäre nicht nur eine Zumutung für Darcy, auch Georgiana, mit deren Rückkehr sie in den nächsten Monaten rechneten, wäre bei dieser Aussicht alles andere als erfreut.

»Was sagst du dazu, Lizzy?«, rief Catherine begeistert. »Jetzt, da Wickham und Lydia nun schon einmal hier sind, bedeutet das keine weiteren Kosten für sie. Wir nehmen sie einfach in unserer Kutsche mit! Noch besser: Bingley und Jane schließen sich uns ebenfalls an! Probleme dürfte es nicht geben! Schließlich beabsichtigt Wickham, seinen Dienst zu quittieren!«

»Wie nachlässig von mir, dass ich vergaß, Mama von eurem Kommen in Kenntnis zu setzen«, schalt sich Jane. »Ich fürchte, sie ist zu Recht verärgert.« Das Begehren ihrer Schwestern schien sie genauso wenig mitbekommen zu haben wie das ihrer Mutter.

»Kitty, du wolltest doch Mama schreiben!«, entfuhr es Elizabeth. »Ganz aufgeregt warst du, ihr die Neuigkeit mitzuteilen. Obwohl zu diesem Zeitpunkt noch nicht einmal feststand, ob die Begegnung zustande kommt.

Wie konntest du *das* nur vergessen? Ich habe mich auf dich verlassen!«

»Was spielt es für eine Rolle, wer Mama Wickhams und Lydias Besuch mitteilte?«, entgegnete Catherine ungeduldig. »Mein Gott, hast du es nicht verstanden, Lizzy? Mama wünscht ein familiäres Zusammentreffen *auf Pemberley*!«

»Oh, ja! Das machen wir!«, rief Lydia eilfertig. »Endlich werde ich *Pemberley* sehen! Ich platze fast vor Neugierde! In meiner Fantasie bin ich schon *so* oft dort gewesen! *Pemberley*!«, sagte sie versonnen. »Allein schon der Name weckt Vorstellungen in mir von dem Herrenhaus, dem Fluss, den Hügeln. Und mein lieber Mann, wie er als Junge dort herumtollte. Wenn ich seinen Erzählungen lausche, dann weiß ich, Pemberley muss der herrlichste Fleck auf Erden sein! Ich stell mir vor, wie es sein wird, wenn die Kutsche über die Brücke fährt und ich endlich Pemberley House sehe! Ist das nicht wunderbar? – Na, mein Lieber! Hab ich es dir nicht gesagt: Noch in diesem Jahr werde ich nach *Pemberley* kommen!«

»Meine Liebe, du bist zu voreilig«, wandte Wickham ein. »Bedenke, noch wurde an uns keine Einladung ausgesprochen!«

»Ach, papperlapapp, du und deine Bedenken, mein Lieber! Das kann mir Lizzy nicht abschlagen! Nicht wahr, Lizzy? Das tust du nicht! Schließlich bin ich deine Schwester!«

»Zudem«, fuhr Wickham unbeirrt fort, »wird sich meine Freistellung aus dem Dienst der Armee nicht so rasch bewerkstelligen lassen. Der Posten eines Oberfähnrichs, den ich die Ehre habe in meinem Regiment zu bekleiden, ist durchaus ein gewichtiger. Darüber hinaus wird es eine geraume Zeit in Anspruch nehmen, einen adäquaten Nachfolger für mich zu finden.«

Elizabeth war dankbar für diesen wohlbedachten Einwand ihres Schwagers. Wenn sie sich auch nicht erwehren konnte, in diesem vor allem einen selbstsüchtigen Grund zu vermuten. Wickham befürchtete wohl, sein lang gehütetes Geheimnis um das Zerwürfnis mit Darcy könnte seiner Ehefrau offenbart werden, wenn – und davon ging er wohl aus – die Einladung ausbliebe.

»Was schreibt Mama denn weiter?«, wollte Lydia wissen, die das Verhalten ihres Gatten nicht verstand und sich deshalb mit ihrem Wunsch, Pemberley zu besuchen, fürs Erste zurückhielt.

Catherine las:

»Aber, was weißt Du schon von den Nöten einer Mutter, Jane? Ein Kind nach dem anderen verlässt das Haus und zurück bleibt eine Mutter, die sich für diese undankbare Brut aufgeopfert hat. Und kein Wort des Dankes, keine Rücksicht auf die Eltern. Die Damen treffen sich und keine hält es für geboten, Vater und Mutter einzuladen oder gar von diesem wichtigen Ereignis in Kenntnis zu setzen! Abgeschnitten vom Rest der Welt siechen die armen, alten Eltern dahin. Nicht auszudenken, wir hätten Mary nicht im Hause. Gott sei Dank scheint uns dieses Kind auf immer zu bleiben. Wenigstens eine Tochter, auf die Verlass ist!«

»Arme Mary«, meinte Elizabeth.
»Wieso, arme Mary?!«, echauffierte sich Lydia. »Sie hat ihre Bücher, macht ihre Auszüge und setzt sich

zur Essenszeit an den gedeckten Tisch. Warum bemitleidest du sie, Lizzy? Deine Sorge sollte vielmehr uns gelten, die wie es schwer haben im Leben und denen das Glück nicht so hold war wie euch beiden.« Und bei diesen Worten blickte sie abwechselnd zu Jane und zu Elizabeth.

»Lydia!«, sagte Wickham deutlich verärgert. »Dir mangelt es an nichts! Ich bin sehr wohl in der Lage, ausreichend für uns zu sorgen. Ich mag es nicht leiden, wenn du uns wie Bittsteller aussehen lässt. Schließlich bin ich ein Gentleman und verfüge durchaus über meine Mittel, ungeachtet der Tatsache, dass ich unser beider Situation verbessern möchte.«

Dabei übersah Wickham geflissentlich die Zuwendungen, die sowohl Jane als auch Elizabeth von Zeit zu Zeit seinem Haushalt zugutekommen ließen. Aber, so war es immer schon gewesen. So wenig es Wickham auch Probleme bereitete, selbst größere Summen einst von Darcy einzufordern, so wenig litt er es, wenn über diese Dinge gesprochen wurde.

Immerhin wagte hierauf selbst Lydia nicht mehr, ihre zweitälteste Schwester zu bedrängen, eine Familienfeier auf Pemberley für diesen Sommer zu planen.

Doch bevor sich ein verlegenes Schweigen ausbreiten konnte, kündigte sich die zweite Überraschung des Tages an! Sichtlich bestürzt meldete der Butler, Mr. Dixon gäbe sich die Ehre.

»Da habt ihr es!«, rief Lydia triumphierend. »Es gibt sehr wohl Menschen, die sich nicht von dem bisschen Regen und dem etwas kräftigeren Wind einschüchtern lassen!«

Am liebsten hätte Elizabeth geantwortet, dies träfe nur auf jene Bedauerlichen zu, die sich nicht durch Verstand auszeichneten. Und Mr. Dixon, daran hege sie nun keinen Zweifel mehr, gehöre dieser Gattung an.

Allein solch einer Feststellung bedurfte es nicht. Der Anblick des kleinen Mannes, der nun durch die Tür in den Salon trat, bot ein so erbärmliches Bild, dass selbst Mrs. Wickham zurückschreckte. Seine durchnässten und mit Schlamm bespritzten Beinkleider gaben ein beredtes Zeugnis ab. Dennoch schritt er beherzt auf sie alle zu.

»Famos, famos, Mr. Bingley! Was für ein Wetter! Seien Sie alle herzlichst gegrüßt. Ich fürchte, ich sehe leicht derangiert aus!«

Der Hausherr war sogleich aufgesprungen. Dem Dreck, den sein Gast verursachte, keine Beachtung schenkend, bot er beflissen Mr. Dixon einen Platz nahe des Feuers an.

»Oh, Mr. Bingley, zu gütig von Ihnen. Aber, ausgeschlossen! Ich fürchte, in meiner derzeitigen Verfassung, wäre ich der Ruin Ihrer Chaiselongue! Aber, wenn Sie gestatten, werde ich mich etwas ans Feuer stellen.«

Schnell war eine Tasse heißer Tee gereicht. Und auch gegen ein Glas Portwein erhob Mr. Dixon keinen Einwand. Nachdem er sich mit der flachen Hand, das nasse, ohnehin spärliche Haupthaar nach hinten gestrichen hatte, nahm er seine Umgebung erst richtig in Augenschein.

»Famos, famos, ein paar neue Gesichter! Ich täusche mich doch nicht? Wir wurden uns noch nicht vorgestellt, oder? Verzeihen Sie, bisweilen lässt mich mein Gedächtnis im Stich.«

Unverzüglich entschuldigte sich Jane für ihr Versäumnis.

»Oh, Mrs. Bingley, das ist allein meine Schuld! Was stürme ich auch direkt in Ihren Salon! Noch dazu in diesem Aufzug.«

Jane versicherte ihm, dass er ihnen keine größere Freude hätte bereiten können, als durch seinen nachbarschaftlichen Besuch ihre Gesellschaft zu bereichern. Dann stellte sie ihm Mr. und Mrs. Wickham vor und erklärte, weder ihre jüngste Schwester noch deren Gatte wären auf dem Ball im vergangenen November zugegen gewesen.

»Da bin ich aber ganz außerordentlich beruhigt, Mrs. Bingley, dass ich mich nicht geirrt habe. Sie müssen verzeihen, dass ich auch nur einen Augenblick zweifelte, aber es waren so viele reizende neue Bekanntschaften, die ich an jenem Abend schloss.«

Sogleich drückte Mr. Wickham ihm sein Verständnis aus und erklärte, ihm als *Offizier*, der ständig neue Bekanntschaften schlösse, erginge es ganz ähnlich. Offenbar war Mr. Wickham verletzt, da seine Schwägerin vergaß, ihn mit seinem Offiziersrang vorzustellen. Und ausgerechnet heute trug er keine Uniform.

»Oh, Sie sind ein Offizier, Sir? Famos! Famos! Ich muss Ihnen meine Bewunderung aussprechen. Jeder junge Gentlemen, der dieser Tage freiwillig Leib und Leben in den Dienst für unser geliebtes Vaterland stellt, verdient unsere Hochachtung!«

»Sehr freundlich von Ihnen«, nahm Oberfähnrich Wickham das Kompliment ganz ungeniert entgegen. Dass er sich mit dem Gedanken trug, Leib und Leben gerade wegen *dieser* Tage nicht länger seinem Vaterland zur Verfügung zu stellen, verschwieg er.

»Wo ist denn Miss Bingley? Die Ärmste wird doch wohl nicht wieder unpässlich sein?«

Es war einer dieser Augenblicke, von denen man hofft, verschont zu bleiben. Obwohl man genau weiß, wie unwahrscheinlich das ist.

»Meine Schwägerin, Mr. Dixon, weilt zur Zeit in der Stadt«, entgegnete Jane ruhig, ihren inneren Aufruhr verbergend.

»Miss Bingley in London! Soll das heißen, sie trifft sich mit Conte Horatio? Das wurde aber auch Zeit! All die Monate, die sie hier in Trübsinn verbrachte. Was für eine Freude! Dann läuten wohl bald die Hochzeitsglocken?«

Bestürzt sah Mrs. Bingley zu ihrem Gatten hinüber, der erkannte, dass es nun an ihm war, zu antworten.

»Ich fürchte, Mr. Dixon, danach sieht es nicht aus.« Er räusperte sich. »Ich möchte meiner Schwester nicht vorgreifen, aber so viel, denke ich, kann ich sagen: Miss Bingley befürchtet in dieser *Angelegenheit*, voreilig gehandelt und die *Konsequenzen* nicht hinreichend bedacht zu haben.«

Zu dieser Erklärung konnte Elizabeth ihren Schwager nur beglückwünschen. Denn er hatte es geschafft, bei der Wahrheit zu bleiben und gleichzeitig Miss Bingley die Möglichkeit gelassen, den Vorschlag von ihr anzunehmen.

»Oh, wie betrüblich, Mr. Bingley. Es schien eine so glänzende Partie. Und nun komme ich und reiße Wunden auf!«

Lydia begehrte sogleich, mehr über das gerade Gehörte in Erfahrung zu bringen. Es erschien ihr unmöglich länger zu warten. Und da sie früher immer ganz selbstverständlich mit ihrer Lieblingsschwester tuschelte, wenn sich die Erwachsenen unterhielten, legte sie sich auch jetzt keine Zurückhaltung auf und begann mit leiser Stimme jene auszufragen. Doch statt ihr, wie gewohnt, flüsternd zu antworten, verdrehte Catherine nur die Augen. Im Moment waren Miss Bingley und Conte Horatio vergessen. Diese Geschichte, eben noch für Lydia von Interesse, war von Stund an nicht länger von Belang. Wieso nur war Kitty ihr gegenüber mit einem Mal so verschlossen?! Bevor sie die Veränderung ihrer Schwester ergründen konnte, zog Mr. Dixon erneut ihre Aufmerksamkeit auf sich.

»Vielleicht bin ich ja in der Lage, Sie alle etwas aufzuheitern. Gestatten Sie mir, Ihnen den Grund meines Kommens mitzuteilen. Oh, es ist solch eine *Freude*! Ich konnte ganz unmöglich warten, bis sich Regen und Sturm gelegt haben! *Was*, habe ich mich gefragt, *was* werden Sie sagen, wenn ich Ihnen mitteile, welch einen Besuch ich in Kürze erwarte! Kein Geringerer als mein Neffe Mr. Saunders trägt sich mit der Absicht, sich schon in den nächsten Tagen auf den Weg in unsere schöne Grafschaft Nottinghamshire zu machen. Na? Wie gefällt Ihnen meine Neuigkeit?«

»Seien Sie versichert, Mr. Dixon, wir freuen uns sehr, den jungen Gentleman erneut als Gast auf Glenister willkommen zu heißen«, erklärte Mr. Bingley.

»Was sagt man dazu, nicht wahr?«, meinte Mr. Dixon, leerte das Glas Portwein in einem Zug und setzte es auf dem Kaminsims ab. »Da lässt sich der liebe Junge über Jahre nicht blicken und nun, kaum dass ich ihm geschrieben habe, welch angenehmer Besuch auf Glenister eingetroffen ist, da kündigt er mir auch schon an, der vielen Bälle in der Stadt überdrüssig zu sein. Ja, da zöge er es doch bei Weitem vor, sich auf dem Lande mit solch angenehmer Gesellschaft die Zeit zu vertreiben. – Wo ist denn Miss Darcy? Hat Sie die junge Dame nicht begleitet, Mrs. Darcy?«

»Ich fürchte, ich muss Sie enttäuschen, Mr. Dixon«, erwiderte Elizabeth. »Miss Darcy weilt noch in London. Wie Sie sich vielleicht erinnern, absolviert sie dort ihr Debüt.«

Mr. Dixon schien der Schreck in die Glieder zu fahren. »Ach herrje, du meine Güte, nein, ... hoffentlich habe ich da keinen Fehler gemacht!«, stotterte er sichtlich besorgt. »Sie müssen verzeihen. Es ist schrecklich mit mir! Meine Frau, Gott hab sie selig, schimpfte mich deshalb immer wieder. ›Du bringst uns noch in Teufels Küche, Mr. Dixon‹, pflegte sie zu sagen. Und: ›Was soll ich nur mit dir machen? Deine Zerstreutheit bringt mich noch ins Grab!‹ Aber, da seien Sie beruhigt, deswegen ist meine arme Mathilda nicht von uns gegangen! – Ach, wie ärgerlich, das Debüt von Miss Darcy war mir völlig entfallen. Sie müssen wissen, Mrs. Shaw erzählte mir vor einer Woche, die Damen Darcy würden stündlich auf Glenister erwartet. Genau diese Worte gab ich an meinen Neffen weiter, als ich ihm schrieb. Oh je, wenn Saunders nun demselben Irrtum erlegen ist wie ich und davon ausgeht, Miss Darcy hier anzutreffen! Oh, wie peinlich wäre mir das! Denn es ist ja schon verwunderlich, dass er nach so kurzer Zeit wieder seinen Besuch ankündigt.

Da dachte ich, es lag an diesem bildhübschen Mädchen, konnte ja kaum seine Augen von der jungen Dame lassen. Oh, verzeihen Sie, Mrs. Darcy, ich wollte nicht ungebührlich reden. Aber, Sie haben es doch auch gesehen, oder? Welchen Gefallen Saunders an Miss Darcy gefunden hat. Sie war seine erste Wahl beim Tanz und später hat er sie sogar zu einem weiteren Doppeltanz aufgefordert. Das muss doch etwas bedeuten!«

»Ich kann Sie beruhigen, Mr. Dixon«, entgegnete Mrs. Darcy, »Mr. Saunders ist über den momentanen Aufenthaltsort von Miss Darcy völlig im Bilde. Unlängst trafen wir ihn auf dem Ball zu Ehren von Miss Darcy in London. Und soweit ich unterrichtet bin, stattet er meiner Schwägerin regelmäßig Besuche ab.«

»Oh, wie schön! Dann kann er mir ja keine Vorwürfe machen. Da fällt mir aber ein Stein vom Herzen! Danke, Mrs. Darcy, zu gütig von Ihnen. Und ich bildete mir schon ein, sein Besuch bei uns sei allein der Anwesenheit von Miss Darcy auf Glenister geschuldet.«

Die offenherzige Art von Mr. Dixon, die nicht selten das zuträgliche Maß der Schicklichkeit missen ließ, verursachte ein betretenes Schweigen. Einzig Mrs. Wickham wünschte Mr. Dixon hätte noch mehr erzählt. Sie musste sehr an sich halten, um nicht sogleich ihre Schwestern mit Fragen zu bestürmen. Ein allzu forsches Vorgehen würde jedoch nur deren Unwillen stärken. So wartete sie mit ihren Fragen, bis Mr. Dixon gegangen war. Dann aber musste sie enttäuscht feststellen, dass weder Jane noch Lizzy ihre Zurückhaltung mit Auskünften belohnten. Und selbst Kitty entzog sich ihr, indem sie den beiden anderen ins Kinderzimmer folgte.

## Kapitel 11

»Die Stadt ist auf die Dauer nichts für mich. Das Landleben liegt mir mehr. Ich weiß, es werden noch viele Jahre vergehen, bis ich dereinst den Besitz erben werde, der mir zusteht. Dennoch bin ich froh, dass meine Zuneigung dem Lande gilt.«

Die Widrigkeiten des Wetters hatten bald ein Ende gefunden. Unbeschadet zu reisen, war nach kurzer Zeit wieder möglich. Und so saß nun Mr. Saunders, dessen Besuch man in den letzten Tagen sehnsüchtig erwartet hatte, am Kamin im Salon von Glenister House, trank eine Tasse Tee und parlierte so gefällig über das Landleben.

»So waren Sie nicht erfreut, auf so vielen Bällen, Soireen und Teegesellschaften jungen, hübschen Damen zu begegnen?«

»Sie tun recht daran, Mrs. Darcy, mich zu tadeln. Wie unhöflich von mir, Ihnen gegenüber derart von der Saison zu sprechen, in der Ihre Schwägerin Miss Darcy debütiert. Entschuldigen Sie bitte meine Offenheit, aber Miss Darcy ist auch eine ganz außergewöhnliche junge Dame. Sie ist frei von Affektiertheit und Koketterie, die so vielen jungen Damen dieser Tage anhänglich sind. Sie müssen verstehen, Mrs. Darcy, es sind gerade jene junge Damen, die mich so verdrießlich stimmen. – Doch ehe ich es vergesse: Mir wurde der Auftrag erteilt, Sie alle ganz herzlich von Miss Darcy zu grüßen. Sie konnte nicht umhin, Wehmut zu empfinden, als wir uns verabschiedeten. Es war ihr deutlich anzumerken, wie gerne sie an dieser familiären Zusammenkunft teilgenommen hätte.«

Die Wehmut Georgianas galt wohl eher ihm als dieser familiären Zusammenkunft, mutmaßte Elizabeth. Denn es war völlig ausgeschlossen, Georgiana könne einem Zusammentreffen mit Mr. Wickham freudig entgegensehen!

»Wie nett von Miss Darcy, uns *alle* zu grüßen. Dabei bin *ich* ihr nie im meinem Leben begegnet!«, wandte Lydia ein.

»Kann das sein, Mrs. Wickham? Habe ich Sie richtig verstanden? Sie hatten bisher nicht das Vergnügen, Miss Darcys Bekanntschaft zu machen?«

»Sie haben mich durchaus richtig verstanden, Mr. Saunders. Mein Mann hingegen kennt Miss Darcy seit ihrer Geburt. Sie müssen wissen, er ist auf Pemberley aufgewachsen! – Ich glaube, ich gehe nicht zu weit, mein lieber Wickham, wenn ich sage, dass sie fast so etwas wie eine kleine Schwester für dich war, oder?« Ohne auf eine Antwort ihres Gatten zu warten, fuhr sie fort: »Aber ich habe meinen Wickham geheiratet, bevor meine Schwester Elizabeth eine erkennbare Zuneigung zu Mr. Darcy zeigte. Und der Dienst in der Armee führte meinen Mann weit in den Norden. Als treu sorgende Ehefrau bin ich ihm natürlich gefolgt! So ergab es sich, dass unsere südlichste Reise, die wir in den letzten Jahren machten, nicht weiter als Yorkshire war.«

»Nicht südlicher als Yorkshire!«, sagte Mr. Dixon entsetzt. Man hätte meinen können, Yorkshire sei unerreichbar fern und nicht eine Nachbargrafschaft von Nottinghamshire. »Sie Ärmste, da haben Sie Ihre liebe Familie bestimmt in den letzten Jahren gehörig vermisst.«

»Ganz und gar nicht! Obwohl die Jüngste war ich als *Erste* von uns Schwestern verheiratet. Mir liegt das Abenteuer im Blut! Daher waren die vergangenen Jahre für mich aufregend und spannend.«

»Eine junge Dame, die das Abenteuer liebt, ist mir bisher noch nicht begegnet«, meinte Mr. Dixon geziert. »Meine beiden Töchter sind ganz anders. Wie schade, dass sie heute nicht hier sein können. Ich hätte sie Ihnen gerne vorgestellt, Mrs. Wickham. Aber meine Töchter besuchen eine der teuersten Erziehungsanstalten Londons für junge Damen. Sie müssen wissen, vor zwei Jahren machte ich eine nicht unbedeutende Erbschaft, die mich in die glückliche Lage versetzt, meinen Töchtern die beste Bildung angedeihen zu lassen. Wenn ich an die Schwierigkeiten zurückdenke, die es mir bereitete, meine beiden Mädchen dazu zu bringen, in die Stadt zu ziehen. Sie hängen so an ihrem armen, alten Vater, dass sie anfangs nichts davon wissen wollten. – Da fällt mir ein, mein Junge, ich hatte dich in meinem letzten Brief gebeten, ihnen eine Besuch abzustatten. Konntest du dich von ihrem Wohlbefinden überzeugen?«

»Ich muss Sie enttäuschen, Onkel, aber die Verpflichtungen einer Saison in London sind so vielfältig. Allein die Besuche bei der ein oder anderen Debütantin, deren Bekanntschaft man am Abend zuvor geschlossen hat, können sich den halben Tag hinziehen. So war es mir nicht vergönnt, meine Cousinen zu treffen.«

»Ich stelle mir ein solches Debüt ungemein spannend vor«, meinte Lydia. »Und die vielen Bälle! Das muss ein rechter Spaß sein! Ich würde ja Miss Darcy beneiden, wenn ich mit meinem lieben Wickham nicht so glücklich wäre!«

»Ich bin mir sicher, Mrs. Wickham, dass die meisten jungen Damen an den vielen Bällen ihren Gefallen finden«, sagte Mr. Saunders. »Aber die mannigfachen Veranstaltungen, die auf eine Debütantin zukommen, sind kaum zu bewältigen. Die ein oder andere der jungen Damen wird in den letzten Monaten der Saison das Ende ihres Debüts herbeisehnen.«

»Hat sich Miss Darcy Ihnen gegenüber in dieser Hinsicht geäußert?«, begehrte Elizabeth zu wissen.

»Miss Darcy würde sich selbstredend nie beklagen. Doch die Erschöpfung, auch wenn dies wenig schmeichelhaft klingen mag, Mrs. Darcy, war ihr in der letzten Woche anzusehen. Nicht in der Gesellschaft! Aber bei einem meiner letzten Frühstücke, das ich die Ehre hatte mit Colonel Fitzwilliam, Mrs. Fitzwilliam und Miss Darcy einzunehmen, fiel mir eine Blässe im Gesicht von Miss Darcy auf, die der Mattigkeit geschuldet sein muss, unter der manche Debütantin leidet.«

»Ich glaube, dergleichen könnte *mir* nie passieren«, fuhr Lydia ungebührlich laut dazwischen. »Ich liebe Bälle und könnte nie genug davon bekommen! Um die Verfassung deiner Schwägerin, Lizzy, scheint es nicht besonders bestellt zu sein. Bei mir, Mr. Saunders, das kann ich Ihnen versichern, würden Sie derlei Schwächen nicht feststellen können!«

Es war nicht zu übersehen. Der gut aussehende junge Gentleman gefiel Lydia. Wäre sie nicht bereits verheiratet, hätte sie ihre Fänge nach ihm ausgeworfen.

»Lydia«, flüsterte Jane, die neben ihr saß, »wie kannst du nur so mit Mr. Saunders reden?«

»Ach, Jane, ich sag nur, wie es ist!«, erwiderte jene ebenfalls mit gesenkter Stimme. »Du kennst mich doch! Ich denk mir nichts Böses dabei.«

»Sicher können Sie die Situation gar nicht richtig einschätzen, Mrs. Wickham«, meinte Mr. Saunders, dem das Zwiegespräch der beiden Schwestern verborgen blieb. »Noch dazu ist Ihnen die junge Dame, um die es hier geht, völlig fremd! Ich bin mir sicher, sonst würden Sie anders urteilen!«

Diese wenn auch sanfte Zurechtweisung durch Mr. Saunders ließ die anderen aufhorchen. Selbst Lydia entging sie nicht. Leider hatte sie nicht zugehört, was er über die Koketterie gewisser junger Damen gesagt hatte. Außerdem lag es nicht in Lydias Charakter begründet, ihre vorlaute Art in Zweifel zu ziehen. So vergaß sie auch bald, auf diesen jungen Gentleman allem Anschein nach nicht den gewünschten Eindruck gemacht zu haben.

Jane und Elizabeth hingegen hörten nur die wohlwollenden Worte, die Mr. Saunders der lieben Georgiana entgegenbrachte. Und in ihren Augen war dies nur ein weiterer Beweis seiner Zuneigung für jene.

Alsbald verabschiedeten sich die beiden Gentlemen. Dabei wurde nicht versäumt, Mr. Saunders das Versprechen abzunehmen, sich am nächsten Tag nach dem Frühstück erneut einzufinden. Die wortreich vorgetragene Entschuldigung Mr. Dixons, seinen Neffen nicht begleiten zu können, wurde zwar höflich, aber ohne erkennbares Bedauern entgegengenommen.

Kaum waren die Gäste gegangen, musste Lydia eine Maßregelung von Elizabeth über sich ergehen lassen.

»Lydia, wie kannst du nur dermaßen despektierlich reden! Du kennst den jungen Gentleman überhaupt nicht!«

»Ach, Lizzy, willst du mir jetzt *auch* noch Manieren beibringen? Reicht es nicht, dass du diese Aufgabe bei Kitty übernommen hast? Und wenn du mich fragst, scheinst du mir keinen großen Erfolg damit zu haben.«

»Das musst gerade *du* sagen! Du bist es doch, die bei Kitty die schlechtesten Seiten hervorkehrt!«

»Dürfte ich vielleicht auch etwas dazu sagen?«, rief Catherine erbost dazwischen.

»Ja, worum geht es denn bei diesen ganzen Regeln der guten Sitten und des Anstandes?!«, fuhr Lydia an Elizabeth gewandt unbeirrt fort. »Letztendlich kommt es nur darauf an, das Kind an den Mann zu bringen! Um nichts anderes geht es! Und glaube mir, Lizzy, wenn Kitty unter meiner Obhut stünde, dann würde sie schon längst einen Ehering tragen! Ich könnte dir sofort drei Offiziere aus dem Ärmel schütteln, die Interesse an Kitty hätten. Und was machst du? Versuchst ihr Benehmen und ihre Ausdrucksweise zu verbessern! Dass ich nicht lache! Als ob es darauf ankäme.«

»Ja, Lydia, genau darauf kommt es an!«, erwiderte Elizabeth ruhig und gelassen. »Aber ich erwarte nicht, dass *du* das verstehst. Denn gerade dein Verhalten, dessen du meinst, dich rühmen zu müssen, ist in Wahrheit dein Problem!«

»Würdet ihr gefälligst aufhören, so zu reden, als sei ich nicht zugegen?«, versuchte Catherine sich abermals Gehör zu verschaffen. »Ihr seid ja schlimmer als Mama!«

Diesen Vorwurf empfand selbst Lydia als Beleidigung.

»Du bist ein albernes, dummes Kind, Kitty! Ja, das bist du!«, erwiderte sie erbost. »Du hast ja keine Ahnung von der wirklichen Welt! Du weißt nicht, wie es da draußen aussieht!«

»Oh, ja, die große weite Welt! Und du, Lydia, du weißt natürlich, wovon du sprichst. – Und wenn schon! Vielleicht habe ich tatsächlich von alldem keine Ahnung. Aber eins weiß ich ganz genau: Nichts gibt *dir* das Recht, mich *Kind* zu nennen. Immerhin bin ich *zwei* Jahre älter als du! Deshalb hätte ich auch seinerzeit nach Brighton gehen müssen. Und nicht du!«

Der Hinweis auf Brighton, jener längst zurückliegenden Reise, von der Lydia als verheiratete Frau nach Longbourn zurückkehrte, ließ die beiden jüngsten Bennetmädchen all ihre Erziehung vergessen und übereinander herfallen. Jane versuchte mit ihrer ruhigen Art, die Gemüter zu beschwichtigen, scheiterte aber alsbald.

Erst verließ Catherine mit Tränen in den Augen den Salon. Dann folgte kurze Zeit später Lydia, ohne Tränen, dafür mit aufgelöster Frisur. Die Herren schwiegen über diesen Streit, dessen unfreiwillige Zeugen sie geworden waren. Bald schon besann sich Bingley auf seine Pflichten als Gastgeber und forderte Wickham zu einer Partie Billard auf.

Die kommenden Tage versprachen reich an Abwechslung zu werden, stellten Jane und Elizabeth einhellig fest. Was sollten sie auch anderes erwarten, bei der Wirkung, die Mr. Saunders auf ihre jüngste Schwester hatte!

# Kapitel 12

Am nächsten Tag kam Mr. Saunders wie vereinbart nach dem Frühstück und blieb bis zum Dinner. Danach gab er sich beinahe täglich die Ehre. Dabei beliebte er, seine Besuche bis in die späten Abendstunden auszudehnen, geradeso, als gehöre er zur Familie. Mr. Dixon sah von einer weiteren Begleitung seinerseits ab. Wichtige Geschäfte hinderten ihn. Ein Umstand, der nicht nur seinem Neffen sehr genehm war.

Bald schon unternahm man gemeinsame Ausflüge in die Umgebung. Wie nicht anders zu erwarten gewesen war, stellte sich Mr. Saunders als ein angenehmer Begleiter heraus. Dabei wusste er seine galanten Worte an eine jede der Damen zu richten. Gleichwohl konnte einem wachsamen Auge mit der Zeit nicht entgehen, dass er seine Galanterie besonders an Mrs. Darcy verschwendete.

»Unsinn«, entgegnete jene ohne den geringsten Zweifel, als Catherine eines Morgens diese Beobachtung laut äußerte. »Korrigiere mich, Kitty, aber hast du nicht erst vor zwei Tagen einen ganz ähnlichen Disput begonnen?«

»Nur damals wurde ich in diese besondere Auszeichnung mit einbezogen«, protestierte Jane scherzhaft. »Was ist geschehen, Kitty? Bin ich in deinen Augen in der Achtung von Mr. Saunders gesunken?«

»Warum nimmt mich keiner ernst?«

»Oh, Kitty! Bitte nicht wieder diese Plattitüde! Was ist mit dir in letzter Zeit nur los? Also, noch einmal: Für einen Junggesellen ist es unverfänglicher, sich mit den verheirateten Damen der Familie zu unterhalten!«

»Und wieso, Lizzy, fordert er dich dann täglich auf, ein Lied auf dem Pianoforte zum Besten zu geben?«, ereiferte sich Catherine.

Eine Tatsache, die Elizabeth nicht abstreiten konnte. Nachdem Mr. Saunders erfahren hatte, dass sie – mit ihren eigenen Worten – ganz leidlich das Pianoforte zu ihrer eigenen Begleitung spielen könne, bestand er allabendlich auf eine solche Darbietung.

»Du verrennst dich völlig, Kitty, wenn du ernsthaft glaubst, seine Bitte gelte mir. Mr. Saunders liebt nun einmal die Musik. Ein perfekter Abend endet für ihn mit einem schönen Lied. Sicher würde er nicht auf meiner Ausführung bestehen, wenn er die Wahl hätte. Und glaube mir, Georgianas Künste auf dem Pianoforte zöge er meinen kläglichen Bemühungen bei Weitem vor.«

»Wieso haben wir jüngeren Geschwister eigentlich kein Instrument gelernt?!«, beschwerte sich nun ausgerechnet Lydia.

Mrs. Wickham litt sichtlich unter der kühlen Haltung, die Mr. Saunders ihr gegenüber eingenommen hatte. Seit dem ersten Tag ihrer Begegnung schenkte er ihr nur so viel Beachtung, wie es der Höflichkeit zuträglich war. Dabei gab sich Lydia redlich Mühe, ihn mit amüsanten Geschichten aus dem Regiment zu unterhalten. Aber zu ihrem Verdruss kam nur ganz selten ein Lächeln über sein Gesicht. Sobald sich ihm eine Gelegenheit bot, entschuldigte er sich bei ihr, um sich dann entweder Mrs. Darcy oder Mrs. Bingley zuzuwenden. Dieses Verhalten konnte Lydia sich nicht mit Elizabeths Erklärung, der unverfänglicheren Konversation mit den verheirateten Damen der Familie, schön reden. Wie sollte sie auch? Befand sich doch ihr Gatte als sichtbares Zeichen ihres Ehestandes im selben Raum.

»Aber Lydia«, entgegnete Jane, »du hast als junges Mädchen nie den Wunsch geäußert, ein Instrument zu lernen! Ganz im Gegensatz zu Mary, die ich auch zu euch jüngeren Geschwistern zähle.«

»Nicht nur das, Lydia! Bei dir habe ich *nie* ein Interesse fürs Lernen erkennen können!«, stellte Elizabeth fest.

»Ich kann dir versichern, Lydia«, sagte Jane beschwichtigend, »die Wünsche von euch jüngeren Geschwistern wurden nie vernachlässigt. Im Übrigen, auch ich spiele kein Instrument.«

»Aber das war dein eigener Wille!«, warf nun Catherine ein.

»Es war eher Einsicht, denn Wille, Kitty«, erwiderte Jane. »Tante Philips vertrat die Ansicht, ein Mädchen von Stand *müsse* das Pianoforte beherrschen. Doch zu ihrer großen Enttäuschung, erwiesen sich meine Bemühungen als Beleidigung für jedes musikalische Ohr.«

»Das könnte man auch von Marys Spiel behaupten!«, entgegnete Lydia frech.

»Aber Mary spielt doch recht ordentlich«, befand Jane.

»Pedantisch, Jane, träfe es wohl besser!«, korrigierte Lydia sie. »Ich bin mir sicher, mein Spiel wäre ausdruckskräftiger und leidenschaftlicher als das von Lizzy!«

»Was für eine Aussage!«, stellte Elizabeth kopfschüttelnd fest. »Aber deine Rüge habe ich wohl verdient, Lydia! Was geschieht, wenn jemand im Gegensatz zu mir den Fleiß zusätzlich zur Begabung mitbringt, sehe ich an Georgianas Spiel. Deshalb noch einmal: Ich bin mir sicher, Mr. Saunders vermisst die Kunst Georgianas und gibt sich fürs Erste mit meinem Können zufrieden.« In Gedanken fügte sie hinzu, Mr. Saunders ist nur nett zu der Schwägerin von Miss Darcy. Denn ihr allein gilt sein Begehr.

»Die *fehlerlose* Georgiana!«, rief Lydia sichtlich erbost. »Ich kann es nicht mehr hören! Ich muss mich doch sehr wundern, Kitty, dass du mit diesem Ausbund an Tugend befreundet bist! *Ich* könnte sie an deiner Stelle nicht leiden!«

Bevor Catherine in der Lage war, eine passende Antwort zu geben, wurde die Ankunft von Mr. Saunders gemeldet. Einmal mehr unterbrach dieser Gentleman durch sein Erscheinen eine um ihn geführte leidenschaftliche Diskussion der Schwestern. Die beiden Ehemänner, gleichwohl anwesend, zogen es vor, bei diesem Thema zu schweigen. Tat Bingley dies aus dem Glauben heraus, sich kein Urteil erlauben zu können, hatte Wickhams Zurückhaltung einen ganz anderen Grund.

Erschüttert hatte Mr. Wickham feststellen müssen, nicht mehr Gegenstand der allgemeinen Bewunderung zu sein. Obwohl nun schon etliche Jahre verheiratet, war ihm dies noch nie zuvor mit dieser Deutlichkeit vor Augen geführt worden. In der Vergangenheit hatte er sich immer in dem Bewusstsein gesonnt, wie angetan die Damenwelt von seiner Erscheinung war. Hier musste er mit einem Mal erleben, wie wenig von dem alten Glanz übrig geblieben war. Ja mehr noch, die Damen schenkten ihm so gut wie gar keine Beachtung!

Es war gleichsam, als würde Mr. Saunders ihm einen Spiegel vorhalten. Die besondere Eleganz, mit der jener die Damenwelt umgarnte, war einst Wickham selbst vorbehalten gewesen. Aber im Gegensatz zu ihm musste Mr. Saunders sich nicht bemühen, mittels einer guten Partie seine Situation zu verbessern. Mochten die derzeitigen Mittel des jungen Gentleman noch bescheiden sein, seine Zukunft war vielversprechend. Als würde diese Demütigung nicht reichen, schien Mr. Saunders darüber hinaus eine besondere Vorliebe für Darcys kleine Schwester zu empfinden. Also ausgerechnet zu jener jungen Dame, an deren Eroberung Wickham selbst zu guter Letzt scheiterte! Er musste daran denken, wie anders sein Leben sich heute gestalten würde, wenn es ihm seinerzeit geglückt wäre, Georgianas Mitgift von dreißigtausend Pfund habhaft zu werden!

»Wickham, Lieber, was ist mit dir?«

Die besorgte Frage seiner Gattin riss den wehmütigen Schwerenöter aus seinen Betrachtungen.

»Ich könnte es sehr gut verstehen, Mr. Wickham«, meinte Mr. Saunders, »wenn Sie es in Anbetracht Ihrer wohl baldigen Rückkehr zu Ihrem Regiment vorziehen würden, etwas häusliche Ruhe zu genießen. Ich rechne es Ihnen hoch an, dass Sie dennoch nicht müde wurden, uns auf unseren Unternehmungen zu begleiten.«

Die fürsorgliche Behandlung durch Mr. Saunders war der letzte Anstoß, dessen Wickham bedurfte, um sich endgültig alt zu fühlen. Ehe er in der Lage war, zu antworten, kam ihm seine Gattin zuvor.

»Mr. Saunders hat recht, Lieber! Ruhe dich etwas aus. Und damit ich dich nicht störe, schließe ich mich den anderen an.«

So war die Sache zügig abgemacht. Man ließ ihn allein zurück.

Die Gleichgültigkeit, die er zu spüren bekam, traf ihn sehr. Dass seine Gattin die Gefahr, in der er sich wähnte, nicht ernst nahm, damit hatte er sich abgefunden. Aber von Mrs. Darcy hatte er etwas anderes erwartet. Auf ihre Gleichgültigkeit war er nicht vorbereitet. Sein Ansinnen, das er so freimütig geäußert hatte, war in dem Bewusstsein gestellt worden, sie würde sich schon um ihrer alten Freundschaft wegen, seines Lebens sorgen wie er selbst. Und nun verging Tag um Tag und Elizabeth Darcy schien seine Belange vergessen zu haben.

Aus diesem Grunde weihte er noch am selben Abend Lydia in seine Befürchtungen ein. Ein Fehler, wie er schmerzvoll feststellen musste. Denn hinfort lauerte Lydia ihrer Schwester regelrecht auf, um sie unermüdlich zu fragen, ob sie eine Antwort von Darcy erhalten habe. Aller Versicherung Elizabeths zum Trotz, wie ungeschickt es sei, Darcy schriftlich Wickhams Begehr vorzutragen, hielt Lydia an ihrer Aufgabe fest. Nur in einem Raum des Herrenhauses war Elizabeth vor den Nachstellungen ihrer jüngsten Schwester sicher: dem Kinderzimmer. Ein Grund mehr für die junge Mutter, sich immer häufiger dorthin zu flüchten.

Zu Wickhams Entsetzen wechselte seine Gattin daraufhin ihre Taktik. Bevor er sie hindern konnte, brachte sie das leidige Thema in Anwesenheit Mr. Saunders zur Sprache. Der abschätzige Blick des jungen Galans versetzte Wickham einen weiteren Stich. Sein einziger Trost, der ihn seit dem Erscheinen jenes jungen Gentlemans aufrecht gehalten hatte, war die Achtung, die jener ihm geradezu überschwänglich entgegenbrachte. Von Stund an war auch dessen Wertschätzung dahin.

Da nun alles verloren schien, verbat Wickham seiner Gattin, fürderhin Mrs. Darcy zuzusetzen. Lydia, seinem Wunsch nach Veränderung ohnehin nur halbherzig zustimmend, bereitete es keine Schwierigkeit, sich in diesem Fall als treu ergebene Ehefrau zu zeigen. Daher ließ sie das Thema fallen. Vorerst zumindest!

## Kapitel 13

Die Tage auf Glenister verliefen so unruhig, dass es nur selten zu jenen Momenten kam, in denen die beiden ältesten Schwestern die Gelegenheit hatten, in trauter Zweisamkeit zusammenzusitzen. Und nun, da sie beieinander saßen, waren sie eifrig mit dem Lesen ihrer Post beschäftigt, anstatt sich miteinander zu unterhalten. Als Elizabeth sich dieser Kuriosität bewusst wurde, musste sie lachen.

»Ist Darcys Brief so heiter?«, fragte Jane überrascht.

»Ganz im Gegenteil, er bittet mich, bald die Heimreise anzutreten«, erwiderte Elizabeth. Dann erklärte sie ihrer Schwester, was sie so belustigte. »Also lass uns vernünftig sein, Jane, und die gemeinsame Zeit, die uns noch bleibt, sinnvoll nutzen. Wer weiß, wie lange es dauern wird, bis wir uns wieder so ungestört austauschen können.«

»So denkst du schon an Abschied, Lizzy? Was wird wohl Kitty dazu sagen?«

»Du bist unglaublich, Jane. Man könnte meinen, du müsstest unserer Gegenwart längst überdrüssig sein. Wir sind schon mehr als drei Wochen hier. Und wenn ich dann noch an die kleinen Zwistigkeiten der letzten Tage denke!«

»Aber das ist ja gerade das Schöne! Das ist Familie! Für meinen Geschmack ist es hier viel zu oft still.«

Das Schweigen, das sich nun zwischen ihnen ausbreitete, war beredter als tausend Worte.

»Was schreibt denn Caroline?«, suchte Elizabeth ihre Schwester von den trübsinnigen Gedanken abzulenken.

»Sie entschuldigt sich, erst jetzt zur Feder gegriffen zu haben. Aber, es gäbe so viele Verpflichtungen, so viele Bekannte, die nach ihrer Anwesenheit verlangten, weshalb sie auch genötigt sei, ihren Brief kurz zu fassen. An der Art, wie sie schreibt, spürt man, wie gut ihr der Aufenthalt in der Stadt bekommt.«

»Soll das heißen, keiner ihrer Bekannten würde sie mit unangenehmen Fragen belästigen?«, entgegnete Elizabeth erstaunt.

»Vereinzelt schon.«

»Und, welcher Ausrede bedient sie sich?«

»Nun, Lizzy, wie es aussieht, hat Caroline sich deine Erklärung zu Eigen gemacht.«

»Dachte ich es mir doch!«

»Sie schreibt, sie hätte bei keinem, dem sie die Umstände darlegte, den Hauch eines Zweifels erkennen können.«

»Davon war auch nicht auszugehen. Die feine Gesellschaft pflegt, solche Dinge hinter der vorgehaltenen Hand zu erörtern.«

»Ich glaube, in diesem Fall ist es anders, Lizzy. Denn Caroline schreibt darüber hinaus, wie sehr man ihre Haltung bewundere und ihrer Standhaftigkeit Respekt zolle.«

»Das ist ja unfassbar! Jetzt heimst Miss Bingley für ihre Lügen auch noch Bewunderung ein! Ich kann mir lebhaft vorstellen, dass ihr das gefällt!«

»Aber, Lizzy, freu dich doch! Ein Skandal scheint endgültig abgewendet! Die Angelegenheit hätte sich wohl kaum besser entwickeln können.«

Gleichwohl Elizabeth wollte sich nicht so rasch beruhigen. Die Unbefangenheit, mit der Miss Bingley glaubte, für eine arglistige Täuschung auch noch Bewunderung zu verdienen, ärgerte sie. »Pass auf, Jane, wenn du sie das nächste Mal triffst, wirst du glauben, es hätte sich tatsächlich alles so zugetragen!«

Diese Rüge überhörte Jane. »Mich kannst du nicht täuschen, Lizzy! Gib es zu, insgeheim bist du stolz, wie gut dein Plan sich bewährt.«

Gerne hätte Elizabeth diesen Gedanken weit von sich gewiesen, allein in diesem Augenblick öffnete sich die Tür einen Spalt und Mrs. Wickham glitt in den kleinen Salon.

»Siehst du!«, sagte Elizabeth viel zu laut, da sie befürchtete, Jane wäre die Anwesenheit Lydias entgangen. »Unsere gemeinsame Zeit ist begrenzt!«

Da Mrs. Darcy nicht willens war, eine neuerliche Klage über das schwere Los von Wickham über sich ergehen zu lassen, erhob sie sich.

»Vor mir musst du nicht flüchten, Lizzy!«, erklärte Lydia bestimmt. »Ich habe nicht vor, dich weiter zu bedrängen.«

»Wenn dem so ist«, entgegnete Elizabeth, sich wieder auf dem Sofa niederlassend, »dann bleibe ich. Sonst hätte ich mich jetzt ins Kinderzimmer zurückgezogen.«

Verwirrt sah Jane sie an.

»Oh Jane, du willst mir nicht erklären, dir sei entgangen, dass unsere jüngste Schwester noch keinen Fuß ins Kinderzimmer gesetzt hat!«

»Wieso sollte ich?«, erwiderte Lydia und überlegte, ob es nicht besser sei, den Rückzug anzutreten. Elizabeth schien ihr allzu gereizt.

»Ja, wieso sollte sie?«, pflichtete ihr Jane bei.

»Die einleuchtenste Erklärung wäre wohl, um Eddy einen Besuch abzustatten«, meinte Elizabeth.

»So oft, wie das Kindermädchen ihn dir hier in den Salon bringt, ist das wohl kaum nötig!«, rechtfertigte sich Lydia.

»Da hat Lydia recht, Lizzy!«

»Ach, ja? Und wie erklärst du dir, Jane, wieso Lydia mich in den letzten Tagen nie im Kinderzimmer aufsuchte? Schließlich war ihr daran gelegen, mich allein anzutreffen. Aber dort, wo sie gewiss sein konnte, mich ungestört sprechen zu können, hat sie sich nie hin verirrt.«

»Ich dachte, es zieme sich nicht, eine Mutter und ihr Kind zu stören!«, wurde Lydia nicht müde, Ausreden zu finden.

»Welch edle Gesinnung!«, meinte Elizabeth sarkastisch. »Dann ist das wohl auch der Grund, warum du, wenn Mrs. Harvey mir den Kleinen bringt, fluchtartig den Raum verlässt.«

»Es macht sich halt nicht jeder etwas aus kleinen Kindern!«

»Aber, Lydia, wie kannst du so etwas sagen?«, fragte Jane ungläubig. »Eddy ist nicht irgendein kleiner Junge. Er ist dein Neffe!«

»Und wenn schon, dieses ganze *Getue* um die Kleinen. Ich mag das nicht!«

Angesichts dieser Aussage vermochte sich selbst Jane nicht länger etwas vorzumachen. »Dann hast du dich neulich deshalb geweigert, mir Eddy abzunehmen?«, fragte sie. »Oh, Lydia. Und ich dachte, du wärest beschämt. Schließlich hast du als Erste von uns Geschwistern geheiratet, da wäre es nur natürlich, wenn du auch als Erste von uns Mutter geworden wärest.

»Um Himmels willen, Jane, es ist ja schon peinlich, wie sehr du danach lechzt, ein Kind zu bekommen! Glaube ja nicht, das sei mir entgangen!«, erwiderte Lydia erbost.

»Lydia! Es gibt keinen Grund, beleidigend zu werden!«, wies Elizabeth sie zurecht. »So wild, wie du dich aufführst, würde es mich nicht wundern, wenn du gar nicht begehrst, Mutter zu sein.«

»Du tust ja so, Lizzy, als wäre Mutter zu sein, das Größte auf der Welt!«, rechtfertigte sich Lydia.

»Und im Grunde deines Herzens weißt du, dass es stimmt!«, hielt Jane unbeirrbar an ihrem Glauben an das Gute im Menschen fest.

»Wo ist denn da der Spaß, Jane? Ich sehe es ja bei den anderen Offiziersfrauen. Da gibt es welche, die werfen ein übers andere Jahr ein Kind.«

»Lydia, *Säue* pflegen zu werfen, nicht Menschen!«, mahnte Elizabeth, die nicht umhin konnte, Gefallen an dem Streit zu finden.

»Also, ich strebe weder danach,« fuhr Lydia angestachelt fort, »um im Bild zu bleiben, wie eine Sau jedes Jahr ein Kind zu werfen, noch durch Kinder meine Figur derart zu ruinieren, dass ich wie eine Sau aussehe!«

»Oh, dann habe ich mir also meine Figur ruiniert!«, stellte Elizabeth scherzhaft fest.

»Als ob es bei dir viel zu ruinieren gegeben hätte, Lizzy! So hager, wie du immer warst, hat sich deine Figur eher zum Vorteil entwickelt. Das sagt auch Mama!«

»*Lydia*!« Jane konnte nur noch erschüttert den Kopf schütteln.

»Wieso? Ihr denkt doch alle das Gleiche!«

»Beruhige dich, Jane, mich ficht diese Attacke nicht an. Darcy hat mich vor meiner Niederkunft genauso geliebt wie nach ihr. Aber ich frage mich, Lydia, ob es nicht genau das ist, wovor *du* so eine panische Angst hast.«

»Wieso sollte ich vor *irgendetwas* Angst haben?«

»Das frage ich mich auch, Lydia!«, entgegnete Elizabeth und zog an der Klingelschnur, um nach Mrs. Harvey schicken zu lassen. Kurz nachdem jene ihren Schützling pflichtgemäß abgeliefert hatte, suchte Lydia, ohne ein weiteres Wort zu verlieren, das Weite.

»Eddy, der Schreck unserer jüngsten Schwester!«, meinte Elizabeth lachend. »Wer hätte das gedacht.«

Doch Jane blieb ihr eine Antwort schuldig. Zufrieden lächelnd beobachtete sie Mutter und Kind.

»Woran denkst du?«, fragte Elizabeth.

»Wenn ich wüsste, wie ich es in Worte fassen könnte, ohne dich zu beleidigen, würde ich es sagen.«

»Liebe gute Jane, du bist gar nicht dazu in der Lage, jemanden zu beleidigen. Also, gib dir einen Ruck!«

»Ich bin glücklich, weil ich sehe, dass du deinen eigenen Bedenken zum Trotz die Mutter geworden bist, die ich erwartete, die du sein würdest.«

»Was für eine nette Umschreibung, Jane. Aber, warum sagst du nicht einfach: *Glucke*!«

# Kapitel 14

›Ich lege vertrauensvoll mein Anliegen in Ihre Hände, verehrte Elizabeth, die ich dank glücklicher Fügung Schwester nennen darf, und zeige mich zuversichtlich, dass sich alles zum Guten wenden wird. Denn letztendlich wird auch Mr. Darcy jeglichen *Schaden* von der Familie, der wir nun gleichsam alle angehören, abwenden wollen.‹

Immer und immer wieder gingen ihr seine Abschiedsworte durch den Kopf. Was hatte Wickham bloß gemeint? Von welchem Schaden hatte er gesprochen? Und woher nahm er seine Zuversicht?

Elizabeth konnte ihre Ankunft auf Pemberley kaum mehr erwarten. Sie sehnte sich danach, endlich Darcy einzuweihen. Da Wickham ihr die mysteriösen Worte mit auf den Weg gegeben hatte, war sie auch nicht in der Lage gewesen, sie mit Jane zu erörtern. – Welcher Schaden? Immer und immer wieder stellte sie sich diese Frage.

Im Geiste ging sie die Gespräche der letzten zwei Tage durch. Wenn sie nur an Kittys Gebaren dachte, das jene aufgeführt hatte, als sie von ihrer baldigen Abreise erfuhr. Dem ersten Schock war ein lang anhaltendes Lamentieren gefolgt, über die Ungerechtigkeit, die immer nur *ihr* widerfahre. Ihr Klagen endete zu guter Letzt mit dem Vorwurf an Elizabeth, wie herzlos sie sei!

Zum Erstaunen aller hatte Lydia nicht in diese Tirade mit eingestimmt. Offenbar hinderte sie ihr eigener

Wunsch nach baldiger Klärung ihrer, ach, so häufig vorgetragenen Bitte daran, Einwände zu erheben. Auch Lydias Plan, gemeinsam nach Pemberley zu fahren, war mit keinem Wort mehr erwähnt worden. Mr. Saunders Besuch hatte so manches verändert. Wobei Elizabeth sich nicht sicher war, ob hinter Lydias Zurückhaltung bei diesem Thema nicht deren Gatte stand.

Und dann hatte Kitty trotzig erklärt: ›Wenn du reisen willst, Lizzy, bitte, dann fahre! Was mich betrifft, ich habe nicht vor, mich wie ein beliebiges Gepäckstück hin und her transportieren zu lassen. Ich bin hier auf Glenister bestens aufgehoben. – Nicht wahr, Jane, *du* schickst mich nicht weg. *Du* bist nicht so herzlos!‹

Bingley, der sogleich die missliche Lage erkannte, in die seine Frau geraten war, versicherte in seiner zuvorkommenden Art Elizabeth, wie sehr es sie freuen würde, die Gesellschaft von Catherine noch länger zu genießen. Und was deren Rückkehr nach Pemberley angehe, solle sie sich keine Sorgen machen, er würde – wenn nötig – das *Gepäckstück* dort höchstselbst *abliefern*!

Gegen diesen Beistand konnte und wollte Elizabeth nichts einwenden. Zudem befand sie, Catherine sei erwachsen und sollte von daher selbst entscheiden, wo sie ihre Zeit zu verbringen gedachte. Eine Annahme, die Mrs. Darcy in diesem Jahr noch öfters die Gelegenheit haben sollte, zu bezweifeln. Für den Moment wurde jedenfalls zur Zufriedenheit aller beschlossen, dass Kitty solange Wickham und Lydia noch auf Glenister weilten, ebenfalls dort verbleibe.

›Sie werden nicht allzu lange auf die Gesellschaft ihrer lieben Schwester verzichten müssen‹, hatte

Wickham daraufhin erklärt. ›Ich fürchte, mehr als weitere vierzehn Tage wird mir mein Kommandant nicht zugestehen. Ich erwarte täglich seine Antwort. So werden meine Lydia und ich bald schon wieder auf unbestimmte Zeit gen Norden aufbrechen.‹ Dann hatte er sich zu ihr geneigt und raunend hinzugefügt: ›Vergangenes soll der Vergangenheit angehören. Seien Sie versichert, auch ich habe kein Interesse daran, mein Wissen an Ohren weiterzugeben, für die es nicht bestimmt ist!‹

Was hatte er damit gemeint? Und vor allem, warum hatte sie dieser seltsamen Anspielung bisher keine Beachtung geschenkt? Jetzt, da sie nur noch zehn Meilen von Pemberley entfernt war, schalt sie sich einen Dummkopf. Damals war sie davon ausgegangen, Wickham spiele auf seinen Bruch mit Darcy an! Nun aber, nach seinen dubiosen Abschiedsworten war sie sich nicht mehr sicher.

Zwei Äußerungen, deren Bedeutung ihr unverständlich waren. Zwei Äußerungen, die man zudem als versteckte Drohung empfinden konnte. War es da noch möglich, beide nicht in einen Zusammenhang zu stellen?

Wie fern war die Vergangenheit, auf die Wickham anspielte? Und welcher Schaden konnte für die Familie, der sie beide angehörten, entstehen? Von welchem Wissen hatte er gesprochen? War es denkbar, dass dem findigen Mr. Wickham auf Glenister Dinge zu Ohren gekommen waren, die ihm besser verborgen blieben?

Je mehr sie über Wickham nachdachte, desto mehr wurde ihr bewusst, wie sehr sich sein Verhalten während des Besuches veränderte. Von seiner anfänglichen Redseligkeit war schon bald nichts mehr zu spüren gewesen. Im Gegenteil, immer häufiger hatte er sich als stiller Beobachter gezeigt, insbesondere seit Mr. Saunders Ankunft in Nottinghamshire.

War es möglich, dass Mr. Wickham mehr über die angebliche Verlobung von Miss Bingley mit Conte Horatio in Erfahrung gebracht hatte? Sie erinnerte sich, dass er häufig allein nach Sherby geritten war. So ein kleiner Marktflecken war immer ein willkommener Ort für den neuesten Klatsch. Mochten auch die Nachbarn nicht *vor* ihnen von Miss Bingleys Verlobung mit Conte Horatio sprechen, taten sie es gewiss untereinander. Und vielleicht auch vor dem sympathischen Offizier, der ihnen verständig und offenherzig begegnete und sie seiner Verschwiegenheit versicherte! Sie wusste um Wickhams Fähigkeit, das Vertrauen von Fremden zu gewinnen. Sie musste nur an ihre erste Begegnung mit ihm denken. Frank und frei hatte sie ihm seinerzeit ihre Abneigung gegenüber Darcy kundgetan.

Konnte es sein, dass Mr. Wickham ihr unverhohlen drohte und sie nichts davon mitbekam? Was war von ihrer scharfen Beobachtungsgabe übrig geblieben, auf die sie sich immer so viel einbildete? Wie oft hatte sie Jane wegen ihrer Gutgläubigkeit gerügt. Und jetzt schien es, als hätte Mr. Wickham sie erneut getäuscht.

Nicht auszudenken, Wickham würde etwas über die wahren Umstände der Verlobung Miss Bingleys mit Conte Horatio erfahren! Elizabeth wusste, dass Darcy den mittlerweile in Italien lebenden Mr. Courtney während seines Studiums in Cambridge kennenlernte. Es dürfte hinlänglich in der Familie bekannt sein, dass Mr. und Mrs. Hurst und Miss Bingley im vergangenen Jahr während ihres Aufenthaltes in der Toskana bei ihm zu

Gast weilten. So wusste wahrscheinlich auch Wickham über Lydia von diesem Umstand. Was, wenn Wickham ebenfalls Mr. Courtney von Cambridge her kannte? Was, wenn er bei seinen Besuchen in Sherby einen Brief nach Italien aufgegeben hätte? Würde Mr. Courtney sich einem alten Studienfreund gegenüber Zurückhaltung auferlegen? Wusste er von Darcys Zerwürfnis mit Wickham?

Je länger die Fahrt dauerte, umso mehr steigerte sich Elizabeth in Mutmaßungen. Doch es lag nicht in ihrer Natur, sich zu sehr in finsteren Gedanken zu verlieren. Und mit den ersten Bäumen des Parks von Pemberley verflogen gleichsam die düsteren Wolken in ihrem Gemüt. Dann kam der Ausblick, der eine freie Sicht auf Pemberley House gestattete und ihr wurde warm ums Herz. Nun fand sie es nur noch verdrießlich, dass sie nicht, wie geplant, Darcy schonend von dem neuerlichen Ansinnen Wickhams in Kenntnis setzen konnte. Ob er ihr böse sein würde, da sie so lange schwieg? Sie wünschte, sie hätte Lydias Drängen nachgegeben und Darcy sogleich alles schriftlich dargelegt.

Wie nicht selten die Annahme eines bevorstehenden Ereignisses anders erscheint, als es sich dann tatsächlich gebärdet, so erging es auch der Herrin von Pemberley. Als sie schließlich im Herrenhaus eintraf, war ihr Gatte so entzückt, sie wohlbehalten in die Arme zu schließen, dass er ihr keinen Augenblick zürnte. Vielmehr zeigte er sich verständig und erkannte ihren guten Willen an, seine Gefühle schonen zu wollen.

Was Mr. Wickhams Anspielung anging, war Darcy gleichermaßen ratlos. Und was seinen Freund Courtney betraf, vermochte er sie ebenfalls nicht zu beruhigen. Ja, Mr. Wickham kannte wie er Courtney aus ihrer gemeinsamen Zeit in Cambridge. Die Möglichkeit, Mr. Wickham könne mit Courtney Kontakt aufgenommen haben, war folglich denkbar. So sehr sich Darcy der Diskretion seines Freundes auch sicher war, letztendlich konnte er nicht ausschließen, dass Mr. Wickham aus dieser Quelle entscheidende Hinweise bekam.

»Wenn Mr. Wickham dem armen Courtney nur glaubhaft das Gefühl vermittelt, in diese *familiäre* Sache eingeweiht zu sein, würde Courtney ihm durchaus offen Auskunft geben.«

»So weiß Mr. Courtney nichts von deinem Zerwürfnis mit Wickham?«

»Wie hätte ich, ohne die unglückselige Rolle meiner Schwester preiszugeben, meinen Bruch mit Mr. Wickham erklären können? Nein, schon um Georgianas willen habe ich über diese ganze Angelegenheit geschwiegen.«

»Und nun, da Wickham mit Lydia verheiratet und dadurch auch mit dir familiär verbunden ist, könnte Mr. Courtney glauben, er könne ihm vertrauen.«

Bestätigend nickte Darcy. Dennoch hielt er an seinem Vorsatz fest, auf eine nähere Erklärung Wickhams zu warten. Vorher sei er nicht bereit, sich für ihn zu verwenden.

»Aber könnte es dann nicht schon zu spät sein?«

»Zu spät wofür, Liebste?«

»Angemessen handeln zu können. Das Schlimmste zu verhindern. Was weiß ich?«

»Was auch immer kommen mag, ich werde mich nicht von Mr. Wickham erpressen lassen!«

»Aber wäre es nicht klüger, nachzugeben? Wäre es wirklich so schlimm, wenn du ein weiteres Mal die Geschicke Mr. Wickhams günstig lenkst?«

»Verstehe mich nicht falsch, Elizabeth, mir liegt auch daran, Lydia in gesicherten Verhältnissen zu wissen, wohlgemerkt so weit dies bei einem leichtfertigen Mann wie Mr. Wickham möglich ist. Aber, ich fühle mich Mr. Wickham gegenüber nicht mehr verpflichtet! Damit muss ein für alle Mal Schluss sein. Ich habe ihn seinerzeit ausbezahlt. Die Pflicht, die mir mein Vater auferlegte, habe ich erfüllt!«

»Du hast mehr als das getan, als du seine Schulden in Meryton und Brighton beglichst und ihm das Offizierspatent kauftest.«

»Aber nun ist der Gentleman es leid, weiterhin im Gleichschritt zu marschieren!«

»Wenn es nur das ist?!«

»Ich werde mich erkundigen, Liebste, wie gefährdet das Leben von Oberfähnrich Wickham tatsächlich ist. – Gib mir etwas Zeit, mich umzuhören. Ich weigere mich nur, sogleich tätig zu werden, wenn Mr. Wickham der Sinn danach steht.«

»Fürs Erste hab Dank, Darcy. Ich weiß, wie unangenehm für dich die verwandtschaftliche Nähe zu Wickham ist. Dennoch, ich bitte dich, verpasse nicht den richtigen Zeitpunkt. Es könnte leicht zu spät sein.«

So schickte Elizabeth sogleich einen Brief an Mr. Wickham nach Glenister und teilte ihm mit, dass Mr. Darcy nun seinen Wunsch kenne. Ob und wie er ihm allerdings zu helfen gedächte, läge völlig in Mr. Darcys Hand, und sie könne ihm nur raten, ihren Gatten besser nicht zu drängen.

# Kapitel 15

Am darauffolgenden Tage hatte Mrs. Darcy beim Durchsehen der Post soeben einen Brief von Mrs. Bennet entdeckt, als ihr der Besuch von Lady Wragsdale angekündigt wurde. Da sie erst kurz zuvor von einem längeren Spaziergang zurückgekehrt war, erkundigte sie sich bei ihrem Butler, ob ihr Gatte im Hause sei. Nachdem Mr. Parker verneinte, fragte sie sich zum wiederholten Male, wie es Darcy immer wieder schaffte, den Besuchen Lady Wragsdales aus dem Wege zu gehen. So fügte sich die Herrin von Pemberley dem Unvermeidlichen, legte den Brief ihrer Mutter beiseite und wappnete sich für das Erscheinen ihrer Ladyschaft.

Und in der Tat stürmte Lady Wragsdale in ihrer unvergleichlichen Art sowie ihrer Korpulenz zum Trotz kurz darauf in den Salon. Ohne Umschweife ließ sie sich nach einer knappen Begrüßung auf dem ihr zugewiesenen Sessel nieder, rieb sich vor Ungeduld die Hände und ergriff aufgeregt das Wort:

»Um Himmels willen, Mrs. Darcy, Sir Arthur und meine Wenigkeit haben gerade erst davon erfahren! Was sagt man dazu? Mir fehlen die Worte! – Oh, wie ich sehe, haben sie Ihre Post noch nicht geöffnet. Aber ich denke, Sie sind im Bilde! Wie auch nicht? Schließlich gehören *Sie* zur Familie! Und dann kehrten Sie ja auch erst gestern aus Nottinghamshire zurück. Uns hat Mrs. Shaw in aller Ausführlichkeit Bericht erstattet. Wie widerlich das doch alles ist! Aber seien Sie unbesorgt, Mrs. Darcy, wir werden die Angelegenheit vertraulich behandeln. Von *mir* erfährt niemand etwas! Niemals! Ich weiß, was ich meinem Ruf schuldig bin. – Die *arme* Miss Bingley! Nein, so etwas!«

Nun, da Elizabeth endlich verstand, dass Lady Wragsdale *nur* von Miss Bingleys nicht mehr bestehendem Verlöbnis sprach, atmete sie erleichtert aus.

»Sie tun ganz recht daran, Mrs. Darcy, zu seufzen. Wenn ich daran denke, wie sehr Miss Bingley in Conte Horatio verliebt war. Und jetzt ist alles aus! Wie grausam! Ihr gilt mein tiefes Mitgefühl. Ich meine, für die Liebe kann man doch nicht *alles* opfern, oder? Sie wissen, Mrs. Darcy, wie hoffnungslos romantisch ich bin. Daher können Sie ermessen, wie schwer mir diese Einsicht fällt. Sir Arthur hat mich sogleich ausgeschimpft. Ich sei zu zart besaitet, meint er. Im wahren Leben ginge es selten zu wie im Roman! Das wahre Leben verlange gelegentlich Opfer! Aber in solchen Dingen ist Sir Arthur schon immer unnachgiebig gewesen. Oh, wie sehr schmerzt es mich, wenn eine Liebe in die Brüche geht. Daher soll kein Wort über diese Sache je wieder über meine Lippen kommen! Oh, wie traurig das alles ist. – Da fällt mir ein, Mrs. Darcy, wissen Sie schon, was Miss Bingley nun zu tun gedenkt? Ich meine, wie kann sie in ihrer Situation die Londoner Gesellschaft ertragen? Wäre es nicht besser, sie kehrte nach Glenister zurück? Ach, die Ärmste! Wo soll sie hin? Wo ist sie vor dem Klatsch sicher?«

Elizabeth war überrascht, allerdings weniger vom abrupten Ende des Wortschwalls ihrer Ladyschaft als vielmehr über deren Zartgefühl. Dennoch konnte sie sich nicht erwehren, der angekündigten Verschwiegenheit zu misstrauen. Ihre guten Vorsätze musste Lady Wragsdale erst noch unter Beweis stellen.

»Ich fürchte, Lady Wragsdale, Sie schätzen meine Beziehung zu Miss Bingley falsch ein. So vertraut bin ich nicht mit ihr. Ich weiß nicht mehr, als mir meine Schwester Mrs. Bingley mitteilt. Und von weiteren Plänen ihrer Schwägerin, so denn welche existieren, hat jene mir nichts berichtet.«

»Aber Mrs. Bingley würde doch keine Geheimnisse vor Ihnen haben, oder?!«

Dessen war sich Elizabeth sicher, allein zur Antwort gab sie: »Wenn Miss Bingley ihr Verschwiegenheit auferlegt hätte, dann würde meine Schwester sich an eine solche halten.«

»Oh, wie traurig das alles ist. Wie gerne würde ich meine junge Freundin trösten. Denn des besonderen Trostes bedarf sie jetzt. Und der Fürsorge! Ach, wenn ich doch nur etwas tun könnte. – Sie müssen wissen, liebe Mrs. Darcy, ich spreche da aus Erfahrung: Ein Herz, das auf solche Art gebrochen wurde, hat es schwer, wieder zu heilen. Und es gibt nichts Schlimmeres als die Menschen, die sich an dem Herzeleid einer jungen Frau laben. Es ist wie ein weiterer Dolchstoß ins Herz der Liebenden.«

Der Wortwahl nach war Lady Wragsdale wohl mit einer ganz bestimmten Sorte von Romanen vertraut. Eine Erkenntnis, über die Elizabeth schmunzeln musste, was Lady Wragsdale völlig falsche Schlüsse ziehen ließ.

»Oh, Mrs. Darcy, das ist nicht lustig! Glauben Sie mir. Ach, wie sehr sind Sie zu beneiden, Madam, der Sie anlässlich soviel Leid noch lächeln können. Sie sind glücklich vereint mit dem Gentleman Ihres Herzens. Sie wissen nichts über den Kummer, den ein unglückliches Herz ertragen muss! Deshalb hören Sie auf meine Worte: Der armen Miss Bingley muss unser ganzes Mitgefühl gelten!«

»Sie missdeuten meine Empfindungen, Lady Wragsdale. Gleichwohl so gut kenne ich Miss Bingley, um Ihnen versichern zu können, dass man jener in der momentanen Situation nichts Schlimmeres antun kann, als ihr offen sein Mitleid zu zeigen.«

»Oh, Mrs. Darcy, wie recht Sie haben. Mitleid ist das Schlimmste. Ich denke, in dem Fall sind wir alle gleich. Niemand kann Mitleid ertragen. Zumal Miss Bingley sich selbst gegen die Ehe mit Conte Horatio entschieden hat. Nein, Sie tun ganz recht daran, Mrs. Darcy, mich darauf hinzuweisen. So werde ich also an mich halten und mir eher auf die Zunge beißen, als noch weiterhin davon zu sprechen, so schwer es mir auch fallen mag!«

Diese wohl gemeinten Worte bildeten den Übergang zu einem ganz anderen Thema. Denn nun berichtete Lady Wragsdale der Herrin von Pemberley, wie sich in der vergangenen Nacht Räuber am Federvieh der Taylors zu schaffen machten. »Man stelle sich vor! In was für Zeiten leben wir! Vor nichts ist man mehr gefeit! Da werden einem die Hühner aus dem Stall geklaut! Was für ein Jammer!«

Und nachdem ihre Ladyschaft dem lieben Federvieh die gleiche Anteilnahme wie zuvor Miss Bingley entgegengebracht hatte, setzte sie zu ihrer Verabschiedung an, die in nicht minder wenigen Worten vonstattenging.

Zurück ließ sie eine verwirrte Gastgeberin. Es war das erste Mal, dass sich Mrs. Darcy wünschte, Lady Wragsdale hätte sich in einer Sache so geschwätzig gezeigt, wie sie sonst beliebte. Denn, so fragte sich Elizabeth, welches Erlebnis in der Vergangenheit ihrer Ladyschaft war so schmerzlich, dass sich jene einer selbst auferlegten, strikten Verschwiegenheit unterwarf.

Noch während Mrs. Darcy über das eigentümliche Verhalten ihrer Nachbarin grübelte, nahm sie den Brief ihrer Mutter zur Hand, erbrach das Siegel und begann zu lesen. Beruhigt stellte sie fest, dass wenigsten auf Mrs. Bennet Verlass war. Denn die Worte ihrer Mutter zu Miss Bingleys Aufhebung ihres Verlöbnisses entsprachen ganz und gar ihrer Erwartung.

Mein liebes Kind,
was muss ich da von Jane erfahren! Aus der Hochzeit zwischen Conte Horatio und Miss Bingley wird nichts! Ich habe es ja immer gesagt: Traue nie einem Ausländer! Wie kann dieser Mann es wagen, von einer Britin zu fordern, ihre Kirche zu verlassen?! Undenkbar! Diese Italiener tuen ja gerade so, als wären wir keine Christen! Was bilden sich diese Katholiken ein? Glaubt er ernsthaft, nur weil er adliger Abstammung ist und einen gewissen Einfluss in seiner Gegend besitzt, er könne eine Untertanin Seiner Majestät dazu zwingen, ihren Glauben zu verleugnen? Oh, ich bin so wütend! Gibt es denn auf dieser Welt keine anständigen jungen Gentlemen mehr? Dabei konnte sich Conte Horatio überhaupt glücklich schätzen, das Herz einer feinen jungen Britin gewonnen zu haben. Ich hoffe nur, Miss Bingley trägt nicht zu

schwer an dem Unrecht. Sag jetzt nicht, Lizzy, *sie* habe schließlich die Verlobung gelöst! Ich frage Dich: Hatte sie eine andere Wahl? Es bleibt zu wünschen, dass Miss Bingley bald begreift, wie glücklich sie sich schätzen kann, diesem Despoten noch rechtzeitig entkommen zu sein. Von wegen aufgeschlossener Katholizismus! Dieser Contessa di Montepulcello würde ich am liebsten meine Meinung sagen! Aber wie ich diese Hochwohlgeborene einschätze, spricht sie nicht einmal unsere Sprache! Ich sage es ja: Es ist ein Glück für Miss Bingley, ihn los zu sein! Eine solche Verbindung hat sie nicht nötig! Denk an meine Worte, Lizzy. Ich kenne das Leben! Wenn ich nur an das unmögliche Verhalten von Mr. Forrester denke. Stell Dir vor, dieser feine Gentleman denkt nicht daran, Hertfordshire zu verlassen! Wie mir Mrs. Long erst gestern berichtete, traf sie den derzeitigen Mieter von Netherfield vor ein paar Tagen in Clarkes Buchhandlung. Mr. Forrester soll Mr. Clarke gesagt haben, er wünsche, seine Bibliothek in Netherfield um einige vortreffliche Bücher zu erweitern, ja, er trüge sich mit dem Gedanken, eine wahrhaft nennenswerte Bibliothek aufzubauen. Ich bitte Dich, Lizzy, kein Mensch kauft viele Bücher, wenn er sich mit der Absicht trägt, in Bälde ein Haus aufzugeben. Denk doch nur, was das für unnötiges, noch dazu höchst schweres Gepäck zusätzlich bedeutet. Das tut sich doch kein halbwegs vernünftiger Mensch freiwillig an! So bin ich also zu der Überzeugung gelangt, dass Mr. Forrester nicht so rasch das Anwesen verlassen wird. Und damit schwindet unsere Hoffnung, in absehbarer Zeit einen passablen Junggesellen in unserer Nähe begrüßen zu können. Aber, wofür

wäre das auch von Nutzen? Kitty beliebt sich ja überall aufzuhalten, nur ihrem Elternhaus bleibt sie fern. Dagegen würde meine arme Lydia bestimmt die nächste Postkutsche nach Hertfordshire nehmen, könnte sie sich nur das Fahrgeld leisten. Ach, das Leben kann so *ungerecht* sein!
Deine etc.

Amüsiert legte Elizabeth den Brief beiseite. Obwohl ihr unvergessen war, wie sehr sie in ihrer Jugend unter den Eskapaden ihrer Mutter gelitten hatte, konnte sie heute nicht umhin, über deren skurrile Äußerungen zu schmunzeln. Mrs. Bennet hatte sich ganz ihrer Gewohnheit gemäß ereifert! Wie anders war dagegen das Verhalten von Lady Wragsdale. Offenbar verbarg sich hinter dem oberflächlichen Getue ihrer Ladyschaft ein einfühlsamer Mensch. So kam Elizabeth zu dem Schluss, ihre Ansicht, Lady Wragsdale und Mrs. Bennet verstünden sich schon deshalb so gut, weil sie sich im Charakter ähnelten, bedürfe einer Korrektur.

# Kapitel 16

Die nächsten Tage verliefen ruhig. Ein Umstand, den Mr. und Mrs. Darcy begrüßten. Ihre Sorge, Mr. Wickhams ›Ansinnen‹ könnte sich weniger als Bitte denn vielmehr als Drohung herausstellen, schien unbegründet. Dennoch war die Herrschaft von Pemberley gewappnet, demnächst von einem Skandal auf Glenister zu hören. So verwundert es nicht, wie aufgeregt ein jedes Mal das Herz von Mrs. Darcy schlug, wenn ihr aus Alberney Besuch angekündigt wurde. Es war, als warte sie darauf, Lady Wragsdale in den Salon stürmen zu sehen, um ihr bestürzt zu berichten, es habe offenbar *nie* ein Einvernehmen zwischen Conte Horatio und Miss Bingley gegeben. Darüber hinaus sei der Conte noch im vergangenen Jahr mit einer Landsmännin vor den Traualtar getreten.

Doch der befürchtete Skandal blieb aus! Und Lady Wragsdale hielt Wort! Wie versprochen kam ihr Miss Bingleys Name nicht einmal mehr über die Lippen. Stattdessen erkundigte sie sich bei ihren Besuchen auf Pemberley nach dem Verbleib von Miss Catherine Bennet. Ein Thema, das fast so unergiebig war, wie die Frage nach dem Befinden von Mrs. Gardiner. Kein Vergleich zum letzten Jahr! Doch nun gab es nur zu berichten, jene sei wohlauf und, nein, im Moment trage sich ihre Tante nicht mit der Absicht, die Stadt zu verlassen. Ein weiteres beliebtes Thema ihrer Ladyschaft waren die Rinder, die ihr ältester Sohn Matthew anzuschaffen gedachte. So sehr Mrs. Darcy auch das Taktgefühl Lady Wragsdales begrüßte, schürte es auf der anderen Seite ihre Neugierde. Welches dramatische Erlebnis mochte ihrer Nachbarin in der Vergangenheit so zugesetzt haben? Leider verbat jeglicher Anstand, Lady Wragsdale darauf anzusprechen, schließlich besaß Elizabeth nicht Lydias Unverfrorenheit.

Es waren noch keine vierzehn Tage vergangen, seit Elizabeth Glenister verlassen hatte, da erhielt sie von dort die erlösende Nachricht, Mr. und Mrs. Wickham hätten tags zuvor die Grafschaft Nottinghamshire auf unabsehbare Zeit in Richtung Norden verlassen. Überaus glücklich gestand Elizabeth ihrem Gatten, sich einmal mehr in Mr. Wickham geirrt zu haben. Darcy versicherte ihr, sie könne sich gar nicht genug irren, wenn das Resultat so erfreulich sei. So hielten beide an dem Glauben fest, Mr. Wickham besäße so viel Pflichtgefühl, ohne weiteres Aufhebens zu seinem Regiment zurückzukehren. Allein wie sehr sich der Mensch in der scheinbar ehrenvollen Absicht seines Nächsten zu täuschen vermag, erfuhr Elizabeth schon bald aus einem Brief Catherines.

Catherine schrieb:

Glenister, Freitag, 11. Mai

Liebe Lizzy,

ich flehe Dich an, bei allem, was Dir heilig ist, komme so schnell Du kannst und hole mich fort von hier. Du machst Dir keine Vorstellung, was sich die letzten Tage auf Glenister abspielte. Wenn Du mich fragst, übertreibt es Jane maßlos. Kein Wunder, dass Lydia darauf drängte, so schnell wie möglich die Koffer zu packen und abzureisen. Dabei wäre Wickham *so* gerne noch geblieben. Aber Lydia hat ein Gezeter veranstaltet, da musste er nachgeben. Es ist aber auch unfassbar! Stell Dir vor, Jane hat Mrs. Rogers im Herrenhaus einquartiert. Mrs. Rogers, des Verwalters Frau! Doch damit nicht genug, sie bestand darauf, ihr ausgerechnet das Gästezimmer zu überlassen, in dem die Wickhams logierten. Frag mich nicht nach dem Grund! Angeblich sei der Raum günstig gelegen. *Es* sei bald soweit! Und von dort würde man kaum einen Laut im Haus hören! Verstehst Du, was Jane damit meint? Und Lizzy, hättest Du unserer sanften Schwester so ein energisches Verhalten zugetraut? Dabei kennst Du nur die Hälfte. Du hättest Lydias Gesicht sehen sollen, als Mrs. Rogers den Salon betrat, um zu warten, bis das Gästezimmer geräumt war. Jane hat wahrlich keine Zeit verloren. Lydia jedenfalls stand wie versteinert da, konnte ihren Blick kaum abwenden. Mein Gott, Mrs. Rogers enorme Rundung sucht aber auch ihresgleichen. Sag Lizzy, hast Du auch so unförmig ausgesehen, kurz vor Eddys Geburt? Aber zurück zu Jane! Statt einen Einwand zu erheben, als Lydia verkündete, sie würden aufbrechen, wenn sie im Wege stünden, erklärte Jane sich sogleich bereit, den Butler nach einer Mietdroschke zu schicken. Danach kam es zu einem unschönen Streit zwischen den Wickhams. Lydia setzte sich durch und die Abreise war im Nu beschlossen. Damit nicht genug, kam just in dem Moment Mr. Saunders hinzu und als er erfuhr, ihnen würde eine Kutsche in Richtung Norden gestellt, empfahl er sich ihnen als Reisegefährte. Wie Du weißt, lebt seine Familie in Yorkshire! So wolle er die Gelegenheit beim Schopfe packen und seinen Lieben einen Besuch

abstatten. Das waren seine Worte. Es ist schrecklich! Du kannst Dir nicht vorstellen, wie langweilig mit einem Mal das Leben hier auf Glenister ist. Jane bringt es fertig, den ganzen Tag am Bett von Mrs. Rogers zu wachen. Und Bingley ist mit der Gestaltung des Parks beschäftigt. An mich denkt keiner! Ich möchte Bingley nicht an sein Versprechen erinnern, mich nach Pemberley zu bringen. Auch denke ich, er würde besser bei Jane bleiben. Mrs. Rogers Zustand scheint ihr arg zuzusetzen. Also, bitte, hole mich so schnell wie möglich ab.
Deine etc.

Hätte Elizabeth ihrem ersten Impuls nachgegeben, dann wären die Pferde sogleich anspannt worden. Dabei galt ihre Sorge weniger ihrer jüngeren als vielmehr ihrer älteren Schwester. In ihren schweren Stunden im vergangenen Jahr hatte Jane ihr tapfer die Hand gehalten und unverzagt mitgelitten. So verstand Elizabeth im Gegensatz zu Kitty sehr wohl, in welcher Verfassung Jane sich derzeit befand.

Indes eine überstürzte Abreise verhinderte zuerst ihr Gatte und dann, nachdem sich ihre Debatte mehr als eine Stunde hinzog, die nahende Dämmerung. Darcy versicherte ihr, sie zu begleiten, wenn sie noch ein paar Tage warten würde. Und für Catherine sei es eine gute Lehre, wenn nicht immer alles nach ihrem Kopfe ginge. Darcys Argumente zeichneten sich durch Verstand und Feingefühl aus. Er spürte, wie sie innerlich hin und her gerissen war zwischen dem Wunsche, Jane beizustehen, und der Angst, an die eigenen schweren Stunden erinnert zu werden. So gab sie schließlich nach.

Doch nicht einmal die Nacht sollte vergehen, da bereute Elizabeth auch schon, nicht ihrem ersten Impuls gefolgt zu sein. In den frühen Stunden des nächsten Tages traf ein Bote mit einem Eilbrief für die Herrin von Pemberley ein. Noch in ihrem Nachtgewand empfing Mrs. Darcy die Note aus den Händen ihrer herbeigerufenen Kammerzofe. Dabei war Eileen Conroy nicht minder erschrocken als ihre Herrin. Nur mühsam vermochte Mrs. Darcy, die Handschrift zu entziffern. Als sie die von Jane erkannte, erbrach sie ungeduldig das Siegel. Die mit zitternder Hand geschriebenen Zeilen verstärkten ihr Gefühl der Unruhe. War es zu guter Letzt doch noch geschehen, das, was sie die ganze Zeit befürchteten?

Meine liebe Lizzy,
verzeih mir, dass ich Dir Kummer bereite, indem ich Dir zu so früher Stunde, noch dazu am Sonntag, einen Eilboten schicke. Allein ich weiß mir keinen anderen Rat, als Dich zu bitten, der armen Seele die schlimme Nachricht persönlich zu überbringen. Denn es wäre doch gar zu grausam, wenn sie es über Dritte erführe. – Oh, Lizzy, ich vermag kaum zu schreiben. Mir zittern die Hände. Die ganze Nacht habe ich gebetet. Gebetet, dass doch noch alles ein gutes Ende nimmt. Nach Apotheker und Hebamme habe ich unverzüglich geschickt, das Erlebte bei Eddys Geburt noch allzu deutlich vor Augen. Dabei wollte die gute Seele nichts davon hören, achtete sich selbst als zu gering für den ganzen Aufwand. Den Apotheker allein ihretwegen zu bemühen, schien ihr allzu vermessen. Aber ach, auch er vermochte ihr nicht zu

helfen! Oh, Lizzy, was soll ich lange drumherum reden. Du weißt bestimmt schon, welch traurige Nachricht ich Dir mitzuteilen habe. Unserem Herrgott gefiel es in seinem unermesslichen Ratschluss, Clara Rogers in der ersten Stunde des neuen Tages heimzuholen. Ach, Lizzy, ich vermag kaum die Feder zu führen, um diese Worte zu schreiben. Welch ein Kummer für uns alle. Der arme Mr. Rogers stand völlig verwirrt am Bett seiner Frau. Die Blässe seines Gesichtes stand der ihrigen in nichts nach. Was soll man in so einem Moment sagen? Welche Worte des Trostes kann man finden? Ich weiß es nicht! – Die einzige frohe Kunde, die mir bleibt, ist: Das Kind lebt. Oh, könnte Mrs. Rogers ihr kleines, hübsches Mädchen sehen. Nicht ein einziger Blick war ihr auf jenes vergönnt. Ich weiß, wir dürfen nicht an Gottes Ratschluss zweifeln, aber manchmal fällt es mir schon recht schwer. Und so schwer wie heute, ist es mir noch nie gefallen. Die ganze Zuversicht liegt nun auf dem Kinde. Eine Amme war rasch herbeigerufen, damit das Kleine wenigstens versorgt ist! – Ach, Lizzy, sicher hast Du längst erraten, welche Bitte ich Dir antragen möchte, weshalb ich Dich zu so früher Stunde belästige, Dich aller Voraussicht nach aus dem Schlafe reiße, um Dir diesen Kummer zu bereiten. Unverzüglich muss Mrs. Beagles unterrichtet werden. Und allein schon aus Rücksicht um ihr vorgeschrittenes Alter dachte ich mir, niemand außer Dir sollte der armen Frau die betrüblichen Neuigkeiten berichten. Ich bin mir bewusst, was ich von Dir verlange. Verzeih mir meine Bitte.
In Bälde mehr,
Deine etc.

Nachdem sie den Brief gelesen hatte, reichte sie ihn wortlos an Darcy weiter, der über ihre Schulter blickend bereits einige Zeilen entziffern konnte. Zuerst befiel Elizabeth eine Starre, dann fing sie an, vor Kälte zu zittern. Darcy, dem ihr Zustand nicht verborgen blieb, ließ den Brief zu Boden fallen und schloss sie in seine Arme.

Die Worte Janes hatten auch ihn tief berührt. Das eigene Entsetzen, angesichts Elizabeths bleichen Antlitzes nach deren Niederkunft, stand ihm noch deutlich vor Augen. Die Angst, er könne das Liebste, was er auf der Welt besaß, verlieren, war unvergessen. Es war Elizabeth, die als Erste ihre Sprache wiederfand.

»Ich sollte mich rasch ankleiden«, sagte sie tonlos. »Jane hat recht. Es gilt, keine Zeit zu verlieren. Nicht auszudenken, die arme Mrs. Beagles erführe diese furchtbare Nachricht durch einen dummen Zufall.«

Nach seinem Kammerdiener klingelnd entgegnete Darcy: »Ich werde dich begleiten. Doch zuvor solltest du dich durch ein Frühstück stärken. – Nein, Liebste, ich dulde keine Widerrede. Ich muss darauf bestehen. Keiner hat etwas davon, wenn du zusammenbrichst. Zudem dürfte es Mrs. Beagles einen wahren Schrecken bereiten, wenn wir bei ihr zu *so* früher Stunde an die Tür klopfen.«

Diesen Einwand vermochte sie nicht zu entkräften und so fügte sie sich einmal mehr. Sie empfand es als überraschend angenehm, sich in dieser Situation von ihm leiten zu lassen. Da war wieder diese Furcht, die sie vor ihrer eigenen Niederkunft befallen hatte. Es war unheimlich! Gleichsam so, als wären keine Monate vergangen, als würde *ihr* Kind nicht wohlbehalten in seiner Wiege liegen.

Während des Ankleidens kreisten Elizabeths Gedanken immer wieder um Janes Brief. Sie musste sich eingestehen, nie mit so einem Ausgang gerechnet zu haben. Wie schnell wir Menschen zu vergessen bereit sind, dachte sie. Dabei hatte es im letzten Jahr diese Zeit gegeben, da sie ihren eigenen Tod geradezu als Gewissheit empfunden hatte. Je mehr sie darüber nachdachte, desto mehr wurde ihr bewusst, das Vergessen eher als Gnade denn als Ärgernis zu sehen.

Die Stunde, die sie bei Mrs. Beagles verbrachten, war eine der schlimmsten, die Mrs. Darcy erlebte. Noch nie zuvor hatte sie einen Menschen gesehen, der so tief betroffen war. Die Pein dieser Frau kann nur jemand nachvollziehen, der Ähnliches durchlitt. Denn nach der geliebten Tochter hatte Mrs. Beagles nun auch noch ihr Mündel, das sie an Tochterstatt angenommen hatte, verloren. Das Leben kann mitunter sehr grausam sein.

Nachdem der erste Tränenstrom versiegt war, schlug Mr. Darcy der immer noch schluchzenden Mrs. Beagles vor, sie noch am selbigen Tage nach Glenister zu begleiten. Sie müsste nur zustimmen, dann könnten sie sich schon innerhalb der nächsten Stunde mit der Kutsche auf der Landstraße befinden.

Die Großherzigkeit des Herrn von Pemberley rührte Mrs. Beagles, was einen weiteren Tränenstrom nach sich zog. Als sie sich wieder gefangen hatte, gestand sie, so gerne sie auch noch einmal das geliebte Gesicht geschaut hätte, zu einer Fahrt von dreißig Meilen sähe sie sich nicht imstande.

So brachte Mrs. Darcy den tröstlichen Gedanken auf, sie möge Mrs. Rogers vielleicht auch lieber so in Erinnerung behalten, wie sie jene zuletzt glücklich und zufrieden an deren Hochzeitstag erlebte.

Diesem Zuspruch verschloss sich Mrs. Beagles nicht und so verblieb man, in den nächsten Tagen alles Weitere zu besprechen. Obendrein bat sie Mr. Darcy, Mr. Peabody zu unterrichten, damit jener beim heutigen Gottesdienst die traurige Nachricht bereits verkünden und für die arme Seele gebetet werden könne.

Auf Pemberley zurückgekehrt begehrte Elizabeth nur noch, über das gerade Erlebte nachzusinnen. Doch bevor sie einen Fuß auf die Treppe setzen konnte, überreichte ihr Mr. Parker eine weitere Note von Mrs. Bingley. Ohne ein Wort zu verlieren, nahm sie den Brief in Empfang, stürmte daraufhin die Stufen hoch und verschwand in ihrem Salon. Erschöpft ließ sie sich auf dem Sofa vor dem Kamin nieder. Nach einem kurzen Moment der Ruhe öffnete sie mit zitternden Händen das Schreiben.

Liebe Lizzy,
ich fürchte, ich werde Dir weiteren Kummer bereiten. Aber, so wie es aussieht, können wir nicht die Augen vor den Tatsachen verschließen. Oh Lizzy, wie enttäuscht bin ich von dem Manne, den wir alle als rechtschaffenen und fleißigen Verwalter uns einbildeten zu kennen. Charles meint, Mr. Rogers Verhalten dem einst unbedarften Mädchen gegenüber hätte uns warnen müssen, dass es mit seiner Rechtschaffenheit nicht weit her sein konnte. Jetzt jedenfalls sieht es so aus, als hätte Mr. Rogers in aller Frühe seine Koffer gepackt, die nächste Postkutsche bestiegen und wäre zu einem uns unbekannten Ziel aufgebrochen. Anfangs hegte ich noch die

Hoffnung, dies alles würde sich als Irrtum erweisen, sei eine unbedachte Handlung, aus dem ersten Schrecken heraus entschieden. Nun aber sieht es so aus, als dächte Mr. Rogers nicht an eine Rückkehr. Ich versuche seine Gründe zu verstehen. Die Ehe, die er einging, war aus einem Zwang heraus geschlossen. Dennoch hoffte ich, er hätte sein Glück gefunden. Das plötzliche Ableben seiner Frau muss ihn zutiefst getroffen haben. Und nicht zuletzt ist da noch das Kind, für das er nun allein Sorge tragen muss. Ich frage Dich, ist es erstaunlich, dass ein Mann sich angesichts solch einer Situation überfordert fühlt? Müssen wir nicht vielmehr Milde walten lassen und ihm Zeit geben, das Unbegreifliche zu verstehen? Wie schwer fällt es uns, die wir Außenstehende sind, zu erfassen, was passiert ist. Um wie viel schwieriger muss es da für ihn sein! Eben war da noch dieses blühende Leben und von jetzt auf gleich ist alles vorbei! Mich dauert das Kind. Ich hoffe, dass Mr. Rogers sein Verhalten bald schon bereut und zu seinem Kind zurückkehrt. Doch vorerst müssen wir lernen mit den neuen Gegebenheiten umzugehen. Deshalb fürchte ich, muss ich Dir erneut eine Bitte antragen. Sei so lieb, Lizzy, und setze Mrs. Beagles von den Neuigkeiten in Kenntnis. Möge ihr der Herrgott Kraft verleihen, diese zweite bittere Nachricht zu ertragen. Um das Kleine muss sie sich keine Sorgen machen. Es ahnt nichts von seinem Schicksal und gedeiht unter den Händen der Amme ganz prächtig. Versichere Mrs. Beagles, ich nähme mich gerne des kleinen Mädchens an. Fürs Erste soll dieses Arrangement gelten. Wie es weitergehen wird, werden die nächsten Wochen zeigen. Sag Mrs. Beagles, wir würden bestimmt eine Lö-

sung finden, die allen Beteiligten zum Vorteil gereicht.
Bitte schreibe mir, sobald Du mit ihr gesprochen hast,
und berichte mir, wie sie all dies aufgenommen hat.
Deine etc.

Noch ganz gefangen von dem, was sie gerade gelesen
hatte, legte Elizabeth den Brief beiseite. Jane hatte sich
des kleinen Erdenbürgers angenommen. Bei aller Trauer
um Mrs. Rogers konnte die Herrin von Pemberley nicht
umhin, bei ihrer Schwester ein großes Verlangen nach
dem Kind der armen Seele zu verspüren. Sie mochte
sich täuschen. Aber wie anders war die Lösung, die allen zum Vorteil gereicht, zu verstehen, als dass Jane sich
dieses Kindes voll und ganz annehmen wolle? Schon allein um einer Enttäuschung ihrer Schwester vorzubeugen, beschloss Elizabeth, augenblicklich Mrs. Beagles
aufzusuchen. Gerne hätte sie jener mehr Zeit gelassen,
bevor sie mit der nächsten Hiobsbotschaft zu ihr kam.
Allein Eile schien geboten, da sich neue Schwierigkeiten
am Horizont abzeichneten. So gab sie Order, ihr Gig anspannen zu lassen. Diesmal wollte sie auf den Beistand
Darcys verzichten. Es gab Dinge, die ließen sich am besten durch ein Gespräch von Frau zu Frau klären.

# Kapitel 17

Der Tod eines geliebten Menschen stellt für dessen Angehörige immer die Welt auf den Kopf. Dabei nimmt ›die Welt‹ den eigenen Verlust gar nicht wahr. Diesen Umstand empfindet der Trauernde gleichsam als Zumutung wie als Beruhigung. Die Zumutung besteht in der Unfassbarkeit, dass alles einfach seinen normalen Gang geht, obwohl der eine, der Mensch, den man so sehr liebte, nicht mehr Anteil nimmt. Die Beruhigung wiederum liegt gerade an dem normalen Gang der Alltäglichkeiten, da jene letztendlich über den erlittenen Verlust hinweghelfen.

Die alte Mrs. Beagles hatte mit dem Verlust ihres Mündels Clara Rogers das zweite Mal in ihrem Leben einen schweren Schicksalsschlag hinzunehmen. Es war noch keine zwanzig Jahre her, da hatte sie die Nachricht vom tödlichen Unfall ihrer einzigen Tochter verwinden müssen. Und nun war ausgerechnet der Mensch dahingegangen, der, in dem er den Platz des eigenen Kindes einnahm, über dessen Verlust hinweghalf. Den Schmerz, den Mrs. Beagles erlitt, vermochte sich Mrs. Darcy nicht einmal vorzustellen. Als sie in das teilnahmslose Gesicht der betagten Frau blickte, sandte sie ein stummes Gebet gen Himmel, man möge sie vor solchen Schicksalsschlägen verschonen.

Wahrhaft gespenstisch hob sich Mrs. Beagles Antlitz, das von einem hellen Feuer im Kamin angestrahlt wurde, von dem sonst düsteren Raum ab. Dass muss das Feuerholz aus Pemberley sein, dachte Elizabeth zufrieden. Gleich nach ihrer Rückkehr vom morgendlichen Besuch bei Mrs. Beagles hatte Darcy einen Lakaien angewiesen, Feuerholz aus den Beständen des Herrenhauses selbiger zukommen zu lassen. Hatte am Morgen die Kälte des Raumes Mrs. Darcy gleichsam an die Kälte des Todes erinnert, so schien ihr nun die Hitze desselbigen wie ein Vorbote der Widrigkeit, die sie nun zu berichten hatte.

Zu ihrer Erleichterung entdeckte Mrs. Darcy, dass sich Mrs. Peabody ebenfalls im Raum befand. Wenn sie sich bei diesem Gespräch einen Menschen an ihrer Seite gewünscht hätte, dann des Pfarrers Gattin und gute Seele von Lambton. Da jene mit dem Rücken zu ihr an der anderen Seite des Kamins saß, war sie Elizabeth nicht sogleich aufgefallen. Gerne hätte sie sich zuvor mit dieser klugen und lebenserfahrenen Frau beraten. So blieb ihr nur, deren großherziges Angebot, ihren Platz einzunehmen, dankend abzulehnen. Stattdessen fiel die Wahl Mrs. Darcys auf einen Stuhl, der weit entfernt von der Glut des Feuers stand.

Seit sie den Brief von Jane gelesen hatte, waren Elizabeths Gedanken unaufhörlich um das Ansinnen ihrer Schwester gekreist. Die Herrin von Pemberley beunruhigte, wie sehr der Wunsch nach einem Kind Janes Denken mittlerweile bestimmte. Jetzt, als sie die Veränderung an Mrs. Beagles wahrnahm, schämte sie sich ob ihrer einseitigen Gefühle. In diesem Moment hätte sie gerne Janes Bitte ausgeschlagen. Doch es half nichts. Die weitere Unbill musste berichtet, der armen Frau weiterer Schmerz zugefügt werden. Ein Schonen barg die Gefahr, jene könne durch jemand anderen von Mr. Rogers Flucht vor der Verantwortung erfahren. Und so erfüllte Elizabeth alsbald und mit wenigen Worten ihren Auftrag.

Mrs. Beagles schlug vor Entsetzen die Hände vors Gesicht. Mrs. Peabody hingegen wirkte aller Bestürzung zum Trotz gefasst. Jene besaß aber auch Kenntnis von den *anderen Umständen*, die zur Hochzeit des ehemaligen Verwalters der Pemberley Ländereien mit Clara Beagles geführt hatten. In jenen Tagen hatte die Herrin von Pemberley gemeinsam mit der Gattin des Pfarrers beschlossen, Mrs. Beagles das schändliche Verhalten von Mr. Rogers zu verschweigen. Jetzt mussten beide mitansehen, wie die nichts Böses ahnende Mrs. Beagles unter dem Verrat des Gatten ihres Mündels zusammenbrach.

»Mein armes Mädchen! Mein armes Mädchen! Das hat sie nicht verdient. Oh, die arme Seele! Die arme Seele!«, lamentierte Mr. Beagles unaufhörlich.

Dann kam der von Elizabeth so gefürchtete Moment. Mrs. Beagles erinnerte sich des Kindes!

»Die Kleine! Oh Gott, was geschieht nun mit der Kleinen? Sie sollte bei mir sein! Jawohl! Keine Frage.«

Von der Fürsorge der Herrin von Glenister wollte Mrs. Beagles nichts wissen.

»Es geht nicht an, dass eine so feine Dame wie Mrs. Bingley sich des Mädchens annimmt. Nein, Mrs. Darcy, das kann niemand von ihr verlangen. Ausgeschlossen!«

Alle Beteuerungen, wie wenig Mrs. Bingley von dem Kind belästigt würde, ließ die Trauernde nicht gelten. Weder das mannigfache Personal von Glenister noch die Amme, die Mrs. Bingley unterstützend zur Seite stand, reichten aus, um die arme Frau zu beruhigen.

»Wahrlich, Mrs. Beagles, Sie schätzen Mrs. Bingleys Hilfe völlig falsch ein«, suchte Elizabeth die tatsächlichen Verhältnisse zu erklären. »Seien Sie versichert, von einer Bürde kann keine Rede sein. Ganz im Gegenteil, Mrs. Bingley erweist Ihnen gerne diesen Dienst, auch aus einer tiefen Verbundenheit gegenüber der seligen Mrs. Rogers.«

»Aber, Mrs. Darcy, sagen Sie selbst: Das ist nicht recht! Das Kind sollte bei mir sein!«, entgegnete Mrs. Beagles zwischen zwei Schluchzern.

In ihrer Verzweiflung wandte sich Mrs. Darcy der Pfarrersfrau zu, die sich nun ihrerseits redlich bemühte, Mrs. Beagles vom Gegenteil zu überzeugen.

»Clara habe ich seinerzeit auch zu mir genommen!«, beharrte Mrs. Beagles.

»Und die ganze Gemeinde hat Sie, liebe Mrs. Beagles, immer wegen dieses Liebesdienstes bewundert«, beteuerte Mrs. Peabody sanft. »Diesmal aber liegt die Sache anders. In jener längst vergangenen Zeit waren wir beide noch jünger. Und wenn Sie, Mrs. Beagles, sich der letzten Jahre erinnern wollen. Wie oft haben wir hier am Kamin gesessen und Sie haben mir Ihr Leid geklagt. Wie schwer war es für Sie, mit dem Backfisch zurechtzukommen.«

Doch solch kritische Töne wollte Mrs. Beagles nicht gelten lassen. Rückblicke haben die Angewohnheit, einen verklärten Schleier über das Unangenehme zu legen. Zudem hatte Clara vor acht Monaten ihr Heim als verheiratete Frau verlassen. Es war also genug Zeit vergangen, um unangenehme Erinnerungen dem Vergessen anheimzustellen.

Mrs. Darcy zweifelte mittlerweile an der Richtigkeit ihres damaligen Entschlusses. Denn wüsste Mrs. Beagles um das schändliche Verhalten ihrer geliebten Clara, wäre sie heute bestimmt für den Vorschlag, deren Kind auf Glenister zu belassen, empfänglicher.

»Ach, das Kind ist ja auch viel zu früh gekommen!«, rief nun Mrs. Beagles verzweifelt, als wolle sie Elizabeths Empfindung bekräftigen. »Welch ein Wunder, dass es dies alles überlebte.«

Glücklicherweise erkannte die Pfarrersfrau hierin die Möglichkeit, die Angelegenheit in ihrem Sinne zu wenden.

»Gerade das sollte Ihnen, Mrs. Beagles, nahelegen, erst einmal alles so zu belassen, wie es jetzt ist. Sie wollen doch mit Sicherheit das Beste für das Kleine. Und wer, frage ich Sie, könnte im Moment besser für dessen Wohl Sorge tragen als die Herrin von Glenister. – Sie haben Mrs. Bingley kennengelernt. Sie ist für Sie keine Fremde. Sicher ist Ihnen nicht verborgen geblieben, liebe Mrs. Beagles, welch gutes Herz Mrs. Bingley besitzt und wie sehr selbige Kindern zugetan ist. Wahrlich, ich wüsste nicht, wo das kleine Mädchen von Clara zurzeit besser aufgehoben sein könnte.«

Diesem Argument verschloss sich Mrs. Beagles nicht länger. Und nachdem Mrs. Darcy ihr mehrmals versichert hatte, sie über alle näheren Umstände stets auf dem Laufenden zu halten, fügte sich Mrs. Beagles endlich den Gegebenheiten.

Befreit verließ Elizabeth den engen Raum, in dem die Hitze des Kaminfeuers ihr fast die Luft zum Atmen genommen hatte. Doch bei aller Erleichterung über den Ausgang des Gespräches sah sie auch mit einem sorgenvollen Auge auf die zukünftige Entwicklung des kleinen Mädchens.

## Kapitel 18

»Ich muss dir sagen, Elizabeth, ich kann mich nicht des Eindruckes erwehren, Jane übertreibe es mit ihrer Fürsorge dem Kind gegenüber.«

»Ich denke, Darcy, in so einem Fall kann man gar nicht genug tun.«

»Für das Kind mag dies gelten, nicht so für deine Schwester. Glaube mir, Liebste, mir liegt allein an Janes Wohlergehen, wenn ich vor zu viel Nähe zu diesem Kind warne. So unwiderruflich die Mutter ging, muss dies für den Vater nicht gelten. Sobald Mr. Rogers den Schock über das gerade Erlebte überwunden hat, könnte ich mir vorstellen, kehrt er zu seinem Kind zurück. Ich kenne den Mann seit Jahren. Seine Obliegenheiten als Verwalter von Pemberley hat er stets zu meiner vollsten Zufriedenheit erfüllt!«

Nach diesem Loblied auf Mr. Rogers sah Mrs. Darcy überrascht zu ihrem Gatten auf. Seine Mimik verriet ihr eine deutliche Verstimmung. Seit sie auf Glenister weilten, hatte sich Darcy nicht mehr zu Mr. Rogers Weggang und den Konsequenzen, die sich daraus ergaben, geäußert. Nun erkannte Elizabeth, wie sehr das Thema ihres Gatten Gedanken in Anspruch nahm. So hielt sie es für ratsam, ihre Nadelarbeit beiseite zu legen.

»Oh, Darcy, vergisst du nicht eine Kleinigkeit? So untadelig, wie man deinen Worten nach meinen könnte, ist der Ruf von Mr. Rogers nicht. Immerhin hat er ein junges Mädchen von gerade erst sechzehn Jahren verführt und sie dann mit ihrem *Problem* allein gelassen! Zum Glück blieb diese *Episode* aus Mr. Rogers Leben in Lambton und Umgebung unbekannt. Doch wir, die wir die Wahrheit kennen, sollten nicht die Augen vor selbiger verschließen.«

»Ich hätte wohl kaum auf Mr. Rogers Dienste verzichtet, wenn ich mir nicht seines schändlichen Verhaltens bewusst wäre. Aber er sah seinen Fehler ein, nahm Clara Beagles zur Frau und wahrte damit den Anstand.«

»Seinen *Fehler* sah Mr. Rogers nur dank dir ein. Zudem nahm Bingley ihn in Stellung. Folglich musste Mr. Rogers weder um seine Mittel noch um sein Ansehen fürchten.«

»Dies alles geschah auf deinen ausdrücklichen Wunsch, Elizabeth! Es war *deine* Idee, oder muss ich *dich* jetzt erinnern!«

»Nein. Aber ...«

»Kein *aber*!«, unterbrach er sie ungewöhnlich harsch. Er vermochte nicht länger still zu sitzen, sprang auf und begann, hin und her zu gehen. »Gib zu, Elizabeth, du wolltest Jane ein Kind auf Glenister bescheren! *Das* ist der wahre Grund, weshalb du dich damals für Mr. Rogers verwendet hast.«

»Aber ich bitte dich, Darcy, jetzt bist du ungerecht. Du tust ja gerade so, als hätte ich das Ableben der armen Mrs. Rogers *vorhergesehen*!«

»Unsinn! Niemand kann Gevatter Tod vorhersehen, Elizabeth!«

»Darcy, das musst du mir glauben, eine solche Entwicklung habe ich zu keiner Zeit auch nur in Betracht gezogen. Mein einziges Begehr war, der armen Seele zu helfen. – Nun ja, vielleicht habe ich mit dem Gedanken gespielt, Jane ein kleines Kind in der Nähe zu bescheren. Aber auch dies ergab sich nur aus dem Bestreben, einem jungen Mädchen in seiner Not beizustehen. Um Himmels willen, Darcy, ich muss dich nicht erinnern, wie furchtbar für meine ganze Familie Lydias Flucht mit Wickham seinerzeit war. Nie werde ich die widerstreitenden Gefühle vergessen: auf der einen Seite Schimpf und Schande, auf der anderen Wut und Ohnmacht. Unvergessen ist mir auch Papas Hilflosigkeit. Verwundert es dich angesichts dieser Erfahrung, dass ich der ohnehin leidgeprüften Mrs. Beagles ähnlichen Kummer ersparen wollte? Wenn auch Mrs. Beagles in der Gesellschaft nicht unsere Stellung einnimmt, so besitzt sie doch einen feinfühligen Begriff von Anstand und Sitte!«

»Du brauchst dich nicht zu rechtfertigen, Liebste. Wenn ich nicht überzeugt wäre, von dem, was du sagst, hätte ich seinerzeit meine Zustimmung verweigert. Aber nun – und das kannst du nicht bestreiten – liegen die Dinge anders! Was, wenn ich recht behalte, Mr. Rogers zurückkehrt und sein Kind einfordert! Dann muss Jane die Trennung von dem Kleinen ertragen.«

»Ich verstehe, was du meinst, Darcy. Doch erlaube mir, deine Ansicht nicht zu teilen. Jane hat mir berichtet, er habe das Kind nicht einmal sehen wollen. Und ein Diener will gehört haben, wie Mr. Rogers sagte: ›Und das ganze Theater *nur* für ein Mädchen!‹ – Sind das etwa die Worte eines stolzen Vaters? Findet sich in diesen Worten ein Anklang zur Bereitschaft, für sein Kind zu sorgen oder gar Liebe zu empfinden?«

Erschüttert schwieg Darcy.

»Mein lieber Mann, Mr. Rogers ist kein Gentleman! Er mag ein vorzüglicher Verwalter sein, aber er musste gezwungen werden, das zu tun, was er als seine Pflicht hätte erkennen müssen. Ich frage dich, Darcy, wenn ihn niemand zwingt, wieso sollte er jetzt seine Pflicht erkennen? – Oder trägst du dich mit dem Gedanken, Mr. Rogers zu suchen, um ihn erneut an seine Pflicht zu gemahnen?«

Den Kopf schüttelnd blickte Darcy sie an. Dieses Gespräch setzte ihm mehr zu, als er für möglich gehalten hätte. Zum zweiten Mal sah er sich von dem Mann getäuscht, dem er einst seine Ländereien in die Obhut gab. Sein Vertrauen in Mr. Rogers hatte sich besonders in der Zeit vor seiner Heirat bewährt. Darcy war nach dem Ableben seines Vaters der Einsamkeit Pemberleys entflohen. Denn Freude und Liebe schienen gleichsam aus dem alten Gemäuer entschwunden. Die Leidtragende war Georgiana. Sie konnte nur auf wenige unbeschwerte Kindheitstage zurückblicken. Vielleicht dauerte ihn Clara Rogers Kind deshalb so sehr. Oder aber er wehrte sich einfach gegen die Erkenntnis, in Mr. Rogers das zu sehen, was er war: Ein Schuft, der sein Kind im Stich ließ!

»In so einem Fall wird dem weiblichen Geschlecht meist vorgeworfen, die Dinge allzu romantisch zu sehen!«, unterbrach Elizabeth seine Gedanken. »Dabei gestaltet sich die Wahrheit nüchtern und klar! *Nur* ein Mädchen ist den ganzen Aufwand nicht wert!«

»Du brauchst mich nicht darüber aufzuklären, welch ungewöhnliches Exemplar deiner Gattung du bist, Liebste«, meinte er versöhnlich. »Seit Anbeginn unserer Bekanntschaft bin ich mir deines außergewöhnlichen Scharfsinns bewusst. Allein das ändert nichts an meiner Meinung. Es ist und bleibt ein Fehler, Mr. Rogers Tochter im Kinderzimmer des Herrenhauses unterzubringen!«

»Warum sträubst du dich so sehr dagegen, Darcy? Jane hat mir versichert, es handele sich nur um eine vorübergehende Lösung.«

»Ich bitte dich, Elizabeth, wer von uns beiden möchte denn jetzt nicht sehen, was auf der Hand liegt? So wie Jane das Zimmer herrichtet, kannst du nicht ernsthaft an ein temporäres Arrangement glauben! Verstehe mich nicht falsch! Ich unterstelle Jane keine Absicht. So gut kenne ich sie inzwischen. Daher weiß ich, sie ist sich dessen gar nicht bewusst.«

Für dieses Eingeständnis erntete er einen liebevollen Blick. Einen Blick, der ihn fast erweichte. Dann gewann die Vernunft wieder Oberhand.

Die fünf Tage, die sie nun schon auf Glenister weilten, hatte er geschwiegen, hatte mit angesehen, wie Jane sich fast ausschließlich im Kinderzimmer aufhielt und beinahe unhöflich ihre Gäste vernachlässigte. Aber das kümmerte ihn nicht. Im Gegenteil, zeigte es ihm nur allzu deutlich, dass sie keine Gäste mehr in ihren Augen waren, sondern Familie. Aber genau dies bedeutete für Darcy, als Mitglied der Familie auch Verantwortung zu tragen. Daher musste ihm gestattet sein, sich zu äußern, wenn er Gefahr witterte.

»Wie Bingley mir berichtete«, fuhr er fort, »wurden schon vor Monaten die nötigen Vorkehrungen für das Kind im Verwalterhaus getroffen. So könnte es dort gemeinsam mit Amme und Kindermädchen untergebracht werden, bis eine dauerhafte Vereinbarung mit Mrs. Beagles getroffen wird.«

»Oh, Darcy, endlich gibst du es zu! Auch du glaubst nicht mehr ernsthaft an Mr. Rogers Rückkehr!«, rief seine Gattin triumphierend. Ihr Hochgefühl hielt allerdings nicht lange an. Denn ihr Gemahl hatte sie an Mrs. Beagles Pflichtgefühl erinnert. Woran es Mr. Rogers gebrach, schien seine Schwiegermutter im Überfluss zu besitzen. »Darcy, ich verstehe dich nun ganz und gar!«, sagte sie beschwichtigend. »Dein Einwand resultiert aus der Sorge um Janes Gewöhnung an das Kind. Im gegebenen Moment könnte eine Trennung unausweichlich sein. Dennoch bitte ich dich, Darcy, sage Jane derzeit nichts von deinen Bedenken. Ziehe lieber Bingley zurate. Vielleicht teilt er ja deine Befürchtungen?«

So erleichtert er auch über das Einvernehmen mit seiner Gattin war, so sehr bezweifelte er, seinem Freund das Problem verdeutlichen zu können. Es widerspräche Bingleys Neigung, alles unbekümmert auf sich zukommen zu lassen.

»Wie dem auch sei«, erwiderte Elizabeth, »letztendlich ist es Bingleys und Janes Angelegenheit, Darcy. *Sie* müssen eine Entscheidung fällen, nicht wir!«

Nun wurde ihr Gatte stutzig. »Welche Entscheidung? Sie denken doch nicht an Adoption?«

»Beruhige dich, Darcy! Keiner der beiden hat mir gegenüber bisher diesen Gedanken geäußert. Indes der Wunsch nach einem Kind stellt meine Schwester vor eine nie gekannte Probe. – Du musst wissen, Darcy, der hiesige Apotheker, ein noch recht unerfahrener, junger Mann, erklärte ihr, von *ihm* erhalte sie keine Pülverchen. Jene

Kollegen, die sie bisher mit solchen Mitteln versorgten, seien allesamt Scharlatane!«

»Ich war mir nicht bewusst ... ich meine«, stotterte Darcy verwirrt, »... es gibt Mittel *dafür*?«

»Nun nach Aussage des hiesigen Apothekers keine zuverlässigen! Verstehe mich nicht falsch. Ich bin durchaus mit ihm einig, was diese Pülverchen angeht. Aber wie kann er Jane raten, den Gedanken an eigene Kinder ganz aufzugeben?! Damit geht er entschieden zu weit!«

»Das hat er?«, rief Darcy erschüttert. Dann nach kurzer Überlegung stellte er fest: »Wenn Jane bereits mit Mitteln versorgt wurde, bedeutet das, unser alter Stanhope hätte ihr ...«

»Da Bingley und Jane mehr als ein Jahr auf Pemberley weilten, liegt es nahe, dass auch unser Apotheker sie *beriet*. Allein über diese Dinge spricht sie kaum.«

»In dem Fall erscheint mir das angebracht!«, meinte er. Als er daraufhin im Antlitz seiner Frau erneute Streitlust aufblitzen sah, fügte er rasch hinzu: »Dennoch bin ich dankbar, von dir eingeweiht worden zu sein, Liebste. Nun vermag ich Janes Verhalten besser zu verstehen.«

»Eins ist für mich jetzt schon gewiss«, meinte Elizabeth abschließend. »Ich habe Jane schon lange nicht mehr so glücklich erlebt! Und das war nach den Geschehnissen der letzten Zeit nicht zu erwarten. Daraus schließe ich in der zur Romantik neigenden weiblichen Art: Dieses Kind ist wie Medizin für meine Schwester! Und auch dem kleinen Mädchen könnte nichts Besseres widerfahren, als von Jane geliebt zu werden.«

# Kapitel 19

Die Tage auf Glenister, obwohl überschattet von Mrs. Rogers Begräbnis, empfand Mrs. Darcy dennoch als angenehm. Zum einen erfreute sie die Abreise der Wickhams. Zum anderen beglückte sie, diesmal ihren Gatten an ihrer Seite zu haben. So waren sie wieder mit den Bingleys vereint. Denn das gemeinsam auf Pemberley verbrachte Jahr hatte Darcy, Bingley, Jane und Elizabeth zu einer innigen Gemeinschaft geformt. Fehlte auch Georgiana, so sorgte die lebhafte Kitty für genügend Abwechslung. Dabei war Catherine Bennet seit Lydias Abschied wieder so umgänglich wie zuvor. Es war schon bemerkenswert, wie sehr Lydia es nach all den Jahren immer noch verstand, die Gemüter ihrer Familie zu erhitzen. Vielleicht war es aber auch ein Zeichen des beginnenden Alterns, dachte Elizabeth, weshalb sie die unruhige Art Lydias nicht mehr so gelassen ertrug.

»Das wollen wir aber nicht hoffen!«, meinte Darcy, als sie diesen Gedanken später laut am Frühstückstisch äußerte. »Denn sollte Edward nach seinem Vater schlagen, Liebste, wirst du gute Nerven benötigen. Meine Eltern, so sie denn noch leben würden, könnten dir manche Geschichte zu diesem Thema berichten.«

»Ich glaube dir kein Wort, Darcy! *Du* ein kleiner Racker? Nein, du machst dich über mich lustig. Dafür erinnere ich mich noch zu gut an Mrs. Reynolds Worte. Sie geriet geradezu ins Schwärmen, als sie den Gardiners und mir bei meinem ersten Besuch auf Pemberley von dem lauteren Charakter ihres Herrn berichtete. Schon als Knabe wärest du stets freundlich und zuvorkommend gewesen!«

»Wenn du dich da nicht täuschst, Elizabeth!«, erwiderte Bingley.

»Aber, Charles, wie kannst du nur so etwas sagen?«, rief seine Gattin bestürzt. »Zudem währt deine Bekanntschaft mit Darcy noch nicht so viele Jahre!«

»Das trifft zu! Allein, meine Liebe, wir können uns glücklich schätzen, eine Nachbarin zu haben, die Darcy seit frühester Kindheit kennt. Sie wuchs nicht nur in direkter Nachbarschaft zu Pemberley auf, nein, sie ist außerdem noch eines Alters mit meinem Freund! Von daher dürfte meine Quelle über jeden Zweifel erhaben sein!«

»Du sprichst von Mrs. Fletcher, oder?«, fragte Elizabeth.

»Selbige meine ich«, erwiderte Bingley. »Älteste Tochter von Sir Arthur und Lady Wragsdale! Ich hatte bereits des Öfteren das Vergnügen, Mrs. Fletcher als Tischnachbarin bei einem nachbarschaftlichen Dinner zu begrüßen. Und ich muss sagen, es bedarf keiner großen Ermunterung meinerseits und sie erzählt mir ohne Umschweife erbauliche Geschichten aus der Jugendzeit meines Freundes.«

»Wieso erfahre ich nichts davon?!«, protestierte Jane ungewöhnlich heftig.

»Mein lieber Bingley, so ich dies höre, reift in mir der Entschluss, die Gelegenheit zu ergreifen, meiner guten alten Freundin Frances einen Besuch abzustatten«, mischte sich Darcy ein. »Ich denke, es ist an der Zeit, sie ins Gebet zu nehmen, mir fürderhin solche Peinlichkeiten zu ersparen. Nicht, dass es noch so weit kommt und ich eines Tage nicht mehr einen Fuß nach Nottinghamshire setzen kann.«

»Oh, Darcy, der Schalk in deiner Stimme verrät dich!«, meinte seine Gattin ungerührt. »Da ich keinen ernsthaften Verdruss deinerseits festzustellen vermag, kannst du unmöglich um deinen guten Leumund fürchten. Folglich können die Streiche deiner Jugend nicht das übliche Maß überschritten haben.«

»Du missverstehst mich, Liebste«, fuhr Darcy heiter fort. »Meine Sorge gilt allein Mrs. Reynolds! Was soll die Ärmste den zukünftigen Besuchern von Pemberley House berichten, wenn unliebsame Geschichten aus meiner Kindheit ihren Worten vorauseilen? Gib es zu, Bingley, das hast du nicht bedacht!«

»Mich trifft keine Schuld!«, verteidigte sich Bingley. »Du, mein lieber Freund, beliebtest dich mit den Streichen deiner Jugend zu brüsten! – Aber im Ernst, Darcy, wenn man bedenkt, mit *wem* du deine Streiche zusammen aushecktest, muss ich mich doch sehr wundern.«

»Wieso, mit wem denn?«, rief sich Catherine in Erinnerung, deren Anwesenheit bei dieser Neckerei den anderen entfallen war.

Ein betretenes Schweigen trat ein. Wenn auch Jane und Elizabeth glaubten zu wissen, wen Bingley meinte, war keine von ihnen erpicht darauf, seinen Namen auszusprechen.

»Nun, mit Frances Wragsdale, der heutigen Mrs. Fletcher! Wem sonst?«, entgegnete Darcy viel zu hastig. Es war ein schwacher Versuch, die gemeinsamen Jahre mit dem Mann, der ihm so viel Kummer bereitet hatte und dessen Bekanntschaft er heute nicht mehr zu pflegen wünschte, zu leugnen.

»Und, was ist mit Wickham?«, fragte Catherine herausfordernd. Sie hatte die Verlegenheit der anderen genauso wahrgenommen wie Darcys aschfahles Gesicht. »*Er* erzählt jedenfalls gerne von seiner Kindheit auf Pemberley. Noch beim Abschied hat er mir einen besonders schönen Weg für meine Ausritte empfohlen. Und Grüße an Holmes soll ich überbringen! Der Stallmeister von Pemberley hat nämlich seine Reitkunst vervollkommnet. Wickham hat mir aufgetragen, ich soll jenem ausrichten, erst vor Kurzem hätte sein Kommandant ihm wieder bescheinigt, dass er mit Abstand der beste Reiter seiner Offiziere sei! Ist das nicht grandios? Ich habe mir überlegt, Holmes zu bitten, meine Reitkünste auch zu vervollkommnen.«

»*Mr.* Holmes«, berichtigte Darcy sie gestreng, »Und falls es dir entgangen sein sollte, Catherine, Mr. Holmes bekleidet zudem schon seit mehreren Monaten den Posten des Verwalters der Pemberley Ländereien. Von daher würde ich es vorziehen, du würdest den Mann nicht auch noch mit deiner *Reitkunst* belästigen. Halt dich an seine Tochter Hannah. Ihre Unterstützung mag für die Vervollkommnung deiner *Reitkunst* genügen. Denn ich gehe davon aus, du trägst dich nicht mit der Absicht, selbige eines Tages wie Mr. Wickham in den Dienst der Armee zu stellen, oder?!«

Die Erwähnung der vakanten Stelle des Verwalters von Pemberley rief sogleich auch wieder den Grund für Mr. Rogers Weggang in Erinnerung. Darauf folgte unwiderruflich der Gedanke an die arme Seele, die so jung von ihnen gegangen war. So erstarb das Gespräch über glückliche Jugendjahre und fulminante Reitkünste. Stattdessen berieten sie, was als Nächstes für das verwaiste Kind unternommen werden sollte. Eine baldige Einigung mit Mrs. Beagles war ihr erklärtes Ziel.

So schlug Bingley zu Darcys Zufriedenheit vor, Mrs. Beagles erneut nach Glenister einzuladen. Und sollte die alte Dame die Reise von dreißig Meilen nach wie vor ablehnen, würden Jane und er im kommenden Monat das kleine Mädchen samt Amme und Kindermädchen nach Pemberley begleiten. Dann könne Mrs. Beagles sich selbst von der vortrefflichen Fürsorge, die dem Kind zuteil werde, überzeugen.

Bezweifelte Darcy auch weiterhin, dass sich Mrs. Beagles dadurch von ihrer Pflicht entbunden sehe, hielt er es zumindest für denkbar, jene könne vor der neuerlichen Verantwortung zurückschrecken. Schließlich gab selbst Darcy der Hoffnung Ausdruck, Mrs. Beagles könne es als Erleichterung empfinden, die Erziehung des kleinen Mädchens in jüngere Hände zu legen.

## Kapitel 20

Wieder zurück auf Pemberley sollte Catherine zum Erstaunen Mrs. Darcys ein unvergleichliches Interesse an ihrer *Reitkunst* zeigen, das in der Tat den Eindruck erweckte, sie wolle eines Tages Mr. Wickham auf diesem Gebiet übertreffen. Kühn und unerschrocken hatte sie sich zudem über die Anweisung ihres Schwagers hinweggesetzt und Mr. Holmes um Reitstunden gebeten. Trotz seiner Verärgerung konnte Darcy nicht umhin, seiner Schwägerin für ihren Ehrgeiz und ihre Beharrlichkeit Respekt zu zollen.

»Wie gerne würde ich es sehen, wenn Georgiana einmal in ihrem Leben so unerschrocken und selbstbewusst handeln würde«, erklärte er seiner Gattin. Dabei hatte er noch kurz zuvor Catherine mit recht deutlichen Worten für die Unmöglichkeit ihres Handelns getadelt. Worauf jene sich beleidigt in ihre Gemächer zurückzog.

»Das hat aber eben noch ganz anders geklungen!«, wandte Elizabeth ein.

»Du erwartest nicht, Liebste, dass ich der jungen Dame gegenüber zu erkennen gebe, wie sehr mich ihre Entschlossenheit freut, oder?! Ein allzu renitentes Wesen ist einer Frau nicht zuträglich. Besser sie lernt beizeiten die Grenzen ihres Handelns kennen.«

»Du meinst wohl eher die Grenzen ihres Geschlechts, denn ihres Handelns!«

»Ich meinte es so, wie ich sagte, Elizabeth! Zudem kann ich es nicht dulden, wenn Catherine sich ohne Bedenken über meine Anordnung hinwegsetzt!«

»Ich verstehe, Darcy. Du meinst, es sei eine gute Lehre für meiner Schwester Zukunft. Auf dass Kitty auch ja nicht wagt, sich dereinst über die Anordnungen ihres Gatten hinwegzusetzen!«

Er schmunzelte. »Du beliebst nach wie vor, mir Worte in den Mund zu legen, die ich nicht gesagt habe. Aber da mir daran liegt, dich nicht zu enttäuschen, will ich es so formulieren: Ein gelegentliches *Hören* auf den eigenen Gatten, *Mrs. Darcy*, soll mitunter kein Schaden sein!«

»Ach, ist das so? Sag, gibst du *mir* gerade einen Rat, *Mr. Darcy*, oder hast du ganz allgemein gesprochen?«

»Ich ging davon aus, wir sprächen über Catherine, Liebste?«

»Selbstredend!«, erwiderte sie zufrieden und wandte sich abermals ihrer Handarbeit zu. Offenbar hatte sie verkannt, wie diffizil das Muster an dem Jäckchen für Master Edward sich gestalten würde. Oder waren es vielmehr die Gespräche in letzter Zeit, die so delikater Natur waren, dass sie ihre ganze Aufmerksamkeit verlangten? Es ärgerte Elizabeth, wie viel Zeit sie für ein so winziges Kleidungsstück benötigte. Wie geschwind hatte sie dagegen früher mit ihren Schwestern Änderungen und Verschönerungen an Kleidern und Hauben vorgenommen. Mrs. Harveys Anerbieten, die Arbeit für sie zu beenden, mochte Elizabeth nicht annehmen. Die Fertigstellung desselbigen war in ihren Augen längst eine Sache der Ehre!

»Dennoch kann ich nicht verhehlen«, meinte Darcy nach einer längeren Pause, »wie sehr ich mir wünschte, Catherines Handeln würde ein wenig auf Georgiana wirken.«

»Oh, Darcy, gib acht, was du dir wünschst! Es könnte in Erfüllung gehen. Und dessen sei gewiss, dann werde ich dich an deine Worte erinnern! Denn mir will scheinen, du hast die Vorliebe deiner Schwester für Mr. Saunders vergessen.«

Ein finsterer Blick war alles, was sie noch zu sehen bekam, bevor Darcy betont langsam die Zeitung anhob, um sein Antlitz hinter selbiger zu verbergen.

Ungerührt von diesem Verhalten fuhr Elizabeth fort: »Zu meinem größten Bedauern hat sich Mr. Saunders ja den Wickhams angeschlossen. So war es mir leider nicht vergönnt, zu ergründen, ob er in deiner Gegenwart sein zuvorkommendes Verhalten mir gegenüber beibehalten hätte.«

Ein Brummen, das Darcys Missbilligung deutlich zum Ausdruck brachte, war der einzige Kommentar, den er für Mr. Saunders erübrigte.

»Um Himmels willen, Darcy, gedenkst du dich in Zukunft, wenn die Sprache auf Mr. Saunders kommt, auf diese Weise zu artikulieren? – Ich fürchte, mein lieber Mann, in diesem Fall steht dir ein schweigsamer Sommer bevor!«

Diese Feststellung lockte immerhin seinen Kopf wieder hinter der Zeitung hervor.

»Mr. Saunders beliebte, der Stadt vor dem Ende der Saison den Rücken zu kehren, Elizabeth. Du willst mir nicht erklären, dies sei ein Zeichen für seine Zuneigung Georgiana gegenüber, oder?«

»Mr. Saunders floh der Stadt, da er der Tanzveranstaltungen und Empfänge überdrüssig war. *Das* müsstest du eigentlich bestens nachempfinden können, Darcy! Du, der du dich damit rühmst, nie St. James die Ehre zu geben, dich dort tanzen zu sehen.«

»Schön und gut, Elizabeth! Aber zu meiner Ehrenrettung muss ich dir gestehen, die Aufenthalte auf Longbourn fielen mir seinerzeit auch nicht leicht. Dennoch setzte ich mich *tapfer* den Tiraden Mrs. Bennets aus! Und sei es auch nur, um mich in deinen strahlenden, dunklen Augen zu verlieren.«

Nun legte Elizabeth gänzlich ihre Nadelarbeit beiseite. Sie hatte ohnehin angesichts der Entwicklung des Gespräches kaum mehr einen Stich geführt.

»Welcher Worte du dich befleißigst, Darcy. Du siehst mich sprachlos. Es hat den Anschein, die Nennung von Mr. Saunders Namen reiche aus, dich in Konkurrenz zu ihm zu stellen.«

»Als ob *ich* das nötig hätte! – Das *habe* ich doch nicht, Elizabeth, oder?«

»Deutet sich zu guter Letzt eine Unsicherheit deinerseits an, Darcy? Nein, Liebster, Mr. Saunders zuvorkommende Art mir gegenüber war allein dem Wunsche geschuldet, sich für Georgiana den Weg zu ebnen. Dessen bin ich gewiss! Vermutlich spürt Mr. Saunders, dass er von deiner Seite mit einem kräftigen Gegenwind zu rechnen hat.«

»Eine Versicherung, die ich nur zu gern bereit bin zu geben! Leicht werde ich es diesem feinen Neffen von Mr. Dixon bestimmt nicht machen!«

»Oh, Darcy, solange du nicht gleich wie ein Sturm wüten wirst, soll es mir recht sein.«

»Einer steifen Brise sollte der Gentleman schon standhalten können. Sonst taugt er nicht für meine Schwester!«

## Kapitel 21

Bevor Mr. Saunders die Gelegenheit bekam, für stürmisches Wetter im Herrenhaus von Pemberley zu sorgen, erfasste ein Sturm ganz anderer Art die Gemeinde von Lambton. Ein Sturm im Wasserglas, wie der Herr von Pemberley befand. Weshalb sich die verzweifelte Pfarrersfrau in ihrer Not an dessen Gattin wandte. Das weibliche Gemüt, so hoffte sie, sei eher empfänglich für diesen Sturm, der für sie zweifelsohne ein Sturm der Gefühle war!

Die Hausherrin empfing Mrs. Peabody in ihrem persönlichen Salon. Dies kam einer Auszeichnung gleich, denn das Betreten von ›Lizzys Salon‹ war an und für sich nur Mitgliedern der Familie vorbehalten. Die beiden Damen nahmen an dem zierlichen, runden Tisch in der Ecke des Raumes Platz. Die Aufregung ihres Gastes spürend schenkte Mrs. Darcy betont ruhig den Tee ein, reichte dann Mrs. Peabody die dampfende Teetasse sowie einen Teller mit frischem Gebäck.

Weil Mrs. Darcy davon ausging, des Pfarrers Frau sei wegen des anstehenden Besuches der Bingleys gekommen, versicherte sie selbiger, dass niemand sich Mrs. Beagles Wünschen zu widersetzen gedachte.

Mrs. Peabodys verlegenes Schweigen hierauf versetzte nun Mrs. Darcy ihrerseits in Unruhe.

»Es gibt doch keine Probleme mit Mrs. Beagles, oder? Ich war davon ausgegangen, sie hätte dem derzeitigen Arrangement zugestimmt!«

»Oh, Mrs. Darcy, ich bitte Sie ... mein Kommen hat rein gar nichts mit Mrs. Rogers und deren verwaistem Kind zu schaffen. Hat Ihnen Mr. Darcy denn nichts von ... ich meine, unterrichtete er Sie nicht über ...«

So verlegen hatte Elizabeth die gute Mrs. Peabody bisher nur einmal erlebt. Das war im vergangenen Jahr gewesen, als jene ihr vom *Missgeschick* der jungen Clara Beagles berichtete. Um Mrs. Peabody aus der Verlegenheit zu helfen, fragte sie daher ohne Umschweife, ob es sich um ein ähnliches *Problem* wie seinerzeit bei Mrs. Rogers handele.

»Gott behüte, Mrs. Darcy!«, fand vor Entsetzen die Pfarrersfrau ihre Sprache wieder. »Welch ein Gedanke, derlei Vergehen könnten in der Gemeinde von Lambton alltäglich sein! – Nein, es geht um diese alte Sache. Sie wissen schon! Das böse Blut, die Fehde, der Rosenkrieg!«

»Ein Rosenkrieg in Lambton, Mrs. Peabody?«

»Keiner vermag mehr zu sagen, wer als Erster vom *Rosenkrieg* sprach, auch wenn mehrere für sich in Anspruch nehmen, den Namen erwählt zu haben. – Ja, wissen Sie denn gar nichts über diese *Tragödie*? Oh, verzeihen Sie, Mrs. Darcy. Ich ging davon aus, besonders da Sie in letzter Zeit so häufig mit Mrs. Beagles verkehrten, Sie wüssten Bescheid! Ich meine, immerhin geht es doch um die Vorfälle, die in jenen Tagen zu dem Unglück führten. Das schreckliche Ereignis, das die ganze Gemeinde von Lambton an den Abgrund brachte. Damals schrieb ihres Gatten Vater einen Brief, den Mr. Peabody in der Kirche verlas. Ich erinnere mich noch gut an eine Passage, die so trefflich die Situation wiedergab. Ich habe sie so oft gelesen, dass ich sie bald auswendig konnte. Sie lautete: ›Die Sprache der Blumen ist eine vielfältige, die der Rose eine eindeutige. Dennoch geht mitunter der ein oder andere fehl in der Annahme, sie richtig zu deuten. Gar böses Blut kann entstehen, aus der eine Fehde entwächst, die ernsthaft das Gemeinwohl bedroht. Und wenn dann noch eine mutwillige Äußerung fällt, bleibt nicht selten ein gebrochenes Herz zurück.‹ – Es war das einzige Mal, dass der selige Mr. Darcy seine Meinung kundtat in dem Bereich, der in die Verantwortung von Mr. Peabody fällt. – So poetische Worte haben wir nie wieder von der Kanzel vernommen. Allein schon, dass es die Worte des Herrn von Pemberley waren, beruhigte die Gemüter. Freilich war das *Problem* damit noch lange nicht aus der Welt geschafft! – Und nun? Man mag es nicht glauben! Nun tut sich erneut der Abgrund unter uns auf. Das Verhängnis aus längst vergessenen Tagen kehrt zurück!«

Mrs. Darcy, die völlig ratlos den Worten Mrs. Peabodys gelauscht hatte, konnte nicht länger an sich halten. »Bitte, Mrs. Peabody, sagen Sie mir unumwunden, wovon Sie, um Himmels willen, reden.«

»Na, von den Rosen!«

»Rosen? – Welchen Rosen?«

»Die Rosen von Mrs. Hayes!«

Da nach dieser Erklärung die Herrin von Pemberley immer noch nicht zu wissen schien, worum es ging, sah sich die Pfarrersfrau genötigt, weit auszuholen.

»Mrs. Hayes Rosen sind die schönsten Alba-Rosen der ganzen Gegend. *Maiden's Blush*! Weiß mit zartem Rosa. Einfach wunderschön!«, schwärmte Mrs. Peabody.

»Manch einer versteigt sich sogar zu der Aussage, keine Rose in ganz Derbyshire käme denen im Garten von Mrs. Hayes gleich!«

»Dann hat Mrs. Hayes sicher ihre Freude an ihren Rosen.«

»Oh, das hat sie! Keine Frage. Mehr noch, sie darf sich rühmen, ein Jahr nach dem anderen den Preis für die schönste Rose Lambtons entgegenzunehmen.«

»Das ist doch sehr erfreulich, oder?«, wandte Mrs. Darcy unsicher ein, da Mrs. Peabody in ihrem Bericht ins Stocken geriet.

»Für Mrs. Hayes schon. Nicht so für Mr. Johnson! Der gute Mann muss Jahr für Jahr mitansehen, wie ihm Mrs. Hayes den begehrten Preis vor der Nase wegschnappt. Denn Mr. Johnsons Rosen, müssen Sie wissen, Mrs. Darcy, sind auch von einer besonderen Schönheit. Auch er hat einen Strauch Alba-Rosen in seinem Garten. *Maxima*! Eine Sorte mit weiß gefüllten Blüten!«

»Sie kennen sich gut aus, Mrs. Peabody«, stellte Mrs. Darcy anerkennend fest.

»Wer nicht in Lambton, Mrs. Darcy, der seit so vielen Jahren wie ich den Wettbewerb miterlebt.«

»Dann gehe ich wohl recht in der Annahme, die beiden Kontrahenten sind nicht gut aufeinander zu sprechen, oder?«

»Ach, wenn es nur das wäre, Mrs. Darcy. Beide haben Kinder. Heute sind sie längst aus dem Haus! Aber damals vor zwanzig Jahren, da waren sie jung und ...«

Elizabeth, die meinte zu wissen, was die Pfarrersfrau andeuten wollte, sagte: »Oh je, nun also auch noch Romeo und Julia in Lambton, Mrs. Peabody?«

»Sie haben es erfasst, Mrs. Darcy«, bestätigte jene seufzend.

»Und jetzt«, fuhr Elizabeth fort, »nehme ich an, haben Montagues und Capulets erneut eine Fehde auszufechten.«

»Montagues und Capulets, Mrs. Darcy?«

»Ich meine natürlich Hayes und Johnsons!«, korrigierte sich Elizabeth.

»Ach, so. – Ja, wie es aussieht, ist der Rosenkrieg erneut entbrannt! Zum Entsetzen von Mrs. Hayes stiehlt wieder jemand ihre Rosen.«

»Das ist alles? Liebe Mrs. Peabody, wahrscheinlich handelt es sich nur um einen Streich von irgendwelchen Jungen. Zumal die Kinder der Hayes und Johnsons, wie Sie eben anklingen ließen, längst verheiratet sind.«

»Nicht miteinander, das nicht, Mrs. Darcy. Obwohl es eine Zeit gab, da hätten es sich die beiden gewünscht. Doch ihre Liebe schien unmöglich und so ging die Zuneigung von Bob, das ist der Sohn der Johnsons, auf die bildschöne Tochter von Mrs. Beagles über. Zur gleichen Zeit verschwanden die ersten Rosen. Nicht alle auf einmal, nein, immer nur ein oder zwei Blüten.«

Elizabeth fragte sich, ob das wirklich so tragisch war.

Ihre Miene richtig deutend, erklärte Mrs. Peabody: »Wenn Tag für Tag jemand ein oder zwei Rosen wegnimmt und schon bei den Knospen anfängt, glauben Sie mir, Mrs. Darcy, dann findet sich sehr bald keine einzige Blüte mehr am Strauch.«

Eine unzweifelhafte Rechnung, wenn man denn in der Lage war, zu bestimmen, wie viele einzelne Blüten sich an einem Strauch befanden. Dennoch war die Herrin von

Pemberley nicht überzeugt, mehr als einen Streich in der Angelegenheit zu sehen. Ein Umstand, der Mrs. Peabody zutiefst beunruhigte, musste sie doch befürchten, Mrs. Darcy könne wie ihr Gatte zuvor, die ganze Geschichte als eine Nichtigkeit abtun.

»Welcher vernünftige Erwachsene würde sich die Mühe machen, täglich ein paar Rosenknospen zu entfernen, Mrs. Peabody. Das scheint wahrlich das Werk von ein paar Jungen zu sein!«

»Nach den Ereignissen der Vergangenheit, Mrs. Darcy, vermag ich mir *das* ganz und gar nicht vorzustellen! Es stimmt schon, es ist an die zwanzig Jahre her. Aber damals spielte sich genau das Gleiche ab. Nur ein oder zwei Knospen wurden Tag für Tag fein säuberlich abgeschnitten. Schon für so einen Schnitt bedarf es eines scharfen Messers! Ich frage Sie: Ist das ein Werkzeug für kleine Jungen? In den längst vergangenen Tagen glaubte immerhin ein jeder in Lambton, es wäre das Werk der jungen Barbara Hayes.«

»Wieso waren sich die Leute so sicher, dass sie die Niedertracht beging?«, fragte Mrs. Darcy, die endlich von der Geschichte gefesselt war.

»Na ja, weil Bob ihr den Laufpass gab, um Martha Beagles nachzustellen! So glaubte man, Barbara würde aus Eifersucht die Rosen von Bobs Vater verstümmeln.«

»Jetzt kann ich nicht mehr folgen, Mrs. Peabody«, wandte Elizabeth ein. »Ich war bisher davon ausgegangen, es ginge um die Rosen von Mrs. Hayes!«

»Für heute trifft dies zu, Mrs. Darcy. Damals aber fielen zuerst die Rosen von Mr. Johnson zum Opfer. Dann erst ...«

»... wurden die Rosen von Mrs. Hayes malträtiert«, ergänzte die Herrin von Pemberley. »Zweifelsohne wird man auch hier von einem Racheakt ausgegangen sein, nicht wahr, Mrs. Peabody?«

»Anfangs war dem so. Dann aber, als die Zuneigung des jungen Bob zu Martha deutlich erkennbar war, dachten die braven Leute, er stehle die Rosen der Hayes für seine Angebetete, auf dass sie ihn erhöre.«

»In dem Fall hätte er wohl die seines Vaters genommen.«

»Wo denken Sie hin, Mrs. Darcy! Keiner der beiden Rosenliebhaber hätte auch nur eine Knospe, geschweige denn eine Blüte für eins seiner Kinder hergegeben.«

»Also ein diebischer *Rosenkavalier*?«

»Ja, so schien es. Sie können sich nicht vorstellen, wie sich die beiden Familien regelrecht bekriegten. Die Fehde spaltete ganz Lambton! Dann verschwanden wieder Rosen aus dem Garten der Johnsons. Mittlerweile waren sie erblüht. Jeder glaubte, der jeweils andere würde ihm die Rosen stehlen!«

»Kam denn niemand auf die Idee, die Rosen zu bewachen, um so den Dieb zu stellen?«

»Ich bitte Sie, Mrs. Darcy, die Leute leben von ihrer Hände Arbeit! Und in der warmen Jahreszeit gibt es viel zu tun! Die Rosenbüsche befinden sich zudem an lauschigen und schwer einsehbaren Ecken. Und beide Gärten können unbemerkt von mehreren Wegen aus betreten werden.«

»Und wie ging die Geschichte aus?«, fragte Elizabeth, der langsam der Kopf zu schwirren begann.

»Letztendlich unterstellte man Bob, er würde auch die Rosen seines Vaters stehlen, um den Verdacht von sich abzulenken. Mr. Johnson war außer sich! Er forderte eine Untersuchung. Notgedrungen nahm sich der selige Mr. Darcy der Sache an.«

»Wie löste er den Konflikt?«

»Da es um zwei Mädchen und einen Mann ging und man dem jungen Mann unterstellte, er würde seiner neuen Angebeteten die Blumen schenken, bat der ehemalige Herr von Pemberley Mrs. Beagles, sie möge eine Untersuchung der Räumlichkeiten ihrer Tochter erlauben. Sie kennen Mrs. Beagles. Wie hätte sie eine solche Bitte, noch dazu von dieser Seite, abschlagen können? – Sie willigte guten Gewissens ein. Die Untersuchung, der Mr. Darcy vorstand, wurde sogleich durchgeführt. Martha befand sich zu diesem Zeitpunkt nicht zu Hause.«

»Und?«

»Wie soll ich es sagen, Mrs. Darcy?« Eine Träne löste sich aus den Augen der Erzählenden, so sehr nahm sie allein die Erinnerung an die damaligen Ereignisse mit. »Sie fanden, fein säuberlich getrocknet, jede einzelne Knospe und jede einzelne Blüte in der Truhe des unglückseligen Mädchens. – Die Nachricht von dem Fund breitete sich in Windeseile im Ort aus! Auch Bob erfuhr davon. Er hatte Martha nachgestellt. So wusste er, wo sie sich um diese Zeit aufzuhalten pflegte.«

»Wieso nachgestellt? Ich dachte, die beiden hätten sich getroffen!«

»Davon ging man irrigerweise aus. So sehr Bob ihr auch seine Liebe schwor, Marthas Herz konnte er nicht erweichen! Nach Marthas Tod gab es dann eine Untersuchung. Obwohl die Fluten ihren Körper nicht mehr hergaben, fanden sich genügend Zeugen ihres Sturzes.

Ein paar Jungen sagten aus, Bob und Martha hätten sich am Flussufer heftig gestritten. Bob sei sehr aufgebracht gewesen. Dennoch, mit dem Sturz des Mädchens ins Wasser habe er nichts zu tun gehabt. Sie sei ausgerutscht, habe das Gleichgewicht verloren und sei, bevor Bob ihr die rettende Hand reichen konnte, in den Fluss gestürzt. Hätten die Jungen auch Bob zuliebe die Unwahrheit sagen können, für den alten Mr. Wickham traf dies nicht zu. Der selige Mr. Wickham war zu jener Zeit der Verwalter von Pemberley. Er bestätigte, von der anderen Seite des Flusses alles genau so gesehen zu haben. Sein Wort hatte Gewicht!«

»Also, ich fasse zusammen: Martha hatte die getrockneten Rosen der Hayes sowie der Johnsons in ihrer Truhe versteckt. Bob behauptete, sie seien nicht von ihm, eilte aber sogleich, als er von dem Fund erfuhr, zum Flussufer. Dort traf er auf Martha. Sie stritten sich, ich vermute wegen der Rosen, und im Eifer des Gefechts stürzte Martha unglücklich, fiel in den Strom und ertrank.«

»So ist es, verehrte Mrs. Darcy. Bob hat steif und fest behauptet, er wisse nicht, wer die Rosen geklaut habe. Er wäre jedenfalls nicht so dumm, dergleichen zu tun. Sein Vater habe ihm als Knabe einmal den Hintern versohlt, allein weil er sich dessen Rosen bedrohlich näherte. Die blauen Flecken seien ihm unvergessen.«

»Und Martha konnte niemand mehr fragen.«

»Bob sagte später unter Eid aus, Martha hätte ihm gegenüber beharrlich geleugnet, die Rosen je gesehen zu haben! Sie behauptete, nicht zu wissen, wie sie in ihre Kammer gekommen seien. Er berichtete ferner, Martha habe Barbara beschuldigt! Barbara hätte ihr die ganze

Geschichte aus Eifersucht anhängen wollen. Ein schwerer Vorwurf, den niemand entkräften konnte. Denn alle im Ort wissen, wie leicht man unbemerkt das Haus der Beagles betreten kann. Barbara hätte zudem genügend Gelegenheiten gehabt, die getrockneten Rosen in Marthas Truhe zu schmuggeln.«

»Wie ist die Geschichte ausgegangen?«

»Nun, keiner konnte Bobs Aussage widerlegen. Zudem entlasteten ihn die Zeugenaussagen der Jungen und besonders des alten Mr. Wickhams. Barbara stritt ihrerseits ab, sich je an den Rosen vergriffen zu haben. Als Verteidigung gebrauchte sie fast die gleichen Worte wie Bob. Denn auch sie hatte schon als Kind erkennen müssen, dass sie sich von den Rosen ihrer Mutter besser fernhielt. So endete die Geschichte.«

»Aber, was war mit den Rosen?«

»Von jener Zeit an hat es niemand mehr gewagt, sich den Rosen der Hayes oder denen der Johnsons zu nähern, der nicht dazu befugt ist. Bis jetzt!«

»Ja, bis jetzt. – Und der Streit? Ließ er sich beilegen?«

»Die Worte des alten Mr. Darcy, vorgetragen von Mr. Peabody in der Kirche, haben einen gewaltigen Eindruck auf die sonst braven und einfachen Leute gemacht. Dennoch, die Wunden, die diese Fehde riss, konnte man noch lange in der Gemeinde spüren. Und jetzt, da sich die Geschichte wiederholt, merkt man, wie wenig sie verheilt sind.«

»Und mein Gatte kennt die Geschichte?«

»Jedes Kind in Lambton und Umgebung kennt die Geschichte, Mrs. Darcy! Auch jetzt bleibt Mr. Darcy die Unruhe in Lambton nicht verborgen. Dennoch ist er davon überzeugt, sich besser herauszuhalten. Schließlich hält er – wie Sie – die ganze Angelegenheit für einen Streich von kleinen Jungen!«

»Ist das so abwegig?«

»Nachdem, was sich vor zwanzig Jahren ereignete, wäre das ein sehr schlechter und gefährlicher Streich. Ich vermag mir nicht vorzustellen, dass auch nur ein Kind aus der Gemeinde sich das getraut!«

»Mrs. Peabody, welche Rolle haben Sie mir bei der Lösung des Problems zugedacht?«

Schon als sie die Frage stellte, wusste sie die Antwort. Weder Mrs. Peabody noch sie selbst waren in der Lage, das Problem zu lösen. Der Herr von Pemberley musste ein Machtwort sprechen, um eine Verschärfung der Situation wie vor zwanzig Jahren zu verhindern. Leicht würde es nicht werden, auf Darcy einzuwirken. Dessen war sich Elizabeth bewusst. Doch Mrs. Peabody hatte sie überzeugt. Und da Abwarten die Gefahr eines ernsten Streites barg, sprach die Herrin von Pemberley noch am selben Tag mit ihrem Gatten.

»Verstehe doch, Darcy, Mrs. Peabody befürchtet, die ganze Sache könnte eine Tragödie nach sich ziehen wie vor zwanzig Jahren.«

»Der Tod von Martha Beagles war ein Unfall, Elizabeth! Die unglückliche Verquickung des tragischen Todes von Miss Beagles mit dem Diebstahl der Rosen hat schon seinerzeit jeglicher Grundlage entbehrt. Das hat auch mein Vater so empfunden!«

»Ein Zusammenhang ist nicht zu leugnen, Darcy. Bob Johnson hätte Martha Beagles nicht zur Rede gestellt, wenn in ihrer Truhe nicht die getrockneten Blütenblätter gefunden worden wären.«

»Der Streit der beiden hätte auch aus einem anderen Grund geführt werden können, Elizabeth. Bob stieg Martha nach. Sonst hätte er nicht gewusst, wo er sie suchen musste. Aus verschmähter Liebe hat schon mach einer unklug gehandelt. Es stellt sich ohnehin die Frage, ob der Streit die Ursache für den Sturz von Martha Beagles war. Ich weiß vom alten Mr. Wickham, dass er Miss Beagles in jenem Jahr häufig am Flussufer sah. Die Steilheit des Ufers wird oft unterschätzt. Wenn der Untergrund glatt ist, landet man leicht in den Fluten. Und gerade an der Stelle lagen in jenen Tagen ein paar alte Baumstämme. Martha soll bei ihrem Sturz über einen solchen balanciert sein. So scheint es mir nicht vermessen, meine Zweifel an einer Wiederholung der Geschichte zu äußern! Obendrein fehlt der passende *Rosenkavalier*!«

»Der Umstand, dass wir keinen *Rosenkavalier* benennen können, sagt nichts darüber aus, ob es ihn gibt oder nicht! Oder willst du wahrlich behaupten, Darcy, in Lambton lebten keine Burschen und Mädchen mehr, zwischen denen Liebe, Eifersüchteleien und Rachsucht herrschten?«

»So etwas Dummes würde ich fürwahr nie behaupten, Elizabeth! Allein der Zusammenhang mit den Rosen von Mrs. Hayes will mir nicht einleuchten. Daher entschuldige, wenn ich dir meinen Beistand versage. Ich gedenke mich jedenfalls nicht, wegen ein paar Rosenknospen dem Gespött der Leute auszusetzen!«

»Das befürchtest du, Darcy?«

»Wie denn nicht? Mrs. Hayes hat erst vor Kurzem behauptet, Eier würden aus ihrem Hühnergehege verschwinden. Nach eingehender Untersuchung wurde festgestellt, nicht die Eier schwinden, sondern das Augenlicht der Suchenden. Welches Gewicht, frage ich dich, hat Mrs. Hayes Wort unter diesen Umständen noch?«

Das war ein völlig neuer Aspekt, den Elizabeth erst einmal überdenken musste. So verfiel sie auf die Idee, der alte Brief ihres Schwiegervaters könne erneut von Mr. Peabody in der Kirche verlesen werden. Ein Plan, in den Darcy nach längerem Zureden einwilligte. Immerhin wurde er so vor einer möglichen Schmach bewahrt. Es war wohl mehr ein Hoffen denn Glauben, mit der Erinnerung vergangener Ereignisse die Gemüter nicht nur zu ermahnen, sondern auch dem *Rosenkavalier*, so es ihn denn gab, eine Warnung auszusprechen, es nicht auf die Spitze zu treiben.

Dem Wunsche seines Patrons kam Mr. Peabody mit großem Eifer nach. Ersparte ihm doch das Vorlesen des alten Briefes, eine Predigt für den kommenden Sonntag vorzubereiten. Und da er ohnehin die Meinung vertrat, zu viel Kopfarbeit sei schädlich, kam ihm diese Bitte gerade zupass. Die Gemeinde lauschte aufmerksam den Zeilen aus längst vergangenen Tagen und verstand. Obwohl fürderhin Rosen aus dem Garten von Mrs. Hayes verschwanden, hielten sich die braven Leute von Lambton mit Mutmaßungen zurück. Sie hofften, so keiner davon spräche, verlöre der Übeltäter bald das Interesse und die Angelegenheit erledige sich von selbst. Doch leider liegt es nicht in der Natur solcher Angelegenheiten, sich von selbst zu erledigen!

## Kapitel 22

Für die Herrschaft von Pemberley sollten die Querelen um den ›Rosenkrieg‹ bald schon an Bedeutung verlieren. Probleme ganz anderer Art harrten ihrer.

Der Pfarrer von Sherby bestand darauf, das kleine verwaiste Mädchen alsbald zu taufen. Gerade im Hinblick auf die Schwere der Geburt hielt er es für unverantwortlich, die Taufe weiter hinauszuzögern. Nachdem ohnehin niemand mehr an eine Rückkehr des Kindes Vater glaubte, bestand nach Meinung Mr. Chapmans kein Grund, auf selbigen Rücksicht zu nehmen.

Doch auf welchen Namen sollte die Waise getauft werden? Eine Frage, die in der Gemeinde Sherby aufgeregt debattiert wurde. Die Vorschläge waren so zahlreich wie die Pfarrei gottesfürchtige Seelen besaß. Gleichwohl zeichnete sich binnen Kurzem eine Mehrheit ab, die sich dafür aussprach, das Kind auf den Namen der Mutter zu taufen, um auf diese Weise der armen Seele zu gedenken. Bevor die Pfarrangehörigen allzu eilfertig annahmen, sie seien befugt, eine solche Entscheidung zu treffen, begehrte die Herrin von Glenister gegen sie auf. Ein solch rigoroses Verhalten hatte niemand der sonst zurückhaltenden Mrs. Bingley zugetraut. Dabei vergaßen die braven Leute, dass Jane Bingley sich wie eine Mutter um das Kind sorgte, seit dies seinen ersten Atemzug tat. So zeigt selbst das sanftestes Gemüt eine resolute Seite, sobald es gilt, ein Kind zu beschützen. Jane vertrat die Auffassung, nur Mrs. Beagles sei es vorbehalten, den Taufnamen des Mädchens zu bestimmen. Mochte deren Verwandtschaft mit der seligen Mrs. Rogers auch noch so fern gewesen sein, war selbige nicht zu leugnen.

Um Mr. Chapman in seine Schranken zu weisen, kam Jane der Gedanke, baldmöglichst nach Pemberley aufzubrechen. Dann könnte Mr. Peabody zur Freude von Mrs. Beagles das kleine Mädchen in der Pfarrkirche von Lambton taufen. Ihre Überlegungen teilte Jane sogleich ihrer Schwester Elizabeth mit, obwohl sie keinen Zweifel hegte, dass jene ihr in allem zustimmen würde. Erfreut von der Aussicht, sobald ihre Schwester auf Pemberley begrüßen zu können, las Elizabeth ihrem Gatten und ihrer jüngeren Schwester aus Janes Brief vor.

»Ich würde dieses Anerbieten nicht vorbringen, Lizzy, wenn die Gefahr bestünde, das Kind könne durch eine Fahrt von dreißig Meilen Schaden nehmen. Mrs. Fletcher, die uns erst gestern besuchte, bestärkte mich in meinem Vorhaben. Sie vertritt sogar die Ansicht, den hiesigen Pfarrer würde vor allem das Bankett reizen. Mr. Chapman besäße einen gesunden Appetit und einen verwöhnten Gaumen. Da die Herrschaft von Glenister die Taufe auszurichten gedächte, erwarte er gewiss köstliche Speisen, die er sich unter keinen Umständen entgehen lassen wolle. Daher würde er sich auch gegen eine Taufe in Lambton durch Mr. Peabody aussprechen. Ich vermag mir solch niedrige Gründe bei einem Pfarrer nicht vorzustellen. Auch würde Mr. Chapman irren, wenn er glaubte, wir würden es mit der Bewirtung übertreiben. Unbestreitbar verfügt Mrs. Fletcher mit drei eigenen Kindern über eine gewisse Erfahrung. Dennoch wünsche ich mir, dass sie sich in diesem Fall irrt. Bingley meint, ich dürfe nicht jedes ihrer Worte ernst nehmen. Sie äußere mitunter ihre Gedanken sehr freimütig. Ich stelle mir vor, dass Darcy in ihrer Kindheit als aufgeweckter Spielkamerad dieses Verhalten förderte.«

»Ich vermag ihr nur beizupflichten!«, unterbrach Darcy den Vortrag seiner Gattin.

»Wem, Darcy, möchtest du beipflichten?«, entgegnete Elizabeth schelmisch. »Mrs. Fletcher und ihrem Urteil über den Pfarrer? Oder Jane, weil sie dir schmeichelt, der Lehrmeister der jungen Mrs. Flechter gewesen zu sein? Janes Bemerkung, du seist ein aufgeweckter Junge gewesen, dürfte wohl kaum infrage kommen. Ein selbstbewusster Mann wie du hegt sicher keinerlei Zweifel, dass ein jeder um seines scharfen Verstandes weiß!«

»Es ist immer wieder ein Genuss, zu hören, Liebste, wie du dir einbildest, die Gedanken anderer so vortrefflich in Worte zu fassen. Aber sei versichert, Frances bedurfte nicht meiner Förderung. Ihre Veranlagung, die Dinge ohne Umschweife beim Namen zu nennen, ist allein ihrem Charakter geschuldet. Wenn Frances nach drei Tauffeiern, die sie selbst ausrichtete, zu dem Urteil gelangt, Mr. Chapman sei mehr an dem Festmahl denn an der Taufzeremonie gelegen, hege ich keinen Zweifel an der Richtigkeit ihrer Einschätzung. Ich hoffe, du bist nicht allzu enttäuscht, dass ich *nur* dem Urteil meiner alten Freundin aus Kindertagen beizupflichten gedachte!«

»So bist du uneins mit Janes Meinung im Hinblick auf deine Klugheit in jungen Jahren, Darcy? Das trifft mich! Bildete ich mir doch bis zum heutigen Tage ein, du seist immer schon so vorbildlich in allem gewesen. Nun bleibt mir wohl nichts anderes übrig, als mich damit abzufinden. – Im Übrigen verspüre ich Erleichterung, da mir erspart bleibt, Jane den Namen mitzuteilen, den Mrs. Beagles dem armen Kind zu geben gedenkt. Jetzt kann jene diese Aufgabe höchstselbst übernehmen!«

»Oh!«, rief Catherine verzückt. »Ist der Name denn so grauenhaft?«

Ausnahmsweise war die emsige Reitschülerin zugegen. Darcy hatte sich beschwert, weil sie sich ihnen kaum mehr zugeselle. Reiten, noch dazu in der Frühe des Morgens, sei an und für sich nichts Tadelnswertes. Er selbst habe diesem Vergnügen früher bisweilen gefrönt. Aber Miss Bennet übertreibe es ganz und gar. Beim Frühstück wie beim Dinner erwarte er sie fürderhin am Tische. Und darüber hinaus solle sie ihnen auch wenigstens eine Stunde am Tage Gesellschaft leisten. Dies geböte die Höflichkeit. Ihr Befolgen seiner Anweisungen verschaffte ihm Genugtuung.

Was ihm allerdings verborgen blieb, war, dass Catherine ihren morgendlichen Ritt um eine Stunde vorgezogen hatte. Hannah, die sie regelmäßig bei ihren Ausritten zu begleiten pflegte – eine Bedingung von Mr. Holmes – hatte zwar gemurrt, sich dann aber gefügt.

»Man mag es nicht glauben, aber Mrs. Beagles wünscht, das Kind auf den Namen *Camilla* zu taufen!«, berichtete Elizabeth.

»Camilla? Was gibt es denn an Camilla auszusetzen?«, fragte Catherine. »Ich meine, Abigail, Winifred oder Perpetua, das sind grauenvolle Namen! Aber Camilla, finde ich, klingt sehr hübsch.«

»*Perpetua*? Wo hast du nur solche Namen her, Kitty?«, meinte Elizabeth.

»Nein, wirklich, Lizzy, wenn man an den Namen der Mutter denkt. Sie hieß Claire, nicht wahr? Da wäre eigentlich *Camille* passend.«

Elizabeth verzichtete auf den Hinweis, wie *unpassend* sie derzeit einen französischen Namen fände. Stattdessen sagte sie: »Mrs. Rogers Vorname lautete Clara, nicht Claire, Kitty. Und schon bricht deine Argumentation zusammen. Dennoch hast du recht. Wenn ich daran denke, dass Mrs. Rogers nicht älter als sechzehn Jahre geworden ist, sollten die Wünsche von Mrs. Beagles berücksichtigt werden. Es dürfte schwerlich einen zweiten Menschen geben, der Clara Rogers besser kannte.«

»Wieso? Mrs. Beagles war noch nicht einmal ihre Mutter! Wieso sollte sie die Wünsche ihres Mündels kennen? Denn schließlich weiß selten die eigene Mutter, was ihr Kind bewegt!«

Die Vehemenz, mit der Kitty gesprochen hatte, ließ Elizabeth zweifeln, ob jene immer noch Clara Rogers meinte. »Hast du in letzter Zeit Post aus Longbourn erhalten?«, fragte sie deshalb.

»Von Mama? Nein! Du?«

Elizabeth schüttelte den Kopf. Was ging nur in ihrer kleinen Schwester vor. Sie war so verschlossen in letzter Zeit. »Warum schaust du ständig zur Uhr, Kitty? Du willst nicht gleich wieder reiten gehen, oder?«

»Ich muss die Zeit nutzen, bevor Georgiana zurückkommt!«

»Dann hat dir Georgiana geschrieben?«, fragte Darcy hoffnungsvoll. Auch ihm war nicht entgangen, wie wortkarg Catherine sich verhielt, seit sie aus Glenister zurückgekehrt waren.

»Was habt ihr nur? Warum muss ich unbedingt Post erhalten haben?«, entgegnete Catherine gereizt. »Und was Georgiana betrifft. Sie schreibt mir längst nicht mehr so regelmäßig wie am Anfang ihres Debüts. Wahrscheinlich die ersten Anzeichen von Ermüdung angesichts der Vielzahl von Vergnügungen. Oder sie glaubt, ausführliche Beschreibungen seien nicht nötig, da ich mir bei unserem Aufenthalt in London selbst ein Bild machen konnte.«

Oder, fügte Elizabeth in Gedanken hinzu, es hängt damit zusammen, dass der Gentleman, auf den sie ein Auge geworfen hat, nicht mehr in der Stadt weilt. Gleichwohl hütete sie sich, derartiges laut zu äußern. Weder Darcy noch Kitty mochten an Georgianas Vorliebe für Mr. Saunders glauben. Sogar Mr. Saunders Absicht, nach vielen Jahren seiner Tante in Bakewell einen Besuch abstatten zu wollen, kam ihnen keineswegs verdächtig vor. Aber wartet, dachte Elizabeth, wenn der junge Gentleman sich mehr in Pemberley House statt in Bakewell bei seiner Tante aufhält, werdet auch ihr euch den Tatsachen stellen müssen.

Ihre Ansicht für sich behaltend, sagte sie: »Befürchtest du etwa, Kitty, Georgiana könnte dich dermaßen in Anspruch nehmen, dass dir keine Zeit mehr zum Ausreiten bleibt? Sollte dem so sein, möchte ich dich daran erinnern, wie verkehrt du deine Stellung in diesem Hause siehst. Du bist nicht Georgianas Gesellschafterin! Und solltest du daran denken, sie auf ihren Ausritten zu begleiten, kann ich dich beruhigen. Mit Georgianas Reitkunst ist es nicht so gut bestellt. Von daher brauchst du nicht zu befürchten, sie könnte deine in den Schatten stellen.«

Ein missbilligender Blick ihres Gatten zeigte, wie wenig es Darcy leiden mochte, wenn ausgerechnet Elizabeth die Reitkunst seiner Schwester bemängelte.

»Immerhin bemüht sich Georgiana überhaupt, ihren Reitstil zu verbessern, Lizzy! Was man von dir nicht behaupten kann. Wann hast du das letzte Mal auf dem Rücken eines Pferdes gesessen?«, legte Catherine den Finger in die Wunde.

Sie wusste, wie gern der Herr von Pemberley es sehen würde, wenn ihn seine Gattin bei seinen Ausritten begleitete. Bisher war es Elizabeth erfolgreich gelungen, den Rücken eines Pferdes ausschließlich von ihrem Gig aus zu bewundern. Zuerst verbat sich jedweder Gedanke an Ausritte durch ihre schwere Erkrankung, dann wegen ihrer bevorstehenden Niederkunft. Elizabeth mochte es gar nicht leiden, wenn Kitty mit ihrem Drang nach Freiheit Darcys Gedanken in diese Richtung lenkte.

»Du weißt sehr wohl, Kitty, wie schwer es mir fällt, mich allein aufrecht im Sattel zu halten. Nicht umsonst gab Papa seinerzeit sehr rasch seine Bemühungen auf, mir das Reiten beibringen zu wollen.«

»Ach, Lizzy, das war mir gar nicht bekannt! Du hast es tatsächlich geschafft, *aufzusitzen*!«

Diese unverschämte, kleine Kröte, dachte Elizabeth. Doch sie hatte nicht vor, sich von ihrer Schwester provozieren zu lassen. Denn darauf schien Kitty es anzulegen. So sagte sie mit einem Lächeln. »Touché, kleine Schwester!«

»*Ô mon dieu*! Das jedenfalls würde jetzt deine Kammerzofe Mrs. Conroy erwidern, im Gedenken an ihre ehemalige Herrin, die selige *Baroness de Baraque*. Dabei dachte ich, *Madam*, Sie würden die französischen Ausrufe nicht leiden mögen!«, erwiderte Catherine nonchalant.

Erstaunt musste Elizabeth erkennen, wie sehr sie ihre kleine Schwester unterschätzte. Ohne Zweifel war Kitty in den letzten Monaten reifer geworden. Bei ihrem gemeinsamen Aufenthalt auf Glenister hatte sie sich von Kittys und Lydias Albernheiten täuschen lassen. Es war wohl die Erinnerung an ferne Kindertage gewesen, die beide zu diesem Übermut trieb. Also war ihr Gebaren mehr der unbändigen Freude geschuldet, sich nach so vielen Jahren endlich wiederzusehen, als ein Zeichen von mangelnder Reife. Elizabeth musste sich eingestehen, einer Täuschung erlegen zu sein. Ein Fehler, den sie hinfort nicht mehr zu machen gedachte. Ein frommer Wunsch, wie sie in absehbarer Zeit schon erkennen musste.

## Kapitel 23

Wie viele andere Menschen erfreute sich auch die Herrin von Pemberley an Plänen. Pläne haben etwas Beruhigendes. Sie vermitteln das Gefühl, genau zu wissen, wie die nächsten Tage, Wochen, ja vielleicht sogar Monate und Jahre ablaufen. Und zeigt sich nicht gerade in der exakten Ausarbeitung von Plänen die gute Wirtschafterin eines Haushaltes? Mrs. Reynolds strahlte gleichsam wie ihre Herrin vor Zufriedenheit über beide Wangen. Gemeinsam waren sie die nötigen Vorbereitungen für die Tauffeier durchgegangen. Selbstredend würde es nur eine kleine Feier sein. Schließlich war der Täufling das Kind des ehemaligen Verwalters von Pemberley, nicht eins der Herrschaft. Dennoch gedachte Elizabeth aus Liebe zu ihrer Schwester Jane, die Feier so festlich zu begehen, wie es angesichts der Umstände statthaft war. Zumal sie das Gefühl beschlich, die kleine Camilla dereinst als Mitglied in ihrer Familie begrüßen zu können.

Nun war also Pemberley für Besuch und Tauffeier gerüstet. Alle wichtigen Gespräche waren geführt. Und Mrs. Darcy konnte sich endlich der Korrespondenz widmen, die auf ihrem Schreibpult lag. Nach langer Zeit hatte sie wieder einen Brief von Georgiana erhalten. Da ihre Schwägerin meist viele Seiten mit ihrer kleinen Schrift füllte, hatte sie sich die Entzifferung dieses Meisterwerks für später aufgehoben. Doch welche Überraschung, für Georgianas Verhältnisse war der Brief recht kurz gehalten. Dies war umso verwunderlicher, da weder Darcy noch Kitty in letzter Zeit Post aus London erhalten hatten.

Sie las und staunte. Zwei unterschiedliche Empfindungen kämpften in ihrer Brust. Da war zum einen unsägliche Freude, zum anderen tiefe Erschütterung. Denn was sollte hierauf aus ihrer wundervollen Planung der nächsten Wochen werden? Wie sollten sie es bewerkstelligen, Georgiana aus London abzuholen und gleichzeitig die Tauffeier für Camilla auszurichten?

Rastlos umherwandernd traf sie wenig später der Hausherr in ihrem Salon an. Ohne eine Erklärung abzugeben, reichte sie ihm den Brief seiner Schwester und setzte dann ihre Wanderung im Raum fort. Er las:

London, den 4. Juni

Meine liebe Lizzy,

habe Nachsicht mit der säumigen Schreiberin. Längst schon plagt mich mein Gewissen, da ich Euch so schändlich vernachlässigte. Doch sei versichert, es steckte keine böse Absicht dahinter. Vielmehr erfüllte ich den Wunsch meines Vetters. Fitzwilliam war der Ansicht, es reiche, dass *wir* nicht mehr ein noch aus wüssten. Daher sollte ich nicht auch noch *Euch* beunruhigen. Schließlich konnte sich keiner von uns erklären, was ihr *fehlte*. Allein, ich fange die Sache ganz verkehrt an. Darcy wird mit mir schimpfen, wenn er das liest. Und er muss es einfach lesen! Aber ich bringe nicht die Geduld auf, noch einmal von vorne zu beginnen. Also, Ihr müsst wissen, der lieben Anne ging es die letzten Wochen nicht sehr gut. Dabei gab es immer wieder Phasen, da war sie ausgeglichen, fröhlich und heiter. Dann aber bereitete ihr schon morgens das Aufstehen Schwierigkeiten und dem weiteren Ablauf des Tages war sie nicht mehr gewachsen. Wie ihr Euch denken könnt, wollte Fitzwilliam sogleich den besten Medikus der Stadt herbeiholen. Doch wer hätte das gedacht, mitunter kann sich meine Cousine recht unbeugsam verhalten. Eine Eigenschaft ihres Charakters, die mir bisher verborgen blieb. Seit frühester Kindheit hatte ich Anne bisher nur als brave und folgsame Tochter von Lady Catherine de Bourgh erlebt, ohne eigenen Kopf, ohne Widerworte und ohne eigene Wünsche. Ärzte und Apotheker vermögen bei ihr eine ganz andere Seite hervorzukehren. Ich denke mir, zu viele von ihnen haben Anne in der Vergangenheit zugesetzt. So verging Woche um Woche. Allein meine Cousine war nicht bereit nachzugeben. Vor zwei Tagen dann setzte sich Fitzwilliam über den Willen seiner Frau hinweg und bescherte ihr einen wahren Meister seines Faches. Nach einer ausgiebigen Untersuchung kehrte der Arzt zu uns in den Salon zurück. Er war sichtlich verärgert. Wie der Colonel es wagen könnte, ihn wegen *so* etwas herzubestellen! Er hätte ihm das Gefühl vermittelt, es handele sich um einen Notfall. Doch für derlei Angelegenheiten sei *er* nicht zuständig! Und als Krankheit würde er *das* schon gar nicht bezeichnen! – Welch eine Arroganz aus diesen wenigen Worten spricht. Ich kann Annes kritisches Verhalten solchen Leuten gegenüber nun gut verstehen. Ich bin mir sicher, Lizzy, Du hast längst erraten, was Anne *fehlt*, nicht wahr? Was gäbe ich darum, jetzt in Eure Gesichter sehen zu können. – Um jeglichen Irrtum auszuschließen, schickte Fitzwilliam sogleich nach der wahren Meisterin für solche Fälle. Und in der Tat bestätigte die Hebamme die Worte des Medikus: Anne ist guter Hoffnung! – Ihr könnt Euch denken, dass diese unerwartete Freude uns alle auch in eine missliche Lage bringt. Denn jetzt, da wir um Annes *Zustand* wissen, wäre es geradezu sträflich, sie den mannigfachen Verpflichtungen eines Debüts weiterhin auszusetzen. Zu Deiner Beruhigung, Lizzy, Anne hört das Wort *Zustand* genauso gern wie Du seinerzeit. Wie sehr erinnern mich ihre Blicke, wenn ich es wage, von ihrem Zustand zu sprechen, an die Deinen, Lizzy. Ich hätte nicht gedacht, so bald wieder solch vernichtende Blicke zugeworfen zu bekommen. Allein für diese Aussicht nehme ich sie gerne auf mich. Fitzwilliam schreibt im Moment einen Brief an Lady Catherine. Ich denke, wir alle wissen, welche Antwort er erhalten wird. Sie wird die sofortige Rückkehr ihrer einzigen Tochter und Erbin von Rosings Park fordern. Und niemand wird ihr diesen Wunsch abschlagen. Im Gegenteil, auch ich bin der Stadt längst überdrüssig. Fitzwilliam und Anne haben mich herzlich eingeladen, sie nach Rosings zu begleiten. Mein sehnlichster Wunsch wäre allerdings, Ihr würdet mich nach Pemberley zurückholen. Ich vermag mit Worten nicht auszudrücken, wie sehr ich Euch alle vermisse. Mit der Post zu reisen, dürfte schon wegen meines Gepäcks unmöglich sein. Zudem bin ich mir sicher, wird Lady Catherine eine solche Beförderung meiner Person rundweg ablehnen. Was ich offen gestanden sogar begrüße. Also bitte, holt mich baldmöglichst ab. Denn ich glaube nicht,

dass Fitzwilliam und Anne noch sehr lange hier weilen werden. Vielleicht mag Kitty sich Euch ja anschließen. Obwohl ich lieber heute als morgen der Fülle der Stadt entfliehen möchte. Ich sehne mich nach Weite, Schönheit und Ruhe von Pemberley.
In ungeduldiger Erwartung,
Deine Georgiana

Die anschließende Debatte des Für und Wider einer baldigen Rückkehr Georgianas wurde zwischen den Eheleuten heftig geführt.

Der Hausherr wollte seine Schwester nicht einen Tag länger als nötig in London warten lassen. Das Debüt, dem Darcy von Anfang an mit Argwohn entgegenstand, hatte nun – nach seinen Worten – *glücklicherweise* ein Ende gefunden.

Seine Gattin dämpfte sein allzu forsches Vorgehen. Sie bestand auf seiner Anwesenheit bei der Taufe von Mr. Rogers Tochter. Zumal die Geschäfte, die er mit einem Mal so dringend in London erledigen wollte, bislang noch mit keinem Wort erwähnt wurden.

Die Anspielung, er würde dringende Geschäfte vortäuschen, wies Darcy empört von sich.

Letztendlich einigten sie sich dahingehend, einen Eilboten nach Glenister zu schicken, um Bingley und Jane von Georgianas Bitte in Kenntnis zu setzen. Darcy hoffte, Jane würde jegliche Rücksicht auf ihre Wünsche weit von sich weisen, damit er unverzüglich in die Stadt aufbrechen konnte.

Als Catherine von den Neuigkeiten erfuhr, stellte Elizabeth erstaunt fest, dass selbige sich offenbar mehr über

Annes andere Umstände freute, denn über die Aussicht, in Kürze wieder ihre Freundin Georgiana Tag für Tag um sich zu haben.

Eine Bestätigung dieses Gefühls wurde der Herrin von Pemberley am nächsten Morgen zuteil. Die Antwort von Glenister traf ein, als sie im Salon beieinander saßen. Und mit dieser Post wurde die schöne Planung der nächsten Wochen ein für alle Mal umgestoßen!

Besorgt teilte Jane ihnen mit, am gestrigen Tage sei der Täufling plötzlich überhitzt gewesen. Der eiligst herbeigerufene Apotheker riet dringend von einer Reise in nächster Zeit ab. Ein Bericht, nach dem das Kind hohes Fieber habe, sei erschreckend rasch in Sherby verbreitet worden. Mr. Chapman habe sie in den frühen Abendstunden sichtlich erbost aufgesucht. Erneut hätte er ihnen die Dringlichkeit einer baldigen Taufe vor Augen geführt. Es sei denn, sie könnten es mit ihrem Gewissen vereinbaren, das Kind der lieben Verstorbenen der Gefahr auszusetzen, womöglich als Heide in die Grube zu fahren. Diese Äußerung hatte besonders auf Jane einen tiefen Eindruck hinterlassen.

Konnte Darcy auch nicht über die Art, wie sich sein Problem löste, frohlocken, so kam ihm zupass, dass der Besuch der Bingleys fürs Erste ausblieb. Alle Hindernisse, die einer baldigen Abreise nach London im Wege standen, waren beseitigt. Jetzt war nur noch die Frage zu klären, ob Gattin und Schwägerin ihn bei seiner Reise begleiten würden.

»Wir könnten einen Abstecher nach Hertfordshire machen«, schlug er vor. »Ihr beide könntet ein paar Tage in eurem Elternhaus verbringen, während ich nach London weiterreise, meine geschäftlichen Angelegenheiten erledige, Fitzwilliam und Anne verabschiede und anschließend mit Georgiana nach Longbourn aufbreche. Alsdann könnten wir gemeinsam zurück nach Pemberley fahren.«

Gegen seinen Vorschlag brachten die Damen sogleich Einwände hervor. Elizabeth erklärte ihm, wie haltlos jener sei, da es sich Mr. und Mrs. Bennet niemals nehmen lassen würden, ihre Gastfreundschaft nicht auch auf ihren Schwiegersohn und dessen Schwester auszudehnen. Catherine hingegen sträubte sich, überhaupt mitzukommen.

»Was soll ich denn auf Longbourn? Ausgerechnet jetzt, da ich so hart an der Verbesserung meines Reitstils arbeite!«

»Du willst mir doch nicht erklären, Kitty, du würdest einen kurzen Aufenthalt in deinem Elternhaus wegen der Ausritte mit Hannah in den Wind schlagen?!«

»Und wieso nicht? Nur weil du, Lizzy, nie Leidenschaft für das Reiten entwickelt hast, muss es uns anderen nicht genauso ergehen!«

»Wenn Leidenschaft für das Reiten bedeutet, nicht einmal für ein paar Tage auf selbiges verzichten zu können, dann bin ich meinem Herrgott dankbar, dass er mich vor dieser Leidenschaft bewahrte. Im Übrigen bin ich mir sicher, Papa erlaubt dir, mit einem der Pferde von Longbourn vorliebzunehmen.«

»Da sieht man, Lizzy, dass du überhaupt nicht weißt, wovon du sprichst! Wie kannst du Papas *Ackergäule* mit auch nur einem Pferd von Pemberley vergleichen?«

»Oh, entschuldige meinen Unverstand! Ich hoffe nur, dass dich dereinst ein reicher Mann zur Frau begehrt, auf dass du immer in der Lage sein wirst, auf dem Rücken eines edlen Pferdes zu sitzen.«

Bevor sich der Streit zwischen den beiden Schwestern weiter verschärfte, schritt Darcy ein. Er erklärte seiner Schwägerin mit vielen Worten, wie wichtig für Georgiana das Gefühl sei, einer Familie anzugehören. Und wie wenig jene ein solches Gefühl in der Vergangenheit erlebt hätte. Welche Freude sie seiner Schwester bereiten würden, wenn sie gemeinsam Georgiana nach Hause begleiteten.

Just in diesem Augenblick hatte Elizabeth wie schon tags zuvor das Gefühl, die Aussicht auf Georgianas Rückkehr löse bei Catherine keine Begeisterung aus. Als sie ihre Schwester auf diese Empfindung ansprach, bestritt jene die Richtigkeit dieser Annahme.

»Mir ist unverständlich, was das eine mit dem anderen zu tun hat, Lizzy! Nur weil ich auf Pemberley bleiben möchte, bedeutet das nicht gleich, ich würde mich *nicht* auf Georgiana freuen!«

»Und wie war das gestern, Kitty? Bei dir schienen Annes gesegnete Umstände wesentlich mehr Begeisterung hervorzurufen als Georgianas Heimkehr. Willst du das bestreiten?«

»Wieso sollte ich? *Ich* hatte nämlich das Gefühl, ihr beiden habt die Tatsache, dass Mrs. Fitzwilliam ein Kind erwartet, vor lauter Aufregung und Begeisterung über Georgianas Rückkehr vollends übersehen. Soweit ich mit dem Leben von Anne Fitzwilliam vertraut bin, handelt es sich hierbei aber in der Tat um ein außergewöhnliches Ereignis!«

Derart gerügt, blieb Elizabeth nichts anderes übrig, als die Angelegenheit auf sich beruhen zu lassen. Dies traf allerdings nicht für ihren Aufenthalt im Elternhaus zu.

»Wie sollen wir bei dem Gepäck, das Georgiana aus London mitbringt, alle Platz in der Kutsche finden?«, brachte Catherine einen weiteren Einwand vor.

»Ich werde anordnen, die Kleider meiner Schwester in unserem Londoner Haus zu belassen«, entgegnete Darcy zu ihrem Verdruss.

»Und du glaubst, Georgiana wird damit einverstanden sein?«, fragte seine Gattin verblüfft.

»Ich bitte dich, Elizabeth, was braucht sie all ihre Kleider auf Pemberley? Allein die Stadt scheint mir der angemessene Ort für solch eine Garderobe. Weshalb sich also die Mühe machen und diese nach Pemberley transportieren? Bei Georgianas nächstem Aufenthalt in der Stadt benötigt sie umso weniger Gepäck.«

»Oh, mein lieber Mann! Selbst wenn man außer Acht ließe, dass Georgianas neue Kleider der derzeitigen Mode entsprechen, bliebe immer noch der Umstand, welchen besonderen Wert deine Schwester gerade in diesem Sommer auf eine angemessen Garderobe legen wird!«

»Was meinst du, Liebste?«

»Nun, Darcy, du hast es offenbar verdrängt! Aber ich erinnere dich gerne. Wie du weißt, versicherte mir Mr. Saunders, in diesem Sommer seine Tante in Bakewell zu besuchen. Daraufhin habe ich ihn eingeladen, uns, so oft er es ermöglichen kann, das Vergnügen zu machen, seiner Gesellschaft teilhaftig zu werden. Und jetzt willst du mir erklären, Georgiana würde bei diesen Aussichten ihre schönsten Kleider in London zurücklassen?«

»Hat sie denn Kenntnis von Mr. Saunders Absicht, in Bakewell zu logieren?«

»Dessen sei gewiss. Sollte es Mr. Saunders verabsäumt haben, nach London zu schreiben. Ich tat es!«

Die Bedenken seiner Gattin konnte Darcy nicht entkräften. Um während seines kurzen Aufenthaltes in der Stadt nicht auf dergleichen Schwierigkeiten zu treffen, schlug er vor, direkt nach seiner Ankunft Georgianas Tross nach Pemberley zu schicken. Die Kutsche könne dann nach London zurückkehren, um Georgiana und ihn nach Longbourn zu bringen.

Da sein Vorschlag auf positive Resonanz stieß, wurde selbiger alsbaldig Mr. und Mrs. Bennet mitgeteilt. Als drei Tage später per Eilbote die begeisterte Zusage aus Longbourn eintraf, konnte Catherine ihren Widerstand nicht weiter aufrechterhalten. Denn wie hätte sie Mrs. Bennet glaubhaft erklären können, dass sie einen täglichen Ausritt ihrer eigenen Mutter vorzog?

So brach man weitere vier Tage später in Richtung Süden auf, nachdem Mrs. Beagles den Bingleys die Erlaubnis erteilte, die Taufe von Mrs. Rogers Kind auf Glenister zu begehen. Da somit für die Bingleys keine Eile mehr geboten war, so bald mit der kleinen Camilla nach Pemberley zu kommen, verschob sich ihr Besuch auf unbestimmte Zeit.

# Kapitel 24

Zum ersten Mal würde Mr. Darcy, wenn er in Hertfordshire weilte, bei seinen Schwiegereltern logieren. Zuvor war es für Mr. und Mrs. Darcy selbstverständlich gewesen, in Netherfield abzusteigen. Nun aber, da die Bingleys Netherfield aufgegeben hatten, betrachteten es Mr. und Mrs. Bennet als selbstverständlich, ihrer zweitältesten Tochter nebst Gatten Räumlichkeiten in Longbourn House zur Verfügung zu stellen. Auch wollten sie nichts von einer sofortigen Weiterreise des Gentlemans hören, mussten sich dann aber seinem Wunsche beugen. Denn nur so war es ihm möglich, Cousin und Cousine seinen Dank für ihre Mühen persönlich auszusprechen.

So kam es, dass nach nunmehr vier Jahren Elizabeth Darcy wieder ihre alten Gemächer in Longbourn House bewohnte. Selbstredend hatte sie bei ihren bisherigen Besuchen in Hertfordshire stets die Gastfreundschaft ihrer Eltern genossen. Dennoch konnte sie nicht umhin festzustellen, welch gewaltiger Unterschied zwischen einem Dinner und einem mehrtägigen Aufenthalt besteht.

Schon bei ihrem ersten Besuch nach ihrer Hochzeit war Elizabeth aufgefallen, wie unverhältnismäßig klein ihr Longbourn House vorkam. Nun wunderte sie sich, in ihrer Jugend nie bemerkt zu haben, wie gedrungen ihr Zimmer mit dem geradezu winzigen Ankleideraum war. Wie anders nahm sich dagegen die Weitläufigkeit von Pemberley House aus. Eine Empfindung, die sie ihren Eltern gegenüber nie laut äußern würde. Zu ihrer Bestürzung musste sie an ihrem ersten Abend feststellen, legte sich ihre jüngere Schwester nicht eine solche Zurückhaltung auf.

Beim Dinner erhob Catherine ihre Stimme, als wolle sie sicher gehen, ein jeder könne sie vernehmen, und stellte ganz ungeniert fest, wie klein sich Longbourn House gegenüber Pemberley House ausmache. Die Äußerung war Elizabeth umso mehr peinlich, da an diesem Abend Gäste zugegen waren.

»Es ist erstaunlich, wie rasch man hier von einem Raum in den anderen wechseln kann«, fuhr Catherine unverhohlen fort. »Obwohl sich auf Pemberley meine Gemächer in dem Teil des Hauses befinden, der der Familie vorbehalten ist, muss ich manche Wegstrecke am Tag zurücklegen. Wenn ich an die Zeit zurückdenke, als ich noch Gast auf Pemberley war! Damals brauchte ich noch länger, um nach dem Umziehen bei Tisch zu erscheinen. Aber ihr werdet euch ja selbst ein Bild davon machen können«, sagte sie zu Mrs. Philips gewandt, »wenn ihr im Sommer endlich ins schöne Derbyshire reist und euren längst fälligen Besuch abstattet. Ihr werdet doch kommen, oder?«

Es hätte nicht viel gefehlt und Catherine hätte ihre Tante gefragt, ob sie immer noch mit Mrs. Bennet zerstritten sei. Im vergangenen Jahr hatte sich in Meryton das Gerücht verbreitet, Elizabeth Darcy hätte einem Mädchen das Leben geschenkt. Für dieses Missgeschick war Mrs. Philips verantwortlich. Es hatte nicht nur für Verwirrung gesorgt, sondern auch Mrs. Bennet verärgert. Und da jene ihrer Schwester nicht allzu rasch verzieh, hatte Mrs. Philips schließlich gekränkt ihren geplanten Besuch auf Pemberley um ein Jahr verschoben.

Bevor Catherine einen weiteren Fauxpas begehen konnte, versicherte Mrs. Philips ihrer Nichte Elizabeth, wie gerne sie in diesem Jahr die oft ausgesprochene Einladung annehmen würden.

»Es ist überhaupt kein Problem mehr, Lizzy. Mr. Philips kann mich ungehindert begleiten. Denn du musst wissen, der junge Kollege, der nun in der Kanzlei deines Onkels arbeitet, hat sich als sehr tüchtig, umsichtig und selbstständig erwiesen. So fühlen wir uns dieses Jahr gerüstet, auch einmal die heimischen Wände zu verlassen und euch in Pemberley einen Besuch abzustatten.«

Doch bevor man näher auf den möglichen Zeitraum des Besuches eingehen konnte, begehrte Elizabeth zu wissen, ob sich ihnen Mr. und Mrs. Bennet mit Mary anschließen würden. Sie war gerade im Begriff, vorzuschlagen, sich eventuell eine Kutsche zu teilen, da stieß Catherine einen überraschten Laut aus.

»Oh«, meinte sie, die Hand vor den Mund haltend, »jetzt habe ich mir doch tatsächlich die Zunge verbrannt!«

»Du tust ja gerade so, Kind, als wäre *das* ungewöhnlich!«, entgegnete Mrs. Bennet harsch. »Hab ich es dir nicht immer gesagt, Kitty? Du sollst die gerade erst aufgedeckten Speisen nicht so hinunterschlingen!«

»Aber du missverstehst mich, Mama! *Das* ist es ja gerade! Das ist der Vorteil von so einem kleinen Haus wie Longbourn.«

Mrs. Bennet, die ohnehin nicht über den Vergleich Pemberley House mit Longbourn House frohlockte, hatte nur das Wort ›kleines Haus‹ gehört. Über diese Bezeichnung war sie dermaßen empört, dass sie eine Tirade über ihre zweitjüngste Tochter ergoss.

»Kitty, wie kannst du es wagen?! Du befindest dich in *deinem* Elternhaus! Und obwohl sich jenes kleiner ausnimmt als Pemberley House, handelt es sich zweifellos um ein *Herrenhaus*! *Wir* sind hier die erste Familie am Platze! Longbourn House ist allemal groß genug für dich, junge Dame! – Und da ich gerade davon spreche. Lizzy, wir hätten auch ohne Probleme Master Edward in Longbourn House untergebracht! Ich habe den Eindruck, du nimmst mehr Rücksicht auf die Gefühle des Kindermädchens als auf die deiner Mutter! Denn offenbar hältst du es für unmöglich, dass sich Mrs. Harvey ein Zimmer mit einem Hausmädchen teilt. Was bedeutet dagegen schon die Sehnsucht einer Großmutter nach ihrem *einzigen* Enkel!«

»Mama, ich habe dir doch erklärt, unsere Entscheidung Eddy auf Pemberley zu belassen, ist allein dem Umstand geschuldet, ihm nicht eine so weite Fahrt zuzumuten.«

»Ach, papperlapapp! Nach Glenister konntest du ihn ja auch mitnehmen! *Das* war dem Jungen zuzumuten!«

»Aber, Mama, wie du nur zu gut weißt«, erwiderte Elizabeth beschwichtigend, »sind es von Pemberley nach Glenister gerade einmal dreißig Meilen. Du kannst nicht ernsthaft eine Strecke, für die wir nur einen Vormittag benötigen, mit einer Fahrt nach Hertfordshire vergleichen. Erinnere dich, wie oft du uns bereits auf die Strapazen dieser weiten Reise hingewiesen hast!«

»Ja, ja, ich weiß schon, Lizzy! Aber eins sag ich dir: Ich hab dich durchschaut! Du willst nur höflich sein.

Deshalb verschweigst du mir den wahren Grund! Kitty hingegen verfügt nicht über derlei Zurückhaltung. Sie nicht! Hat sie doch eben nur zu deutlich zum Ausdruck gebracht, wie klein Longbourn House im Vergleich zu Pemberley House ist! Gib es endlich zu, Lizzy, dein Elternhaus ist dir zu schäbig und zu klein für den Erben von Pemberley!«

»Ich bitte dich, Mama. Mir ist rätselhaft, weshalb du dich so echauffierst?«, fühlte sich nun Catherine bemüßigt, einzuschreiten. Dieses Mal wählte sie ihre Worte mit Bedacht, um ihren Eltern vor Augen zu führen, dass die Monate auf Pemberley ihre Früchte trugen. Das war sie allein schon Elizabeth schuldig. »Meine Empfindungen, die ich wagte, laut zu äußern, sind ja durchaus positiver Natur. Du beliebtest, mich völlig zu missverstehen. Freilich, ich liebe Pemberley. Wie auch nicht? Es ist einfach wunderbar und einzigartig. Aber nun, da ich wieder hier weile, erkenne ich durchaus auch die Vorzüge eines kleineren *Herrenhauses* an. Dabei sind letztendlich die kurzen Wege nicht zu verachten. Aber auch Gemütlichkeit vermag sich in einem kleineren Haus schneller einstellen. Das war es, was ich zum Ausdruck bringen wollte. Und in Pemberley House würde ich mir schon allein deshalb nicht die Zunge verbrennen, weil das Essen von der Küche bis zum Speisezimmer einen weiten Weg zurücklegen muss. Gut, es wird über diese kleinen Aufzüge von der Küche nach oben transportiert. Dennoch ist die Hitze der meisten Speisen bereits abgeschwächt, wenn diese serviert werden.«

»Lass das bloß nicht unseren Küchenchef hören, Kitty!«, ermahnte Elizabeth sie. Klangen ihre Worte auch wie eine Zurechtweisung, waren sie mit viel Wärme ausgesprochen. Leider sollte Catherine ihr Bemühen um einen guten Eindruck mit ihrer nächsten Bemerkung sogleich zunichtemachen.

»Oh, je«, rief sie theatralisch, »wie muss Longbourn House dann erst auf *Darcy* wirken! Und was ist mit *Georgiana*? Man stelle sich vor, die letzten Monate besuchte sie in der Stadt einen Ball nach dem anderen und bekam ausschließlich Delikatessen vorgesetzt. Wie sollen ihr da unsere bescheidenen Gerichte munden?«

»Was soll *das* nun wieder heißen!«, entgegnete Mrs. Bennet. »Ist das etwa erneut ein *Kompliment* von dir, Kitty? – Im Übrigen ist es ja nicht so, als hätte ich Mr. Darcy noch nie zuvor bewirtet! Ich erinnere mich noch gut daran, wie er bei einem seiner ersten Dinner auf Longbourn die Zubereitung meiner Rebhühner lobte. Und seit ich ihn Schwiegersohn nennen darf, habe ich stets dafür Sorge getragen, ihm die Gerichte aufzutischen, für die er eine besondere Vorliebe besitzt! Und was Miss Darcy angeht, Kitty! Ich denke, was dem Gentleman mundet, dürfte auch für die junge Dame gut genug sein!«

»Wie wahr, meine Liebe! So werden wir also erneut die Freude haben, ausgiebig die Lieblingsgerichte von Mr. Darcy zu genießen!«, erwiderte Mr. Bennet süffisant, der sich schon lange nicht mehr so köstlich amüsiert hatte.

»Was willst du damit andeuten, Mr. Bennet!«

»Ich war mir gar nicht bewusst, *nur* eine Andeutung gemacht zu haben, Mrs. Bennet! Zu deiner Beruhigung versichere ich dir, da mein Schwiegersohn über einen ausgezeichneten Geschmack verfügt, nichts dagegen zu haben, unsere Tafel einmal mehr um seine Lieblingsgerichte bereichert zu sehen. Auch wenn ich mir des Öfteren wünsche, du würdest mit den meinen gleichermaßen verfahren.«

»Gastfreundschaft ist ein Gebot der Nächstenliebe!«, sagte Mary in leierndem Tonfall. »Daher liegt es in der Natur der Gastfreundschaft, das Wohlempfinden des Gastes zu steigern. Dies wird am vortrefflichsten erreicht, wenn man auf seine speziellen Bedürfnisse eingeht. Von daher ist jedes Bestreben, dem Gast den Aufenthalt so angenehm wie möglich zu gestalten, äußerst lobenswert. Von einer stetigen Befriedigung unserer eigenen Bedürfnisse ist hingegen abzuraten, da selbige unzweifelhaft zu einer Gewöhnung führen wird, was dann letztendlich unserem eigenen Wohlempfinden abgängig ist.«

»Ich bin dir sehr dankbar, Mary, dass du mich auf die Unmöglichkeit meines Wunsches aufmerksam gemacht hast«, entgegnete Mr. Bennet. »Was bin ich doch mit einer klugen Tochter gesegnet!«

Da weder Mary noch die anderen Familienmitglieder wussten, ob das Kompliment von Mr. Bennet ernst gemeint war, wagte keiner mehr etwas zu diesem Thema zu sagen.

Marys kleine Rede sollte aber noch in anderer Hinsicht Folgen haben. Denn selbige stürzte Mrs. Bennet in eine große Verwirrung. Nicht, dass sie verstanden hätte, was Mary mit ihrer Bemerkung eigentlich gemeint hatte. Das tat sie nie. Nur sonst machte ihr das nichts aus. Diesmal allerdings schien ihr, als hätte Mary zum Ausdruck bringen wollen, ihr Bemühen, Mr. Darcy bei Laune zu halten, sei nicht erwünscht.

Die Folge von Marys Worten war zuerst einmal, der Hausherrin heftige Kopfschmerzen zu bescheren. Diese wiederum bereiteten Mrs. Bennet eine schlaflose Nacht, in der sie die arme Hill hin und her scheuchte. Beim ersten Licht des Tages allerdings kam der entscheidende Funke, der Kopfschmerz und Marys Worte gleichsam auslöschte. Mit einem Mal wusste Mrs. Bennet, wie sie einem so stolzen Gentleman wie Mr. Darcy seinen Aufenthalt auf Longbourn zu einem unvergesslichen Erlebnis machen konnte.

An den Räumlichkeiten war nichts zu ändern. Hätte es in dieser Hinsicht Möglichkeiten gegeben, Mrs. Bennet hätte keine Kosten gescheut. So blieb ihr nur, den Gentleman mit Leckereien zu überraschen. Ein schwieriges Unterfangen, wenn man bedachte, welche Köche auf Pemberley im Dienst standen. Doch davon ließ sich Mrs. Bennet nicht abschrecken. Ihre Entschlossenheit kannte keine Grenzen!

Sobald beide Hausmädchen ihre morgendliche Arbeit verrichtet hatten, schickte sie selbige zu den weniger begüterten Familien. Sie selbst trug sich mit der Absicht, die wohlhabenden Familien aufzusuchen. Zuvor hatte sie noch einen Disput mit ihrem Gatten auszufechten, da jener gedachte, am heutigen Tage die Pferde der Landwirtschaft zur Verfügung zu stellen. Als Mr. Bennet jedoch von dem Vorhaben seiner Gattin erfuhr, willigte er kurzerhand ein. Es war ihm bewusst geworden, wie sehr er selbst von dem Eifer seiner Frau profitieren würde.

So hatten bereits am nächsten Tag alle vierundzwanzig Familien, mit denen die Bennets regelmäßig Umgang pflegten, ihre Mitwirkung zugesagt. Ihre Zustimmung erfolgte jedoch unter einer gewissen Bedingung, die, je mehr Mrs. Bennet darüber nachsann, ihrem Vorhaben sogar zum Vorteil gereichte.

Was war geschehen? Mrs. Bennet hatte Freunde und Bekannte um ihre delikatesten Rezepte gebeten. Nun ist es schwer möglich, einem Koch, der etwas auf sich hält, seine Küchengeheimnisse zu entlocken. Dennoch wollten die guten Leute ihre Nachbarin nicht im Stich lassen. Gerne wollten sie ihren Teil dazu beitragen, dem Herrn von Pemberley, der die ausgefallensten Gaumenkitzel gewohnt war, einen unvergesslichen Aufenthalt in Hertfordshire zu bescheren. So kam man überein, dass ein jeder Koch seine ganz persönliche kulinarische Köstlichkeit zubereite und die servierfertige Speise nach Longbourn House überbracht wurde. Es bedeutete für Mrs. Bennet schon einige Überredungskunst, die Zustimmung zu erhalten, Anrichten und etwaiges Aufwärmen der Köstlichkeiten in die Obliegenheit des Personals von Longbourn House zu legen.

Als ›Lohn‹ für das Mitbringen der hauseigenen Delikatesse würde die Herrschaft des jeweiligen ›Lieferanten‹ bei dem anschließenden Dinner mit am Tisch sitzen, um höchstselbst die Komplimente von Mr. Darcy entgegennehmen zu können. Dies war wahrlich der schwerste Teil des Abkommens. Da der Herr von Pemberley sich mit der Absicht trug, nicht mehr als fünf Tage auf Longbourn zu verweilen, mussten für jedes Dinner auf jeden Fall fünf Einladungen ausgesprochen werden. Dies bedeutete für jedes Dinner mindestens zehn weitere Gäste! Wie sehr bedauerte Mrs. Bennet, keine Veränderung an ihrem Speisezimmer vornehmen zu können. Dennoch blieb ihr der Trost, wenn es auch am gedeckten Tisch eng werden würde, konnte sie sicher gehen, jedes Dinner um fünf außerordentliche Köstlichkeiten bereichert zu haben.

Die Planung von Mrs. Bennet besaß einen kleinen Makel. Wie sie von ihrer Tochter wusste, bevorzugte deren Gatte einen ruhigen Aufenthalt auf Longbourn. Bei den vielen Dinnergästen, die zu erwarten waren, würde der Besuch von Mr. Darcy wenige beschauliche Momente bieten. Doch bevor Mrs. Bennet dieser Gedanke Kopfschmerzen bereiten konnte, sagte sie sich: Man kann nicht alles haben!

Am darauffolgenden Tage traf bereits ihr Schwiegersohn mit seiner Schwester aus London ein. So sollte an jenem Abend das erste dieser *besonderen* Dinner stattfinden. Da der Auftakt den engsten Familienkreis berücksichtigte, waren die Philips geladen. Zum Leidwesen von Mrs. Bennet bat Mr. Darcy kurz vor Beginn des Dinners, die Einladung auf den Adlatus von Mr. Philips auszudehnen. Als dann der hiesige Pfarrer absagte, wollte die Gastgeberin schon frohlocken. Doch jener hatte bereits den Hilfspfarrer gebeten, ihn würdig zu vertreten. Immerhin war dadurch die Frage des Platzes geklärt, da der Pfarrer mit Gattin gekommen wäre. So blieb für Mrs. Bennet nur noch die Schwierigkeit, zwei Junggesellen statt eines Ehepaares am Tisch zu platzieren.

Elizabeth, die trotz der Verschwiegenheit ihrer Mutter längst ahnte, was jene die letzten Tage ausgeheckt hatte, fand allein in den Speisen, die sich am ersten Abend nach Darcys und Georgianas Ankunft in der Küche einfanden, den Beweis ihrer Vermutung. Darauf angesprochen, gab Mrs. Bennet die Täuschung unumwunden zu.

Schließlich war sie sehr stolz auf ihren genialen Einfall. Elizabeth musste ihr allerdings versprechen, Darcy gegenüber Stillschweigen zu bewahren. Ein Wunsch, dem Mrs. Darcy gerne nachkam. Denn letztendlich schmeichelte es ihr selbst, wie sehr sich die ganze Nachbarschaft um das Wohlergehen ihres Mannes mühte.

Catherine, die mehr oder weniger wegen ihrer Äußerung als Urheber der lukullischen Vielfalt betrachtet werden konnte, ward, seit Georgiana die Schwelle von Longbourn House überschritt, kaum mehr gesehen. Die beiden jungen Damen hatten weitaus wichtigere Dinge zu besprechen, als dem ungewöhnlichen Aufgebot von Speisen Beachtung zu schenken. Und Georgiana, die ohnehin ausgefallene Köstlichkeiten gewöhnt war, bemerkte genauso wenig wie ihre Freundin, wie außergewöhnlich sich ein Dinner in einem eher *bescheidenen* Herrenhaus ausmachen konnte.

# Kapitel 25

Der Moment war gekommen. Jeder Gast für diesen Abend eingetroffen. Die Küche mit dem Anrichten der *Spezialitäten* fertig. Aufgeregt forderte Mrs. Bennet ihre Gäste auf, in das Speisezimmer zu wechseln. Ein jeder suchte den ihm zugewiesenen Platz. So auch Elizabeth. Und sie staunte nicht schlecht, als zu ihrer beider Seiten zwei Gentlemen Platz nahmen. Denn ausgerecht sie und nicht eine ihrer noch unverheirateten Schwestern kam in den Genuss, gleich beide Junggesellen dieses Dinners als Tischnachbarn zu haben.

Mrs. Bennet rieb sich die Hände, als sie das verdutzte Gesicht ihrer Tochter sah, nickte ihr triumphierend zu und machte den nachfolgenden Herrschaften Platz. Ja, der Abend würde ein Erfolg werden, das spürte Mrs. Bennet ganz deutlich! Und was die Anordnung der Gäste an der Tafel betraf, niemand sollte ihr vorwerfen, Kuppelei zu betreiben. Zudem befand sie, da Mr. Darcy zuliebe auch noch der Adlatus von Mr. Philips am Tisch untergebracht werden musste, sollte sich auch dessen Frau um den jungen Gentleman kümmern!

Elizabeth sollte es recht sein. Denn schon sehr bald stellte sich heraus, dass sie sich sowohl mit dem Hilfspfarrer als auch mit dem Anwaltsgehilfen ausgezeichnet unterhalten konnte. Beide Herren verstanden es, angenehm Konversation zu betreiben, ohne dabei auf ihre jeweilige Profession angewiesen zu sein. So unterhielt sie sich angeregt mit Mr. Adamson über Literatur. Überrascht stellte sie fest, dass nicht jeder junge Geistliche wie einst Mr. Collins ausschließlich die Fordyces Predigten als Lektüre für junge Damen empfiehlt. Doch besonders erheiternd war ihre Plauderei mit Mr. Spencer. Da jener die letzten Jahre in London verbrachte, wusste er vergnüglich über den neuesten Klatsch aus der Stadt zu berichten. Schon bald tuschelte und lachte sie mit ihm, wie dies eigentlich nur junge Mädchen zu tun pflegen. Elizabeth erntete ob ihres Verhaltens manch neidische Blicke von Kitty und Georgiana, aber auch entrüstete von Mary.

Die Verwunderung des Herrn von Pemberley angesichts der Fülle der Köstlichkeiten, die ihm im Laufe des Abends vorgesetzt wurden, war der beste Auftakt, den sich Mrs. Bennet wünschen konnte. Zugleich hoffte sie, möge dieser ein Ansporn für die nächsten Gäste sein, den ersten Eindruck noch zu übertreffen.

Es hätte Mrs. Bennet erneut Kopfschmerzen bereitet und ihren Nerven ganz außerordentlich zugesetzt, wenn sie geahnt hätte, *wem* Mr. Darcys Aufmerksamkeit während des Dinners galt. Sein Gaumen war es jedenfalls nicht! So kam er denn auch auf ein völlig anderes Thema zu sprechen, nachdem er sich mit seiner Gattin in ihre Gemächer zurückgezogen hatte.

»Welches Glück du heute Abend bei der Wahl deines Tischnachbarn hattest, Liebste. Ich muss gestehen, der junge Gentleman gefällt mir außerordentlich gut!«

»Ja«, bestätigte seine Gattin überrascht. Dabei überraschte sie weniger, dass Darcy der junge Mann gefiel, als vielmehr die offene Bekundung seiner Sympathie. »Er ist in der Tat ein liebenswürdiger junger Mann«, versicherte sie ihm. »Zuerst war ich über Mamas Tischordnung verblüfft. Aber letztendlich sehr glücklich. Denn ich kann mit Fug und Recht sagen: Ich hatte nicht erwartet, mich heute Abend so gut zu unterhalten.«

Insgeheim verspürte Elizabeth Erleichterung. Für einen kurzen Moment glaubte sie, Darcy hätte Anstoß an ihrer Ausgelassenheit beim Dinner genommen, wie Mary dies durch ihre Blicke mehrfach zum Ausdruck brachte.

»So hast du befürchtet, Liebste, er würde dir weitschweifige Abhandlungen halten, wie es Mary so gern beliebt?«

»Wieso Mary?«, fragte sie verwirrt. War Darcy doch über ihr ungezwungenes Benehmen verärgert?

»Ich meine mich zu erinnern, du hättest angedeutet, Mary könne Gefallen an Mr. Adamson finden!«

»Mr. *Adamson*? – Ach so, ich dachte, du meintest meinen Tischnachbarn zur Rechten!«

»Mr. *Spencer*?«

»Natürlich Mr. Spencer, Darcy! Du warst es, der Mama bat, ihn in die Einladung der Philips miteinzubeziehen. Also, warum tust du nun so, als wüsstest du nicht, von wem die Rede ist? – Nebenbei, mir ist unbegreiflich, wieso Mama ausgerechnet mir *beide* Junggesellen als Tischherrn überließ. Wieso setzte sie nicht einen von ihnen neben Mary oder Kitty? Bei Mr. Adamson hätte ich das zumindest erwartet!«

»Das Verhalten deiner Mutter vermag ich nicht zu ergründen, Liebste.«

»Es ist schon erstaunlich, wenn man bedenkt, wie bemüht Mama war, uns andere zu verheiraten. Bei Mary hingegen scheint sie in dieser Hinsicht überhaupt keinen Ehrgeiz zu haben.«

»Ich vermute, Mrs. Bennets Zurückhaltung, was Mr. Adamson angeht, hat eine ganz pragmatische Ursache. Mit dem Einkommen eines Hilfspfarrers dürfte jener kaum in der Lage sein, eine ihrer Töchter zu ehelichen. Wofür sie mein vollstes Verständnis hat. Weshalb ich ihre Platzierung bei Tisch als wohl bedacht empfand.«

»Oh Darcy, bedeutet diese Zustimmung, du würdest in der Tat etwas gutheißen, was meine Mutter *angerichtet* hat?«

»Unbedingt, Liebste! Wenn ich schon allein an die Auswahl der Delikatessen denke, kann für mich in dieser Frage kein Zweifel bestehen!«

»So hat es Mama zu guter Letzt doch noch geschafft! Ihr Plan, dich für sie einzunehmen, ist aufgegangen. Da sie deinen Verstand nicht rühren kann, versucht sie es halt mit deinem Gaumen!«

Darcy schmunzelte. »Nur weil ich Mrs. Bennet nicht die Fähigkeit abspreche, mich auch im besten Sinne ins Erstaunen zu versetzen, bedeutet das noch lange nicht, mein Gaumen könnte über meinen Verstand den Sieg davontragen.«

»Da bin ich aber erleichtert. – Nicht, dass mir in *ihr* noch eine ernstzunehmende Konkurrentin wächst!«

»Ich versichere dir meine Treue!«, erklärte Darcy pathetisch.

»So weit, so gut! Doch, was ist mit Mr. Spencer? Mama war ja ganz aufgeregt, weil du um seine Anwesenheit beim Dinner batest!«

»Ich ging irrigerweise davon aus, wir würden im kleinen Kreis mit den Philips speisen. Daher erlaubte ich mir, ihn hinzuzuziehen.«

»Was Onkel Philips nicht in Erstaunen versetzte, mich hingegen schon. – Was heckst du aus, Darcy? Oder darf ich davon nichts wissen?«

»Ich bin ein Gentleman, Elizabeth! Und Gentlemen pflegen nichts *auszuhecken*!«, erwiderte Darcy in gespieltem Ernst. »Obwohl ich mich wegen Mr. Wickham schon an dubiosen Orten mit dubiosen Leuten treffen musste!«

»Dann denkst du, Mr. Spencer könnte dir bei der Suche nach einer anderen Stellung für Wickham behilflich sein?«

»Ich habe in der Tat Mr. Philips vor meiner Weiterreise in die Stadt ein Schreiben zukommen lassen, in dem ich ihn auf eine solche ansprach. Du wirst verstehen, dass ich nicht in meiner eigenen Verwandtschaft für den missratenen Sohn meines Vaters Verwalter um Hilfe bitten möchte.«

»Und Onkel Philips hat dir vorgeschlagen, dich an Mr. Spencer zu wenden?«

»Noch vor meiner Abfahrt aus London bekam ich eine Antwort von ihm. Er schrieb mir, ich solle mich an seinen Adlatus wenden. Er meinte, der junge Mann wäre, da er erst vor kurzem sein Studium beendete, der geeignetere Kandidat für mein Anliegen. Heute Abend konnte ich ihn wegen der vielen Zuhörer – zu meinem Bedauern – nicht auf die Angelegenheit ansprechen. Ohnehin bin ich mir noch nicht schlüssig, ob ich mich erneut für Mr. Wickham einsetzen soll.«

»Mr. Spencer scheint mir einen aufrichtigen Charakter zu besitzen. Onkel Philips schätzt sich sehr glücklich, um es mit seinen Worten zu sagen, einen so guten *Griff* mit ihm gemacht zu haben.«

»Und ich könnte mir vorstellen, um bei der Wortwahl Mr. Philips zu bleiben, Mr. Adamson könnte sich für *mich* als guter *Griff* erweisen.«

»Mr. *Adamson*?«

»Ja, Liebste. Mr. Adamson! Ihn meinte ich! Er ist mir sehr sympathisch. Womit ich nicht sagen möchte, Mr. Spencer sei mir nicht sympathisch. Aber ich habe mein Augenmerk auf Mr. Adamson gerichtet, nicht zuletzt deswegen, weil ich mir einen solchen Kleriker für die Pfarrei in Lambton wünsche!«

»Oh je, armer Mr. Peabody!«

»Du vergisst, Liebste, Mr. Peabody ist nicht mehr der Jüngste. In nicht allzu ferner Zukunft, wird er seinen wohlverdienten Ruhestand antreten wollen. Daher scheint es mir klug, mich jetzt schon nach einem geeigneten Nachfolger umzuschauen.«

»Und nebenbei würdest du Mr. Adamson in die Lage versetzen, einen eigenen Haushalt zu gründen, womöglich zu heiraten ...«

Ihr plötzliches Verstummen ließ ihn aufblicken.

»Darcy, du beabsichtigst nicht zufällig, Mr. Adamson eine deiner Pfründe zu geben, damit er, ... ich meine, du denkst nicht etwa an Mary, oder?«

Seine schockierte Miene wirkte wenig überzeugend auf sie. Als er merkte, dass sie ihm seine Betroffenheit nicht abnahm, gab er zögernd zu, dies könne sich durchaus nebenbei ergeben.

»So versuchst *du* dich einmal mehr als Ehestifter?«

»Das ist wieder ein typisches Beispiel für dein Geschlecht, Elizabeth! Allein schon einem jungen Gentleman ein ausreichendes Auskommen in Aussicht zu stellen, genügt euch, um kurzerhand von Heirat zu sprechen!«, wehrte er sich halbherzig.

Sie überging seinen Tadel und fragte ihn stattdessen, welche Pfarrei er Mr. Adamson denn zugedacht habe.

»Kympton.«

»*Kympton*? – Aber, Darcy, ist das nicht die Pfarrei, die einst Wickham zu übernehmen hoffte? Ich meine mich zu entsinnen, wie Wickham von ihr sprach, in den Zeiten als er vermeinte, sein Glück im wöchentlichen Halten einer Predigt zu finden. Er sprach seinerzeit von einer gut dotierten Pfründe!«

»Kympton ist jene gut dotierte Pfründe, die Mr. Wickham geruhte gegen eine nicht unerhebliche Geldsumme aufzugeben«, bestätigte er.

»Aber die Pfarrei muss längst vergeben sein!«

»Selbstredend. Der derzeitige Inhaber ist erkrankt. Zuerst sah es so aus, als könne er seinen Verpflichtungen weiterhin nachkommen. Nun aber teilte er mir mit, seine gesundheitlichen Beschwerden erlauben es ihm fürderhin nicht mehr, seine Aufgabe zur Zufriedenheit aller zu erfüllen.«

»Handelt es sich etwa um die Pfründe, auf die Mr. Peabody ein Auge geworfen hat? Ich meine die Pfründe, die Mr. Peabodys Bedenken hinsichtlich der Eheschließung von Mr. und Mrs. Rogers im vergangenen Jahr … *zerstreute*?«

»Sollte Mr. Peabody eine solche Hoffnung gehegt haben, dann kann es sich nur um Kympton handeln.«

»Aber, Darcy, Mr. Peabody wird alles andere als erfreut sein, wenn du diese lukrative Pfründe an einen anderen vergibst! Zumal er offenbar fest damit rechnet, in deren Genuss zu kommen.«

»Ich fürchte, auf Mr. Peabodys Wünsche werde ich in diesem Fall keine Rücksicht nehmen können. Denn eine solche hätte zur Folge, dass Mr. Adamson wiederum *nur* die Stelle als Hilfspfarrer einnehmen und sich infolgedessen seine Situation um kein Jota verbessern würde.«

»Und zudem würde eine *Heirat* für ihn in weite Ferne rücken!«

Über dieses erneute Beispiel der weiblichen Gabe, übereifrig zu kombinieren, konnte Mr. Darcy nur den Kopf schütteln.

»Würdest du ein solches Vorgehen Mr. Peabody gegenüber als gerecht empfinden, Darcy?«

»Ich verstehe nicht, was du meinst, Elizabeth. Ich habe zu keiner Zeit die Pfarrei von Kympton Mr. Peabody als zusätzliche Pfründe in Aussicht gestellt. Der gute Mann mag zwar, was die Hochzeit der Rogers anging, aus einer solchen Hoffnung heraus zugestimmt haben. Von meiner Seite aber gab es nie auch nur eine Andeutung in dieser Richtung!«

## Kapitel 26

Der Herr von Pemberley gehörte zu den Menschen, die nicht lange zaudern, wenn sie erkennen, dass eine Idee gut ist. Daher setzte er bereits am nächsten Tag sein Vorhaben in die Tat um. Hierbei bat er seinen Schwiegervater um Unterstützung. Mr. Bennet gewährte ihm jene nur zu gern und arrangierte unverzüglich eine Begegnung mit Mr. Adamson. Sogar seine Bibliothek stellte er den beiden Gentlemen für ihr Gespräch zur Verfügung, auf dass sie von Mrs. Bennet unbehelligt blieben. Letztendlich sollte es nur einem glücklichen Zufall zu verdanken sein, dass selbige nichts von der konspirativen Zusammenkunft mitbekam. Ein ›Lieferant‹ einer Köstlichkeit für den heutigen Abend hatte eine alarmierende Nachricht geschickt. Aus diesem Grunde hielt sich Mrs. Bennet in der Küche auf, um sich mit ihrer Köchin zu beraten. Daher blieb ihr nicht nur die Anwesenheit von Mr. Adamson, sondern auch das ungewöhnliche Gebaren ihres Gatten verborgen. Mr. Bennet, der sich die meiste Zeit des Tages in seiner Bibliothek aufzuhalten pflegte, lief nämlich eine halbe Stunde lang überaus auffällig vor deren verschlossener Tür auf und ab. Erst dann öffnete sich selbige Tür und dem Hausherrn blieb nur noch das Vergnügen, den beiden Gentlemen seinen besten Portwein zur Besiegelung ihres Abkommens zu offerieren.

Es war also eine abgemachte Sache! Mr. Adamson würde so bald als möglich seine Stelle als Hilfspfarrer beim Pfarrer von Longbourn aufgeben. Mr. Bennet gab seine Befürchtung zum Ausdruck, der hiesige Pfarrer Mr. Burns würde Mr. Adamson nicht so rasch freigeben! Zu seinem Erstaunen musste er feststellen, wie wenig Mr. Darcy dieser Umstand beunruhigte. Mehr noch, es drängte sich ihm sogar der Eindruck auf, es sei dem Herrn von Pemberley ganz recht, wenn Mr. Adamson auf absehbare Zeit weiterhin seinen Dienst in Longbourn verrichtete. Zu allem Überfluss erklärte Mr. Darcy auch noch, Mr. Adamson könne von Stund an über die Einkünfte der Pfründe verfügen. Als Grund gab er an, er wolle nicht riskieren, dass jener ihm von anderer Seite abgeworben werde. Eine unverkennbare Ausrede, war doch hinlänglich bekannt, wie schwer es junge Kleriker hatten, innerhalb der ersten fünf Jahre nach ihrer Ordination eine Pfarrstelle zu erhalten.

Mr. Adamson zeigte sich von so viel Freundlichkeit und Zuvorkommenheit überwältigt. Gleichwohl war er zutiefst verunsichert. Die Freude, die Mr. Darcy zum Ausdruck brachte, gerade ihn als Pfarrer gewonnen zu haben. Die Unterstützung, die ihm sein neuer Patron zusicherte. Und nicht zuletzt die Anspielung, die der Herr von Pemberley machte, indem er auf eine gute und enge, ja geradezu familiäre Zusammenarbeit in naher Zukunft hinwies, überforderten den jungen Geistlichen. Außerdem hatte Mr. Darcy ihn bei ihrem Gespräch unter vier Augen darauf hingewiesen, dass er auf der einen Seite grundsätzlich nichts gegen einen Junggesellen in einer solchen Position habe, es auf der anderen Seite aber begrüße, wenn in nicht allzu ferner Zukunft eine Herrin ins Pfarrhaus einziehen würde. Denn schließlich sei eine

Pfarrersfrau für eine jede Gemeinde eine unentbehrliche Institution!

»Wie feinfühlig von dir, Mr. Adamson in diese Richtung zu lenken!«, meinte Elizabeth später zu ihrem Gatten, als er ihr von dem erfolgreichen Gespräch berichtete. »Warum hast du ihm nicht gleich die Hand von Mary angetragen? Ich meine, das hätte dem armen Kerl erspart, nun über deine Worte zu grübeln.«

»Die Wahl der Pfarrersfrau geht weit über meine Pflichten als Patron hinaus, Liebste«, entgegnete er ungerührt.

»Selbstverständlich, Darcy, *so etwas* käme dir nie in den Sinn!«

»Ich gab ihm einen eindeutigen Wink, mehr nicht. Ob er ihn sich zu Herzen nimmt, bleibt ihm allein überlassen!«

»Dann können wir nur hoffen, er war für Mr. Adamson verständlich! Nicht, dass dir noch die Pfarrstellen ausgehen, die du an mögliche Anwärter für Marys Hand vergeben könntest!«

Über diese Vorstellung vermochte Darcy nur zu schmunzeln. »Wieso sollte er meinen Wink missverstehen, Liebste? Er ist ein kluger Mann!«

Dieser Glaube an Mr. Adamson Klugheit sollte am folgenden Tage allerdings eine tiefe Erschütterung erfahren. Beim Frühstück, das tatsächlich *nur* im Kreise der Familie stattfand, kam etwas zur Sprache, das Darcy an der Eignung des jungen Mannes zweifeln ließ.

Mrs. Bennet konnte nur schwer verwinden, dass man sie des Vergnügens beraubte, nach so vielen Jahren ihre geliebte Lydia wiederzusehen. Indes Mrs. Darcy weigerte sich standhaft, ihr eine Zusicherung für ein Zusammentreffen auf Pemberley mit ihrer Lieblingstochter zu geben. Darob zeigte sich Mrs. Bennet sehr verärgert.

»Zu allem Überfluss gibt sich Jane auch noch mit diesem *Kind* ab!«, ereiferte sie sich. »Ich kann nicht begreifen, wie ihr derlei gutheißen könnt!«

»Aber, Mama, wenn du Jane nur mit dem Kind sehen könntest, würdest du anders darüber denken! Ich habe Jane schon lange nicht mehr so ausgeglichen und glücklich erlebt.«

»Man könnte meinen, Lizzy, *das* wäre eine Seltenheit bei Jane! Dabei kenne ich mein Kind gar nicht anders. Oder willst du etwa andeuten, Jane sei nicht glücklich mit Bingley?«

»Ich versichere Ihnen, Mrs. Bennet, *davon* kann keine Rede sein!«, kam Darcy seiner Gattin zu Hilfe.

»Etwas anderes hätte ich von meinem Schwiegersohn Bingley auch nicht erwartet!«, meinte Mr. Bennet gelassen. »Und du, Mrs. Bennet, solltest dich nicht beklagen! Warst du es nicht, die unablässig ein Kind auf Glenister einforderte?«

»Aber, Mr. Bennet, was für einen Unsinn du wieder sprichst! Mir ging es doch nicht um irgendeinen *Balg* auf Glenister, sondern um ein *Enkelkind*. Das ist ja wohl ein Unterschied! – Da fällt mir ein: Was ist jetzt mit der Taufe? Findet sie nun doch auf Pemberley statt? Wobei es mir unverständlich ist, wieso ihr alle *so* ein Brimborium um dieses Kind des Verwalters macht!«

»Wir belieben überhaupt kein *Brimborium* zu machen!«, verteidigte sich Elizabeth einmal mehr. »Unser Verhalten mag dir seltsam erscheinen, Mama. Allein es geschieht aus Rücksicht auf Mrs. Beagles. Die arme Frau musste schon eine Tochter begraben, nun auch noch ihr Mündel ...«

»Natürlich, auf eine Fremde nimmt ihr Rücksicht!«, unterbrach sie ihre Mutter. »Aber, was ist mit mir? Hat auch nur einer von euch je Rücksicht auf meine angeschlagenen Nerven genommen? Ihr habt ja keine Ahnung, wie sehr ich leide!«

Nach diesem Gefühlsausbruch herrschte für einen kurzen Moment verlegenes Schweigen.

»So findet erneut eine Tauffeier auf Pemberley statt?«, wagte Georgiana, sich das erste Mal in diesem Kreise zu Wort zu melden.

»Ich fürchte, Georgiana, ich muss dich enttäuschen«, erwiderte Elizabeth. »Wie Jane mir in ihrem letzten Brief mitteilte, wird die Tauffeier dieser Tage auf Glenister ausgerichtet. – Du siehst, Mama, *wir* messen dieser Taufe nicht so viel Beachtung bei, wie du vermeintlich annimmst.«

Schmollend durchstach Mrs. Bennet ein Würstchen mit ihrer Gabel, köpfte es mit ihrem Messer und schob sich dann das Endstück in den Mund, um verbissen auf ihm zu kauen, geradeso, als wolle sie auf diese Art zum Ausdruck bringen, was sie von dem eben Gehörten hielt.

»Und wie soll das Kleine heißen?«, fragte Georgiana zaghaft. Obwohl ihr Mrs. Bennets Verärgerung nicht entgangen war, siegte ihre Neugierde. Zu lange war sie Pemberley fern gewesen, zu viele Fragen hatten sich angesammelt. Die letzten beiden Tage hatte sie Kitty ausführlich von ihren Erlebnissen berichtet. Umgekehrt hatte sie kaum etwas in Erfahrung gebracht. Ungewöhnlich verschlossen zeigte sich ihre Freundin. Und weder Darcy noch Elizabeth traf sie je allein an. So überwand Georgiana trotz der herrschenden Missstimmung ihre Schüchternheit, an der auch die Monate des Debüts nichts geändert hatten. Selbst die Tatsache, dass sie hier im Kreis der Familie saß, steigerte nur ihre Befangenheit. Denn schließlich erlebte sie zum ersten Mal den in Longbourn herrschenden, ungezwungenen Umgang, von dem man ihr schon so viel erzählt hatte.

»*Camilla*!«, gab Catherine ihr diesmal bereitwillig Auskunft und verdrehte abfällig die Augen.

»Was für ein alberner Name, wenn man bedenkt, das es sich um des Verwalters Kind handelt!«, unterbrach Mrs. Bennet ihr Schmollen. Dann verfiel sie wieder ins Schweigen.

»Womöglich ließ sich Jane bei dem Namen von Frances Burneys jüngstem Werk inspirieren«, meinte Georgiana beschwichtigend und nicht ahnend, was für eine heftige Debatte sie mit ihrer gut gemeinten Bemerkung auslöste.

»Aber ich dachte, Mrs. Beagles hätte den Namen ausgewählt!«, protestierte Catherine, die das Gefühl hasste, wie ein Kind nicht zu wissen, wovon im Grunde die Rede war.

»Und schon dürfte *Camilla oder Ein Bildnis der Jugend*, wie der Titel des letzten Romans von Frances Burney, oder auch Fanny Burney wie man sie gemeinhin nennt, als Inspiration für den Namen des Kindes ausscheiden!«, stellte Mary trocken fest.

»Woher willst *du* das denn wissen?«, rief Catherine nun sichtlich verärgert.

»Der Roman umfasst immerhin fünf Bände!«, erwiderte Mary in dozierendem Tonfall. »Und nach der Beschreibung, die ihr uns von Mrs. Beagles vermittelt, vermag ich mir nicht vorzustellen, dass die ältere Dame sich dergleichen zumutet.«

»Mary, du versetzt mich in Erstaunen!«, meinte Elizabeth. »Seit wann liest du etwas anderes als theologische Abhandlungen? Und dann auch noch einen Roman von Fanny Burney?!«

Während Marys Gesicht eine tiefrote Färbung annahm, entgegnete sie erhobenen Hauptes kühl: »Wieso überrascht dich das so, Lizzy?«

»Also ich bin hin und weg!«, rief Catherine. »Da geht man für ein paar Monate aus dem Haus und schon liest Mary *Romane*?!«

»Kitty, mäßige dich! Wie ordinär du sprichst!«, echauffierte sich Mrs. Bennet. Dann wandte sie sich Elizabeth zu. »Ich muss mich doch sehr wundern, Lizzy! Sieht so etwa das Ergebnis *deiner* Bemühungen aus, *meinem* Kind den letzten Schliff zu verpassen?« Mrs. Bennets Bestürzung war nur gespielt. In Wahrheit frohlockte sie über Kittys Fauxpas. Welche Mutter lässt sich auch gerne nachsagen, sie sei für das mangelnde Benehmen ihrer Kinder verantwortlich.

»Ich bin der Ansicht, man kann dem Roman *Camilla* eine lehrhafte Tendenz nicht absprechen!«, rechtfertigte sich Mary. »Allein, dass die Autorin immer wieder ihre Erzählung unterbricht, um den Leser auf die sittlichen Werte aufmerksam zu machen, zeigt eindeutig, wie wichtig ihr der erzieherische Aspekt ist. Schließlich ist Camilla ein tugendhaftes und kluges Mädchen, das in

Ermangelung von Lebenserfahrung manche Unbill erleidet.«

»Also ganz die gängige Thematik eines Romans von Fanny Burney!«, stellte Elizabeth fest.

»*Camilla* ist schon anders als ihre beiden vorherigen Romane«, erklärte Georgiana. »Dieser ist auch nicht in Form eines Briefromans abgefasst!«

»Ach, Georgiana, dann sprichst du also von dem Schmöker, den du letztes Jahr gemeinsam mit Jane gelesen hast!«, sagte Catherine erleichtert. Endlich konnte sie wieder mitreden. »Handelt es sich etwa um den Roman, den du auf dem Kopf balanciert hast, bei deinen Versuchen, möglichst gerade zu stolzieren? Du weißt schon, das Buch, das immer wieder auf den Boden fiel und von dem du meintest, Darcy wäre nicht böse, wenn dieses Werk der Literatur Schaden nähme. Das war ein Band von *Camilla*, nicht wahr?«

Georgiana nickte errötend.

»Jetzt bin ich wahrlich verblüfft«, meinte Elizabeth. »Soll das heißen, Kitty, auch du hättest zu guter Letzt deine Liebe zur Literatur entdeckt und selbst ein Roman von beträchtlichem Umfang hätte dich nicht abgeschreckt, einen Band in die Hand zu nehmen und womöglich sogar in ihm zu lesen?«

»Gott behüte! So verzweifelt könnte ich gar nicht sein, um mich durch so einen dicken Roman zu quälen. Der fasst doch gut tausend Seiten!«

»In der Tat empfand ich das Buch als sehr weitschweifig!«, meldete sich nun wieder Mary zu Wort. »Neben der eher dürftigen Struktur der Haupthandlung flechtet mir die Autorin zu viele Nebenhandlungen ein.

Zudem erscheint mir die ganze Geschichte sehr konstruiert. Und *so* gutgläubig sollte kein junges Mädchen sein!«

»Mich wundert, Mary, wie du bei so viel Kritik das Buch nicht gleich wieder aus der Hand gelegt hast, wie du es mit allen Romanen, die wir hier gelesen haben, zu verfahren beliebtest!«, erwiderte Elizabeth.

»Um sich eine eigene Meinung bilden zu können, bleibt es nicht aus, sich auch dieser Form von Literatur zu nähern. Darin belehrte mich Mr. Adamson. Er meinte, ich solle keine Kritik üben, über Dinge, die ich nicht kenne.«

»Mr. Adamson riet dir dazu, auch Romane in deine Lektüre aufzunehmen?«, fragte Elizabeth, einmal mehr überrascht und sah dabei ihrem Gatten in die Augen.

Darcy war in der Tat alles andere als erfreut über diese neue Erkenntnis. Schon haderte er mit sich, ob sein Loblied auf Mr. Adamson nicht verfrüht war. Ja, war nicht sogar die Begeisterung Marys für den jungen Kleriker ein gewichtiges Argument gegen ihn? Er hätte besser daran getan, sich nicht mehr als Ehestifter zu betätigen, wie er sich dies vor zwei Jahren nach den gescheiterten Versuchen mit Miss Bingley geschworen hatte!

Doch bevor Darcy allzu sehr ins Grübeln geriet, wurde seine Aufmerksamkeit auf ein neues Thema gelenkt. Seine Gattin hatte soeben vorgeschlagen, auch die Gardiners zu ihrer herbstlichen Zusammenkunft auf Pemberley zu bitten. Allein Mrs. Bennet wollte von so einem Vorschlag nichts hören. Sie empfand das Verhalten von Mrs. Gardiner nach wie vor als skandalös und sparte nicht mit derben Ausdrücken, um ihr Missfallen, mit solch einer Verwandtschaft geschlagen zu sein, zum Ausdruck zu bringen. Mochte Elizabeth ihre Tante auch nicht solchen Schmähreden aussetzen, hegte sie dennoch die Hoffnung, ihre Mutter würde sich in deren Gegenwart zurückhalten. Sie würde jedenfalls die Gardiners zu Michaeli einladen. Auch wenn sie dies Mrs. Bennet gegenüber nicht mehr erwähnte.

Drei Tage später standen Mr. und Mrs. Darcy mit Miss Catherine Bennet und Miss Darcy an der offenen Kutschentüre, um sich auf unbestimmte Zeit von Longbourn House zu verabschieden. Mr. Adamson hatte es sich nicht nehmen lassen, ihnen persönlich Lebewohl zu sagen, um sich noch einmal gebührend beim Herrn von Pemberley für die Pfarrei Kympton zu bedanken.

»Ich werde Sie nicht enttäuschen, Sir, und bin guten Mutes, Ihre Wünsche in *jeglicher* Hinsicht zu erfüllen, zumal sie sich mit den meinen decken«, sagte Mr. Adamson zum Abschied.

Während Mr. Darcy diese Worte erfreut zur Kenntnis nahm, hatten sie eine ganz andere Wirkung auf seine Schwiegermutter. Mrs. Bennet, die in seiner Nähe stand und die dubiose Bekundung des Hilfspfarrers mitbekommen hatte, argwöhnte ein Komplott. Vor lauter Schreck vergaß sie völlig ihr übliches Gezeter und Gejammer, mit dem sie sonst die Abschiede von ihren geliebten Töchtern auszuschmücken pflegte.

So sehr Mrs. Bennet auch den baldigen Fortgang von Mr. Adamson begrüßte, konnte sie nicht umhin, sich nun die Frage zu stellen, ob ihr Schwiegersohn im Begriff war, ihr auch noch die letzte verbliebene Tochter zu rauben. Solange Mr. Adamson nur die Position eines Hilfspfarrers innehatte und damit über nicht mehr als fünfzig Pfund im Jahr verfügte, kam er als Ehemann für ihre Tochter Mary nicht in Betracht. Nun aber, mit einer eigenen Pfarrstelle und der Aussicht auf weitere Pfründe, sah die Angelegenheit schon ganz anders aus. Auch wenn Mrs. Bennet immer betonte, wie vollkommen ihr Glück erst wäre, wenn sie alle fünf Töchter glücklich verheiratet wüsste, war sie nun mitten ins Herz getroffen. Was, wenn sie demnächst mit Mr. Bennet Longbourn House allein bewohnte?

Noch einen weiteren Menschen sollte Mr. Darcys Entschluss mitten ins Herz treffen. Mr. Peabody suchte zwei Tage nach der Ankunft der Herrschaft seinen Patron in der Bibliothek von Pemberley House auf. Bedrohliche Nachrichten hatten ihn ereilt. Die Pfarrei Kympton sei einem jungen Hilfspfarrer versprochen, begann er aufgeregt seinen Besuch. Mr. Darcy bestätigte ihm die Neuigkeit. Er suchte Mr. Peabodys Enttäuschung zu mildern, indem er ihm vor Augen führte, wie vorteilhaft sich für ihn die Anwesenheit des jungen Pfarrers ausmache. Nach und nach könne auf diese Weise die Übernahme vorbereitet werden und er in den verdienten Ruhestand treten. Mr. Peabodys sichtliche Erschütterung ließ der Herr von Pemberley nicht an sich herankommen. Zu oft hatte er dem Pfarrer in der Vergangenheit seine verschrobene Art nachgesehen. Eine Nachsicht, die Mr. Darcy nur wegen der vortrefflichen Pfarrersfrau gewährte. Denn ohne Mrs. Peabodys aufopfernde Arbeit für die Gemeinde würde Mr. Peabody schon lange nicht mehr das Amt des Pfarrers von Lambton bekleiden. Unwillkürlich musste sich Darcy fragen, ob die mehr an Bücher denn an Menschen interessierte Mary die Lücke, die Mrs. Peabodys Weggang für die Gemeinde bedeutete, je auszufüllen vermochte.

# Kapitel 27

Ein Lächeln lag auf dem Antlitz von Georgiana Darcy, als sie nach einem halben Jahr Abwesenheit wieder durch die Räume von Pemberley House schritt. Ein Lächeln, das ihre Freude der glücklichen Wiederkehr in heimatliche Gefilde zum Ausdruck brachte. Eine Freude, die Elizabeth mit ihr teilte, wenn sie eine solche auch bei ihrer Schwägerin überraschte. Die Herrin von Pemberley war davon ausgegangen, die aufregenden Monate in der Stadt und nicht zuletzt die Zuneigung zu einem bestimmten Gentleman hätten Georgiana für die Schönheit ihres Zuhauses unempfänglich gemacht. Ein Irrtum, wie sie nun feststellte. Es sollte nicht ihr letzter sein!

So ging Elizabeth davon aus, Georgiana würde sich Kitty anvertrauen. Ein Trugschluss, wie sie alsbald feststellte. Offenbar hatte die Verbundenheit der beiden jungen Mädchen durch die monatelange Trennung gelitten. Auf Longbourn hatte sie davon nichts gemerkt. Denn im Kreise der Familie Bennet hatten Kitty und Georgiana auf Elizabeth unzertrennlich gewirkt. Auf Pemberley hingegen schienen ihre Begegnungen eher zufälliger Natur zu sein. Darauf angesprochen stritt Catherine die Beobachtung ihrer Schwester ab.

»Georgiana teilt eben nicht die gleichen Interessen wie ich!«, erklärte sie lapidar. »Das ist alles!«

»Von was für Interessen sprichst du, Kitty?«, fragte Elizabeth.

»Na, die Reitkunst!«

Das Wort ›Reitkunst‹ stach Elizabeth mittlerweile in die Seele wie ein Stachel ins Fleisch. Daher bemühte sie sich um Gelassenheit, als sie entgegnete: »Ich bin mir sicher, Kitty, wenn du Georgiana bittest, wird sie dich gerne auf deinen Ausritten begleiten. Mich wundert ohnehin, dass Hannah sich noch nicht beschwert hat!«

»Wieso sollte Hannah sich beschweren?«, gab Catherine trotzig zur Antwort. »*Sie* reitet für ihr Leben gern! – Weißt du, Lizzy, *das* ist dein Problem! Du, und das Gleiche trifft auf Georgiana zu – ihr *beide* versteht nicht, was Reiten mir bedeutet! Wahrscheinlich macht ihr euch über meine Bemühungen, eine ausgezeichnete Reiterin zu werden, noch lustig!«

Diese Behauptung vermochte Elizabeth, zumindest was sie selbst anging, nicht zu leugnen.

»Dachte ich es mir doch!«, sagte Catherine. »Und nun, Lizzy, musst du mich entschuldigen, aber ich werde mich in den Stall begeben. *Spring* ging es gestern gar nicht gut. Ich möchte mich vergewissern, dass die Behandlung, die Holmes ihr angedeihen ließ, anschlägt.« Bevor Elizabeth eine passende Erwiderung einfiel, fuhr sie fort: »Damit du's weißt, *Spring* heißt die Fuchsstute, mit der ich auszureiten pflege. Aber keine Sorge, sollte ich sie heute nicht reiten können, bietet mir der Stall von Pemberley eine Auswahl mehrerer ausgezeichneter Reitpferde. Das wüsstest du, wenn du – die Herrin des Hauses – dich gelegentlich dorthin verirren würdest. Und ich frage dich, Lizzy: Was kann ich dafür, dass du dich nicht fürs Reiten interessierst?!«

Hiernach entfernte sich Miss Catherine Bennet erhobenen Hauptes durch die offene Tür. Man hätte meinen können, sie hätte eine Schlacht gewonnen.

Bevor Elizabeth Zeit hatte, über die Worte ihrer jüngeren Schwester nachzudenken, klopfte jemand zaghaft.

»So benimmt sich Kitty nicht nur mir gegenüber sonderbar!«, meinte Georgiana mit hörbarer Erleichterung in der Stimme. »Verzeih, ich wurde unfreiwillig Zeugin eures Zwistes. Natürlich hätte ich mich entfernen sollen, aber, da ich befürchtete, Kitty auf irgendeine Weise verletzt zu haben ...«

»Bist du dazu überhaupt in der Lage?«, unterbrach Elizabeth sie.

Georgianas Gesichtsausdruck verriet ihr, wie wenig jene diese Frage als Kompliment auffasste.

»Wie oft schon habe ich dich und Jane um euren Sanftmut beneidet, Georgiana.«

»Meinst du das im Ernst, Lizzy? Oder ist das ein Versuch, deinen Worten in meinen Ohren Wohlklang zu verleihen?«

»Oh, Georgiana, für solche Spitzfindigkeiten bin ich nach Kittys Angriff zu erschöpft. Du darfst nicht jedes meiner Worte auf die Goldwaage legen. Tritt lieber ein, setze dich zu mir«, sie klopfte neben sich auf die Couch, »und erzähle mir von deiner Zeit in London.«

Dieser Aufforderung kam Georgiana nur zu gerne nach. Bald schon erzählte sie in aller Ausführlichkeit über ihr Debüt. Und obwohl Georgiana ihre Erzählung um einige besondere Episoden der letzten Zeit bereicherte, vermisste Elizabeth deren Wünsche und Hoffnungen. All die Dinge, die sie vermeinte, zwischen den Zeilen in

Georgianas langen Briefen gelesen zu haben, fehlten der jetzigen Schilderung.

Nachdem Georgiana geendet hatte, sah sie erwartungsvoll ihre aufmerksame Zuhörerin an. Elizabeth blieb nur ein kurzer Moment zu entscheiden, ob sie ihre Empfindungen äußern sollte. Da es Georgiana nach wie vor schwerfiel, über ihre Gefühle zu sprechen, beschloss Elizabeth, sie nicht direkt nach Mr. Saunders zu fragen. Stattdessen wollte sie ihr entlocken, ob es nicht aufregend sei, so viele neue Bekanntschaften zu machen.

»Oh, Lizzy, du siehst mich verwundert! Gerade von dir hätte ich diese Frage nicht erwartet. Ist dir denn bereits entfallen, welche Traurigkeit mich letztes Jahr befiel, wegen der bevorstehenden Trennung von euch? Wahrlich, Lizzy, glaubst du, mir sei viel an neuen Bekanntschaften gelegen?«

»Nun, ich hatte den Eindruck gewonnen, der Ball auf Glenister hätte deine Meinung verändert.«

Näher wagte sich Elizabeth nicht an das Thema Mr. Saunders heran. Wie sie sogleich erkannte, bedurfte es dessen auch nicht. Georgiana hatte verstanden, wem ihre Bemerkung galt. Trotzdem tat sie ihr nicht den Gefallen, auf die Anspielung einzugehen.

»Ach, Lizzy, du vergisst – wie auch Kitty – dass ich viele Jahre meiner Jugend in der Stadt verbrachte. Erst meine Schulzeit, dann unter der Obhut von Mrs. Younge und später von Mrs. Annesley. Ich will mich nicht beklagen, aber die Stadt und ich, das passt nun einmal nicht zusammen. Ich denke, es liegt weniger an London als vielmehr an den Umständen, die mich dorthin führten. So wie es dir mit Bath ergeht. Ich könnte mir vorstellen, deine Erinnerungen an Bath wären glücklichere, wenn deine Zeit dort nicht mit deiner schweren Erkrankung zusammenhing. Ähnlich ergeht es mir mit London. Erst der Verlust von meinem geliebten Vater, dann von Pemberley! Du mit deiner großen Familie vermagst dir wahrscheinlich nicht vorzustellen, wie sehr ich mich nach einer solchen sehne. Wie schön waren allein die paar Tage in Longbourn. Zu wissen, dass man dazugehört! Der ganze Trubel! – Ich weiß, ich klinge furchtbar ungerecht. Vor allem, wenn ich bedenke, wie sehr sich Fitzwilliam und Anne bemühten, mir das Gefühl der Einsamkeit zu nehmen, unter dem ich in der Stadt des Öfteren litt.«

»Du hast dich einsam gefühlt, Georgiana? Wie ist das möglich? All die Menschen, denen du tagaus, tagein begegnetest. Wie kannst du dich unter solchen Umständen einsam fühlen?«

»Kein Wunder, es muss dir schwerfallen, solche Empfindungen zu verstehen. Wie solltest du dir mit deinen vielen Geschwistern so etwas vorstellen können? – Ich denke, es die Einsamkeit in uns selbst, Lizzy. Die Einsamkeit, die wir sozusagen mitnehmen wie ein Gepäckstück. Und auch auf die Gefahr hin, dass du an meinem Verstand zweifelst, glaube mir: Das Gefühl der Einsamkeit unter vielen Menschen ist schlimmer als jenes, das einen befällt, wenn man allein ist!«

»Du hast recht, Georgiana, ich vermag mir das kaum vorzustellen. Dennoch frage ich mich, wie bei so viel Abwechslung ...«

»Welche Abwechslung, Lizzy?«, unterbrach Georgiana sie ungewöhnlich heftig. »Es handelt sich doch vielmehr um eine nicht enden wollende Wiederholung des immer Gleichen. Tag für Tag unterhältst du dich mit Fremden über Dinge ohne Belang. Du machst Konversation! Wenn du Glück hast, triffst du auf Menschen, die diese auch beherrschen. Aber, wer auch immer mit dir spricht, du hast stets höflich zu sein, interessiert zu wirken und möglichst Begeisterung zu zeigen, auch wenn du diese keineswegs empfindest. Persönliche Gespräche über *deine* Gedanken, *deine* Ansichten sind nicht erwünscht. Allein die Themen des Gentlemans sind für die wohlerzogene Debütantin von Interesse!«

»Aber ist das nicht immer so? Nur die Interessen des Gentlemans sind von Belang!«, wandte Elizabeth ein.

»Nicht was dich angeht, Lizzy! Durch dich habe ich erkannt, dass es durchaus für eine Frau statthaft sein kann, den eigenen Kopf zu gebrauchen. In London kam ich mir vor, als sei ich in einem Theaterstück. Die Vorstellung wollte keine Ende nehmen. Ein jeder spielte jeden Tag aufs Neue seine Rolle. Oh, Lizzy, ich bin es so überdrüssig, mich unentwegt zu verstellen, mich *anmutig* zu bewegen, weil dies angeblich *natürlich* sei. Dabei entsprichst du nur einer Vorstellung, die andere von dir haben. Einer Vorstellung, die keine Natürlichkeit und keinen Charakter zulässt. Ich bin erleichtert, diesen Teil meines Lebens hinter mich gebracht zu haben. Ich hoffe, rückblickend wird der Tag, an dem ich bei Hofe vorgestellt wurde, mich die ganze Unbill meines Debüts vergessen lassen. Denn trotz meines inneren Aufruhrs war dieser Tag wahrlich etwas Besonderes. Wie sehr wünschte ich mir in dem Moment ... *Mama* stünde neben mir! ... Ach, wie fürchterlich, jetzt bin ich schon wieder ungerecht. Dabei gab Lady Catherine sich solche Mühe, nett zu mir zu sein.« Überwältigt von der Erinnerung brach Georgiana ihre Erzählung ab. Tränen glitzerten in ihren Augen.

»Lady Catherine gab sich Mühe, nett zu sein? Eine Vorstellung, die mir schwer fällt«, versuchte Elizabeth die Verlegenheit ihrer Schwägerin zu überspielen.

»Na, ein wenig hat sie mich schon zurechtgewiesen«, meinte Georgiana nun wieder gefasst.

»Das beruhigt mich. Ich befürchtete schon, ich müsste mein Bild von Lady Catherine de Bourgh einer Korrektur unterziehen!«

»Ach, Lizzy, es tut so gut, wieder hier zu sein und mit dir zu sprechen. Wie sehr habe ich deine ironische, heitere Art vermisst.«

»Ich habe dich auch sehr vermisst, Georgiana«, entgegnete Elizabeth und schloss sie in die Arme.

So blieben sie eine Weile eng umschlungen. Dann löste sich Georgiana aus der Umarmung, wischte sich eine Träne von der Wange und lächelte.

»Kannst du dir mein Entzücken vorstellen, Lizzy, als ich von Annes *Zustand* erfuhr? Verstehe mich nicht falsch, selbstverständlich freue ich mich für Fitzwilliam und Anne. Dennoch, im ersten Moment, trat nur in mein Bewusstsein, dass dieser glückliche Umstand dem ganzen *Theater* ein vorzeitiges Ende bescheren würde. Oh, wie fürchterlich undankbar müssen dir meine Worte in den Ohren klingen. Sei versichert, sie sind nicht so gemeint.«

»Keine Sorge, Georgiana, ich verstehe, wie du es meinst. Ich danke dir für deine Offenheit. Mir hast du jedenfalls gerade vor Augen geführt, dass es nicht schaden kann, gelegentlich auf meinen Mann zu hören.«

Verwirrt sah Georgiana sie an.

»Na, zumindest was dich angeht. Ich will es ja nicht übertreiben!«

Mit dieser Erklärung war es ihr gelungen, ein Lächeln auf Georgianas angespanntes Gesicht zu zaubern.

»So wusste mein Bruder, welche Wirkung das Debüt auf mich haben würde?«

»In dieser Beziehung seid ihr wohl aus dem gleichen Holz geschnitzt. Ich gebe zu, mich geirrt zu haben. Du musst es ja nicht gleich Darcy erzählen! Nicht dass er mir zu übermütig wird!« Sie zögerte und fuhr dann fort: »Nun, da wir so offen miteinander sprechen, gestatte mir auch eine Frage.«

Die nun folgende Pause wirkte, als würde Elizabeth auf die Zustimmung ihrer Schwägerin warten. Dabei war sie nur unsicher. Zu guter Letzt trug die Neugierde den Sieg davon.

»Georgiana, was ist mit Mr. Saunders?«

Das verlegene Schweigen, das sich nun zwischen ihnen ausbreitete, ließ Elizabeth schon zweifeln, ob sie nicht besser daran getan hätte, sich in Geduld zu üben. Doch bevor sie ihre Frage bereuen konnte, setzte Georgiana zu einer Antwort an. Sie erklärte kurz und knapp, Mr. Saunders sei ein sehr höflicher Gentleman.

Diese dürftige Aussage stürzte Elizabeth in Verwirrung. Eine Verwirrung, die es ihr völlig unmöglich machte, gelassen zu bleiben. So sagte sie gereizt: »Georgiana, das ist nicht dein Ernst! Du willst mir nicht erklären, all die Monate in der Stadt hätten nicht deine Vorliebe für Mr. Saunders gesteigert?! Auf Glenister jedenfalls ließest du keinen Zweifel aufkommen, welchem Gentleman du den Vorzug gabst!«

»Aber, Lizzy«, erwiderte Georgiana bestürzt, »ich habe mit keinem Wort gesagt, daran hätte sich etwas geändert!«

Doch Elizabeth vermochte sich nicht zu beruhigen. »Stell dir vor, Georgiana, dass Mr. Saunders ein reizender Gentleman ist, war mir bekannt! Noch vor ein paar Wochen bin ich ihm, wie du nur zu gut weißt, mehrmals auf Glenister begegnet. Er vermittelte mir das Gefühl, sehr an der Familie Darcy interessiert zu sein. Ein Umstand, den ich allein dir zuschrieb! Bin ich etwa einem Irrtum erlegen?«

Elizabeths Wut richtete sich mehr gegen sich selbst als gegen Georgiana. Denn sollte sie sich tatsächlich geirrt haben, hätten Kittys Anspielungen, in Hinsicht auf die Aufmerksamkeit, die ihr Mr. Saunders entgegenbrachte, ihre Berechtigung. Und in diesem Fall müsste Elizabeth sich Vorwürfe machen, allzu freimütig mit jenem geredet zu haben.

Zögernd bekannte Georgiana, Mr. Saunders verhalte sich ihr gegenüber sehr zuvorkommend. Das sei nicht zu leugnen.

»Aber?«, fragte Elizabeth ungeduldig.

»Wieso hat er so früh London verlassen?«, rief Georgiana verzweifelt. »Ich verstehe das nicht, Lizzy! Wenn er mich tatsächlich allen anderen vorzieht, wieso ging er dann fort?«

Auf diese Frage fiel Elizabeth keine plausible Erklärung ein. Nach einer Weile meinte sie: »Georgiana, was auch immer der Grund sein mag, ich bin davon überzeugt, es hat nichts mit dir zu tun! Ich fürchte, gerade wir Frauen neigen über die Maßen dazu, uns als Ursache für das Verhalten eines anderen zu sehen. Nicht selten stellt sich dann später heraus, dass wir nichts damit zu schaffen hatten. Ich vermute, bei Mr. Saunders wird es sich ähnlich verhalten. Möglicherweise musste er einer Verpflichtung nachkommen, von der wir nichts wissen.«

»Und wenn er einer solchen nachkommen musste, Lizzy, wieso hat er dann nicht offen mit mir darüber gesprochen? Er äußert sich immer elegant und höflich. Bei seinem letzten Besuch hingegen tat er nur sein Bedauern kund und ging! Kein Wort der Erklärung kam über seine Lippen!«

»Georgiana, so eigenartig dir sein Verhalten auch erscheinen mag, muss dies keineswegs bedeuten, er hätte es nicht bedauert, dich zu verlassen.«

»Und warum konnte ich dann keine Wehmut bei ihm feststellen? – Die Stimmungen von Mr. Saunders schwanken ohnehin von Tag zu Tag. Einmal ist er aufmerksam und zuvorkommend, wie man es sich nur wünschen kann. Dann vermittelt er einem das Gefühl, mit seinen Gedanken ganz woanders oder in Eile zu sein.«

»Oh, Georgiana, Unsicherheiten bei neuen Bekanntschaften sind nur natürlich. Ich denke, es hängt damit zusammen, dass keiner sich über die Gefühle des anderen sicher ist. Manch einer ist sich ja noch nicht einmal über die eigenen Gefühle im Klaren!« Unwillkürlich musste sie an sich selbst denken. Wie lange hatte sie gebraucht, bis sie erkannte, in Darcy dem Mann begegnet zu sein, den sie sich immer ersehnt hatte. Behutsam fuhr sie fort: »Georgiana, ich denke, die Unsicherheit gehört zur Verliebtheit dazu. Und was Mr. Saunders angeht, mir vermittelte er das Gefühl, es kaum abwarten zu können, uns auf Pemberley zu besuchen. Seine Ungeduld schrieb ich allein dir zu. Ich glaube nicht, dass ich mich täusche. Du wirst sehen, bald wird er kommen. Und, so hoffe ich, alle Zweifel deinerseits aus dem Wege räumen.«

Nach dieser Beteuerung wechselten sie das Thema. Elizabeth war froh, dass Georgiana mehr über ihre Gefühle preisgegeben hatte, als sie erwartete. Nun kannte sie immerhin die Gefühle der jungen Dame. Was die des Gentlemans betraf, hoffte sie, auch hierin bald Klarheit zu gewinnen. Eine Hoffnung, die sich erfüllen sollte, wenn auch auf eine überraschende Weise.

# Kapitel 28

»Wie überaus zuvorkommend von Ihnen, Mr. Wragsdale, uns sogleich nach Ihrer Ankunft einen Besuch abzustatten.«

»Seien Sie versichert, Mrs. Darcy, das Vergnügen ist ganz auf meiner Seite«, entgegnete Paul Wragsdale. »Ein Besuch auf Pemberley wirkt auf mich wie ein Labsal. Schon als Knabe war mir Pemberley der liebste Ort auf Erden.«

Diese Schmeichelei galt nicht ihr, das wusste die Hausherrin, sondern ihrer Schwägerin. Auf dem Ball auf Glenister im vergangenen November war es für Elizabeth zur Gewissheit geworden: Nicht nur Matthew, der älteste der drei Brüder, sondern auch Paul hatte ein Auge auf Georgiana geworfen. Obwohl sich Paul geschickter als Matthew anstellte, schien die Dame seines Interesses von seinen Bemühungen genauso wenig angetan.

»Es freut mich zu hören, Mr. Wragsdale, dass Sie solche Empfindungen für Pemberley hegen«, erklärte Darcy stolz.

Ja, es war nicht zu bestreiten, Paul Wragsdale wusste seine Worte gezielt zu setzen. Hingegen stellte sich sein Bruder Matthew nicht so geschickt an. Seine regelmäßigen Besuche auf Pemberley nutzte jener meist, um mit dem Hausherrn über die neuesten landwirtschaftlichen Methoden zu diskutieren. Denn Matthew Wragsdale hatte schon vor ein paar Jahren die Verwaltung des elterlichen Guts Alberney übernommen.

»Liebe Miss Darcy«, wandte Paul sich direkt an die junge Dame im Raum, »ich kann Ihnen gar nicht sagen, wie erleichtert ich war, als mir meine Mutter schrieb, dass wir Sie nicht an einen dieser Londoner *Gecken* verloren haben.«

Georgiana errötete ob dieser unverblümten Sprache.

»Paul, wie kannst du nur so abwertend von der Londoner Gesellschaft sprechen!«, ermahnte ihn sein Bruder entrüstet. Matthew ließ es sich nicht nehmen, bei jeder sich ihm bietenden Gelegenheit den älteren Bruder hervorzukehren.

»Was weißt du schon von der Gesellschaft, Matthew!«, verteidigte sich sogleich der Jüngere. »Du kommst doch nicht aus Derbyshire heraus! Ich denke, Sir«, wandte Paul sich an Darcy, »Sie werden mir recht geben. In diesen *feinen* Kreisen verkehren übermäßig viele *Laffen*!«

Wie geschickt von Paul Wragsdale, sich an Darcy zu wenden, ging es Elizabeth durch den Kopf. Er wusste ganz genau, er würde in diesem Punkt dessen Zustimmung erhalten. Und während die beiden Gentlemen sich genüsslich über die faulen Taugenichtse der Londoner Gesellschaft ausließen, überlegte Mrs. Darcy, wie sich wohl Leutnant William Wragsdale in dieser Runde verhalten würde. Georgianas Spielgefährte aus Kindertagen stand jener nicht nur vom Alter her am nächsten. Wie Georgiana immer wieder beteuerte, sah sie in William nur einen guten Freund. Was sich zu bestätigen schien, da sie in dessen Gegenwart ihre Schüchternheit ablegte. Georgianas Vorliebe für William hing nicht zuletzt damit zusammen, dass jener sie einst ritterlich gegen die Streiche seiner älteren Brüder verteidigte. Ein Umstand, der doppelt schwer wog. Denn eine Darcy vergaß nie! So bezweifelte Elizabeth, Georgiana würde jemals Matthew und Paul ihre Kapriolen aus der Jugendzeit verzeihen. Das bisherige Verhalten ihrer Schwägerin schien diese Annahme zu bestätigen.

»Ich versichere Ihnen, Mr. Wragsdale«, meldete sich nun Georgiana mit hochrotem Kopf zu Wort, »nicht jeder gut aussehende Gentleman ist ein eitler Stutzer oder ein Tunichtgut! Es gibt durchaus anständige Gentlemen unter ihnen! Gentlemen wohlgemerkt, die ihrem Stand alle Ehre machen!«

Jeden anderen hätte diese erstaunliche Erklärung von einer sonst schüchternen jungen Dame entmutigt. Nicht so Paul Wragsdale! Ihn schien Miss Darcys offen gezeigte Abneigung nur noch mehr anzuspornen. Elizabeth gewann den Eindruck, Georgiana zu erobern, käme den beiden Kavalieren einem Triumph gleich. Und ihre dreißigtausend Pfund Mitgift steigerten mit Sicherheit den Reiz der jungen Dame.

»Leider haben Sie meine Schwester Miss Bennet verpasst«, warf Elizabeth ein. Sie begehrte, in Erfahrung zu bringen, ob ihr Verdacht stimmte. Würde einer der beiden Gentlemen ein Bedauern erkennen lassen, Kitty nicht anzutreffen? Kitty, die allein aufgrund ihrer bescheidenen Mitgift eine weitaus weniger interessante Partie war.

»Ich ging davon aus, Miss Bennet sei in Longbourn geblieben«, meinte Paul. »Ich hoffe, Bruder, du führtest mich nicht absichtlich in die Irre!«

Die Ernsthaftigkeit, mit der Paul Wragsdale gesprochen hatte, nahm Elizabeth ihm nicht ab.

»Entschuldige, aber ich hatte schon lange nicht mehr das Vergnügen, Miss Bennet auf Pemberley anzutreffen«, verteidigte sich Matthew. »So zog ich diesen Schluss!«

»Meine Schwester bemüht sich derzeit emsig, ihren Reitstil zu vervollkommnen«, erwiderte Mrs. Darcy. »Selbst wir haben in letzter Zeit meist nur am gedeckten Tisch das Vergnügen ihrer Gegenwart.«

»Ich hoffe, bei ihren Ausritten verlässt Miss Bennet nicht Pemberley Park!«, sagte Matthew besorgt. »Wie sie sicher wissen, treibt sich dieser Tage eine dubiose Person in unserer Gegend herum!«

»Aber, Matthew, Miss Bennet wird in Begleitung reiten, wie es sich für eine junge Dame gehört!«, entgegnete Paul entrüstet.

»Hannah Holmes, des Verwalters Tochter, ist ihr eine regelmäßige Begleiterin«, pflichtete ihm Georgiana bei. Sie legte Wert darauf, den beiden Gentlemen zu zeigen, dass man auf Pemberley die Etikette wahrte.

»Holmes! Der Verwalter?!«, rief Paul erstaunt. »Ich dachte, der alte Holmes sei der Stallmeister von Pemberley!«

»Das war er einmal, Paul!«, erwiderte sein Bruder, erfreut darüber, ihn belehren zu können. »In deiner Abwesenheit hat sich einiges verändert. Bekommst du etwa kalte Füße? Oder hast du vergessen, wie dir Holmes seinerzeit die Ohren lang zog, weil du wieder die Fohlen erschreckt hast?«

»Man könnte meinen, Matthew, du seist immer in allem ein Vorbild gewesen! Hättest nie eine Dummheit begangen!«

»Ich bin mir nicht sicher, ob ich nähere Einzelheiten über die Streiche der Gentlemen aus vergangenen Tagen hören möchte!«, sagte Mr. Darcy mit gestrenger Stimme. Seine Entrüstung war nur vorgespielt. Hatte er doch selbst so manchen Streich als Junge ausgeheckt. Mit seinen Worten wollte er lediglich einen drohenden Streit zwischen den Brüdern verhindern.

Matthew räusperte sich. Die Zurechtweisung des Herrn von Pemberley berührte ihn peinlich. »Nun, wie es aussieht«, meinte er, »treibt der *Rosenkavalier* erneut sein Unwesen!«

»Mrs. Peabody setzte mich bereits in Kenntnis!«, entgegnete Darcy kühl. Er mochte den Gedanken nicht, jemand könnte ihn für nachlässig in seinen Pflichten halten. »Darüber hinaus wurde Mr. Peabody in meinem Auftrag tätig und rückte von der Kanzel aus die Dinge wieder ins rechte Lot!«

»Ach!«, rief Paul. »Dann haben Sie wohl doch noch nichts von der neuerlichen Attacke auf die Rosen von Mrs. Hayes gehört?« Paul wiederum gefiel es nicht, von Mr. Darcy wie ein kleiner Junge behandelt zu werden.

»Eine Attacke?«, bemerkte nun Elizabeth, die die Wortwahl in Zusammenhang mit den Rosen für unpassend hielt.

»Mein Bruder übertreibt, Mrs. Darcy, wie so oft!«, entgegnete Matthew. Dann wandte er sich an ihren Gatten. »Es stimmt schon, Sir, eine Woche lang sah es so aus, als hätte derjenige, der sich diesen Scherz erlaubt, Vernunft angenommen. Doch nun scheint die Zeit der Ruhe ein Ende gefunden zu haben! Sie müssen wissen, als Paul und ich eben aufbrachen, kam mein Knecht John

Booth aufgeregt vom Hof der Hayes zurück. Mrs. Hayes wollte wohl zuerst nichts sagen. Dann aber berichtete sie ihm, in den vergangenen Tagen habe sich wieder jemand an ihren Rosensträußen zu schaffen gemacht. Von daher, Sir, können Sie von den neuerlichen Diebstählen noch keine Kenntnis haben.«

»Mir ist die ganze Aufregung unbegreiflich!«, meinte Paul. »Man sollte meinen, Mr. Darcy, Ihre Pächter hätten andere Sorgen als die Rosen auf ihren Gehöften!«

»Gerade Sie, Mr. Wragsdale, als angehender Jurist sollten die Querelen in einer Gemeinde nicht unterschätzen!«, ermahnte ihn Darcy. »Bei den Rosen von Mrs. Hayes handelt es sich unzweifelhaft um mehr als nur ein paar Blumen. Mrs. Hayes genießt aufgrund ihrer Alba-Rosen weit über Lambton hinaus ein großes Ansehen. Ihre Rosen sind einzigartig und nicht zuletzt deshalb erhält sie jedes Jahr den Preis der schönsten Rose! Außerdem: Diebstahl bleibt Diebstahl!«

Es war schon erstaunlich, wie vehement Darcy hier eine Ansicht verteidigte, die er selbst nicht vertrat. Aber er konnte dem jungen Mann diese Achtlosigkeit nicht durchgehen lassen. Zudem erinnerte er sich an Mrs. Gardiners Prozess im vergangenen Jahr. Für das geringfügige Vergehen, das man jener zu Unrecht anlastete, hätte sie sogar nach Australien verbannt werden können.

»Mrs. Hayes Rosen mögen jedes Jahr den Sieg davontragen, aber einzigartig, einzigartig sind sie keineswegs!«, wagte es Paul ihm zu widersprechen. »Oder, wie erklären Sie sich, Mr. Darcy, die Schwierigkeiten mit Mr. Johnson?«

Matthew fehlten erst die Worte, dann entschuldigte er sich einmal mehr für das vorlaute Benehmen seines jüngeren Bruders. »Seit Paul in Cambridge studiert, dünkt er sich jedem überlegen!«

»Dann muss ich wohl aus Ihren Worten, Mr. Wragsdale, den Schluss ziehen, das leidige Thema hat sich keineswegs erledigt!«, kehrte Darcy den Gutsherrn hervor. Dabei imponierte ihm Pauls offenes Auftreten mehr, als er zuzugeben bereit war. Darcy, der mit zweiundzwanzig Jahren bereits die Verantwortung für Pemberley übernahm, erlebte es nur sehr selten, dass ihm jemand unerschrocken die Stirn bot.

»Gehe ich recht in der Annahme«, mischte sich nun Elizabeth in das Gespräch ein, »niemand geht davon aus, es könne sich erneut um eine Liebesgeschichte handeln?«

»Was die Motive des Übeltäters angeht, sind die Leute von Lambton ratlos!«, erklärte Matthew. Er war sichtlich erfreut, eine so wichtige Rolle in Gegenwart von Miss Darcy zu spielen. »Nach den tragischen Ereignissen vor zwanzig Jahren hätte niemand es für möglich gehalten, dass es je wieder jemand wagen würde, sich an den Rosen von Mrs. Hayes zu vergreifen!«

Paul Wragsdale ließ einen deutlichen Laut der Missbilligung vernehmen.

»Vielleicht hat der Übeltäter gar keine Kenntnis von den damaligen Ereignissen?«, wandte Elizabeth rasch ein, um einen erneuten, brüderlichen Zwist zu verhindern.

»Das Gehöft liegt abseits der Straße«, erklärte ihr Gatte, »wieso sollte sich ein Auswärtiger an den Rosen vergreifen?«

»Zumal in dieser Regelmäßigkeit«, gab Matthew zu bedenken. »Der Übeltäter kommt anscheinend täglich vorbei.«

»Ist das nicht sicher?«, fragte Elizabeth.

»Wie sollte man sich in so einem Fall sicher sein?«, antwortete einmal mehr ihr Gatte. Offenbar hatte er noch nicht verstanden, weshalb seine Gattin all diese Fragen stellte. Fragen, die sie beide schon so oft erörtert hatten.

»Es sei denn, jemand würde sich die Mühe machen, die Rosenknospen an jedem Strauch zu zählen!«, wandte Matthew ein.

»Dem alten Johnson würde ich das zutrauen!«, gab sein Bruder Paul zu bedenken. »Oder hast du schon vergessen, Matthew, dass wir es einst sehr wohl wagten, die Rosen des alten Johnson zu pflücken?«

Matthew schüttelte den Kopf. Wie konnte sein Bruder unter den derzeitigen Umständen diese Schandtat nur vor Mr. und Mrs. Darcy zugeben?

»So sollten sich wieder ein paar Jungen einen Streich erlaubt haben?«, fragte Georgiana und sah dabei ihren beiden ehemaligen Peinigern unerschrocken in die Augen. Nein, eine Darcy vergaß nie! »Ich muss gestehen«, fuhr sie fort, »in dem Fall würde ich einer Liebesgeschichte den Vorzug geben!«

»Wer kann eine solche schon mit Sicherheit ausschließen?«, meinte Paul sanft.

Das war das Problem. Niemand wusste so recht, was es mit dem mysteriösen Rosenkavalier auf sich hatte. Ob es ihn überhaupt gab? Vielleicht handelte es sich ja gar nicht um *einen* Täter! Wer konnte das schon sagen? Nur eins schien klar. Der Frieden in Lambton war noch nicht wiederhergestellt. Und da im Juli die Sträucher nach wie vor in voller Blüte standen, war davon auszugehen, dass der *Rosenkavalier* weiterhin sein Unwesen treiben würde.

## Kapitel 29

Gerade einmal zwei Tage später wurde ein junger Gentleman durch den Butler angekündigt, der ganz andere Empfindungen bei Miss Darcy hervorbrachte als die Brüder Wragsdale. Niemand anderes als Mr. Saunders hatte darum gebeten, bei der Familie vorstellig zu werden. Freudig nahm die Hausherrin die Ankündigung des langersehnten Gastes zur Kenntnis. Sie bat Mr. Parker, den Gentleman in den Salon zu führen.

Ausnahmsweise waren entgegen der allgemeinen Gewohnheit am heutigen Tage alle zugegen. Selbst Catherine hatte trotz des schönen Wetters auf einen zweiten Ausritt nach dem Frühstück verzichtet! Während sie dem Besuch gelassen entgegensah, wusste sich Georgiana kaum zu beruhigen.

Die Aufregung seiner Schwester ärgerte Darcy. Missvergnügt beobachtete er, wie Georgiana ihr Kleid straffte, sich in die Wangen kniff und graziös aufstellte. Es war kein Geheimnis, dass Darcy ihre Begeisterung für den Gentleman nicht teilte. So verbarg er genauso wenig seinen Unmut wie Georgiana ihre Freude. Dafür erntete er von seiner Gattin einen eindringlichen Blick, seine Abneigung nicht so offenkundig zu zeigen. Ihr zuliebe entspannte er ein wenig seine Gesichtszüge. Zu mehr Entgegenkommen war er nicht bereit!

Darcy hätte nicht zu sagen vermocht, worauf seine Ressentiments gegen Mr. Saunders beruhten. Schließlich hatte er mit dem jungen Mann kaum ein Wort gewechselt. Im Grunde war er ihm ein Unbekannter! Es hatte Darcy schlichtweg missfallen, dass Mr. Saunders zum ersten Tanz das reichste Mädchen im Saal wählte. War er doch davon überzeugt, Georgianas Zauber bestünde im Wesentlichen aus ihrer Mitgift von dreißigtausend Pfund. Die Reize ihrer Weiblichkeit wollte er nicht wahrnehmen! In seinen Augen war sie immer noch seine kleine Schwester, um deren Wohlergehen er sich zu kümmern hatte.

Die Art, wie Darcy den Kavalier dann empfing, war kühl, aber höflich. Mr. Saunders indes verfügte über genug Selbstvertrauen, um sich unberührt von seinem finsteren Blick zu zeigen. Ein Umstand, der Darcy wohl oder übel Respekt abverlangte.

Nachdem alle Platz genommen hatten, erkundigte sich die Hausherrin bei ihrem Gast, seit wann er denn schon in ihrem schönen Derbyshire weile.

»Vor drei Tagen bin ich in Bakewell angekommen«, entgegnete Mr. Saunders. »Sie können mir glauben, Mrs. Darcy, ich musste mir regelrecht Zurückhaltung auferlegen, um Ihnen nicht sogleich einen Besuch abzustatten. Aber es erschien mir meiner Tante gegenüber ungebührlich. Es sind nun schon so viele Jahre vergangen, seit ich das letzte Mal bei ihr weilte. So empfand ich es als meine Pflicht, ihr *allein* meine ersten Tage zu widmen.«

»Wie großherzig von Ihrer Tante, Sie so rasch freizugeben, damit Sie uns mit Ihrer Gegenwart beehren können«, erwiderte Elizabeth.

»Ich bin mir sicher, Mrs. Maycott hätte sogleich meinem Besuch bei Ihnen zugestimmt, Mrs. Darcy. Ich erzählte ihr aber erst gestern von meiner neuen Bekanntschaft, die ich die Ehre hatte letztes Jahr, während meines Aufenthaltes bei meinem Onkel Mr. Dixon in Nottinghamshire, zu machen. Mrs. Maycott war überaus entzückt, dass es mir vergönnt war, an solch einem Ereignis, wie dem Einweihungsball auf Glenister teilzunehmen. Selbst in Bakewell war man von dem Umzug des Ehepaars Bingley nach Nottinghamshire unterrichtet.«

»Das hätte ich nicht gedacht«, meinte Mrs. Darcy.

»Mrs. Maycott hat schon seit vielen Jahren gute Freunde in Lambton. So erreicht sie so manche Neuigkeit aus der Gegend. Und selbstredend sind Nachrichten über das Herrenhaus von Pemberley für sie besonders reizvoll. Sie vermögen sich nicht die Freude meiner Tante vorzustellen, als sie erfuhr, dass ich mit der *besten* Gesellschaft verkehre. Alsbaldig müsse ich meine Aufwartung bei Ihnen machen, tadelte sie mich! Doch seien Sie versichert, Mrs. Darcy, mein Erscheinen heute hier bei Ihnen ist nicht dem Drängen meiner Tante, sondern vielmehr meinem Wunsche entsprungen, nun endlich die Schönheit von Pemberley in seiner ganzen Pracht selbst in Augenschein zu nehmen.«

Catherine gab ob dieser Erklärung einen Laut der Missbilligung von sich, der Georgiana die Röte ins Gesicht schießen ließ.

So sah sich Mrs. Darcy erneut in die Pflicht genommen, zu antworten. Denn offenkundig war ihre Familie entweder nicht willens oder nicht in der Lage, sich zu äußern. Sie versicherte ihm einmal mehr, welch gern gesehener Gast er auf Pemberley sei. Und fügte zu allem Überfluss noch hinzu, er möge recht oft sein Pferd nach

Pemberley lenken. Natürlich nur, wenn ihm der Weg nicht zu beschwerlich werde.

Eine solche Annahme wies der junge Mann weit von sich. Dann wagte er es, sich direkt an Miss Darcy zu wenden. Er begehrte zu wissen, ob sie die Wochen in der Stadt noch angenehm verbracht hätte.

Darcy musste schwer an sich halten, um nicht zu fragen, ob Mr. Saunders dies für unmöglich hielt, da *er* nicht mehr anwesend war. Die Antwort seiner Schwester, die Zeit in London werde ihr eine unvergessliche bleiben, beruhigte sein Gemüt. Erfreut stellte er fest, dass Georgiana ihre Gefühle gut zu verbergen wusste. Ein Umstand, der Elizabeth hingegen alarmierte, da sie nicht vergessen hatte, wie Janes zurückhaltende Art Bingleys Werben um sie unnötig erschwerte.

»Ich muss Ihnen gestehen, Miss Darcy, dass *Ihr* Ball für mich gleichsam die Krönung der Saison darstellte«, bemerkte Mr. Saunders galant. »Alle anderen danach schienen mir unbedeutend.«

»Ist das so, Sir!«, konnte sich Darcy nun nicht mehr beherrschen, dem jegliches Anbiedern ein Gräuel war. »Ich konnte noch nie einen großen Unterschied zwischen den Bällen einer Londoner Saison feststellen.«

»Ich vermag mir gut vorzustellen, Sir, dass ein Gentleman wie Sie, Mr. Darcy, der solch einen stattlichen Besitz sein Eigen nennt, rasch der Gesellschaft überdrüssig wird. Darob verwundert mich ihr Urteil nicht. In Ihrer Position, der Sie so erhaben über uns andere sind, würde ich vermutlich ähnlich empfinden. Für uns andere hingegen, die wir bescheidener leben, ist die Saison stets eine willkommene Abwechslung.«

»Eine Abwechslung, wahrhaftig? Dabei ähnelt ein Ball dem anderen. Selbst die Gespräche gleichen sich!«

»Oh, Mr. Darcy, Sie erlauben sich einen Scherz mit mir. Wie könnte es anders sein. Denn wenn ich Ihre Worte ernst nähme, würde das ja in letzter Konsequenz bedeuten, der Gastgeber müsse gar keine Anstrengungen unternehmen, seinen Gästen einen unvergesslichen Abend zu bescheren. Ich bitte Sie, Sir, wie könnte ich, nachdem ich die Ehre hatte, auf Miss Darcys Ball zu tanzen, solch eine Meinung wahrhaft gelten lassen!«

»Sie müssen meinen Gatten entschuldigen«, fühlte sich nun die Hausherrin bemüßigt in das Gespräch einzugreifen, »aber Mr. Darcy wird selbst das strahlendste Fest nicht begeistern können.«

»Wie schade, Sir, da entgeht Ihnen aber einiges. Nein, ich muss gestehen, bei mir liegt der Fall anders. Gerade in Gesellschaft fühle ich mich wohl. Und je prächtiger eine Veranstaltung ist, umso mehr freue ich mich, ihr beiwohnen zu dürfen.«

»Umso mehr erstaunt mich, Sir, wie Sie die Stadt dennoch weit vor dem Ende der Saison verlassen konnten!«, entgegnete Mr. Darcy, dessen Unmut mit jedem galanten Wort von Mr. Saunders stieg.

»Wie gesagt, Sir, nach dem Ball zu Ehren von Miss Darcy fiel es mir schwer, noch die rechte Begeisterung den anderen jungen Damen gegenüber zum Ausdruck zu bringen. So kam mir die Einladung meines Onkels Mr. Dixon gerade recht. Und wie erfreut war ich, dort Ihnen zu begegnen, Mrs. Darcy!«

Und nach dieser Einleitung erfolgte eine anerkennende Lobpreisung seitens Mr. Saunders für Glenister und deren überaus charmante Besitzer, die Bingleys. Welch angenehme Gastgeber die Herrschaft von Glenister doch seien und wie ausgesprochen wohl er sich dort gefühlt habe.

All die galanten Worte verfehlten ihre Wirkung nicht. Die Wahrnehmung freilich war bei den Zuhörern eine sehr unterschiedliche. Dennoch konnte nach diesem Besuch ein jeder für sich sagen, er war seinem Urteil über Mr. Saunders treu geblieben! Nur Darcy wollte sich damit nicht zufrieden geben. Er begehrte, auch andere von seinem zu überzeugen. Und der Mensch, von dem er sich am meisten eine Übereinstimmung wünschte, war, wie nicht anders zu erwarten, seine Gattin. So drängte es ihn, insbesondere auf sie Einfluss zu nehmen, den jungen Gentleman mehr mit seinen Augen als mit den ihrigen zu sehen. Ein Unterfangen, das zum Scheitern verurteilt sein musste! Aber gerade deshalb so leidenschaftlich debattiert wurde.

»Wie kannst du, Elizabeth, all den artigen Worten Mr. Saunders auch nur einen Moment Glauben schenken? Das verstehe ich nicht! So eklatant, wie er sich anbiedert!«

»Oh, Darcy, ist das nicht immer so, wenn ein junger Mann um die Gunst einer Frau wirbt?«

»Ich kann mich nicht entsinnen, mich jemals in der Art verhalten zu haben!«

»Nein, du nicht, Darcy! Du bist eine Ausnahme! Dessen sei gewiss!«

»Man könnte meinen, Elizabeth, du bist geneigt, dies mehr als Makel denn als Tugend zu sehen.«

»Wenn ich dich erinnern darf, Darcy, dann hattest du am Anfang deines Werbens mit deiner unnachahmlich schroffen und direkten Art wenig Erfolg, was mich anging.«

Es berührte Darcy unangenehm, dass Elizabeth auf seinen missglückten Heiratsantrag anspielte. Zumal er ihr schon recht bald eingestanden hatte, wie ungern er sich an seine Worte erinnerte und wie sehr ihn ihre berechtigte Kritik quälte.

Nachdem er längere Zeit ins Grübeln verfallen war, meinte sie daher: »Vielleicht, Darcy, überdenkst du noch einmal deine Vorurteile Mr. Saunders gegenüber. Ich weiß, es fällt dir schwer, ein einmal getroffenes Urteil zu korrigieren. Aber, ich denke, schon mit Rücksicht auf Georgiana solltest du versuchen, Saunders unvoreingenommen zu begegnen. Vielleicht bemüßigt er sich dann auch schon bald einer anderen Sprache. Denn ich glaube, hinter seinen galanten Worten verbirgt sich eine tiefe Unsicherheit.«

»Unsicherheit? Davon merke ich wenig bei Mr. Saunders!«

»Nun, deine Schwester jedenfalls ist unsicher, was ihn angeht. Das sollte auch dir aufgefallen sein.«

»Für meinen Geschmack zeigt sie ihm ihre Zuneigung zu deutlich. Ich wünschte mir, sie würde sich mehr Zurückhaltung auferlegen.«

»*Noch mehr* Zurückhaltung dürfte schwerlich möglich sein, Darcy!«

»Ich bin mir sicher, wenn Mrs. Annesley gesehen hätte, wie Georgiana sogleich errötete, sobald diesem Gentleman ein Kompliment nach dem anderen über die Lippen kam, wäre sie nicht erfreut gewesen.«

»Da Mrs. Annesley die meiste Zeit der Saison mit Georgiana in London weilte, wird ihr wohl kaum die

Wirkung, die Mr. Saunders Komplimente auf jene haben, entgangen sein.«

»Auf deine Schwester jedenfalls schien der Gentleman wenig Eindruck zu machen. Zu meiner Zufriedenheit habe ich bei Catherine mehrere Male Verachtung für seine Galanterie erkennen können.«

»Wie auch nicht? Kitty gab sich schließlich keine Mühe, selbige zu verbergen! Dennoch kann ich nicht umhin, ihre Abneigung zu begrüßen. Nicht auszudenken, beide Mädchen wären in den gleichen Mann verliebt!«

»Mir bleibt die Hoffnung, Georgiana wird eines Tages Mr. Saunders genauso kritisch betrachten, wie Catherine dies heute tat!«

»Oh, Darcy, wann wirst du es endlich einsehen! Georgiana hat längst eine ernste Zuneigung zu Mr. Saunders gefasst! Also, frage ich dich, wie sollte sie unter diesen Umständen dann noch in der Lage sein, einen kritischen Blick auf ihn zu werfen?«

»Wie auch immer, mir will es nicht gelingen, Mr. Saunders Sympathie entgegenzubringen.«

»Die Frage ist doch die, Darcy: Wirst du je einem jungen Mann Sympathie entgegenbringen, wenn jener ein ernsthaftes Interesse an deiner Schwester zu erkennen gibt?«

Diese Frage konnte Darcy nicht beantworten. Was ihn einerseits ärgerte, aber anderseits auch geneigt machte, sich Zeit zu lassen, Mr. Saunders besser kennenzulernen.

# Kapitel 30

Von diesem Tage an war Mr. Saunders ein regelmäßiger Gast im Herrenhaus. Er kam, wenn die Sonne im Zenit stand, und ging, bevor sie hinter den Hügeln verschwand. Dabei kam ihm zupass, dass es Anfang Juli noch bis in die Abendstunden hell war. So konnte er wohlgemut die regelmäßig ausgesprochene Einladung zum Dinner annehmen. Nicht zuletzt, weil das Personal angewiesen war, eine Stunde früher als üblich die Speisen zu servieren.

Der Hausherr blieb dem jungen Gentleman gegenüber misstrauisch. Um Mr. Saunders galanter Konversation zu entkommen, war er anfangs viel außer Haus. Da keine der Damen Anstoß an seiner Abwesenheit nahm, zog er sich alsbald immer häufiger in die Bibliothek zurück. Ein Verhalten, das seine Gattin an Mr. Bennet erinnerte.

»Dein Vater beliebt der holden Weiblichkeit zu entfliehen, Liebste«, entgegnete er. »Ich hingegen flüchte vor zu viel männlicher Arroganz!«

Catherine wäre auch gern vor Mr. Saunders geflohen. Doch die Bibliothek war nicht die richtige Zuflucht für sie. Und selbst die Ausritte boten ihr keine Möglichkeit zu entkommen. Denn die Hitze zwang sie dazu, jene nun in den frühen Stunden des Morgens zu absolvieren.

»Dass ich das noch erlebe! Meine kleine Schwester steht freiwillig früher auf als ich!«, meinte Elizabeth am dritten Tag von Catherines neuer Tageseinteilung.

»Spotte du nur, Lizzy, du kannst mir nicht die gute Laune verderben!«

»Danach steht mir wahrlich nicht der Sinn, Kitty! Im Gegenteil, ich wünsche mir von Herzen, deine heitere Stimmung würde den ganzen Tag anhalten.«

»Das hängt nicht von mir ab! Schließlich, was kann ich dafür, dass mir regelmäßig schlecht wird, wenn Saunders beginnt, so hold zu schwatzen!«

»Kitty, Mr. Saunders schwatzt nicht!«

»Warst du es nicht, Lizzy, die mir nach einem Besuch von Lady Wragsdale erklärte, im Allgemeinen würde man sagen, wenn jemand sich über Dinge wortreich auslässt, die ohne Belang sind, jener würde schwatzen? Du siehst, ich wende nur deine Worte an! Mehr noch, sogar deine Gewohnheit, im Sommer früh aufzustehen, übernehme ich. Denn, wie du stets zu sagen pflegst: Je weiter der Tag voranschreitet, umso unerträglicher wird die Hitze! – Und eins kannst du mir glauben, Lizzy, das Frühstück schmeckt nach einem Galopp dreimal so gut wie sonst. Aber am besten ist noch der Anblick der Natur in der Frühe des Tages: einfach *unglaublich*!«

»Ach, Kitty, wahrhaft *unglaublich* ist, dass du zweiundzwanzig Jahre benötigt hast, um zu dieser Erkenntnis zu gelangen!«, entgegnete Elizabeth.

»Saunders macht es offenbar nichts aus, in der Glut der Mittagshitze zu reiten«, stellte Georgiana gedankenverloren fest und legte das Buch beiseite, in dem sie ohnehin die letzte Viertelstunde nicht mehr gelesen hatte.

»Er hat es dir doch erklärt, Georgiana«, meinte Elizabeth, »er fühlt sich verpflichtet, wenigstens beim Frühstück seiner Tante Gesellschaft zu leisten. Bedenke, wenn er abends zu ihr zurückkehrt, ist sie meist schon zu Bett gegangen.«

»Warum nimmt er nicht im Gasthaus von Lambton Quartier!«, warf Catherine ein. »Dann könnte er sich das hin und her reiten sparen. Schließlich, was hat die arme Frau von ihm?«

»Es ist doch sehr lobenswert von Saunders, sich auch seiner Tante zu widmen!«, verteidigte Georgiana ihren Kavalier.

»Liebe Georgiana, gerade noch wolltest du, dass er hier frühstückt! Mir scheint, du weißt nicht, was du willst!«

»*Ich* habe nichts davon gesagt, er solle hier frühstücken!«, rechtfertigte sich Georgiana ungewöhnlich heftig.

»Aber gemeint hast du es schon!«, entgegnete Catherine trotzig. »Deine Enttäuschung war nicht zu überhören!«

»Kitty, ich bitte dich!«, mischte sich Elizabeth ein, die sich noch gut an die widersprüchlichen Empfindungen erinnerte, in die man sich verstrickt, wenn man verliebt ist. »Georgiana«, wandte sie sich dann mit sanfter Stimme an ihre Schwägerin, »du musst das so sehen. Saunders scheut keine Mühen. Er reitet täglich neun Meilen, nur um bei *dir* zu sein! Daran kannst du ermessen, was für einen edlen Kavalier du in ihm hast.«

»Ach, das ist ja interessant! Saunders kommt also *nur*, um Georgiana zu sehen! Wenn das so ist, Lizzy, warum bestehst du dann ständig auf meiner Anwesenheit?«

»Kitty! Also wahrlich, manchmal muss ich mich doch sehr wundern. Du erwartest nicht ernsthaft, wir würden Saunders mit Georgiana allein lassen, oder?«

»Bin ich froh, wenn Mrs. Annesley aus dem Norden zurückkehrt!«, erwiderte Catherine.

»Neun Meilen sind in der Tat eine beträchtliche Wegstrecke«, sagte Georgiana, den geschwisterlichen Disput außer Acht lassend.

»Was sind schon neun Meilen für einen guten Reiter?«, widersprach einmal mehr Catherine. »Saunders ist gerade mal eine Stunde unterwegs.«

»Für eine Strecke, Kitty!«, gab Elizabeth zu bedenken. »Da er aber auch noch den Rückweg antritt, benötigt er immerhin zwei Stunden am Tag!«

»Meinst du, Lizzy, wir sollten als Erfrischung für ihn ein paar Pfirsiche aus der Orangerie kommen lassen?«, fragte Georgiana, deren innere Unruhe sichtlich zunahm. Denn bald schon konnten sie mit Mr. Saunders Ankunft rechnen.

»Sind denn schon welche reif?«

»Mrs. Reynolds hat mich gestern einen kosten lassen.«

»Welch ein Aufwand!«, stöhnte Catherine.

»Süße Früchte würde ich auch nicht ablehnen!«, rief schelmisch eine Männerstimme. Zum Verdruss von Mr. Parker war Paul Wragsdale besser zu Fuß. So war der junge Gentleman ihm vorausgeeilt. Weshalb ihn der Butler nicht ankündigen konnte.

Ein solcher Verstoß gegen die guten Sitten war nur möglich, weil sich die Damen im Freien aufhielten. Hier am nördlichen Hang spendete das Haus ihnen den ersehnten Schatten und bot sich ein wunderschöner Ausblick auf die freie Landschaft mit den hohen, bewaldeten Hügeln. Der Hausherr hatte diese neue Marotte getadelt. Aber Mr. Saunders war der Meinung, die Natur sei so *erfrischend*. Er empfand es als Unart der feinen Gesellschaft, kühlen Räumen den Vorzug vor der Natur zu geben. Dabei, so Mr. Saunders, sei es doch ein Leichtes, sich ein schattiges Plätzchen in selbiger zu suchen. Er fand es geradezu sträflich, sich in der schönsten Zeit des Jahres auch nur eine Minute mehr als nötig im Haus aufzuhalten!

»Wie nett Sie hier so einträchtig beiandersitzen«, meinte Paul Wragsdale. »Ich habe bereits vernommen, Mr. Saunders halte sich in Derbyshire auf. Leider war es mir bisher noch nicht vergönnt, ihn selbst zu treffen. So dachte ich mir, komme ich zu Ihnen. Hier würde ich ihn bestimmt vorfinden. Schließlich, wer sollte dem Gentleman verübeln, dass er angesichts so viel Schönheit seine Schritte auch kein Yard abseits von Pemberley lenkt? Dennoch wollte ich es wagen, ihn genau *dazu* aufzufordern! Ich wollte ihn einladen, mit uns auf Alberney Dienstag in vierzehn Tagen eine Soiree zu begehen. Keine Sorge, Sie werden seine Gesellschaft nicht entbehren müssen, meine Damen, denn selbstredend sind auch Sie *alle* eingeladen!«

»Paul, wie kannst du nur so unglücklich jemanden zum Dinner bitten!«, ertönte die Stimme von Matthew Wragsdale, der sichtlich außer Atem endlich auch eingetroffen war.

»Die Damen, Matthew, werden vor allem daran interessiert sein, ihren Gast eingeladen zu wissen.«

»Mr. Saunders logiert nicht auf Pemberley!«, stellte Georgiana richtig.

»Das freut mich zu hören!«, entgegnete Paul mit einem Lächeln.

»Habe ich es dir nicht gleich gesagt, Paul!«, mischte sich Matthew beflissen ein, »John irrt sich nicht! Sie müssen wissen, mein Knecht John Booth meint, da reite einer regelmäßig über die Feldwege nach Pemberley.«

»Dabei könnte es sich in der Tat um Mr. Saunders handeln«, meinte die Hausherrin. »Mr. Saunders besucht derzeit seine Tante in Bakewell. Wie Ihnen vielleicht bekannt ist, hat er diese Saison in der Stadt verbracht.« Mit dieser Erklärung wollte Elizabeth den beiden Kavalieren zu verstehen geben, dass Mr. Saunders für Miss Darcy kein Fremder mehr war.

»Wenn der junge Gentleman in Bakewell logiert, werden wir ihm anbieten, auf Alberney zu nächtigen«, schlug Matthew vor.

»Oh, es liegt uns fern, Ihnen solche Umstände zu bereiten«, entgegnete Georgiana errötend.

Elizabeth, die erkannte, worauf ihre Schwägerin hinauswollte, erklärte: »Selbstredend, Mr. Wragsdale, werden wir uns glücklich schätzen, diese Aufgabe zu übernehmen und weisen daher Ihr großherziges Angebot zurück. Wenn Mr. Saunders nicht anderweitig verpflichtet sein sollte, wird er Ihre Einladung mit dem größten Vergnügen annehmen, dessen seien Sie versichert. Und soweit ihn Mrs. Maycott entbehren kann, wird es unserseits eine Freude sein, ihn für ein paar Tage auf Pemberley einzuladen.«

So war es beschlossene Sache, ohne dass der Gentleman, um den es ging, gefragt worden wäre. Wie sich jedoch bald herausstellte, hatte die Hausherrin ihre Zuversicht nicht umsonst ausgesprochen. Wenn auch nicht zur Freude aller nahm Mr. Saunders beide Einladungen mit der ihm eigenen höflichen Art an. Er sprach ihnen seinen

Dank aus und bekundete, noch nie so viel Großmut und Höflichkeit einem mehr oder weniger Fremden gegenüber erlebt zu haben.

Während Matthew Wragsdale die Ankunft von Mr. Saunders als geeigneten Zeitpunkt für seinen Aufbruch betrachtete, begehrte sein jüngerer Bruder gerade wegen dieses Gentlemans zu bleiben.

»Geh du nur, Matthew! Ich habe keinerlei Verpflichtungen, die meine Anwesenheit auf Alberney erzwingen. Selbstredend nur, wenn Sie, Mrs. Darcy, Miss Bennet und Miss *Georgiana* keine Einwände erheben.«

Die vertrauliche Anrede Georgianas mit ihrem Rufnamen stach bewusst aus seiner Aufzählung hervor und ließ Elizabeth aufmerken. Auch Mr. Saunders entging diese besondere Auszeichnung nicht. Es war gleichsam, als wolle Paul Wragsdale deutlich machen, in wessen Revier jener sich zu wildern anschickte.

Nachdem sich Matthew Wragsdale verabschiedet hatte, ergriff sein Bruder erneut das Wort. »Auf dem Ball letztes Jahr haben wir, Mr. Saunders, kaum zwei Worte miteinander gewechselt. Dennoch sind Sie mir deutlich in Erinnerung geblieben. Ich habe nicht vergessen, wie Sie mir die reizende Miss *Georgiana* buchstäblich vor der Nase zum Eröffnungstanz wegschnappten!«

»Ich bitte Sie, Sir, ein solch unerhörtes Benehmen können Sie mir nicht ernsthaft anlasten! Zu meiner Ehrenrettung muss ich sagen, dass ich, bevor der erste Tanz den Ball eröffnete, die Ehre hatte, mich mit Mrs. Darcy und Miss Darcy angeregt über die Schönheit Derbyshires im Allgemeinen und Pemberleys im Speziellen zu unterhalten. Daher schien es mir ganz selbstverständlich, die junge Dame zum ersten Tanz des Abends aufzufordern. Und seien Sie versichert, Sir, weder war ich mir bewusst, noch wurde ich darauf hingewiesen, dass ein Anrecht Ihrerseits auf diesen ersten Tanz bestand.«

»Davon kann keine Rede sein!«, entgegnete Paul Wragsdale. »Dennoch trug ich mich unverkennbar mit der Absicht, Miss Georgiana aufzufordern!«

»Danke, Sir, es beruhigt mich außerordentlich, nicht die Etikette verletzt zu haben. Denn, Sir, Sie werden mir recht geben müssen, dass es nicht in meiner Macht steht, Ihre Absichten zu erahnen. Sie mögen sich mit einer solchen getragen haben, allein für mich war sie nicht erkennbar. Sie müssen wissen, ich lege sehr viel Wert auf die Etikette. Denn insbesondere die gesellschaftlichen Umgangsformen heben uns, die wir das Glück haben Gentlemen zu sein, von den anderen, weniger privilegierten Menschen ab. Ich hoffe, Sir, es war Ihnen vergönnt, im Laufe des Abends noch einen Tanz mit Miss Darcy zu absolvieren?«

Solch gespreizte Ausdrucksweise verunsicherte Paul Wragsdale, so nickte er nur knapp als Antwort und nahm das zufriedene Lächeln des Gentlemans entgegen. Dann besann er sich auf etwas anderes und meinte: »Wie ich von meiner Schwester Mrs. Fletcher, einer Nachbarin der Bingleys hörte, studieren Sie, *Sir*, die Rechtswissenschaften in Cambridge. Ist das korrekt?«

»In der Tat, Mr. Wragsdale, dies trifft zu! Wenn mich auch mein Studium dieser Tage nicht mehr so in Beschlag nimmt wie an dessen Anfang.«

Bevor Mrs. Darcy in der Lage war, Mr. Saunders darauf hinzuweisen, dass Mr. Wragsdale ebenfalls die Jurisprudenz in Cambridge studiere, hatte letzterer bereits wieder das Wort ergriffen. Die beiden Gentlemen waren derart in ihr Wortgefecht verbissen, dass ihnen die Anwesenheit der Damen entfallen zu sein schien.

»Dann tragen Sie sich mit der Absicht, Sir, in Kürze Ihr Studium mit einem Abschluss zu beenden?«

»Ganz und gar nicht, Mr. Wragsdale! Sie müssen wissen, ich befinde mich in der glücklichen Lage, dereinst ein nicht unbedeutendes Anwesen in Yorkshire zu erben. Von daher strebe ich keinen universitären Abschluss an. Meine Studien dienen allein dem Zwecke, mich in Rechtssachen bei der späteren Verwaltung meines Besitzes auszukennen. Wie Sie sehen, Sir, wählte ich ein Studium, das einem Gentleman zur Ehre gereicht! Nehmen Sie nur Mr. Darcy, den, soweit ich es verstanden habe, dieselben Gründe zu seinem Studium veranlassten.«

Der Verweis auf Darcy mochte Ausdruck einer Artigkeit sein. Dennoch war Elizabeth das erste Mal seit ihrer Bekanntschaft mit dem jungen Gentleman verunsichert. Der kritische Blick ihres Gatten auf diesen schien ihr nicht mehr so abwegig. Doch musste sie Saunders nicht Gerechtigkeit widerfahren lassen? Sein prahlerisches Verhalten war ganz offenkundig dem Bestreben entsprungen, sich gegen einen Rivalen zu behaupten! Und wie sie erstaunt feststellen musste, wusste Paul Wragsdale zu parieren.

»Ich habe Ihnen ja noch gar nicht den Grund für unsere festliche Abendgesellschaft genannt!«, sagte jener sich ihnen wieder zuwendend, als würde er sich im Augenblick ihrer Gegenwart erinnern. »Wie ungehörig von mir! Wir wollen gemeinsam mit unseren Nachbarn feierlich die Erhebung meines Vaters in den Adelsstand begehen! Ich gebe zu, diese Feier kommt mit reichlicher Verspätung. Seinerzeit hat selbstverständlich eine Soiree in London stattgefunden. Aber Sir Arthur und Lady Wragsdale hatten versprochen, auf Alberney ebenfalls eine solche auszurichten. Da sie dann fast ein Jahr der Heimat fernblieben, geriet ihr Vorhaben in Vergessenheit.«

Dem musste man unbestreitbar zustimmen. Denn Sir Arthurs Erhebung in den Adelsstand war vor gut zwei Jahren erfolgt. Elizabeth nahm an, Paul Wragsdale habe sich den Anlass für die Soiree in diesem Augenblick ausgedacht, um gegenüber Mr. Saunders aufzutrumpfen. Auch war ihr nicht entgangen, dass Matthew Wragsdale nur von einer Einladung zum *Dinner* gesprochen hatte, was eine deutliche Herabsetzung des festlichen Rahmens der Abendgesellschaft bedeuten würde.

Angesichts der beiden jungen Gentlemen versprach die nächste Zeit interessant zu werden. Ein Gedanke, der Elizabeth zufrieden stimmte, denn dadurch würden ihre beliebten Charakterstudien neue Nahrung erhalten! Doch sie musste Obacht geben, wenn sie nichts von dem ungezügelten Wortgefecht der beiden Kavaliere verpassen wollte.

»Dann gehe ich recht in der Annahme, *Mr. Wragsdale*, Ihr Vater gehört dem untersten Rang der Aristokratie an?«

»In der Tat wurde mein Vater, *Sir Arthur*, für besondere Verdienste zum Ritter ernannt.«

»Leider fällt dieser Tage viel zu häufig und noch dazu wegen Nichtigkeiten diese besondere Ehre Untertanen zu. Daher hat die Bedeutung des Titels merklich gelitten, finden Sie nicht auch? Selbstredend trifft dies nicht auf Ihren Vater zu! Ich nehme an, sein Verdienst war von administrativer Bedeutung?«

»Seien Sie versichert, *Mr. Saunders*, mein Vater hat diese Auszeichnung *verdient*! Dagegen ist es mir unverständlich, wie manch ein junger Gentleman seine Studien vernachlässigt und nur darauf wartet, einen Besitz zu erben. Als jüngerer Bruder ist mir solch ein Denken, Gott sei Dank, fremd!«

»Sie missverstehen mich, Mr. Wragsdale, wenn Sie glauben, ich würde mein Studium vernachlässigen. Sie vergessen, dass ein Studium an der Universität in Cambridge einem jungen Gentleman weitaus mehr Möglichkeiten bietet als den Besuch von Vorlesungen. An dieser edlen Stätte der Bildung werden zudem Charakter, Ehrgefühl und Zusammenhalt geformt und vervollkommnet! Sportarten wie Rudern und Fechten; kurzum, Sportarten die eines Gentlemans würdig sind, schaffen dafür die besten Voraussetzungen!«

»Und ich kann davon ausgehen, Mr. Saunders, dass Sie in beiden brillieren, nicht wahr?«

»Es wäre unschicklich und prahlerisch, hierauf eine Antwort zu geben, *Mr. Wragsdale*! Deshalb verzeihen Sie, dass ich Ihnen die meine schuldig bleibe!«

»Seien Sie versichert, *Sir*, dass keiner der hier Anwesenden Sie in einem solchen Lichte sehen würde! Zumal Ihre Antwort weniger von Bescheidenheit als vielmehr von einem herausragenden Talent zu künden scheint!«

»Nun, so viel kann ich sagen, das Rudern liegt mir nicht im Blut.«

»So sind Sie also ein Meister der Fechtkunst?«

Man hätte nach dem Gesagten darauf schließen müssen, dass dies mehr eine Feststellung als eine Frage war. Die betretene Stille, die sich nun ausbreitete, hing aber damit zusammen, dass Paul Wragsdale eindeutig eine Frage gestellt hatte. Er hatte sich dabei nicht einmal die Mühe gemacht, seinen Zweifel für die Richtigkeit dieser Annahme zu verbergen. Vielleicht war das der Grund, weshalb sich nun Miss Darcy, wenn auch zögernd, in den Disput einmischte. So leise sie auch sprach, so bedeutungsvoll waren ihre Worte.

»In der Tat kann Mr. Saunders für sich in Anspruch nehmen, als ein Meister der Fechtkunst zu gelten, Mr. Wragsdale. Wenn er auch zu bescheiden ist, dies offen auszusprechen.«

Der Ausdruck, mit dem Paul daraufhin Georgiana ansah, ließ sich schwer deuten. Neben Verwunderung mischte sich auch eine unverkennbare Wut. Mochte die Wut daher rühren, dass Miss Darcy sich bemüßigt fühlte, Mr. Saunders zu verteidigen. Allein die Tatsache, dass sich *die* junge Dame, um die die beiden Gentlemen buhlten, zu Wort meldete und dann auch noch mit ihrer Äußerung unverkennbar ihre Vorliebe für den einen zeigte, ließ den anderen verstummen. So gestaltete sich das weitere Gespräch wieder in friedlichen Bahnen. Bald darauf entschuldigte sich Paul Wragsdale, ihnen so viel ihrer kostbaren Zeit geraubt zu haben, und empfahl sich. Die Versicherung von Mrs. Darcy jederzeit willkommen zu sein, nahm er mit auf seinen Weg. Allein die Tage vor der *Soiree* auf Alberney stellte sich Mr. Paul Wragsdale – zur Genugtuung von Mr. Saunders – nicht mehr auf Pemberley ein. Diesen Rivalen schien er erfolgreich in die Flucht geschlagen zu haben.

Eins hatte der Disput der beiden Kavaliere Elizabeth eindeutig vor Augen geführt: Mr. Saunders war ernsthaft an Georgiana interessiert! Zumindest darin hatte sie Gewissheit erlangt, wie sie Georgiana versicherte. Und da wir Menschen von Natur aus dazu neigen, bereitwillig das zu glauben, was wir zu hören begehren, ging von diesem Tage an Georgiana Darcy mit einem wissenden Lächeln umher und strahlte dabei eine Schönheit aus, die alle anderen jungen Damen neben ihr in den Schatten stellte. Ein Umstand, der sie für die jungen Gentlemen, die das Glück hatten, sie dieser Tage zu treffen, nur noch begehrenswerter machte.

## Kapitel 31

Die betörende Veränderung, die mit Georgiana einherging, gefiel Darcy ganz und gar nicht. Genauso wenig war er von dem Umstand begeistert, Mr. Saunders in Kürze als Gast auf Pemberley begrüßen zu müssen. Da konnte Elizabeth noch so sehr beteuern, keine andere Wahl gehabt zu haben. Mochte die Einladung auch einem Wunsche Georgianas entsprochen haben, musste sie gleichzeitig gewusst haben, betonte er, *seinem* Wunsche zu widersprechen!

Nach und nach erfuhr er die näheren Einzelheiten über den Disput der beiden Kavaliere. Seine Gattin hatte davon Abstand genommen, ihm gleich die ganze Begebenheit zu schildern. Zu Recht! Denn kaum war Darcy völlig im Bilde, hörte er nicht auf, zu erklären, Mr. Saunders erweise sich als der Gentleman, den er von Anfang an in ihm sah. Und um Irrtümer auszuschließen, fügte er stets hinzu, es handele sich keineswegs um einen guten Eindruck!

Aber nicht nur ihr Gatte stellte sich bei Elizabeths Bemühungen, Georgianas Bekanntschaft mit Mr. Saunders zu vertiefen, in den Weg. Catherine sträubte sich zunehmend, zur Stelle zu sein, wenn der junge Gentleman eintraf. Ihr Unmut blieb mittlerweile auch Mr. Saunders nicht verborgen. Heute hatte Catherine allerdings ihre bisherige Ungehörigkeit übertroffen. Sie hatte Mr. Saunders gefragt, ob er am morgigen Tage noch früher beabsichtige, auf Pemberley einzutreffen! Nicht dass es noch so weit käme und keiner der Familie sich in der Lage sähe, ihn bereits zu empfangen!

Elizabeth hatte nur gewartet, bis Mr. Saunders seinen Ritt nach Bakewell antrat und die Familie wieder unter sich war, um ihre Schwester auf die Unmöglichkeit ihres Benehmens hinzuweisen.

Doch Catherine zeigte sich unnachgiebig und erklärte: »Ich weiß nicht, was du hast, Lizzy! Saunders kommt jeden Tag früher hierher. Ich sehe nicht ein, ihm zuliebe meine täglichen Ausritte vorzeitig zu beenden. Mit einem Mal scheint es den werten Herrn nicht mehr zu kümmern, das Frühstück *mit* seiner Tante einzunehmen! Kann ich etwas dafür? Seinetwegen setzen wir uns mittlerweile *zwei Stunden* früher zum Dinner nieder. Weil es nicht mehr so lange hell ist! Und jetzt soll auch noch das Frühstück seinem Wunsche gemäß erfolgen?! Was willst du diesem Gentleman zuliebe noch alles auf Pemberley verändern? Langsam wird es *peinlich*, Lizzy, wie du ihm zu Willen bist!«

Elizabeth war sprachlos. Und obwohl Darcy im Grunde seines Herzens die Veränderungen in seinem Hausstand ebenso verabscheute wie seine Schwägerin, kam er – ganz Gentleman – seiner Gattin zu Hilfe:

»Catherine, bist du dir überhaupt bewusst, was du gerade behauptet hast? Du sagst, *meine* Frau wäre einem anderen Mann – noch dazu einem Junggesellen – *zu Willen*!«

Verschämt über Darcys Zurechtweisung gab sie zu, es nicht so gemeint zu haben und entschuldigte sich bei ihrer Schwester. Allein so schnell ließ sich Elizabeths

Gemüt nicht beschwichtigen. Dafür hatte sich Kitty zu ungehörig aufgeführt. Als Revanche für ihre Gemeinheiten gedachte Elizabeth, ihre kleine Schwester etwas aufzuziehen.

»Und ich vermeinte heute schon, Kitty, du würdest beginnen, Gefallen an Mr. Saunders zu finden. Schließlich bist du mehrere Male in seiner Gegenwart errötet!«

»Oh, Lizzy, ich bitte dich, wenn der Mann den Mund aufmacht, purzelt eine Plattitüde nach der anderen heraus. Da muss man doch erröten!« Und um dem ganzen Nachdruck zu verleihen, ahmte sie den Gentleman nach: »Oh, Mrs. Darcy, ich bitte Sie, zu gütig von Ihnen ... Nein, welche Aufmerksamkeit mir hier jeden Tag zuteil wird! ... Seien Sie versichert, Mrs. Darcy, für mich bedeutet es alles andere als eine Verpflichtung, täglich meinen Besuch auf Pemberley abzustatten!«

Catherines perfekte Imitation, auch gerade hinsichtlich des Timbres von Mr. Saunders Stimme, war so überwältigend, dass selbst Georgiana lachen musste. Was hätte wohl der Gentleman, um den es ging, dazu gesagt, wäre er dieser kunstvollen Darbietung von Miss Catherine Bennet teilhaftig geworden? Elizabeth jedenfalls sah sich in die Pflicht genommen, seine Verunglimpfung nicht ohne Kommentar zu lassen. Und obwohl sie sich kaum vor Lachen halten konnte, rief sie:

»Das nennst du Plattitüde? Das ist Höflichkeit, Kitty, schlicht und einfach *Höflichkeit*!«

»Warte!«, rief Catherine, die in ihrem Überschwang nicht mehr zu halten war. Sie stellte sich hin und sagte voller Inbrunst: »Ich muss Ihnen *gestehen*, Miss Darcy«, bei diesen Worten schlug sie die Hände vor die Brust,

»*Ihr Ball*, oh ja, *Ihr Ball*, er allein stellte für mich die *Krönung* der Saison dar! Danach bedeuteten mir alle anderen Bälle *nichts* mehr!« Zur Unterstreichung machte sie eine wegwerfende Bewegung mit ihrer Hand.

»Oh, Kitty, ich kann nicht mehr!«, meldete sich erneut Elizabeth zu Wort.

»Ich bitte euch, wer redet denn so einen Unsinn daher?«, fuhr Catherine nun in normalem Tonfall fort. »Den Spaß an den vielen Bällen hat er verloren! Das ist es! Oder es ist ihm schlicht und ergreifend das Geld ausgegangen! Schließlich ist die Stadt teuer! Aber das klingt natürlich nicht fein genug. Da muss man sich schon etwas Besonderes einfallen lassen!«

»Dafür, dass du die Stunden, die Saunders hier weilt, als verschwendete Zeit ansiehst, merkst du dir seine Worte aber recht präzise!«, entgegnete Elizabeth nun wieder gefasst.

Humor ist so manches Mal der beste Weg, um über eine Kränkung hinwegzukommen. Elizabeth hatte erkannt, dass sie weder Darcys noch Kittys Beistand im Umgang mit Mr. Saunders erzwingen konnte. Umso mehr freute sie ein Brief, den sie am darauffolgenden Tage aus Glenister erhielt. In jenem trug Jane ihr die Bitte eines zweiwöchigen Aufenthaltes auf Pemberley an. Erstaunt las Elizabeth, welchen Anlass Jane zu ihrem ohnehin längst überfälligen Besuch mit der kleinen Camilla nannte. Sie schrieb:

Den Grund für unser Kommen zum jetzigen Zeitpunkt hast Du bestimmt schon erraten, Lizzy. Sir Arthur und Lady Wragsdale haben es sich nicht nehmen lassen, uns ebenfalls zur ihrer Abendgesellschaft einzuladen. Lady Wragsdale schrieb mir, wir seien ihnen in unserem Jahr auf Pemberley so ans Herz gewachsen, dass sie nicht auf unsere Gesellschaft bei ihrem festlichen Dinner verzichten wollen.

Darcy war davon überzeugt, dass sich die Wragsdales auf diese Art einzig und allein bei den Bingleys für deren Einladung zum Ball auf Glenister erkenntlich zeigen wollten. Für Elizabeth hingegen räumte Janes Brief den letzten Zweifel aus, dass die Soiree tatsächlich zu Ehren der vor *zwei* Jahren erlangten Ritterwürde von Sir Arthur begangen wurde. Bisher war es ihr glaubhafter erschienen, Paul Wragsdale habe sich den Anlass nur ausgedacht, um vor Saunders mit seinem Vater anzugeben.

So erwarteten die Darcys neben Mr. Saunders nun auch noch die Bingleys als Gäste. Eine bessere Zusammenstellung ihrer häuslichen Gemeinschaft hätte sich Elizabeth nicht wünschen können. Denn bei Jane konnte sie sicher sein, dass jene sie gelegentlich als Anstandsdame ablösen würde. So hatte sie nichts Eiligeres zu tun, als ihre älteste Schwester unmittelbar nach deren Ankunft auf diese Aufgabe vorzubereiten.

»Du lachst, Jane, aber mit den beiden ist das wahrlich kein Scherz!«

»Wen meinst du?«

»Na, Darcy und Kitty! Sie drücken sich vor dieser Aufgabe so erfolgreich, dass ich kaum mehr Zeit für etwas anderes finde. Nimm nur den nachmittäglichen Besuch von Eddy im Salon. Weder Saunders noch Georgiana möchte ich es zumuten, regelmäßig eine Stunde mit dem Kleinen zu verbringen. Anfangs war das noch spaßig, aber mittlerweile würden sie lieber einen Spaziergang machen.«

»Ich dachte, Mrs. Annesley sei längst aus dem Norden zurück. Kann sie dich denn nicht ablösen?«

»Oh, das würde sie schon gerne. Aber ein Blick von Georgiana und ich lehne dankend ab. Ich meine, wärest du gerne mit deinem Kavalier in Begleitung deiner Gesellschaftsdame, die dich bei jeder sich bietenden Gelegenheit auf Anstand und Form aufmerksam macht?«

»Ach herrje! Wie fürchterlich. Die arme Georgiana!«, bestätigte Jane.

»Darcy ist es zur Gewohnheit geworden, sich in die Bibliothek zurückzuziehen!«

»Dann verhält er sich ja wie Papa!«

»Nicht aus seiner Sicht!«, erwiderte Elizabeth. »Ach, um der Wahrheit die Ehre zu geben, begrüße ich es sogar, wenn sich seine Begegnungen mit Saunders auf die gemeinsamen Mahlzeiten beschränken. Aber Kitty?! Ich denke mir, für Georgiana wäre es das Angenehmste, als Begleitung ihre Freundin denn ihre Schwägerin zu haben. Bloß diesen Gefallen will Kitty ihr partout nicht machen!«

»Vielleicht ist Kitty ja eifersüchtig?«

»Oh, *das* kann ich ausschließen! Kitty macht kein Geheimnis aus ihrer Abneigung zu Mr. Saunders!«

»So hatte ich es nicht gemeint, Lizzy.«

»Wie dann?«

»Könnte Kitty nicht eifersüchtig sein, weil Georgiana einen Kavalier hat und sie nicht?«

»Vielleicht hast du recht, Jane. An diese Möglichkeit habe ich noch gar nicht gedacht. Es würde ihr Verhalten insbesondere Georgiana gegenüber immerhin erklären. Denn auch Matthew und Paul Wragsdale schenken ihr, seit Georgianas Rückkehr, kaum mehr Beachtung. Beide sind zu beschäftigt damit, um Georgianas Gunst zu buhlen.«

»Ich dachte, Kitty hätte nach unserem Ball im November für Paul Wragsdale richtig geschwärmt!«

»Ach, Jane, so genau hat sich unsere jüngere Schwester nie geäußert! Sie mag beide. Aber mehr ist da wohl nicht! Nein, ich denke, der Grund ist ein ganz banaler! Eine stattliche Mitgift übt einen ganz besonderen Reiz auf die Kavaliere aus. Und einem Mädchen, das nicht über eine solche verfügt, bleibt nur gutes Aussehen, vorbildliches Benehmen und betörender Charme!«

»Oder«, meinte Jane, »die beiden Brüder schenken zurzeit ihre ganze Beachtung nur deshalb Georgiana, weil sich ein anderer Gentleman ernsthaft für jene interessiert!«

»Du tust ganz recht daran, Jane, mich zu ermahnen, nicht immer vom Schlechtesten bei meinen Mitmenschen auszugehen! Dabei ist es mir schon zur Gewohnheit geworden, deinen Part bei Darcy zu übernehmen. Aber deine Vollkommenheit, in jedem immer nur das Beste zu sehen und niemandem etwas Schlechtes zu unterstellen, diese Vollkommenheit werde ich wohl *nie* erreichen!«

»Spotte du nur, Lizzy! Mir wird einmal mehr vor Augen geführt, wie gut ich es mit dir als meiner Schwester immer hatte.«

Verwirrt sah Elizabeth sie an, da sie dieses Kompliment nicht einzuordnen wusste.

»Ich meine, Lizzy, du warst nie eifersüchtig, hast dich nie daran gestört, dass Mama immer nur meine Schönheit vor allen Leuten pries.«

»Weil sie recht hatte!«

»Ach, Lizzy!«, sagte Jane und errötete.

»Doch, Jane, in diesem Punkt war ich tatsächlich immer einer Meinung mit Mama! Wenn ich auch – im Gegensatz zu ihr – nicht ständig in aller Öffentlichkeit wiederholt habe, dass du das schönste Mädchen von ganz Hertfordshire bist! Wohl gemerkt, aus Rücksicht auf deine Empfindungen. Denn ich erinnere mich noch gut, wie verlegen du ein jedes Mal warst, dich so gepriesen zu hören. Also, liebe gute Jane, ich fürchte, ich habe dieses Lob nicht verdient.«

Die Ankunft der Bingleys auf Pemberley bewirkte schon bald ein verändertes Verhalten bei Catherine. Sie war ausgeglichener und nicht mehr so ungestüm. Vielleicht, so dachte Elizabeth, hatte Jane recht und sie hatte es mit der Bevorzugung um Georgiana übertrieben. Und dann, als die letzten drei Tage vor der Soiree anbrachen und Mr. Saunders nach Pemberley zog, konnte Jane ihre jüngere Schwester sogar dazu überreden, in den nächsten Tagen ganz auf das Reiten zu verzichten.

Zur allgemeinen Überraschung veränderte Mr. Saunders sein Verhalten, nachdem seine Koffer auf Pemberley eingetroffen waren. Ein außenstehender Beobachter hätte in jenen Tagen nicht vermocht, eine besondere Vorliebe bei ihm für Miss Darcy zu erkennen. Denn der junge Gentleman, da er nun Gast im Hause war, gab sich die größte Mühe, jedem Mitglied der Familie seine Aufmerksamkeit zu schenken. Noch dazu ganz unverfänglich suchte er häufig das Gespräch mit Bingley. Von ihm begehrte er zu wissen, wie er zurechtkam, mit der ihm neuen Aufgabe, Eigentümer eines großen Landguts zu sein. Abgesehen davon stammten beide aus dem Norden. So fanden sie viele gemeinsame Themen und konnten sich stundenlang unterhalten. Und einen weiteren Vorzug besaß Bingley! Er begegnete Mr. Saunders offen und herzlich. Ein eklatanter Unterschied zu Darcys Verhalten! Ein Vorwurf, den sich Darcy wohl oder übel zu Recht von seinem Freund anhören musste.

Georgianas Heiterkeit und Aufregung wiederum wurde durch Mr. Saunders zurückhaltende Behandlung in keiner Weise geschmälert. Darcys Schwester war glücklich und vergnügt wie schon lange nicht mehr. Ein Brief von Anne war an diesem Hochgefühl nicht ganz unschuldig. Denn Anne hatte ihr mitgeteilt, die von Lady Catherine angeordneten Untersuchungen hätten ergeben, dass ihre Konstitution und Verfassung keinen Anlass zur Sorge gäben. Die werdende Mutter könne frohen Mutes der Niederkunft entgegensehen. Erst jetzt fühlte sich Georgiana befreit. Befreit von der Sorge, sie habe womöglich mit ihrem Debüt der Gesundheit ihrer Cousine geschadet und damit schlechte Voraussetzungen für die kommenden Monate geschaffen.

Auch Elizabeth hatte einen Brief von Anne erhalten. Ein Brief, in dem die Tochter von Lady Catherine de Bourgh sie fragte, wie sie nur die besorgten Blicke die ganzen Monate ausgehalten habe. Dabei sollte man meinen, sei Anne im Aushalten solcher erprobt. Schließlich war sie mit einer schwachen Konstitution und mit Hilfe der verschiedensten Pülverchen aufgewachsen.

# Kapitel 32

»Mrs. Darcy, Sie müssen unbedingt Mrs. Bennet von mir grüßen!«, empfing Lady Wragsdale sie. »Sir Arthur und meine Wenigkeit hätten Mr. und Mrs. Bennet gerne zu unserem bescheidenen Fest geladen, aber dann meinte meine Frances, dass so viele Gäste auf einmal zu beherbergen, für Sie doch eine arge Belastung darstellen würde!«

Mrs. Darcy bedankte sich höflich für diese Rücksicht, wohl wissend, dass Lady Wragsdale nicht ernsthaft glauben konnte, in einem Herrenhaus wie Pemberley würden zwei weitere Gäste eine arge Belastung für die Hausherrin darstellen.

»Ich hoffe, wir werden das Vergnügen haben, Mr. und Mrs. Bennet dieses Jahr wieder auf Pemberley anzutreffen. Die Besuche Ihrer Eltern zur Jagdzeit sind ja fast schon Tradition!«

Auch diese Aussage traf nicht zu, denn bisher waren die Bennets sowohl in der Hitze des Sommers wie auch in der Frische des Herbstes nach Pemberley gekommen.

»Dieses Jahr steht ja *keine* Taufe mehr in Ihrem Hause an, liebe Mrs. Darcy. So wird wohl Mrs. Bennet dem Herbst für ihren Aufenthalt den Vorzug geben! Da fällt mir ein, was macht denn das Kleine der Rogers? Stimmt es, dass die Bingleys es mit hierher gebracht haben? Ich meine natürlich nicht zu unserer Soiree, sondern nach Pemberley House! Ist das denkbar? Meine Frances hat uns schon in aller Ausführlichkeit von der Tauffeier der armen Waise auf Glenister berichtet. Ach, es ist so schön, dass die Fletchers zu unserer Feier gekommen sind. Was muss die arme Mrs. Beagles durchgemacht haben! Wie schrecklich, dass es ihr letztendlich versagt blieb, an der Taufe teilzunehmen. Aber den Bedenken eines Apothekers muss man Folge leisten. – Oh, Mr. und Mrs. Bingley, wie reizend von Ihnen, dass Sie keine Mühen scheuten und zu unserer bescheidenen Feier gekommen sind!«

Es war schon erstaunlich, mit wie viel Worten Lady Wragsdale ihre Gäste bedachte. Und dies sogar bei der Begrüßung als Gastgeberin eines Festes!

»Ich fragte gerade Mrs. Darcy, ob es zuträfe, dass Sie, Mrs. Bingley, jetzt doch die kleine Camilla ...«

Weiter kam ihre Ladyschaft nicht, denn nun griff ihr *Ritter* ein und begrüßte seinerseits stimmgewaltig Mr. und Mrs. Darcy sowie Mr. und Mrs. Bingley. Zum größten Bedauern von Lady Wragsdale benahm sich Sir Arthur nicht so, wie *jene* es seiner neuen Würde entsprechend für angebracht hielt.

»Sie müssen entschuldigen, meine Frau neigt dazu, ihre Gäste in Beschlag zu nehmen. Und je mehr sie jemanden mag, umso weniger lässt sie ihn vom Haken, bis sie nicht alles, was ihr wichtig erscheint, angesprochen hat.«

Sir Arthur war passionierter Angler, was sich sehr häufig in seiner Wortwahl widerspiegelte. Daran hatte auch die hohe Auszeichnung durch Seine Majestät nichts geändert. Und gerade darum schätzte Darcy ihn als Nachbarn umso mehr. Sir Arthur war sich treu geblieben.

Nach den beiden Ehepaaren erschien Mr. Saunders, an seinen Armen Miss Bennet und Miss Darcy führend.

Die Begrüßung dieses Gentlemans fiel, was Lady Wragsdale anging, deutlich kühler aus.

»Mr. Saunders, wie schön, dass Sie der Einladung von *Sir* Arthur und meiner Wenigkeit nachgekommen sind. Ich hoffe doch, mein Sohn Paul hat sie Ihnen mit der besten Empfehlung *unsererseits* ausgesprochen. Er neigt in diesen Dingen mitunter zur Nachlässigkeit.«

»Ich versichere Ihnen, *Lady* Wragsdale, Mr. Wragsdale ließ es nicht an der nötigen Wertschätzung mangeln.«

»Schön, schön! – Oh, Miss Darcy, welch traurige Nachricht ich Ihnen zu überbringen habe! William ist untröstlich, aber derzeit ist es ganz unmöglich für ihn, Urlaub zu bekommen. Dabei hatten Sir Arthur und meine Wenigkeit so sehr mit seinem Kommen gerechnet. Aber so ist das nun einmal, wenn ein junger Mann sein Leben in den Dienst der königlichen Marine stellt. Daran ändert auch sein Offiziersrang nichts!«

Ein gestrenger Blick ihres Gatten ließ ihre Ladyschaft verstummen.

»Wie bedauerlich«, meinte Mr. Saunders, »auch ich hätte gerne das Vergnügen der Bekanntschaft Ihres, so ich mich recht entsinne, jüngsten Sohnes gemacht. Sie sind wahrlich mit Söhnen gesegnet, Lady Wragsdale! Er ist Leutnant, nicht wahr?«

»Ja, Mr. Saunders, Leutnant William Wragsdale«, sagte die stolze Mutter. Daran konnte sie auch nicht der mahnende Blick ihres Gatten hindern, der besagte, sie solle nicht länger säumen.

Die Begrüßung von Miss Catherine Bennet fiel dann tatsächlich geradezu kurz aus. Lady Wragsdale beschränkte sich darauf, Miss Bennet zu versichern, sie sehe in ihrem Kleid ganz bezaubernd aus. Hiernach entließ sie die jungen Leute lächelnd. Seufzend sah sie Miss Darcy mit ihrem Kavalier hinterher, bis jene den Salon betraten und damit ihrem Blick entschwanden.

Später beim Dinner sollte Mr. Darcy die Ehre zuteil werden, vis-à-vis zum Gastgeber an einem Kopfende der Tafel zu sitzen. Lady Wragsdale hatte dem Herrn von Pemberley gerne ihren Platz überlassen. Mehr noch, statt neben Mr. Darcy hatte sie sich selbst in die Nähe des anderen Kopfendes der langen Tafel platziert. Ihre Ladyschaft begehrte, zu hören, was ihr Gatte sprach. Eine Entscheidung, deren Berechtigung sich alsbald herausstellen sollte.

Mrs. Darcy wiederum hatte man ehrenvoll einen Platz an der Seite des Gastgebers zugedacht. Eine Ehre, die sie freute, da ihr Sir Arthur bisher weitgehend fremd geblieben war. Selten traf man ihn auf Alberney an. Und auf Pemberley war sie ihm bisher ausschließlich in größeren Gesellschaften begegnet. Die offene, zuvorkommende Art, die Sir Arthur ihr an diesem Abend als Tischnachbar entgegenbrachte, verleitete Elizabeth beim zweiten Gang zu der Verwegenheit, ihm nochmals zu seiner Erhebung in den Adelsstand zu gratulieren. Zu allem Überfluss fügte sie hinzu: dem Anlass dieser *Soiree*!

»Aber, Mrs. Darcy, wer hat sich denn diesen Scherz mit Ihnen erlaubt? Die Feierlichkeiten in St. James liegen zwei Jahre zurück! Unter uns, ich war froh, als ich es hinter mir hatte. Verstehen Sie mich nicht falsch, es ist nur so, ich stehe nicht gerne im Mittelpunkt. Ich bin ein Kind vom Lande und fühle mich in der Stadt nicht recht wohl. Ich glaube, ich habe das Jahr nach der Erhebung in den Adelsstand nur so lange in London und Brighton ausgehalten, weil ich nicht vergessen habe, wie es war, als ich von meinem Vater die Verantwortung für Alberney übernahm. Damals habe ich mir geschworen, wenn ich dereinst meinem Sohn die Schlüssel übergäbe, ihm viel Leine zu lassen. Matthew sollte, anders als ich, getrost seine Vorstellungen verwirklichen können. Ich gebe zu, dass die Ausführung meines Vorsatzes mir manches Mal im vergangenen Jahr schwer gefallen ist. Weshalb ich mich freiwillig in die Stadt begab, um nicht in Versuchung zu geraten, mich doch noch einzumischen!«

Während seiner langen Ausführung suchte Elizabeth verstohlen das Antlitz von Paul Wragsdale. Doch bevor ihre Augen so weit den Tisch hinauf gewandert waren, blieben sie an dem entsetzen Blick seiner Mutter hängen. Im Nu verstand sie! Und kaum hatte Sir Arthur geendet, beeilte sie sich, ihm zu versichern, die Annahme, dieser Abend hätte etwas mit seiner Erhebung in den Adelsstand zu tun, sei allein ihr Fehler. »Ich habe wohl einen Zusammenhang zwischen zwei Bemerkungen hergestellt, der ganz und gar nicht zutrifft!«

Sir Arthur nahm ihre Erklärung bereitwillig entgegen. Gleichwohl betrachtete er Mrs. Darcy von nun an mit kritischem Blick. Denn es wollte ihm nicht gelingen, solch närrische Annahme mit der klugen und gewandten Herrin von Pemberley in Einklang zu bringen.

Elizabeth blieb nur, sich über ihre vorlaute Art zu ärgern. Sie hatte es doch von Anfang an richtig vermutet. Paul Wragsdale hatte nur vor Saunders mit seinem in den Adelsstand erhobenen Vater glänzen wollen. Sie hatte sich von der Einladung der Bingleys täuschen lassen. Mit einem Mal erkannte sie, wie alles zusammenhing. Damit der Sohn nicht bloßgestellt wird, hatte ein treues Mutterherz die Bingleys eingeladen, um auf diese Weise den Eindruck der Bedeutsamkeit des Festes für Bewohner und Gäste von Pemberley House zu wahren.

Elizabeth wurde bewusst, dass selbst *sie* nicht davor gefeit war, Vorurteilen zu erliegen. Auch *sie*, Mrs. Fitzwilliam Darcy neigte dazu, ihre Mitmenschen allzu rasch einer bestimmten Vorstellung zuzuordnen! Wie vielseitig ein jeder Charakter sein konnte, übersah sie dabei völlig. Ein jeder Charakter? Nun, so weit wollte die Herrin von Pemberley dann doch nicht gehen. Der Gedanke an ihre Mutter und ihre Schwester Lydia bewahrte sie vor zu viel Zugeständnissen.

Nach dem Dinner, als die Damen im Salon darauf warteten, dass sich die Gentlemen nach einem Glas Portwein und einer Zigarre ihnen wieder zugesellen würden, unterhielt sich Mrs. Darcy angeregt mit Mrs. Fletcher. Elizabeth konnte gut verstehen, dass Darcy seine Spielgefährtin aus Kindertagen nach wie vor sehr schätzte. Ihr reger Austausch fand jedoch ein Ende, als sie hörten, wie sich Georgiana bei Lady Wragsdale nach dem Befinden ihres jüngsten Sohnes William erkundigte.

»Sie kennen ihn ja, Miss Darcy! Er ist immer so bescheiden. Aber zwischen den Zeilen lese ich heraus, dass womöglich ein Wechsel auf ein größeres Schiff bevorsteht. Die Position des *Ersten* Leutnants auf einer kleinen Fregatte des niedrigsten Ranges kann nicht sein Ziel sein!«

»*Erster* Leutnant?«, rief Bingley viel zu laut, der im Moment den Salon betrat und vor allen anderen Herrn zu den Damen zurückkehrte. »Lady Wragsdale, ich weiß, ich bin ein hoffnungsloser Fall. Ich habe es schwer, mich in den Rängen unserer königlichen Marine auszukennen. Aber ich gebe mir redlich Mühe und habe mir manches erklären lassen!« Bei diesen Worten nickte er freundlich Mrs. Fletcher zu. »Und wenn ich eins nicht vergessen habe, dann, dass Leutnant Wragsdale, als ich das letzte Mal das Vergnügen hatte, ihm zu begegnen, den Rang des Zweiten Leutnants auf einer 28er Fregatte innehatte!«

»Das haben Sie ganz richtig in Erinnerung«, erwiderte eine über so viel Aufmerksamkeit sichtlich glückliche Mutter. »Aber, Frances, hast du deinen Nachbarn denn gar nicht die freudige Nachricht von deinem Bruder überbracht?!«, tadelte sie ihre älteste Tochter, um dann fortzufahren: »Mein William, der die Ehre hat, unter Kapitän Croft zu dienen, bekleidet seit dem Frühjahr den Posten des Ersten Leutnants! Eines Tages hofft er, das Kapitänspatent in den Händen zu halten! Und ich bin mir sicher: Das schafft mein William! Er nützt seine Möglichkeiten und sieht zu voranzukommen.«

»Üben Sie Nachsicht mit Mrs. Fletcher, Lady Wragsdale«, nahm Bingley seine Nachbarin in Schutz. »Es war bestimmt unsere Schuld, dass sie vergaß, uns von der Beförderung Leutnant Wragsdales in Kenntnis zu setzen. Ich fürchte, die Aufregung um die arme Mrs. Rogers und ihr verwaistes Kind hat uns auf Glenister in der letzten Zeit allzu sehr in Anspruch genommen. So ließen wir kaum andere Themen zu. Aber richten Sie bitte nachträglich Leutnant Wragsdale meine Glückwünsche aus. Möge auf all seinen Fahrten Gottes Segen liegen. Und manch gute Prise!«

»Ich werde es ihm schreiben, Mr. Bingley. Denn wie es aussieht, wird es dauern, bis wir ihn wiedersehen. Er scheint sein Schiff gar nicht mehr verlassen zu wollen. Mich dünkt, eine Nichte von Kapitän Croft ist nicht ganz unschuldig daran. Die junge Dame hält sich derzeit in Portsmouth auf und wie es aussieht, ist William ganz angetan von ihr!«

»Davon hat er mir in seinem letzten Brief gar nichts geschrieben!«, beschwerte sich Mrs. Fletcher.

»Mich würde nicht wundern, wenn mein William eines Tages mit einer Braut am Arm heimkehrt!«, sagte Lady Wragsdale.

Dabei sprach sie weder ihre Tochter noch Mr. Bingley an. Ihre letzte Bemerkung schien sie ausschließlich an Miss Darcy gerichtet zu haben. Georgiana errötete.

Elizabeth konnte nicht umhin zu mutmaßen, Lady Wragsdale wollte Georgiana zu verstehen geben, dass andere junge Damen durchaus für ihre Söhne Interesse zeigten. Weniger plausibel erschien ihr hingegen, Leutnant Wragsdale könne für einen rascheren Aufstieg in der königlichen Marine sogar die Nichte seines Kapitäns heiraten. Nicht William Wragsdale! Oder doch? Immerhin hatte Lady Wragsdale die Genugtuung gehabt, festzustellen, dass trotz des galanten Kavaliers, der zurzeit auf Pemberley weilte, Miss Darcy eine Konkurrentin um ihren alten Freund aus Kindertagen nicht unberührt ließ.

Schließlich erschienen die anderen Herrn. Allen voran Georgianas galanter Kavalier, der sich ohne zu zögern neben jener niederließ. Paul Wragsdale, der gleich nach ihm den Salon betrat, wählte einen Platz neben seiner Mutter und damit ebenfalls in unmittelbarer Nähe von Miss Darcy.

Es dauerte nicht lange, da sprach Mr. Saunders über die diesjährige Saison. Beiläufig erwähnte er, dass er in der glücklichen Lage sei, seine Studien nicht so ernst betreiben zu müssen, wie manch anderer. Doch da hatte er mit Lady Wragsdale die falsche Zuhörerin. Denn jene schreckte nicht davor zurück, ihn wegen dieser Einstellung zu tadeln und ihren Sohn Paul als leuchtendes Vorbild ins rechte Licht zu rücken.

»Wo studieren Sie eigentlich, Mr. Saunders?«, fragte sie.

»Ich habe die Ehre an der Universität von Cambridge eingeschrieben zu sein«, erwiderte Saunders stolz.

»Aber, Paul, davon hast du mir ja gar nichts erzählt? Dann sind Sie ja ein Kommilitone von meinem Sohn! Und welche Fakultät haben Sie gewählt, Mr. Saunders?«

»Die Juristerei«, entgegnete Saunders nach wie vor sehr von sich überzeugt.

»Wie Paul! Dann haben Sie sicher die gleichen Professoren und hören dieselben Vorlesungen! – Sagen Sie, Mr. Saunders, fechten Sie auch?«

Eingedenk des letzten Besuches von Paul Wragsdale und des Disputes zwischen ihm und Mr. Saunders verwunderte es keinen, der bei diesem zugegen gewesen war, dass Mr. Saunders die Antwort schuldig blieb. Was Lady Wragsdale nicht hinderte, weiterzusprechen.

»Sie müssen wissen, Sir, mein Sohn Paul ist der Beste in seinem Fechtclub. Er hat im vergangenen Semester sogar einen Wettkampf gewonnen!«

»Das haben Sie uns ganz verschwiegen, Mr. Wragsdale!«, meinte Elizabeth überrascht.

»Ach, meine Söhne sind alle viel zu bescheiden! Ich weiß nicht, von wem sie das haben? Von mir bestimmt nicht! Dabei gibt es überhaupt keinen Grund, ihr Licht unter den Scheffel zu stellen. William weiß ja auch so hervorragend mit dem Degen umzugehen! Im August letzten Jahres, als William uns besuchte, da hielt sich Paul mit Freunden im Norden auf. Er kam eigens nach Alberney, um William zu einem Duell herauszufordern.«

»Aber, Madam, ich kam einzig und allein, um meinen jüngsten Bruder nach vielen Jahren einmal wiederzusehen«, verteidigte sich Paul Wragsdale. »Unser Fechtkampf war mehr ein gegenseitiger Austausch unseres Könnens.«

»Dafür habt ihr aber sehr verbissen gekämpft!«, wandte Matthew ein.

»Das mag so gewirkt haben. Aber ich versichere dir, Matthew, unser Treffen war rein freundschaftlich!«, beharrte Paul. »Von einem Duell kann keine Rede sein!«

»Das wäre ja auch noch schöner!«, entgegnete Sir Arthur, der sich, wie der Rest der Gesellschaft, dem laut geführten Disput nicht mehr entziehen konnte. »Ihr seid Brüder, und als solche erwarte ich von euch, dass ihr nicht in Konkurrenz zueinander tretet!«

»Ein Unterfangen, Sir, das bei Brüdern kaum einzuhalten sein dürfte!«, gab Mr. Darcy zu bedenken.

»Umso glücklicher kann ich mich schätzen«, meldete sich Mr. Saunders wieder zu Wort, »als Einzelkind ohne Konkurrenz aufgewachsen zu sein. Ich hatte es in meinem bisherigen Leben nicht nötig, mich gegen andere zu behaupten!«

»Aber, Mr. Saunders, auch wenn Sie mit Ihrem Talent nicht prahlen, haben wir Kenntnis von Ihrem Können als Fechter!«, entgegnete Elizabeth. »Schon allein deshalb müssen auch Sie wissen, was es bedeutet, sich gegen andere zu behaupten!«

»Wie ist das möglich?«, mischte sich Lady Wragsdale ein. »Paul, warum hast du mir noch nie etwas davon erzählt?« Dann wandte sie sich an Mr. Saunders. »In dem Fall ist es ganz ausgeschlossen, Sir, dass Sie noch nicht auf meinen Sohn als Gegner trafen. Wo Sie doch beide in Cambridge studieren!«

»Auch beim Fechten bevorzuge ich private Stunden, Lady Wragsdale«, erwiderte Saunders gelassen. »Des Weiteren verspürte ich noch nie das Verlangen, mich mit anderen in einem Wettkampf zu messen. Ich sagte es ja bereits, ich habe es nicht nötig, mich gegen jemanden zu behaupten. Nicht einmal gegen einen eigenen Bruder!«

»Brüder, Mr. Saunders«, bemerkte Paul Wragsdale bedächtig, »so lästig sie bisweilen auch sein mögen, stellen eine gute Übung fürs Leben dar!«

»Das höre ich gerne, Paul«, entgegnete sein Bruder. »Das nächste Mal, wenn du dich über mich beklagst, werde ich dich an deine Worte erinnern!«

»Dessen bin ich gewiss, Matthew! *Dieses* Versprechen wirst du zumindest halten.«

»Was willst du damit sagen?«, erwiderte Matthew Wragsdale erbost.

»Du hattest mir ebenfalls versichert, Bruder, sollte der *Rosenkavalier* immer noch sein Unwesen treiben, wenn ich nach Hause komme, würdest du dich mit mir auf die Lauer legen! Es wird Zeit, dass wir des Strolches habhaft werden!«

»Wenn das so einfach wäre, Paul, dann säße der Missetäter längst hinter Gittern! Aber die Dinge liegen nun einmal anders. Ich habe nicht die Zeit, mich auf die Lauer zu legen. Ein Gut wie Alberney verwaltet sich nicht von selbst!«

»Du hast es mir *versprochen*!«, blieb Paul unnachgiebig.

Um den brüderlichen Zwist zu beenden, forderte Sir Arthur die Damen auf, ihnen allen die Freude einer Darbietung auf dem Pianoforte zu machen. Die Gentlemen könnten sich, so denn Bedarf bestünde, am Billardtisch weiter messen. Letzteres sagte er mit Blick auf seine beiden streitenden Söhne.

»Miss Darcy«, wandte sich Sir Arthur ihr aufmunternd zu, »Ihr Ruf als ausgezeichnete Künstlerin auf dem Pianoforte eilt Ihnen voraus! Sie sollen in den vergangenen Jahren enorme Fortschritte gemacht haben! Wenn ich auch kein Kenner auf dem Gebiet der Musik bin, würde es mich ganz außerordentlich freuen, wenn Sie uns etwas von Ihrem *Können* vorführen würden.«

Der Gedanke vor einem größeren Publikum zu spielen war nach wie vor ein Gräuel für Georgiana. Doch ihr Zaudern geriet ins Wanken, als Mr. Saunders sich erbot, sie zu unterstützen.

»Wollen Sie ihr etwa die Noten umblättern?«, fragte Catherine gereizt.

»Warum nicht?«, meinte Saunders ernsthaft. »Wenn Sie wollen, Miss Darcy, können wir auch gemeinsam ein Duett singen! Was halten Sie davon?«

»Sie singen, Mr. Saunders?«, fragte Elizabeth erstaunt, »Davon hast du uns ja gar nichts erzählt, Georgiana!«

»Ich wusste es nicht«, entgegnete Georgiana leise, deren Interesse gleichfalls geweckt war.

»Welche verborgene Talente haben Sie uns noch verschwiegen, Mr. Saunders?«

»Ich würde es nicht wagen, bei meiner Stimme von einem Talent zu sprechen, Mrs. Darcy. Miss Darcy hingegen ist unbestritten im höchsten Maße *begabt* auf dem Pianoforte. Die Aufforderung zu einem Duett mit ihr wage ich mit meinen bescheidenen Fähigkeiten nur, weil ich hoffe, so ein weiteres Talent von Miss Darcy zu entdecken.«

Georgiana erblasste. Auf dem Pianoforte vor einer größeren Gesellschaft zu spielen, war für sie schon ein Albtraum. Gleichzeitig auch noch zu singen, aber ganz und gar ausgeschlossen! Sie fürchtete, keinen Ton herauszubekommen. Doch dem Kavalier blieb ihre Pein verborgen. So fuhr er munter an Mrs. Darcy gewandt fort:

»Wenn ich nur Miss Darcy zu Diensten sein kann. Wenn ich ihr nur etwas von der Aufregung nehmen kann, vor einem größeren Auditorium zu spielen, will ich mich gerne zum Narren machen. Ich betrachte es als ein Vorrecht, schon des Öfteren in den Genuss von Miss Darcys Spiel gekommen zu sein. Ich bitte Sie nur, mir gegenüber Milde walten zu lassen. Vergeben Sie mir meinen Wagemut, mich neben solch eine Künstlerin zu stellen.«

Seine Rede blieb der jungen Dame, der er beizustehen gedachte, nicht verborgen. Mr. Saunders singen zu hören, dieser Gelegenheit konnte Georgiana nicht widerstehen. Schließlich begab sie sich zum Instrument. Die Suche nach dem geeigneten Musikstück wollte nicht gelingen, denn Georgiana weigerte sich standhaft zu singen. Ihr Begleiter wiederum bestand auf einem Duett! So ließ die Darbietung auf sich warten.

Die Ursache der Verzögerung richtig deutend, kam Elizabeth ihrer Schwägerin zu Hilfe. Sie erklärte sich bereit, an ihrer statt zu singen, wenn Georgiana sie beide begleiten möge. Danach waren sich Saunders und Georgiana überraschend schnell in der Wahl des Liedes einig. Denn beide hatten eine Schwäche für italienische Lieder. Die Aussicht, vor ihren Nachbarn zu singen, war für Elizabeth schon äußerst unangenehm. Dies auch noch auf Italienisch zu tun, überforderte beinahe ihre Bereitwilligkeit. Wie schwer war doch das Geschäft der Zusammenführung zweier Herzen! Unweigerlich musste Elizabeth an ihre Mutter denken. Wie oft hatte Mrs. Bennet über die Anstrengung geklagt, *fünf* Töchter unter die Haube bringen zu müssen. Elizabeths Mitgefühl für Mrs. Bennet zeigte, wie wenig sie geneigt war, sich hier und jetzt lächerlich zu machen. Dabei war sie völlig unvorbereitet auf das, was ihr in Wahrheit bevorstand! Bald schon würde sie sich fragen, wie sie je von ihrem Stuhl hatte aufstehen können!

Allmählich verebbten die Gespräche im Raum, als Miss Darcy sanft und gefühlvoll die ersten Töne anschlug. Dann erfolgte der Einsatz von Mr. Saunders. Schlagartig verstummte die ganze Gesellschaft. Er gehörte zu den seltenen Tenören, deren Stimme samtartig, klar und unbeschwert einen Wohlklang erzeugen, die jeden Musikliebhaber in Verzückung versetzen. Allein Elizabeth starb tausend Tode, da ihr jählings bewusst wurde, wie armselig sich dagegen ihre Stimme ausmachte. Tapfer bestritt sie den Vortrag. Erleichtert nahm sie den tosenden Beifall entgegen. Ein Beifall, der den beiden anderen galt. Dessen war sie sich bewusst. So bald es ihr möglich war, ließ sie sich wieder im Publikum nieder. Wo sie zweifellos hingehörte! Mr. Saunders und Miss Darcy hingegen, entzückt über ihr harmonisches Zusammenspiel, beglückten ihre Zuhörer mit noch mehreren Liedern, allesamt Soli versteht sich!

Elizabeth hätte allen Grund gehabt, Mr. Saunders zu zürnen, da er sein Talent so herunterspielte. Als sie aber in das glückliche Gesicht von Georgiana blickte, verzieh sie ihm auf der Stelle. Welchen Zweck hätte auch eine Verstimmung ihrerseits? Besser sie vergaß ihren kümmerlichen Vortrag. Die Gesellschaft schien ihn jedenfalls schon vergessen zu haben. Allein Darcy warf ihr einen liebevollen Blick zu, in dem alles Verstehen für ihre Empfindungen lag. So sehr dieser Blick sie freute, so sehr führte er ihr auch vor Augen, *wie* kläglich ihre Stimme gegenüber der von Mr. Saunders gewirkt haben musste.

Die Darbietung von Saunders und Georgiana konnten auch mehrere Mitglieder der Familie Wragsdale nicht so recht genießen. Matthew und Paul mussten wohl oder übel erkennen, nur noch wenig Aussicht auf Beachtung vonseiten Miss Georgianas zu haben. Und Lady Wragsdale beschlich das Gefühl, bald schon ihrem Sohn William mit der Ankündigung einer Verlobung Schmerz zu bereiten.

# Kapitel 33

»Was hat es denn mit diesem *Rosenkavalier* auf sich?«, fragte Bingley am nächsten Tag, als man sich zu einem verspäteten Frühstück niederließ.

»Das würde mich auch interessieren!«, stimmte ihm Catherine zu. »Ich wollte gestern ja nichts sagen, zumal jeder Bescheid zu wissen schien.«

»Ich kann es nicht fassen, Kitty!«, meinte Elizabeth konsterniert. »Du hast tatsächlich noch nichts vom *Rosenkrieg* mitbekommen?! Wie kann das angehen? So oft wie wir uns schon mit diesem leidigen Thema beschäftigt haben!«

»Mein Gott, Lizzy, deshalb musst du dich doch nicht so echauffieren! Du tust ja gerade so, als wäre es ein Verbrechen, nichts über diesen *Rosenkavalier* zu wissen. Dabei ist Bingley auch nicht im Bilde!«

»Bingley ist entschuldigt!«, entgegnete Elizabeth. »Er wohnt – im Gegensatz zu dir – nicht mehr auf Pemberley!«

»Mich hingegen wundert dein Unwissen ganz und gar nicht, Catherine!«, meinte Darcy ruhig. »Wie allgemein bekannt, traf man dich dieser Tage wenn überhaupt auf dem Rücken eines Pferdes an. Wie solltest du unter diesen Umständen etwas von dem Geschehen um dich herum mitbekommen haben?«

»Saunders, seien Sie ein Kavalier und verteidigen Sie mich!«, rief Catherine kühn. »Sie scheinen der Einzige in dieser Runde zu sein, der mit mir die Leidenschaft des Reitens teilt!«

Mr. Saunders war sichtlich verlegen ob dieser Aufforderung. Ganz gegen seine sonstige Gewohnheit hüllte er sich ohnehin schon den ganzen Morgen in Schweigen. »Sie müssen entschuldigen, Miss Bennet«, sagte er bedächtig, »aber in familiäre Dispute pflege ich mich nicht einzumischen.«

»Eine Einstellung, Sir, die Ihnen mit Sicherheit so manches Mal zum Vorteil gereicht!«, stellte Darcy fest.

»In der Tat, Sir, hat sich meine zurückhaltende Art in solchen Fällen stets bewährt«, bekräftigte Mr. Saunders.

»So sehr mich auch das gegenseitige Einvernehmen der Gentlemen freut«, meinte Bingley, »bin ich doch so verwegen, die Bitte zu äußern, meine Frage nicht völlig außer Acht zu lassen. Also noch einmal: Was hat es mit diesem mysteriösen *Rosenkavalier* auf sich?«

»Verzeih, Charles, dass ich dir nichts von den Ereignissen aus Derbyshire berichtete«, mischte sich nun Jane ein. »Aber bei den vielen Problemen, die wir in letzter Zeit hatten, sind mir jene schlicht und ergreifend entfallen.«

Ein betretendes Schweigen trat ein. Ein jeder der Anwesenden wusste von den Problemen, auf die Mrs. Bingley anspielte. Denn seit der Ankunft der Bingleys war ständig über die quälende Frage diskutiert worden, ob Mrs. Beagles die Tochter ihres verstorbenen Mündels *vor* oder *nach* der Soiree auf Alberney sehen sollte! Unnötig zu erwähnen, dass Darcy die Ansicht vertrat, je eher man sich diesem notwendigen Besuch stellte, desto besser. Bingley hingegen war verunsichert, da er die Befürchtungen seiner Gattin teilte, Mrs. Beagles könne ihren Anspruch auf das Kind geltend machen. Denn auch Bingley wollte das kleine Mädchen nicht mehr hergeben. Nun da die Begegnung auf den morgigen Tag festgelegt worden war, wollte niemand eine neue Erörterung dieses Themas hervorrufen.

Daher entschloss sich Darcy, die Frage seines Freundes zu beantworten, allein um eine weitere Diskussion des leidigen Themas zu verhindern. Obwohl ihm die Geschichte um die Rosen zweier seiner Pächter nach wie vor bizarr anmutete, gab er einen ausführlichen Bericht der vergangenen wie gegenwärtigen Ereignisse. Zufrieden endete er mit der Feststellung: Seit ein paar Tagen seien keine Rosenblüten mehr entwendet worden.

»Entschuldige, Darcy, sicher ist das eine dumme Frage«, meinte Bingley. »Aber, woher weiß man das? Wer kann mit Sicherheit sagen, es seien weniger Blüten am Rosenstrauch als tags zuvor?«

»Eine Frage, die ich mir auch schon des Öfteren gestellt habe!«, pflichtete ihm Elizabeth bei.

»Und, Lizzy, hast du eine Erklärung gefunden?«, fragte Bingley.

»Mrs. Peabody war so freundlich, mir eine zu geben. Sie sagte: Ein wahrer Rosenliebhaber erwarte mit Ungeduld das Aufgehen einer jeden Knospe am Strauch! Schon von daher kenne er die dafür infrage kommenden Kandidaten. Und da der *Rosenkavalier* stets die sich gerade öffnenden Blüten wählt, fällt das Verschwinden selbiger dem stolzen Besitzer sogleich auf.«

»Mit anderen Worten«, ergänzte Bingley, »wenn der stolze Besitzer die aufgehende Blüte immer noch am Strauch vorfindet, weiß er, dass kein Dieb vorbeigekommen ist!«

»So ist es!«, bestätigte Elizabeth. »Dank dieses glücklichen Umstandes konnte Mrs. Hayes an dem Wettbewerb um die schönste Rose Lambtons wieder teilnehmen! Dabei wäre der diesjährige Wettbewerb beinahe wegen der Umtriebe des *Rosenkavaliers* abgesagt worden. Nun entschloss man sich kurzerhand, ihn gestern durchzuführen!«

»Und weißt du schon, wer gewonnen hat, Lizzy?«, fragte ein sichtlich interessierter Bingley.

»Mrs. Taylor berichtete mir gestern Abend, Mrs. Hayes habe tatsächlich wieder mit einer einzigen zauberhaften Blüte den Sieg davongetragen!«

»Sie gewann sicher auch, weil man ihr auf diese Art Trost zusprechen wollte«, meinte Darcy.

»Ich kann mich nicht erwehren«, bemerkte Jane aufgewühlt, »aber ich finde die Geschichte trotz all ihres Ungemachs sehr romantisch. Findest du nicht auch, Kitty?«

Doch Catherine schwieg beharrlich. Dagegen war Georgiana beglückt, nicht mehr die Einzige in der Familie mit solch einer Empfindung zu sein und brachte dies zum Ausdruck.

»Leider, Georgiana, teilen weder Mrs. Hayes noch Mr. Johnson deine Ansicht«, gab Elizabeth zu bedenken. »Und, Jane, Mrs. Beagles dürfte ebenfalls die Umstände, die zum tödlichen Unfall ihrer Tochter führten, schwerlich in diesem Lichte sehen!«, ergänzte sie mahnend für das Zusammentreffen am kommenden Tag.

»Jeder, der eine tragische Liebesgeschichte erlebte oder auch nur miterlebte, wird wohl kaum das Leid, das ihm widerfuhr, als angenehm in Erinnerung haben!«, verteidigte Bingley seine Gattin. »Dennoch kann für uns andere selbiges romantisch anmuten.«

»Und nicht zu vergessen, Sir, es sind gerade die tragischen Liebesgeschichten, die in der Literatur die Zeit überdauern!«, ergänzte Saunders. »Man denke nur an Orpheus und Eurydike oder eben Romeo und Julia! Obwohl der Vergleich zu den Ereignissen in Lambton mir sehr weit hergeholt scheint!«

»Ich gebe zu«, warf Darcy spitz ein, »man benötigt dafür ein gehörig Maß an Fantasie! Mich wundert nur, Mr. Saunders, dass es Ihnen an einer solchen gebricht!« Auch wenn Darcy im Grunde seines Herzen Mr. Saunders zustimmen musste, war ihm dessen abschätziges Gerede zuwider. Dieser junge Gentleman sollte sich unterstehen, *sein* geliebtes Derbyshire von oben herab zu behandeln!

»Ich hoffe, Sie fühlen sich durch meine Worte nicht angegriffen, Mr. Darcy«, entgegnete Saunders besorgt. »Es stand mir fern, Sie zu beleidigen. Ich bin mir sicher, Sir, Sie werden mit mir darin übereinstimmen, wie deplatziert sich die Worte *Rosenkavalier* und *Rosenkrieg* ausmachen! Für mein Empfinden täte man besser daran, die Dinge nicht unnötig zu dramatisieren! Auch würde ich die Ereignisse nicht wahrhaft *tragisch* nennen!«

»Aber damals ist ein junges Mädchen ertrunken!«, entgegnete Jane. »Das können Sie nicht außer Acht lassen, Mr. Saunders!«

»Ich weiß, was Sie meinen, Mrs. Bingley. Die Fragen, die man sich bei nüchterner Betrachtung allerdings stellen muss, sind doch die: Ertrank Martha Beagles als Resultat aus dem Streit Hayes gegen Johnsons? Oder war es vielmehr der verliebte Bob Hayes, der es nicht ertragen konnte, von Martha Beagles verschmäht zu werden? Handelte er womöglich aus Wut? Also, war es vielleicht doch Mord, wenn auch ohne Vorsatz, einen solchen zu begehen?«

»Man merkt, hier spricht der Jurist!«, sagte Bingley anerkennend.

»Es ist wahrlich imponierend«, wandte Darcy ein, »wie überraschend schnell Sie, Mr. Saunders, zu einem Kenner der damaligen Ereignisse geworden sind! Ich frage mich, wie wir uns *ohne* Ihren wachen Verstand an die Lösung des Problems wagen konnten!« Seine Verstimmung versuchte Darcy nicht einmal zu verschleiern. Was ihn am meisten ärgerte, war, dass ausgerechnet dieser *Geck* nüchtern und klar, ja geradezu vernünftig über das viel zu sehr mit Emotionen belastete Thema sprach.

»Ich bewundere immer, wenn jemand in der Lage ist, komplizierte Zusammenhänge *so* geschwind zu durchschauen«, stellte Bingley in dem Bemühen fest, die Gemüter zu beschwichtigen. »Meine Aufmerksamkeit, fürchte ich, ist unzureichend, um jemals so etwas zu bewerkstelligen. Ich neige dazu, mich in den Details zu verlieren. Folglich fehlt mir alsbald der Überblick. Was wiederum zu einer Ermüdung meines Interesses an dem Gegenstand führt. Daher, Mr. Saunders, möchte ich Ihnen meine Hochachtung aussprechen. Sie besitzen die Gabe, rasch zu begreifen und den Dingen auf den Grund zu gehen!«

»Was für ein wunderbares Kompliment, Mr. Bingley. Allein muss ich mir versagen, es anzunehmen. Denn es steht mir in diesem speziellen Fall nicht zu! Sie vergessen, Sir, dass ich im Gegensatz zu Ihnen durch meine Verwandten in Bakewell seit jeher mit der tragischen Geschichte vertraut bin.«

»Ich lasse mich gerne von *Ihnen* belehren, Mr. Saunders! Aber sind Sie nicht noch viel zu jung, um ein Zeuge der Ereignisse von damals zu sein?«, fragte Darcy kühl und brachte mit jedem Wort, das er sprach, eindeutig zum Ausdruck, wie wenig er es schätzen würde, von Mr. Saunders belehrt zu werden.

»Selbstredend, Mr. Darcy, bin ich *kein* Zeuge der Ereignisse seinerzeit. Weilte ich auch schon vor zwanzig Jahren auf der Erde, wusste ich noch nichts von dem *Rosenkrieg* in Lambton. Ab meinem achten Lebensjahr allerdings besuchte ich regelmäßig meine Tante in Bakewell, bis ihr Gatte dann ein paar Jahre später das Zeitliche segnete. So wurde ich schon als junger Knabe vertraut mit der Geschichte des *Rosenkavaliers*. – Sie wissen, Sir, wie die Leute sind. Das Unglück einer Nachbargemeinde erscheint immer erzählenswerter als das vor der eigenen Haustür!«

»Ich verstehe, Sir!«, entgegnete Darcy, »Die braven Leute von Bakewell ergötzen sich am Unglück der Gemeinde von Lambton. Und vermutlich betrachten sie es als ein besonderes Amüsement, wie sich dieser Tage die Geschichte wiederholt!«

»Sie sind zu streng mit Ihren Mitmenschen, Mr. Darcy«, erwiderte Saunders. »Sie sehen das alles viel zu ernst! Welche Abwechslung haben denn die Menschen auf dem Lande, wenn nicht die kleineren und größeren Katastrophen ihrer Nachbarn?«

Während es Darcy die Sprache verschlug, hatte seine Gattin ein Déjà-vu. Ziemlich ähnlich hatte sich Mr. Bennet ihr gegenüber einmal geäußert. Daher meinte sie: »Ich glaube, Mr. Saunders, Sie würden sich mit meinem Vater sehr gut verstehen. Er vertritt ganz ähnliche Ansichten wie Sie.«

»Dann muss Mr. Bennet ein gleichmütiges Wesen besitzen, Mrs. Darcy.«

»Er weiß unzweifelhaft, sein Vergnügen aus den charakterlichen Schwächen seiner Mitmenschen zu ziehen.«

»Ich hoffe, Mrs. Darcy, Sie wollen damit nicht andeuten, dass Sie mich für boshaft halten?«

»Aber, ich bitte Sie, Mr. Saunders, dann würde ich ja behaupten, mein Vater wäre es!«

Bingley, dessen Gemüt zu schlicht war, um die Spitzfindigkeiten in diesem Dialog auszumachen, besaß hingegen ein feines Gespür für Unstimmigkeiten. Und da es ihm am Herzen lag, solche möglichst beizulegen, kam er unvermittelt auf die künstlerische Darbietung des gestrigen Abends zu sprechen. Ein Thema, das weitaus angenehmer war und es schaffte, die gerade gesprochenen Worte aus den Köpfen zu verdrängen, wenn auch nicht dem Vergessen anheimzustellen.

# Kapitel 34

Der Aufenthalt von Mr. Saunders auf Pemberley war für drei Tage vorgesehen. Daher fragte er am Abend höflich nach, wann er sich am nächsten Tag bereithalten sollte, damit ihn die Kutsche wieder nach Bakewell bringen könne. Wegen seines Gepäcks war er nämlich ausnahmsweise nicht hoch zu Ross erschienen. Zu seiner Freude bat ihn die Hausherrin, seinen Besuch um ein paar Tage zu verlängern. Selbstredend nur, wenn dies Mrs. Maycott gestatte. Mr. Saunders legte Wert darauf festzustellen, dass er nicht vom Wohlwollen seiner Tante abhängig sei. Im Übrigen wäre er ihres Einverständnisses sicher. So nahm er gleichsam freudig wie bereitwillig die Einladung an.

Erst am späten Nachmittag war im Kreise der Familie heftig über den weiteren Aufenthalt von Mr. Saunders auf Pemberley gestritten worden. Elizabeth hatte diesen Zeitpunkt gewählt, nachdem sie dafür Sorge getragen hatte, dass der junge Gentleman in Begleitung von Mrs. Annesley und Georgiana im Park einen Spaziergang machte. Zur Sicherheit hatte sie ihre Schwester Jane in ihr Vorhaben eingeweiht. Wie nicht anders zu erwarten gewesen war, sträubte sich Darcy gegen eine solche Überlegung.

»Was für einen Eindruck erwecken wir bei unseren Nachbarn, wenn Mr. Saunders für längere Zeit bei uns logiert!«, gab er zu bedenken. »Noch dazu ist er Gast im Hause seiner Tante!«

»Aber, Darcy, soweit ich es verstanden habe«, entgegnete Bingley, »beliebt Mr. Saunders ohnehin jeden Tag bei euch zu verbringen.«

»Es hätte mich auch sehr überrascht, Bingley, wenn du an einer solchen Einladung Anstoß nehmen würdest!«, entgegnete sein Freund. »Du siehst immer nur das Gute in deinen Mitmenschen! Bist gutmütig und unbedarft.«

»Kurz ein liebenswürdiger Narr!«, erwiderte Bingley heiter.

»Darcy«, mischte sich nun Jane ein, »es ist doch deutlich erkennbar, wie sich zwischen Mr. Saunders und Georgiana im Moment eine tiefe Zuneigung entwickelt. Sollte man in solch einem Fall nicht unterstützend wirken? Oder hast du ernsthafte Einwände gegen den jungen Gentleman vorzubringen?«

Darcy war zutiefst betroffen. Ausgerechnet seine Schwägerin stellte ihm diese Frage. Hatte er doch einst Einwände gegen sie erhoben, weil er ihre zurückhaltende Art mit Gleichgültigkeit verwechselte. Wie sollte er auf ihre Frage antworten, ohne Parallelen seiner damaligen Zweifel zu offenbaren. Und vor allem, wie würde sich sein Freund verhalten? Denn Bingley waren die Worte, die er einst gegen Jane vorbrachte, bestimmt im Gedächtnis geblieben.

Während er noch über eine passende Erwiderung nachdachte, kam ihm Catherine zuvor.

»Ich bitte euch! Ihr wollt wirklich den ganzen Tag Mr. Saunders um euch herum haben? Gerade jetzt, da Bingley und Jane hier sind! Er wird unser Familienleben empfindlich stören! Allein schon deshalb, weil ständig darauf zu achten ist, dem Anstand Genüge zu tun!«

»Kitty, man könnte fast meinen, du würdest Mr. Saunders nicht mögen!«, sagte Jane befremdet. »Im Frühjahr auf Glenister schienst du ihm sehr zugetan. Was ist geschehen? Was hat deine Meinung über ihn so verändert?«

»Wie kommst du darauf, Jane, ich hätte meine Meinung über Mr. Saunders geändert? Und wenn ich mich recht erinnere, war auf Glenister Saunders hauptsächlich Lizzy zugetan! Uns andere schien er ja kaum wahrzunehmen. Da brauchst du nur Lydia zu fragen!«

»Das ist eine unverschämte Verzerrung der Wahrheit, Kitty!«, rief Elizabeth wütend. »Zudem bin ich weit *vor* dir abgereist, weil du dich geweigert hast, mich zu begleiten. Du wolltest Glenister ja gar nicht mehr verlassen!«

»Nur wegen Lydia!«, wehrte sich nun Catherine.

»Aber in deinem Brief, in dem du mich batest, dich möglichst bald wieder nach Hause zu holen«, entgegnete Elizabeth, »beschwertest du dich, dass Saunders sich den Wickhams anschloss! Man hätte meinen können, dass dir etwas an ihm lag!«

»Das war ja auch unmöglich! Von jetzt auf gleich waren alle fort!«

»Ich fürchte, das war meine Schuld«, griff Jane in den Disput ein. »Du musst das verstehen, Kitty, ich war so aufgeregt wegen der bevorstehenden Niederkunft von Mrs. Rogers.«

»Und zu Recht, wie wir heute alle nur zu gut wissen«, bekundete Bingley.

»Dennoch, Kitty«, sagte Jane, »mich wundert, wie schroff du Mr. Saunders gelegentlich behandelst. Was ist geschehen?«

»Oh, Jane, du hast ja keine Ahnung!«, entgegnete Elizabeth. »In den letzten Tagen war Kitty geradezu freundlich und zuvorkommend zu unserem Gast.«

»Wozu *du* mich aufgefordert hast, Lizzy!«

»Aber, Kitty«, sagte Jane sanft, »ich war bisher davon ausgegangen, Georgiana sei dir eine teure Freundin. Magst du denn deine Freundin gar nicht unterstützen, Mr. Saunders besser kennenzulernen?«

»Bingley sagte es bereits, Jane«, erwiderte Catherine trotzig, »Saunders kommt *jeden* Tag! Ich glaube kaum, dass Georgiana viel davon hat, wenn er hier auch noch die Nacht verbringt! Ganz im Gegenteil, wenn er auch noch auf Pemberley logiert, kann der Eindruck entstehen, ihr wolltet ihn für Georgiana sichern. Womöglich fühlt sich Saunders zu guter Letzt noch bedrängt und er sucht verschreckt das Weite!«

Dies war ein völlig neuer Gedanke. Wie gerne hätte Darcy ihm Glauben geschenkt. Unverzüglich würde er seine Zustimmung geben, um zu erleben, wie ein verschreckter Mr. Saunders auf nimmer Wiedersehen das Weite sucht!

»Ist euch allen denn der Wandel, der gestern mit Saunders und Georgiana vorging, nicht aufgefallen?«, fragte Jane ungläubig. »Ich werde bestimmt nie den Moment vergessen, als dieser wunderschöne Tenor einsetzte, um mit der Melodie, die Georgiana so erhaben spielte, zu verschmelzen.«

»Oh, Jane, ich kann dir versichern, dass ich diesen Moment bestimmt auch nie vergessen werde!«, erwiderte Elizabeth. »Ich bin mir in meinem ganzen Leben noch nie so *erbärmlich* vorgekommen wie bei diesem Duett!«

»Wieso, Lizzy?«, rief Catherine, die anscheinend am steten Widerspruch Gefallen fand. »Wenn du mich fragst, hast du keinen Grund dazu. So besonders ist die Stimme von Saunders auch nicht. Und, Jane, du übertreibst maßlos! Von wegen: Melodie und Stimme verschmolzen! Du singst so *gefühlvoll*, Lizzy! Das habe ich immer schon an dir bewundert.«

»Gefühlvoll? Immerhin! Ich danke dir, Kitty. Ich weiß, du meinst es gut. Trotzdem glaube nicht, ich würde meine Fähigkeiten überschätzen! Ich bin mir durchaus des Unterschiedes zwischen Saunders und meiner Stimme bewusst.«

»Er ist Tenor! Du bist Sopran! Da hast du deinen Unterschied, Lizzy!«

»Ich muss Catherine beipflichten, Liebste«, meldete sich Darcy seit langem wieder zu Wort. »Deine Stimme verfügt über ein ganz besonderes Timbre.«

Bingley und Jane nickten eilfertig.

»Ihr seid reizend«, sagte Elizabeth gerührt.

»Gräme dich bitte nicht länger, Liebste!«

Eine Träne wegwischend stellte Elizabeth – nun wieder ganz Herrin ihrer Gefühle – fest: »Wie dem auch sei, ich kann Janes Empfindung nur bestätigen! Auch ich hatte das Gefühl, die Harmonie, die bei Saunders und Georgianas Musizieren entstand, förmlich greifen zu können. Mich wundert nur, dass Georgiana nicht schon früher von Saunders wunderschönem Tenor erfuhr. Gelegenheiten, sollte man meinen, hatten sie wahrlich genug.«

»Mr. Saunders scheint mir ein sehr bescheidener junger Gentleman«, meinte Bingley. »Wenn man sich vorstellt, dass ein Komilitone von ihm, der selbst ein Meister der Fechtkunst ist, nichts von dessen herausragenden Fechtkünsten ahnt.«

»Und gerade dies, Bingley, finde ich befremdend!«, erwiderte Darcy.

»Saunders hat es doch erklärt!«, entgegnete Elizabeth. »Er nimmt private Fechtstunden.«

»Und er legt keinen Wert darauf, sich mit anderen zu messen«, ergänzte Jane.

»Ist das bei einem jungen Gentleman denkbar?«, meinte Darcy kritisch.

»Wäre es nicht interessant, Darcy«, entgegnete seine Gattin, »dies herauszufinden?«

»Und welche Gelegenheit wäre besser, als Mr. Saunders jetzt zu bitten, seinen Besuch um ein paar Tage zu verlängern?«, fuhr Jane unterstützend fort.

»Der Begeisterung deiner Schwester kannst du dir sicher sein«, übernahm wieder Elizabeth das Wort. »Und war es dir nicht immer ein Bedürfnis, Georgiana jeden Wunsch zu erfüllen?«

Wie konnte Darcy hiernach noch seinen Einspruch geltend machen. So gab er schließlich nach. Und sei es auch nur, um zu sehen, ob Mr. Saunders Gleichmut auf die Probe zu stellen war. Dessen bereitwillige Annahme der Einladung war für ihn dann nur eine weitere Bestätigung, dass er den Gentleman richtig einschätzte. ›Das Weite zu suchen‹ hatte ihr Gast jedenfalls nicht in Betracht gezogen.

# Kapitel 35

Am nächsten Tag war es dann so weit. Der von Bingley und Jane lang befürchtete Tag war gekommen. Mrs. Beagles sollte in den frühen Stunden des Nachmittags nach Pemberley geholt werden, um das erste Mal die kleine Camilla in ihre Arme zu schließen.

Jane war so aufgeregt, dass sie schon beim Frühstück keinen Bissen hinunter bekommen hatte. Um sich besser um ihre Schwester kümmern zu können, schlug Elizabeth den drei jungen Leuten eine gemeinsame Unternehmung vor. Ohne einen Moment zu zögern, war Catherine für einen Ausritt. Höflich stimmte Mr. Saunders zu. Entsetzt sah Elizabeth ihre Schwägerin an. Ihr Versuch, Catherine von dem Vorhaben abzubringen, scheiterte. Selbst die zu erwartende Hitze ließ jene nicht als Hindernis gelten. Dann würden sie halt galoppieren! Um sich vor ihrem Kavalier keine Blöße zu geben, blieb Georgiana nichts anderes übrig, als einzuwilligen. Ihr war bewusst, obwohl sie sich in den vergangenen Jahren bemühte, ihren Reitstil zu verbessern, besaß sie nicht Kittys Begabung!

Besorgt sah Elizabeth jeden einzelnen von ihnen den Salon verlassen. »Wenn das nur gut geht!«, meinte sie zu Jane, als sie endlich allein waren.

»Befürchtest du wahrlich, Lizzy, Mr. Saunders Zuneigung zu Georgiana könnte geschmälert werden, wenn er feststellen muss, dass sie keine glänzende Reiterin ist?

Uns beiden hat es jedenfalls nicht geschadet. Und unsere Männer mögen nicht weniger gern reiten.«

»Oh Jane, ich weiß ganz genau, was für ein trauriges Bild ich auf einem Pferd abgebe. Ein Grund mehr für mich, das Reiten auf das Tunlichste zu unterlassen. Schließlich verfüge ich über ganz andere Möglichkeiten, mich der Lächerlichkeit preiszugeben!« Bei dieser Anspielung dachte sie zweifellos an ihr Duett auf der Soiree.

Jane zwickte sie liebevoll in den Arm. »Lizzy, es wird Zeit, das Duett zu vergessen. Im Vergessen von leidigen Episoden warst du einst sehr gut. Erinnere dich, wie du früher in solchen Fällen einfach deine Bedenken beiseite legtest. Du warst der Ansicht, zu viel über seine Fehler zu grübeln, sei unverzeihlich!«

»Ach, Jane, wie recht du daran tust, mir meine eigenen klugen Sprüche vorzuhalten! – Nun gut, ich will versuchen, den peinlichen Auftritt *vor* meinen Nachbarn zu vergessen. So schwer mir dies auch fallen mag. Ich weiß, es gibt Schlimmeres. Obwohl ich das in dem Moment nicht gedacht habe. Ich wäre am liebsten im Boden versunken! – Wie es wohl Georgiana in diesem Augenblick ergehen mag? Hoffentlich muss sie nicht zu sehr leiden! Du musst wissen, sie macht kaum eine bessere Figur auf einem Pferd als ich. Und ich fürchte, ihre Unfähigkeit wird besonders im Vergleich zu Kitty allzu deutlich hervorstechen.«

»Dann haben sich Kittys *Reitkünste* tatsächlich so sehr verbessert?«

»Du lachst, Jane! Aber ...«

»Oh, liebe Lizzy, glaubst du, ich würde nicht merken, wie du dich bemühst, mich abzulenken? Das ist sehr lieb von dir. Und beinahe wäre es dir auch gelungen. Aber Kittys Reitkunst? Ich bitte dich! So oft wie Kitty mir in den letzten Tagen mit diesem Thema zugesetzt hat, dient es mir nicht länger als Ablenkung. Ununterbrochen schwärmt sie von Springs Anmut sich zu bewegen, wie sie die steilsten Hänge meistert, etc. etc. ... Halt mich bitte nicht für egoistisch. Aber ...« Sie verstummte.

»Wie könnte irgendjemand dich für egoistisch halten, liebe gute Jane?«

»Weißt du, Lizzy, ich möchte die kostbare Zeit, die wir gemeinsam verbringen, nicht damit verschwenden, um noch mehr über Kittys *Reitkunst* zu hören.«

Betreten schwieg Elizabeth.

»Im Augenblick vermag ich an niemand anderen zu denken als an Camilla. Die Vorstellung Mrs. Beagles könnte uns die Kleine wegnehmen, kann ich kaum ertragen.«

Darcy hatte recht gehabt, ging es Elizabeth durch den Kopf. Er hatte gleich davor gewarnt, zu viel Nähe zuzulassen. Wieso hatte sie die Gefahr nicht erkannt? Dabei war es bei Jane nicht anders zu erwarten gewesen. Gerade Jane mit ihrem unbändigen Wunsch nach einem eigenen Kind! Wie sollte jene unter diesen Bedingungen einen Abstand zu der Kleinen wahren?

»Komm, Jane, lass uns ins Kinderzimmer gehen«, forderte sie ihre Schwester auf. Ihr war der Gedanke gekommen, Jane würde vermutlich am liebsten ihre Zeit mit Camilla verbringen. Zumal sie nicht wussten, ob Mrs. Beagles nicht darauf bestehen würde, das Kind gleich mitzunehmen.

Als sie das Kinderzimmer betraten, entließ Elizabeth bis auf Weiteres Mrs. Harvey und nahm von dieser ihren Sohn entgegen. Mit Master Edward im Arm trat sie sodann an die Wiege, in der Camilla lag. Wie klein und zerbrechlich das Mädchen gegenüber dem strammen Burschen wirkte. Es war beinahe so, als würde ihre unterschiedliche Erscheinung auch die Situation in ihrem Leben widerspiegeln. Hier der Erbe eines stattlichen Besitzes und dort die Halbwaise, verlassen vom Vater und einer unsicheren Zukunft entgegensehend. Die Leute sprachen von ihr bereits als von einer Waisen. Die Tatsache, dass Camilla noch einen Vater hatte, wurde bewusst übersehen. Und wie recht sie damit hatten. So blieb für die *Waise* nur zu hoffen, Jane werde es gestattet, ihr eine fürsorgliche Mutter zu sein.

»Wie klein sie noch ist!«, brachte Elizabeth ihre Gedanken zum Ausdruck.

»Wie Eddy in dem Alter!«

»Das stimmt, Jane! Aber erst durch den Vergleich mit ihr wird mir bewusst, welche Entwicklung mein kleiner Junge in dem einen Jahr gemacht hat. Wie schnell ist für uns Erwachsene ein Jahr um. Nun ja, Veränderungen an uns müssen auch wir erkennen. Allein so groß sind sie nicht!«

»Welch ein Glück, Lizzy, oder?!«

»Da hast du recht, Jane. Was ich …«

Doch Mrs. Darcy sollte ihren Satz nicht mehr vollenden. Es hatte an der Tür geklopft und zu ihrer Überraschung war das Kindermädchen zurückgekehrt. In ihrer Begleitung befand sich Mrs. Beagles.

Für einen kurzen Moment war die Hausherrin sprachlos. Die Begegnung von Mrs. Beagles mit der kleinen Camilla sollte, so hatten sie beschlossen, im Salon stattfinden. Elizabeth konnte nicht umhin sich zu wundern, wie schnell die Zeit offenbar vergangen war. Doch wieso hatte niemand vom Personal sie darauf aufmerksam gemacht?

Die Antwort auf diese Frage wurde ihr durch das besorgte Gesicht von Mrs. Peabody gegeben. Als jene den Raum betrat, sah Elizabeth ihr das Unbehagen sowie die Bitte um Verzeihung an. Und mit einem Mal verstand die Herrin von Pemberley, was geschehen war. Mrs. Beagles war offenbar nicht mehr die Geduld abzuverlangen gewesen, noch länger zu warten.

Diejenige von ihnen, die am raschesten ihre Fassung wiedergewann, war ausgerechnet Mrs. Bingley. Nun da der Augenblick gekommen war, vor dem Jane sich so sehr fürchtete, wurde sie mit einem Mal ganz ruhig. Behutsam nahm sie Camilla aus der Wiege, um sie, ohne ein Wort zu sagen, Mrs. Beagles in die Arme zu legen. Über alle Maßen glücklich empfing jene das Kind, um nach dem ersten Blick in dessen Antlitz erschüttert zu flüstern:

»Mein Gott! Sie ... sie sieht ja aus, ... wie ... wie ... meine *Martha*!«

»Aber, Mrs. Beagles, Sie meinen sicher wie *Clara*!«, berichtigte Mrs. Peabody sie einfühlsam.

Indes Mrs. Beagles schien weder den Einwand noch ihre Umgebung wahrzunehmen. Tränen des Glücks rannen ihr über die Wangen. Dann endlich konnte sie ihre Augen von dem lieblichen Anblick des kleinen Mädchens trennen, um die von Mrs. Bingley zu suchen. Aufrichtige Dankbarkeit wusste sie in ihren Blick zu legen. Ein Blick, der Jane zutiefst erschütterte und sie ihre eigenen Wünsche vergessen ließ. Hier und jetzt erkannte Jane, wie unrecht es von ihr wäre, würde sie dieser armen geplagten Seele, die erst die eigene Tochter und jetzt auch noch ihr Mündel verlor, den Menschen, der ihr geblieben war, nehmen.

»So sind zu guter Letzt nun jene beiden vereint, die zueinander gehören«, sagte Jane gegen Tränen ankämpfend.

Mrs. Darcy und Mrs. Peabody sahen sich voller Erstaunen an. Eine solche Entwicklung hatte keine von ihnen erwartet. Obwohl Elizabeth, wenn sie es recht bedachte, nicht überrascht sein konnte, dass ihre Schwester zu so einem Opfer bereit war. Es entsprach dem selbstlosen Charakter von Jane. Und es sollte gerade jene Selbstlosigkeit sein, die nun wiederum Mrs. Beagles dazu brachte, anders als beabsichtigt zu handeln.

In den vergangenen Wochen hatte Mrs. Peabody jede sich bietende Gelegenheit genutzt, der älteren Frau die Vorzüge auszumalen, welche die kleine Camilla hätte, wenn sie unter der Obhut der Bingleys auf Glenister aufwachsen würde. Indes je mehr Zeit, seit dem Ableben von Clara Rogers, verstrich, desto mehr begehrte Mrs. Beagles, sich deren Kind anzunehmen. Reichtum allein war kein Garant für Glück! Diesen von der guten Pfarrersfrau in der Vergangenheit so oft gesprochenen Satz hatte Mrs. Beagles in letzter Zeit immer wieder gegen deren Bemühungen, sie zu überreden, verwandt.

In diesem Augenblick aber, da sie mit eigenen Augen sah, wie liebevoll Mrs. Bingley mit der kleinen Camilla umging, wie schwer es jener viel, sich von dem Kind zu trennen und wie sie dennoch bereit dazu war, da erkannte Mrs. Beagles das große Herz dieser zarten Frau und *das* änderte alles! In ihrem selbstlosen Verzicht anempfahl sich Jane Bingley von selbst als geeignete Mutter für Camilla.

Und so sprach Mrs. Beagles ihre Empfindung, die sie mit einem Mal überwältigte, offenherzig aus: »Gemeinsam, ja? Lassen Sie uns gemeinsam für *Camilla* Sorge tragen!«

Wie warmherzig Mrs. Beagles der Name der Kleinen über die Lippen ging. So vertraut und geliebt. Dadurch wurde auch in Mrs. Bingley eine Zuversicht geweckt, dass doch noch alles gut werden würde. Unter Tränen gab sie ihre Zustimmung.

Wie eine solche gemeinsame Sorge um das Kind aussehen würde, wusste im Moment keiner. Dennoch war jedem der Anwesenden klar, dass eine Einigung zu finden sei. Elizabeth atmete auf. Ein großes Unrecht war ausgeglichen. Ihrer lieben Schwester Jane war ein Kind geschenkt worden! Und auch wenn sie es nicht selbst zur Welt brachte, so konnte niemand bezweifeln, dass sie neben der leiblichen Mutter am meisten mitgelitten hatte. Sie war es gewesen, die der seligen Mrs. Rogers in den schweren Stunden der Niederkunft zur Seite stand. Und dies, obwohl sie genau wusste, was ihr bevorstand! Nur ein Jahr zuvor hatte sie ähnlich furchtbare Stunden mit ihrer Schwester durchlebt. Trotzdem hatte Jane ihre Fürsorge der armen Seele nicht vorenthalten.

# Kapitel 36

Man spricht von der Ruhe vor dem Sturm. Gemeint ist damit diese fast unnatürliche Stille der Natur, diese bizarre Regungslosigkeit, in der Bäume und Sträucher wie erstarrt wirken. Es ist dies eine Stille, die den Menschen in seinem tiefsten Inneren berührt. Der Widerspruch dabei ist, je länger diese vollkommene Ruhe der Natur anhält, desto mehr erfasst den Menschen eine innere Unruhe! Gespeist wird diese innere Unruhe von dem Gefühl eines nahenden Unwetters. Je länger dieser Zustand andauert, umso mehr wünscht sich der Mensch die Entladung der aufgestauten Energie. Wenn es dann schließlich zu dem ersehnten Gewitter kommt, einem Gewitter bei dem ein Blitz den nächsten jagt, wird endlich die bleierne Schwere fortgescheucht, um jener unverwechselbaren, klaren Luft Platz zu machen, die einen jeden wieder frei und unbeschwert atmen lässt.

So wie es vor einem Unwetter den meisten Menschen ergeht, so erging es den Bewohnern von Pemberley House in den Tagen nach der Soiree. Am Anfang hätte Mr. Saunders verändertes Verhalten noch mit Müdigkeit nach einer langen Nacht erklärt werden können. Dann aber, als dieser Zustand anhielt, ließ sich der Wandel in seinem Wesen für keinen mehr plausibel erklären. Eine seltsame Ernsthaftigkeit hatte von dem jungen Gentleman Besitz ergriffen. Er sprach nur noch selten, lachte kaum mehr, wirkte oft abwesend und in sich gekehrt. Er lehnte es entschieden ab, noch einmal von Georgiana auf dem Pianoforte begleitet zu werden. Allen Bitten zum Trotz ließ er sich nicht erweichen. Stattdessen forderte er Miss Darcy auf, ihnen auf der Harfe oder dem Pianoforte vorzuspielen. Und wenn sie dann ihm zu Gefallen seiner Bitte nachkam, ließ er ganz ungeniert seinen Blick auf ihr ruhen. Mrs. Darcy hätte zu gern ergründet, welchen Gedanken Mr. Saunders nachhing, wenn er Georgiana so versonnen beobachtete.

Zu Catherines Verdruss blieb es bei dem einen gemeinsamen Ausritt. Denn offenbar verzichtete ihr Gast mit Rücksicht auf Georgiana fürderhin auf dieses Vergnügen. Es war dem jungen Gentleman nicht entgangen, wie schwer es Miss Darcy am Abend nach dem Ritt fiel, sich beim Dinner auf ihrem Stuhl aufrecht zu halten. Und auch später weigerte sie sich, das gut gepolsterte Sofa gegen den Schemel ihres Pianofortes einzutauschen. Mit der Begründung, es sei nun an Elizabeth, ihre Künste auf dem Instrument zu zeigen, lehnte sie sich stumm leidend auf ihrem weichen Sitz zurück. Elizabeth erbarmte sich, wohl wissend wie gering sich ihr Spiel gegen das ihrer Schwägerin ausmachte.

Lange Spaziergänge, bei denen kaum ein Wort gewechselt wurde, prägten die nächsten Tage. Da Mrs. Darcy von jeher eine Vorliebe für das Wandeln in freier Natur hegte, schloss sie sich bereitwillig Saunders und Georgiana an. Mitunter wurde Elizabeth auch von Darcy, Bingley oder Jane begleitet. Dann konnte das junge Paar allein schweigend nebeneinander hergehen. Um ihren Gast aufzuheitern, veranstalteten sie ein Picknick im Park. Dann unternahmen sie zur Abwechslung einen

Ausflug in die nähere Umgebung. Doch all ihre Bemühungen waren vergebens. Mr. Saunders schien sich für nichts mehr zu begeistern. Er blieb verhalten, wenn auch stets freundlich.

So glaubte Elizabeth an eine glückliche Fügung, als ihnen der Besuch von Lady Wragsdale nebst Söhnen angekündigt wurde. Sie erhoffte sich allein von der Anwesenheit Paul Wragsdales eine anregende Wirkung auf ihren Gast. Zuvor würden sie aber wohl erst einen langen Monolog ihrer Nachbarin zu hören bekommen.

Zu Elizabeths Überraschung sah sich Lady Wragsdale nicht in der Lage, ein Wort zu äußern. Vielmehr rang die Ärmste nach Luft. Bei solch einer Hitze bereitete das Treppensteigen der wohlbeleibten Lady nicht geringe Schwierigkeiten. Umso erstaunlicher war es, dass sie dieser Tage einen Besuch in ihrer Nachbarschaft antrat. Die Erklärung dafür erfolgte stehenden Fußes!

Plötzlich und unerwartet sprangen zwei Damen hinter dem Butler hervor. Erschrocken fuhr Mr. Parker zusammen, wahrte aber Contenance. Mit der Bitte, sich entfernen zu dürfen, warf er den beiden Übeltäterinnen einen entrüsteten Blick zu. Dann verbeugte er sich und verließ aufrechten Ganges den Salon.

Wie peinlich Lady Wragsdale der Vorfall auch gewesen sein mochte, mittlerweile verfügte sie wieder über genug Atem, um laut zu rufen: »Da seid ihr ja! Wie konntet ihr nur entwischen? Ich habe es nicht gewagt, dem armen Mr. Parker zu sagen, dass wir eigentlich zu fünft aufgebrochen sind.«

Anstatt ihrer Mutter zu antworten, rief eine der Damen: »Da staunen Sie, Darcy, nicht wahr? Susanna und ich wissen immer noch, wie man sich unbemerkt vom Personal ins Haus schleicht!«

»Frances! Dass du aber auch immer deinen Schabernack mit Mr. Darcy treiben musst! Wirst du denn nie erwachsen?«, echauffierte sich Lady Wragsdale. »Ich muss mich bei Ihnen allen entschuldigen. Das Benehmen meiner Töchter ist nach wie vor ungebührlich! Kaum zu glauben, denn beide sind seit Jahren unter der Haube, noch dazu selbst Mütter! Aber immer wenn sie nach Hause kommen, benehmen sie sich wie Backfische!«

»Darcy! Was sagen Sie dazu?«, überging Frances Fletcher einfach den Einwand ihrer Mutter. »Meine Schwester hat es mal wieder versäumt, zu einem familiären Ereignis zu erscheinen!«

»Frances, ich habe nicht wie du nur dreißig Meilen Weges hinter mich gebracht!«

»Ich wundere mich nur, Susanna, dass Perkins sich nicht verpflichtet fühlte, dich auf dieser weiten Strecke zu begleiten!«

»Sei doch froh, Frances. Du hast nie ein Geheimnis daraus gemacht, dass du meinen Mann nicht besonders schätzt!«

»Aber ich bitte dich, Susanna, Perkins ist mir der Liebste meiner Schwäger.«

»Er ist der Einzige, den du hast!«

»Das meinte ich, Susanna! Einen anderen kann ich schwerlich bekommen. Es sei denn, ich verfüge über eine weitere Schwester, von der ich nichts weiß.«

»Frances!«, fühlte sich Lady Wragsdale genötigt einzugreifen. »Was für einen Unsinn du wieder erzählst! Was sollen unsere Nachbarn bloß denken?«

»Verehrte Nachbarn von Alberney und *meine* verehrten Nachbarn aus Glenister«, sagte Frances zu Bingley und Jane gewandt, »Lady Wragsdale mühte sich die vielen Stufen zu Ihnen herauf, um denen unter Ihnen, die noch nicht das Vergnügen hatten, meine Schwester kennenzulernen, höchstpersönlich Mrs. Patrick Perkins vorzustellen. Mrs. Perkins, die eigens aus dem schönen Hampshire angereist ist, um mit einwöchiger Verspätung *nicht* an der Soiree auf Alberney teilzunehmen!«

»Frances! Wie kannst du nur so unmöglich daherreden! Sie müssen wissen, meine Tochter Susanna heiratete vor nunmehr zehn Jahren sehr vorteilhaft nach Hampshire. Vor zwei Jahren, als Sir Arthur und meine Wenigkeit in Brighton weilten, konnten wir unser Kind seit Langem mal wieder besuchen. Die Grafschaft Hampshire liegt ja nun leider weit unten im Süden! Mein Schwiegersohn Mr. Perkins besitzt in der Nähe von Romsey ein sehr schönes ...«

»... Landgut!«, unterbrach Mrs. Fletcher die weitschweifige Vorstellung ihrer Mutter. »Und ehe es Lady Wragsdale vergisst: Sie möchte Sie alle am morgigen Nachmittag nach Alberney einladen!«

»Frances, also wirklich! Du verstehst es, einem jegliche Freude zu verderben! Warum überlässt du mir nicht das Vergnügen, die Herrschaften einzuladen? Schließlich bist du nicht die Gastgeberin!«

»Aber, Mama, ich wollte verhindern, dass du es ganz und gar vergisst.«

Mühevoll musste Elizabeth ein Lachen unterdrücken. Mit einem Blick in die Runde verschaffte sie sich Gewissheit, um hiernach im Namen aller die Einladung dankend anzunehmen. Auch ihre Frage nach einer Erfrischung fand bei allen Anwesenden Zustimmung.

Und so saß man schon bald bei ein paar ausgewählten Köstlichkeiten und lauschte verzückt Mrs. Fletchers Geschichten aus ihrer Kindheit. Da jene frank und frei sprach, erfuhren die staunenden Zuhörer so manche Albernheit aus den Kindertagen von Darcy.

Der Herr von Pemberley ließ die Anekdoten geruhsam über sich ergehen. Hie und da stritt er ab, jemals so unvernünftig gehandelt zu haben, wie er gleichermaßen die Erzählung seiner Spielgefährtin um das ein oder andere Detail bereicherte.

»Spielen Sie noch Federball, Darcy?«, fragte Frances.

»Ich habe es aufgegeben.«

»Kein Wunder, so oft, wie Sie den Ball nicht trafen!«

»Weil Sie Ihre Possen mit mir trieben!«

»Ich? Niemals!«

»Wie, Darcy? *Du* hast Federball gespielt?«, amüsierte sich seine Gattin.

»Das Los eines jeden Knaben, der mit Mädchen spielen muss!«, erwiderte Darcy.

»Von wegen *müssen*!«, entgegnete Frances erbost. »Geben Sie es zu, Darcy, Sie waren froh, wenn ich Sie von George als alleinigem Spielkamerad erlöste!«

»Ach herrje, der liebe George«, rief Mrs. Perkins verzückt.

»Ja, der liebe George mit seiner Vorliebe für martialische Spiele«, meinte Mrs. Fletcher.

»Frances, jetzt übertreibst du aber wirklich maßlos!«, verteidigte Susanna ihren ehemaligen Spielgefährten. »Nicht jeder mag Federball und Krocket!«

»Ach, Susanna, wenn es nur das wäre! Du hast ja *nie* den Ball getroffen! Sonst hätte ich Master Darcy nicht ständig dazu nötigen müssen, mit mir Federball zu spielen!«

»Es ist halt nicht jeder so begabt wie du, Frances!«

»Frances, Susanna, ihr benehmt euch, als wäret ihr keinen Tag älter als zwölf!«, mahnte ihre Mutter sie. Dann wandte sie sich entschuldigend an die anderen. »Ich weiß nicht, was in die beiden gefahren ist! Heute Morgen benahmen sie sich noch unauffällig. Sonst hätte ich es nicht gewagt, sie mitzunehmen. Aber so war es schon immer mit den beiden! Sie sind wie Hund und Katz! Kaum treffen sie aufeinander, liegen sie sich auch schon in den Haaren!«

»Aber, Mama! Wir verhalten uns nur deshalb so albern, weil du deine Nachkommen allesamt behandelst, als seien wir tatsächlich keinen Tag älter als zwölf!«, wehrte sich Mrs. Fletcher. »Ich weiß nicht, wieso sich meine Brüder *das* bieten lassen!«

»Meine Vorliebe galt von jeher dem Angeln«, nahm Darcy das Wort, bevor einer der Brüder protestieren konnte. »Aber ich war auch nicht abgeneigt, wenn es darum ging, sich im Fechten zu üben.«

»Ihr habt als Kinder gefochten?«, fragte Catherine ungläubig.

»Nur mit Holzschwertern«, beruhigte sie Darcy.

»Ich vergesse nie, Darcy, wie wir im Fluss mit dem alten Kahn abgesoffen sind!«, erinnerte sich Mrs. Fletcher.

»*Ich* auch nicht!«, sagte eine leidgeprüfte Mutter.

»Ich hatte Mama erzählt, Sie planten mit mir einen romantischen Ausflug mit dem Boot«, erzählte Frances ungerührt weiter. »Dabei wussten Sie noch nicht einmal etwas von meiner genialen Idee!«

»Das wird ja immer schöner!«, beschwerte sich Lady Wragsdale. »Langsam bin ich mir nicht mehr sicher, ob ich noch weiter zuhören möchte!«, rief sie erschrocken. Dabei war ihr deutlich anzusehen, wie sehr sie darauf brannte, die ganze Geschichte zu hören.

»Oh, ich bitte Sie, Mrs. Fletcher, erzählen Sie weiter«, drängte Catherine.

»Ich kann mich meiner Schwester nur anschließen«, meinte Elizabeth.

»Wir alle, denke ich, liebe Mrs. Fletcher«, meldete sich Bingley zu Wort, »wären Ihnen sehr dankbar, Sie würden uns den *romantischen* Bootsausflug mit meinem Freund nicht vorenthalten.«

»Bingley! Die Sache war vieles, aber *romantisch* gewiss nicht!«, meinte Darcy ernst, um Missverständnissen vorzubeugen.

Sich der Aufmerksamkeit aller bewusst, fuhr Frances schmunzelnd fort: »Der *Romantik* zuliebe schickte mich meine Mutter in einem hellen, spitzenbesetzten Sommerkleid nach Pemberley. Und damit das gute Kleid keinen Schaden nähme, bat sie John Booth mich in der Kutsche sicher dorthin zu bringen und später wieder abzuholen. Wohlgemerkt jener Kutsche, die seit diesem ereignisvollen Tage mit einem Achsbruch im Schuppen von Alberney ihr Dasein fristet.«

»Oh, Frances, Ihr habt es aber auch wirklich übertrieben!«, wandte Susanna ein.

»Ach, Susanna, du bist ja nur neidisch, weil du nicht auf unseren Bootsausflug mitkommen durftest.«

»Ich bitte dich, Frances!«, verteidigte Lady Wragsdale ihr Verbot aus längst vergangenen Tagen. »Susanna konnte damals noch nicht schwimmen! Es war viel zu gefährlich, ihr derlei zu gestatten. Und zu Recht, wie sich ja dann später herausstellte.«

»Der selige Mr. Darcy hatte jedenfalls angeordnet«, fuhr Mrs. Fletcher in ihrer Erzählung fort, »Master Darcy für unseren Ausflug ebenfalls recht hübsch herzurichten. Und so kam mein kleiner Kavalier, um mich in dem alten Kahn, der immer am Flussufer lag, auszufahren.«

»War das denn nicht ziemlich gefährlich?«, fragte Elizabeth eingedenk des Unglücks von Martha Beagles.

»Aber nein, wir sind an der Stelle gewesen, die eine kleine Bucht bildet«, erwiderte Frances. »Dort haben wir früher bei Hitze gelegentlich auch vollständig bekleidet gebadet.«

»Frances!«, rief eine mittlerweile tatsächlich entsetzte Mutter. »Und mir hast du immer erzählt, du seist beim Spielen ins Wasser gefallen!

»Mir scheint, ihre Tochter war ein rechter Wildfang«, meinte Bingley anerkennend. »Solche Eskapaden vermag ich mir bei meinen Schwestern nicht vorzustellen.«

Ich mir auch nicht, dachte Elizabeth, die das förmliche Getue von Mrs. Hurst und Miss Bingley noch nie leiden mochte.

»Bitte, Sie können unmöglich jetzt mit ihrer Erzählung aufhören«, rief Catherine. »Es ist gerade so spannend!«

Frances lächelte ihr zu und begann aufs Neue: »Nachdem Darcy eine Weile mühevoll gerudert hatte, füllte sich der alte Kahn ganz allmählich mit Wasser. Und ich in meinem besten Kleid! Sie können sich den Schrecken vorstellen. Ich dachte nur, was wird Mama sagen, wenn ich mit einem völlig durchweichten und vom Morast schmutzigen Kleid zurückkehre!«

»Also ich hätte eher um mein Leben gebangt, Kind!«, wandte Lady Wragsdale ein. »Im Übrigen habe ich dich keineswegs in deinem *besten* Kleid losgeschickt.«

»Wütend warst du aber schon, weil das Kleid verdorben war!«, nahm Susanna ihre Schwester in Schutz. »Die Idee, das Kleid im Fahrtwind zu trocknen, war dann aber tatsächlich die schlimmste von allen!«

»Mit diesem glorreichen Einfall hatte ich nichts zu schaffen!«, beteuerte Darcy seine Unschuld.

»Nein, diesen geistreichen Plan heckte George aus!«, pflichtete ihm Frances bei. »Oh, was haben wir gelacht!«

»Ach ja? Ich entsinne mich vor allem an dein Geschrei!«, widersprach ihre Schwester.

»Wenn ich mir vorstelle, was alles hätte passieren können!« Lady Wragsdale tupfte sich den Schweiß von der Stirn. »Nein, Frances, keiner meiner Söhne versetzte mich je so in Aufregung wie du.«

»Ja, aber nur weil wir uns gescheiter anzustellen wussten als unsere Schwester!«, entgegnete Paul Wragsdale. »Wir wussten um Frances Streiche. Folglich trugen wir Sorge, dass *uns* niemand auf die Schliche kam, nicht wahr, Matthew!«

Von Georgiana, die bisher zu allem geschwiegen hatte, vernahm man einen tiefen Seufzer. Kein Wunder, denn die Streiche, deren sich Paul Wragsdale nun rühmte, hatten nicht selten ihr gegolten.

»Heute mögen wir über die Geschichten von einst lachen, Paul«, erwiderte Matthew ernst. »Damals, fürchte ich, haben wir unseren Eltern und manch *anderem* Kummer bereitet!«

»Wie wahr!«, meinte Lady Wragsdale, nicht ahnend, dass ihr Sohn vor allem seine Worte an Georgiana Darcy gerichtet hatte. »Dennoch die Sache mit der Kutsche war furchtbar!«

»Aber, Mama, ich trug nur ein paar Schürfwunden davon!«, verteidigte Frances ihr Abenteuer.

»Von wegen ein paar Schürfwunden. Der Apotheker hätte dir bestimmt nicht mehrere Tage Bettruhe verordnet, wenn alles so harmlos gewesen wäre.«

»Der alte Standford neigte von jeher zur Übertreibung!«, entgegnete Frances ungerührt. »Sicher, wenn Darcy die Kutsche gelenkt hätte, wäre vermutlich nichts passiert. Er war nicht so ein Heißsporn wie der gute George. Ihm wäre nicht im Traum eingefallen, diese Abkürzung zu nehmen. Dabei wollte ich doch nur mein Kleid im Fahrtwind trocknen! Ich habe nie verstanden, weshalb er diesen Weg einschlug!«

»George wählte ihn auch nicht als Abkürzung!«, entgegnete Susanna. »Er sah seinen Vater von Weitem kommen. Und so fürchtete er wohl eine Tracht Prügel.«

»Die er im Nachhinein auch bezog!«, wusste Darcy zu berichten. »Und nicht nur er!«

»Ach ja? Uns gegenüber hat er nichts davon erwähnt«, meinte Susanna.

»Sag bloß, du schwärmst immer noch für deinen Kavalier aus Kindertagen?«, fragte ihre Schwester.

»Ich bitte dich!«, rief Mrs. Perkins empört. »Ich bin eine verheiratete Frau! Glücklich noch dazu.«

»Na ja, passabel sieht der gute George ja immer noch aus!«, meinte Mrs. Fletcher. »Trotzdem hat es mich überrascht, dass er mir auf Ravensdale einen Besuch abstattete, während er auf Glenister weilte. Schließlich habe ich ihm nie viel Sympathie entgegengebracht.«

»Glaube mir, Frances, ich kann auf ein Wiedersehen mit George Wickham gut verzichten!«, beteuerte Mrs. Perkins.

Besorgt sah Elizabeth zu ihrer Schwägerin. Das Gespräch hatte eine Wendung genommen, die Georgiana sichtlich erblassen ließ. In dem Bemühen, von Wickham abzulenken, fragte Elizabeth: »Mir ist unverständlich, wieso Sie nicht eine Kutsche von Pemberley wählten? Ich dachte, Ihr Knecht hätte den Auftrag gehabt, Sie später wieder abzuholen.«

»Das stimmt!«, meinte Frances und sah verstohlen zu Darcy. Dann fuhr sie nach einer kurzen Pause fort. »Der gute John Booth war seinerzeit in eins der Küchenmädchen von Pemberley verliebt. Und deshalb ist er nicht gleich nach Hause gefahren. Zudem wäre es ganz undenkbar gewesen, unbemerkt eine Kutsche aus der Remise von Pemberley zu entwenden. Und da George wusste, dass John Booth auf Freiersfüßen wandelte, machte er sich sein Wissen zu zunutze, um John von dem Gefährt weit weg zu locken.«

»Ich traue langsam meinen Ohren nicht mehr!«, unterbrach Lady Wragsdale ihre Tochter. »Was ich hier alles erfahren muss!«

»George wollte mich mit einer Kutschfahrt trösten«, erklärte Susanna. »Er wusste, wie unglücklich ich darüber war, die Bootsfahrt nicht mitmachen zu dürfen. Deshalb lotste er John Booth von der Kutsche weg. Und wie wir dann an dem Weg flussabwärts vorbeifuhren, sahen wir euch in Seenot. Ich weiß gar nicht, was du George immer so schlecht machen musst, Frances. Schließlich kam er auf die Idee, euch einen heruntergefallenen Ast zu reichen. Nur so wart ihr in der Lage, das Boot in die Nähe des Ufers zu lenken.

Catherine langweilte die Geschichte mittlerweile. Zudem drängte es sie nach Bewegung. So nutzte sie die kurze Pause, die entstand, und schlug vor, Schläger und Federbälle holen zu lassen.

»Du willst bei dieser Hitze Federball spielen?«, fragte Elizabeth entsetzt.

»Oh, ich bitte dich!«, erwiderte Catherine. »Wie alt bist du, *Mrs. Darcy*?« Bei dieser Anrede zwinkerte sie ihrem Schwager zu, um zu verdeutlichen, sie habe nicht vergessen, in Gegenwart von Gästen ihre Schwester korrekt anzusprechen. In Anbetracht der lockeren Art wie das Gespräch unter alten Spielgefährten geführt worden war, konnte sie sich nicht auffälliger verhalten.

»Entschuldigung!«, ging Mrs. Fletcher auch sogleich auf diese Anrede ein. »Mir war nicht bewusst, welch strenge Etikette auf Pemberley inzwischen herrscht. Sprechen sich nun schon Geschwister untereinander mit dem Familiennamen an?«

»Frances! Nun ist es aber gut«, wurde Lady Wragsdale nicht müde, sie zu ermahnen. »Ich bin nur froh, dass dein ungehöriges Benehmen keinerlei Einfluss auf die jungen Damen hat.«

»Wie *bedauerlich*!«, erwiderte Frances. »Ich bin mir sicher, wären Miss Georgiana und ich eines Alters, würde sie heute mehr Lebhaftigkeit zeigen.«

Ob dieser wenig schmeichelhaften Äußerung errötete Georgiana.

»Ich möchte meine Schwester nicht anders, als sie ist!«, verteidigte Darcy sie.

Dankbar lächelte Georgiana ihm zu, die es niemals gewagt hätte, sich in dieser illustren Runde zu äußern.

Catherine hingegen hatte Mrs. Fletchers ungezwungene Art angesteckt. Und so wurde ihr Eifer, sich im Freien zu betätigen, nur weiter angestachelt. »Wie sieht es mit Ihnen aus, Gentlemen?«, sprach sie kühn Matthew und Paul Wragsdale an. »Sind wenigstens Sie bereit, mich vor diesen *Langweilern* zu retten?«

»*Miss Bennet*!«, entgegnete Elizabeth nun gestreng, »Ich muss doch sehr bitten! Nicht jeder verträgt die Hitze so gut wie du. Also schelte uns nicht wegen unserer Behäbigkeit, zumal wir gerade die letzten Tagen der Witterung zum Trotz viel unternommen haben.«

»Oh, Mrs. Darcy, seien Sie nicht verärgert. Ich freue mich über die Abwechslung«, bekundete Paul. »Wie sieht es mit dir aus, Matthew? Und was ist mit Ihnen, Mr. Saunders? Haben Sie Interesse an einem Spiel?«

»Federball?«, fragte Saunders, in dessen Augen Übermut aufflackerte, der an sein Gebaren vor der Soiree erinnerte. »Ich nehme mit Freude die Herausforderung an, Sir! Denn wie der Zufall es will, zwangen mich meine beiden Cousinen Dixon aus Nottinghamshire ebenfalls, diesem Spiel nachzugehen. Und ich kann von mir behaupten, Mr. Wragsdale«, dabei sah er Paul direkt in die Augen, »Sie werden in mir einen unerbittlichen Gegner finden!«

Selbstzufrieden schmunzelte Darcy. Er hatte sich nicht getäuscht. Auch ein Mr. Saunders begehrte, seine Kräfte mit anderen jungen Männern zu messen. Und so musste Elizabeth mit Erstaunen feststellen, dass sich sogar ihr Gatte bereit erklärte, ihre weitere Zusammenkunft ins Freie zu verlegen.

»Männer!«, raunte sie ihrer ältesten Schwester zu.

Und Jane, die ihren eigenen Mann mit Eifer die Klingelschnur ziehen sah, blieb nichts anderes übrig, als zustimmend zu nicken.

# Kapitel 37

Wie einige große Herrenhäuser besaß auch Pemberley House einen von Hecken umsäumten und mit einzelnen Bäumen aufgelockerten Bereich. Die wuchtigen Eichen und die herrlichen Edelkastanien, die hier verstreut auf der Wiese standen, bildeten einen wunderbaren Übergang zu den bewaldeten Bergen im Norden. Zugleich erstreckte sich dieses Gelände entlang der Ostseite des Hauses und bot damit schon früh am Tag schattige Plätze. Darüber hinaus waren auf einem größeren Terrain vereinzelt Steinplatten verlegt, die eine Aufstellung von Tischen und Stühlen erleichterten.

Während die Herrschaften bewaffnet mit Schlägern und Federbällen auf den Rasen zogen, waren die dienstbaren Geister damit beschäftigt, Sonnenschirme aufzuspannen, Obst in Schalen anzurichten und Limonade in Karaffen zu servieren.

Kaum waren alle Schläger verteilt, stellte Elizabeth fest, dass sie elf Spieler waren. Also einer zu viel, um paarweise Aufstellung zu nehmen. Sie wollte gerade die anderen auf das Problem aufmerksam machen, als sie erkannte, dass ihr Gatte keinen Schläger in der Hand hielt. Sie zog ihn beiseite, um ihn flüsternd zur Rede zu stellen.

»Du drückst dich, Darcy? Dabei hatte ich mich schon *so* auf eine Partie mit dir gefreut!«

»Ich würde es nie wagen, gegen dich anzutreten, Liebste!« antwortete er mit gespielter Entrüstung. »Und was die anderen angeht, fürchte ich, halten mich meine Pflichten als Gastgeber davon ab. Lady Wragsdale bedarf meiner Gesellschaft.«

»Oh, Darcy, wenn es nur das ist, nehme ich dir gerne diese *Bürde* ab.«

»Ich sollte dich des Vergnügens berauben? Niemals!«

»Wie selbstlos von dir!«

»Nicht wahr!«

Bevor er sich entfernen konnte, hielt sie ihn am Arm fest.

»Du bist unglaublich, Darcy! Gib zu, du hattest nie vor zu spielen!«

»Habe ich das je behauptet?«

»Nein!«

»Siehst du.«

»Andererseits …«

»Ich kann rechnen, Liebste«, unterbrach er sie und raunte ihr dann ins Ohr: »Behalte *das* aber bitte für dich.«

Mit diesen Worten löste er sich von ihr, um zu Lady Wragsdale zu gehen, die bereits auf einem der Gartenstühle Platz genommen hatte. Mrs. Fletcher wollte sogleich protestieren, allein Elizabeth erklärte für alle vernehmbar, sie habe Darcy gebeten, auf das Spiel zu verzichten. Unter diesen Umständen wagte selbst Frances Fletcher nicht mehr, noch einen Einwand zu erheben. Rasch wurden sie sich einig, wer gegen wen antreten sollte, nahmen Aufstellung und begannen ihr Spiel.

Es lässt sich schwer sagen, wer mehr Spaß hatte. Die auf dem Rasen Umherjagenden oder die im Schatten Sitzenden. Darcy jedenfalls amüsierte sich köstlich. Lady

Wragsdale enttäuschte ihn nicht. Sie wusste wunderbar, die einzelnen Spiele zu kommentieren, entsetzt den Kopf zu schütteln, den ein oder anderen fatalen Schlag um einen Zwischenruf zu bereichern und nebenbei noch genüsslich Pfirsiche und Limonade zu kosten.

»Entschuldigung, Mr. Darcy, aber Ihr Freund Mr. Bingley stellt sich nicht besonders geschickt an. Kann es sein, dass der Gentleman noch nie in seinem Leben Federball gespielt hat? Die arme Mrs. Bingley weiß ja kaum einen Ball zurückzuschlagen. – Oh, haben Sie *das* gesehen? Wie hinterhältig von Mr. Saunders! Aber Miss Darcy hat gut pariert! – Oh, mein Gott, Matthew, das hat bestimmt weh getan! Warum muss Paul ihn auch so scheuchen? – Oh, ich muss schon sagen, Mr. Darcy, Ihre Gattin hat einen kräftigen Schlag! Huch, was war denn das? Miss Bennet sollte lieber den Ball statt den Ast schlagen! Sie steht ja auch viel zu nah bei den Bäumen! – Frances, um Himmels willen, wie kannst du nur so ungestüm sein! Sagtest du nicht eben noch, deine Schwester wäre nicht so geschickt bei diesem Spiel? – *Susanna*! Du musst dich schon ein wenig anstrengen, sonst erreichst du *nie* den Ball!«

Den letzten Satz hatte Lady Wragsdale so laut gerufen, dass die Getadelte ihn hörte. Sie brach ihr Spiel ab und kam zu ihnen in den Schatten herüber.

»Es ist so heiß!«, entschuldigte Susanna ihre Trägheit. »Bei den Temperaturen mag man nicht glauben, dass wir schon Anfang August haben!«

Wie es schien, war Mrs. Perkins nicht die Einzige, der die Hitze zu schaffen machte. Zudem unterschied sich das Können der Spieler sehr. Mr. Bingley als Anfänger wollte dann auch nichts mehr von einer Fortführung des

Spiels wissen. Jane lehnte ebenfalls dankend ab. Susanna, Elizabeth, Catherine und Georgiana waren sich rasch einig, statt Federball lieber Krocket zu spielen. Nach einer kurzen Beratung suchten sie die nördlichste Ecke des Geländes auf. Denn hier boten ihnen nicht nur hohe Bäume Schatten, sondern sie nahmen den anderen auch keinen Platz weg. Bingley und Jane beschlossen, ihnen nachzugehen und sich in ihrer Nähe auf einer Bank unter einer Edelkastanie niederzulassen.

Ihre Fähigkeiten im Federballspiel maßen somit nur noch Saunders, Matthew, Paul und Frances. Zuerst spielte Mrs. Fletcher gegen Mr. Saunders. Alsbald verlor sie jedoch die Geduld, da sie sich über sein zaghaftes Spiel ärgerte! Matthew, der die Unruhe seiner Schwester richtig deutete, schlug deshalb einen Wechsel vor. Ein Anerbieten, das bereitwillig angenommen wurde.

So nahmen Saunders und Paul gegeneinander Aufstellung. Die verkniffenen Mienen beider zeigten ihre innere Anspannung. Ihre ersten Schläge wirkten noch verhalten. Doch das änderte sich rasch. Bald waren sie so in ihr Spiel vertieft, dass sie kaum mehr ihre Umgebung wahrnahmen.

»Ich muss Ihnen gestehen, Mr. Darcy, ich bin verwirrt«, meinte Lady Wragsdale, nachdem sie einige Zeit schweigend dem Spiel der beiden Gentlemen zugesehen hatte. »Worin genau besteht eigentlich der Sinn des Federballspiels?«

»Darüber habe ich mir noch nie Gedanken gemacht, Lady Wragsdale. Als Kinder waren wir darum bemüht, möglichst lange den Ball in der Luft zu halten. Folglich war es meist mehr ein Miteinander, denn ein Gegeneinander.«

Zweifelnd schaute ihre Ladyschaft zu den beiden jungen Gentlemen hinüber. »Ich kann mich nicht des Eindrucks erwehren, Mr. Darcy, dass weder Paul noch Mr. Saunders den Sinn des Spiels richtig verstanden haben. Ich begreife nun, warum dies eher ein Spiel für Mädchen, denn für junge Männer ist.«

»Ich war mir nicht bewusst, dass Paul so gut Federball spielen kann!«, meinte eine völlig erschöpfte Frances. Sie hatte die Partie mit ihrem Bruder Matthew beendet und ließ sich nun neben ihrer Mutter in einem Stuhl nieder.

»Sie spielen nun schon ein paar Minuten, ohne dass der Ball den Boden berührt hätte!«, sagte Matthew anerkennend und setzte sich zu seiner Schwester.

»Da siehst du, was du angerichtet hast, Frances!«, meinte Lady Wragsdale.

»Wieso ich?«

»Vielleicht wäre es besser, wir würden eingreifen«, nahm Darcy das Wort.

Die Gesichter der beiden Kontrahenten hatten inzwischen eine ungesunde tiefrote Färbung angenommen. Mrs. Fletcher nickte, leerte ihr Glas Limonade in einem Zug und sprang auf. Sie ließ sich von einem Diener zwei weitere Gläser mit Limonade füllen, nahm sie forsch an sich und sagte herausfordernd: »Wie sieht es aus, Darcy? Werden Sie mich begleiten, Sir? Vereint schaffen wir es bestimmt, die beiden Haudegen zu trennen!«

Wie sich herausstellte, bedurfte Mrs. Fletcher kaum der Hilfe Darcys. Denn als sie den beiden Gentlemen zurief, sie habe eine Erfrischung für sie, warfen jene ihre Schläger beiseite und kamen zu ihnen in den Schatten einer alten Eiche. Dann leerten sie ihre Gläser in einem Zug.

»Wie ich feststellen muss, Mr. Saunders«, meinte Mrs. Fletcher, »sind Sie, Sir, wenn Sie Ihren Gegner *nicht* unterschätzen, geradezu unschlagbar!«

»Ach, ja, findest du, Frances?«, entgegnete ihr Bruder streitlustig. »Ich war der Meinung, ich hätte mich recht überzeugend zur Wehr gesetzt!«

»Seien Sie versichert, Mr. Wragsdale«, sagte Darcy beschwichtigend, »Sie verstehen es zweifellos, gefährliche Bälle zu schlagen!«

»Übrigens, kleiner Bruder, Mama verlangt nach dir!«

»Wie ist das möglich, Frances, da sie doch deine Gesellschaft genoss?«

Wie zu erwarten, mochte Paul Wragsdale es nicht, von seiner älteren Schwester als *kleiner* Bruder bezeichnet zu werden, schon gar nicht in Gegenwart von Mr. Saunders.

»Lady Wragsdale verlangt tatsächlich nach Ihnen, Sir«, sagte Darcy im Bemühen, die erhitzten Gemüter voneinander zu trennen.

So blieb Paul Wragsdale nichts anderes übrig, als der Aufforderung nachzukommen. Bevor er ging, wandte er sich an Mr. Saunders: »Ich hoffe, Sir, wir werden noch öfter Gelegenheit haben, unsere Kräfte zu messen!«

Eine Verbeugung vonseiten Mr. Saunders war ihm Antwort genug.

Kaum war ihr Bruder weit genug weg, um noch etwas hören zu können, meinte Mrs. Fletcher: »Ich muss schon sagen, Mr. Saunders, Sie haben einen Schlag, der mich an George Wickham erinnert. Auch der gute George verstand es wie Sie, Sir, so trefflich diese gefährlichen Bälle von unten zu schlagen!«

Frances Fletcher erwähnte Mr. Wickham einzig um Mr. Saunders abzulenken. Sie hatte keine Ahnung, noch sollte sie je erfahren, was ihre Worte in jenem auslösten!

»Wenn mir früher jemand gesagt hätte, Darcy, Sie würden eines Tages mit George Wickham verwandtschaftlich verbunden sein«, fuhr sie fort, »den hätte ich für verrückt erklärt!«

Vielleicht war das, was nun geschah, der ungnädigen Hitze zuzuschreiben. Vielleicht lag es aber auch an der unbeschwerten Art von Mrs. Fletcher. Hierauf entgegnete jedenfalls Mr. Saunders süffisant:

»Ist das so? Dabei hätte nicht viel gefehlt und die Beziehung wäre noch enger geknüpft, nicht wahr, Sir?«

Während Darcy erstarrte, sprach Frances Fletcher unbekümmert weiter. »Wie soll das angehen, Mr. Saunders? Meinen Sie etwa George Wickham und Miss Georgiana? Oh, Mr. Saunders, da müssen Sie etwas falsch verstanden haben. Der gute George ist viel zu alt für Miss Georgiana. Mein jüngster Bruder William ist in Georgianas Alter. Sie hätten die beiden Kleinen seinerzeit sehen sollen. Sie waren unzertrennlich!«

Zum ersten Mal war Darcy dankbar für den unerschöpflichen Redefluss seiner alten Freundin. Denn mit ihrem aufrichtig gemeinten Einwand gab sie ihm Gelegenheit, wieder Herr über seinen inneren Aufruhr zu werden. So konnte er souverän entgegnen:

»In der Tat, Sir, scheinen Sie Opfer eines üblen Scherzes geworden zu sein!«

Bereitwillig räumte Mr. Saunders einen Irrtum seinerseits ein und entschuldigte sich bei Mr. Darcy. Hiernach wandte er sich ab. Darcy, dessen Sinne geschärft waren, vermochte noch genug von Mr. Saunders Gesicht zu sehen, um Zeuge der wahren Empfindungen des Gentlemans zu werden. Denn in dessen Miene spiegelte sich weder Zweifel an der Richtigkeit noch Bedauern über seine Äußerung wider!

Ein Lachen drang vom Haus zu ihnen herüber. Dort hatten sich die anderen mittlerweile unter den Sonnenschirmen eingefunden. Sie standen ungezwungen in kleinen Gruppen beieinander und schienen sich bestens zu unterhalten. Es bedurfte keiner Aufforderung, sich ihnen anzuschließen. Zumal in der Zwischenzeit auch kleine Leckereien aus der Küche bereitgestellt worden waren, an denen sich nun die erschöpften Spieler gütlich taten.

Darcys Augen suchten Elizabeth. Er sah sie neben Georgiana stehen und aufmerksam Susanna lauschen, die einiges über William zu berichten wusste.

»Wenn Williams Fregatte in Portsmouth vor Anker liegt und Kapitän Croft ihm, sei es nur für zwei, drei Tage, frei gibt, dann nimmt mein lieber Bruder die Postkutsche nach Romsey, um die Tage mit uns auf Kilgore zu verbringen. Meine beiden Jungs streiten sich dann immer, wer mitfahren darf, um Onkel William vom Marktplatz abzuholen. Kein Wunder, sie lieben ihn. Er tollt aber auch mit ihnen herum und weiß abenteuerliche Geschichten zu erzählen. Ich wundere mich jedes Mal über die Unmengen, die mein kleiner Bruder in der Lage ist zu verspeisen! Wie wird das erst, wenn meine Jungs in dieses Alter kommen?«

Bevor Mrs. Perkins vom Thema abschweifen konnte, begehrte Elizabeth, Näheres über die Nichte von Kapitän Croft zu erfahren.

Allein über jene wusste Mrs. Perkins nichts zu berichten. Sie hatte erst durch Lady Wragsdale von der Existenz der jungen Dame erfahren. »Aber das muss nichts bedeuten!«, versicherte sie ihnen. »William neigt von jeher zur Verschwiegenheit. Mich wundert nur, dass er Mama überhaupt etwas von seiner Schwärmerei mitteilte!«

Gerne wäre Darcy an seine Gattin herangetreten und hätte sie aus der Runde herausgeholt. Allein er wollte kein Aufsehen erregen. Um seiner wachsenden innere Unruhe zu begegnen, trank er in schnellen Schlucken ein Glas kühle Limonade. Dann ließ er sich etwas abseits auf einem Stuhl nieder. Bei einem weiteren Glas Limonade hatte er eine plötzliche Eingebung. Abrupt stand er auf. Die erschrockenen Gemüter wusste er durch die Erklärung eines versäumten Termins zu beruhigen. Er empfahl sich kurzerhand und schritt eiligst von dannen.

Niemand wunderte sich über sein Verhalten. Weshalb auch? Der Tag war so schön, die Stimmung heiter wie lange nicht mehr. Keiner der Anwesenden ahnte, dass ihre ausgelassene Heiterkeit unaufhaltsam dem Ende entgegenging. Ein frischer Wind war der erste Sendbote! Er brachte dunkle, schwere Wolken mit sich. Allmählich wichen die Sonnenstrahlen Stück für Stück zurück. Es war, als würde ihnen gleichsam der Himmel das drohende Unheil verkünden.

Hatten sie die frische Brise anfangs noch als angenehm empfunden, spürten die Erhitzten unter ihnen alsbald eine Eiseskälte über ihren Rücken laufen. Doch bevor einer den Wunsch äußerte, sich wieder hinter die schützenden Mauern von Pemberley House zurückzuziehen, kam Mr. Parker aufgeregt um die Ecke des Hauses.

Er hatte Nachricht für Mr. Saunders, sich augenblicklich nach Bakewell auf den Weg zu machen. Mrs. Maycott hätte einen Boten geschickt. Über die Umstände wisse er nichts zu sagen. Da Eile geboten schien, habe er sich die Freiheit genommen, bereits eine Kutsche aus der Remise holen zu lassen. So könne der Gentleman noch vor dem drohenden Unwetter den Weg nach Bakewell unbeschadet zurücklegen. Es bliebe ihm allerdings nicht mehr viel Zeit, seine persönlichen Dinge zusammenzupacken.

Dies war eine eindeutige Aufforderung. Und Mr. Saunders kam ihr auch sofort nach. Gleichermaßen erstaunt wie besorgt entschuldigte er sich bei allen Anwesenden für die Unannehmlichkeiten, die ein solch plötzlicher Aufbruch mit sich bringe. Aber er fürchte schlimme Neuigkeiten aus seiner Verwandtschaft, die ihn vermutlich des Vergnügens berauben würden, sie alle bald wiederzusehen. Er dürfe nicht säumen.

Dermaßen unsanft löste sich die Gesellschaft auf. Keine halbe Stunde später befand sich der sichtlich verstörte junge Gentleman auf dem Weg nach Bakewell. Der Hausherr hatte seine Verabschiedung knapp verpasst. Er fand sich erst wieder ein, als die anderen Gäste bereit zum Aufbruch waren. In Unruhe berichtete er ihnen, Mr. Holmes befürchte, ein verheerendes Unwetter stünde ihnen bevor. Ein Unwetter, das womöglich mit dem vor vier Jahren vergleichbar sei. Damals hatte der Sturm mehrere Bäume entwurzelt und der Regen so manche Straße in Morast verwandelt. So entschuldigte sich Darcy bei seinen Nachbarn, aber er halte es unter den gegebenen Umständen für unverantwortlich, eine Verabredung für den morgigen Tage verbindlich zuzusagen.

Lady Wragsdale und ihre Söhne pflichteten ihm angesichts dieser Lage bei. Die Zusammenkunft ließe sich ohne Weiteres um ein paar Tage verschieben. Allein Mrs. Fletcher fand die Bedenken übertrieben und wollte erst einmal abwarten. Sie erinnerte, wie oft man sich in der Vergangenheit schon verrückt gemacht habe und dann sei nichts passiert!

Doch es fand sich niemand zu ihrer Unterstützung. Die Damen Darcy und selbst Miss Bennet waren sichtlich verwirrt von der unvermuteten Abreise ihres Gastes. Die Bingleys neigten beide nicht dazu, sich einzumischen. Und Mrs. Perkins wollte nicht auf den Besuch bestehen. Obwohl es fraglich war, wann sie wieder in heimatliche Gefilde käme.

So fuhr die Familie Wragsdale unverrichteter Dinge fort. Denn schließlich hatte ihr Besuch vor allem der Einladung für den nächsten Tag gegolten.

Die Herrschaften sahen noch der Kutsche nach, da empfahl sich auch schon Georgiana. Sie war zu verstört, um sich jetzt mit den anderen zu unterhalten. Sie wollte nur noch allein sein, um in Ruhe über die Ereignisse der letzten Stunden nachzudenken. Insbesondere der knappe Gruß, mit dem Saunders sie bei seiner Verabschiedung bedacht hatte, machte ihr zu schaffen. Catherine wiederum war durch Darcys Worte alarmiert und begehrte, sogleich in den Stall zu eilen. Spring sei bei Gewitter immer so unruhig. Sie wolle nach ihr sehen. Darcy schloss sich seiner Schwägerin an, da er Mr. Holmes bei den zu treffenden Vorkehrungen gegen das Unwetter zu unterstützen gedachte.

So blieb es Bingley, Jane und Elizabeth vorbehalten, gemeinsam die Ereignisse zu erörtern, die zur Abreise von

Mr. Saunders geführt haben mochten. Und sie taten dies so ausgiebig, dass sie noch beim Dinner, zu dem Catherine und Georgiana sich ihnen zugesellten, zum wiederholten Male die Frage stellten: Was wohl geschehen sei?!

Darcy hingegen ward nicht mehr gesehen. Er ließ sich durch Mr. Parker entschuldigen. Mr. Holmes sei überfordert. Schließlich bekleide jener noch nicht sehr lange das Amt des Verwalters.

Seine Entschuldigung leuchtete einem jeden ein. Niemand schöpfte Verdacht. Genauso wenig bekam einer von ihnen mit, welcher Besucher sich am Abend die Hintertreppe nehmend zur Bibliothek schlich, dort leise gegen die Tür klopfte und Einlass fand.

»Mr. Wragsdale«, begrüßte Darcy seinen Nachbarn. »Ich danke Ihnen, dass Sie meiner Aufforderung so bereitwillig nachgekommen sind. – Ich benötige Ihre Unterstützung.«

Paul Wragsdale versicherte ihm, er sei ihm gern zu Diensten.

»Mr. Wragsdale, ich habe Mr. Saunders zum Duell gefordert!«, fuhr Darcy ernst fort. »Die Gründe spielen keine Rolle! Ich bitte Sie, nicht in mich zu dringen.« Er räusperte sich. »Ich bedarf eines verschwiegenen Sekundanten.«

»Es ehrt mich, Sir, dass Sie an mich dachten!«

»Mr. Wragsdale, ich erwarte äußerste Diskretion. Die Damen dürfen unter keinen Umständen etwas von meinem Vorhaben mitbekommen!«

Um Contenance bemüht, erklärte Paul: »Verfügen Sie über mich, Sir!« Dann nach einer längeren Pause, in der man eine Stecknadel hätte fallen hören können, wagte er zu fragen: »Welche Waffen wählte der *Gentleman*?«

Darcy entgegnete schweren Herzens: »Ich fürchte, im Hinblick auf die Waffen ließ ich Mr. Saunders nicht wirklich eine Wahl! Da sich Mr. Saunders rühmt, ein meisterhafter Fechter zu sein, sagte ich ihm, würde er dem Degen vermutlich den Vorzug geben.«

»Und darauf ließ sich Mr. Saunders ein?«, fragte Paul entgeistert.

»Sie meinen, Sir, da er ein Meister der Fechtkunst ist, hätte er als Gentleman mein Entgegenkommen ausschlagen müssen? – Sie mögen recht haben, Sir. Jetzt, da ich darüber nachdenke, war es wohl ein unverzeihlicher Fehler, ihm dergleichen vorzuschlagen. Doch es lässt sich nicht mehr ändern! Ich stehe zu meinem Wort! Es ist eine Sache der Ehre, der ich mich weder entziehen kann, noch entziehen werde.«

Ein Lächeln überzog Pauls Gesicht. Ein Lächeln, das Darcy angesichts der Situation, in der er sich befand, überraschte. Doch ehe er die passende Zurechtweisung gefunden hatte, nahm der junge Mann das Wort:

»Sie müssen meine Heiterkeit entschuldigen, Mr. Darcy. Wenn ich Ihnen gesagt habe, wovon ich Kenntnis habe, werden Sie mich verstehen. Denn ich hätte viele Worte, die ich wählen würde, wenn es um ein Degenduell gegen Mr. Saunders ginge, nur – und dessen können Sie sich gewiss sein – *niemals* würde ich es als einen *unverzeihlichen Fehler* bezeichnen!«

## Kapitel 38

Das gefürchtete Gewitter war in der Mitte der Nacht über Derbyshire niedergegangen. Am Morgen danach zeigten sich Verwüstungen, die die Kräfte des Wassers und des Windes angerichtet hatten. Indes von alledem wusste die Herrin von Pemberley noch nichts, als sie sich, geweckt vom fahlen Licht des neuen Tages, aus dem Bette erhob. Und ehe sie auch nur einen Moment innehalten konnte, um sich zu fragen, wie schlimm das Unwetter wohl gewütet haben mochte, erschrak sie ob des unberührten Bettes neben ihr.

Während sich die Blitze in der Nacht in einem fort über dem Herrenhaus entluden, hatte sie einen Moment erwogen, ihren Gatten zu suchen. Nur wo beginnen? In ihrer Vorstellung sah sie sich schon bald durch die langen Flure des Herrenhauses umherirren. So war sie zu dem Schluss gelangt, lieber auszuharren. Früher oder später würde Darcy zu ihr kommen! Zu guter Letzt übermannte sie der Schlaf.

Nun aber angesichts der glatt gestrichenen Decke neben ihr musste sie sich eingestehen, wie sehr sie sich in ihm getäuscht hatte. Denn Darcy war zweifellos die ganze Nacht seinem Bette ferngeblieben! Diese Erkenntnis versetzte ihr einen Stich. Sie fand, er übertreibe es mit seiner Fürsorge. Ohne weitere Zeit zu verlieren, klingelte sie nach ihrer Zofe.

Von Eileen erfuhr sie, der Herr sei bereits in den frühen Morgenstunden fortgeritten.

»Er ist fortgeritten? Aber wohin denn?«

»Das kann ich nicht sagen, Madam. Es war mehr ein Zufall, dass ich es mitbekam.«

Diese Antwort steigerte nur das Unbehagen von Mrs. Darcy. Sobald sie mit der morgendlichen Toilette fertig war, entließ sie Mrs. Conroy und begab sich ins Kinderzimmer. Dort traf sie Jane an.

»Die beiden Kleinen haben das Unwetter gut überstanden«, empfing ihre Schwester sie. »Mrs. Harvey hat mir berichtet, sie hätten nichts von dem Gewitter mitbekommen! Kannst du dir das vorstellen, Lizzy? Ich bin fast umgekommen vor Sorge. Dreimal musste mir Bingley gut zureden, damit ich nicht ging, um mich mit eigenen Augen zu vergewissern, dass Camilla keine Angst hat.«

Elizabeth hatte geduldig zugehört. Sie kannte den unerschütterlichen Schlaf ihres Sohnes. Schon allein deswegen hatte sie sich abgewöhnt, nachts nach ihm zu sehen. Zumal sie ihn sicher in Mrs. Harveys Obhut wusste. »Ich mache mir vielmehr Sorgen um Darcy!«, gab sie unumwunden zu.

»Wieso? War er denn nicht bei dir?«

Elizabeth schüttelte den Kopf. »Ich vermag es dir nicht zu erklären, Jane. Aber ein Gefühl der Unruhe hat von mir Besitz ergriffen. Die halbe Nacht hat es mich wach gehalten. Wäre mir eingefallen, wo ich Darcy suchen sollte, hätte ich mich, ohne zu zögern, auf den Weg gemacht. Denk nur, seit der Verabschiedung der Wragsdales habe ich ihn nicht mehr gesehen.«

»Aber Darcy ließ dir doch durch Mr. Parker ausrichten, Mr. Holmes bedürfe seiner Hilfe.«

»Die ganze Nacht! Kommt dir das nicht eigenartig vor, Jane?«

»Bitte, Lizzy, erinnere dich, welche Schäden das Unwetter vor vier Jahren angerichtet hat. Du selbst hast mir seinerzeit in einem Brief ausführlich darüber berichtet. Erscheint dir Darcys Sorge nach diesem Erlebnis wirklich so verwunderlich? Und bedenke, damals konnte er sich auf Mr. Rogers jahrelange Erfahrung stützen.«

»Vermutlich hast du recht, Jane. Dennoch werde ich erst wieder beruhigt sein, wenn ich meinen Mann gesprochen habe. Eileen hat ihn fortreiten sehen. Ich möchte bloß wissen: wohin?!«

Mit diesen Worten verließ sie ihre Schwester und begab sich in den großen Salon. Bei ihrem Gespräch mit Jane war ihr bewusst geworden, wer ihr vermutlich Auskunft geben konnte, wohin ihr Mann geritten war. Mr. Parker hatte ihr als Letzter eine Nachricht von Darcy überbracht. War es insofern nicht naheliegend, dass Darcy auch jenem Ziel und Zweck seines Ausrittes anvertraute? So zog sie an der Klingelschnur, um den Butler rufen zu lassen.

Voller Ungeduld schritt sie die Fenster des Raumes entlang. Von Zeit zu Zeit hielt sie inne, um einen Blick nach draußen zu werfen. Nebelschwaden, die über den Wiesen hingen, raubten ihr die Sicht. Das Flussufer konnte sie nur erahnen. Darcy musste nahe am Hause vorbei geritten sein! Sonst hätte Eileen ihn nicht erkennen können. Angst, Kälte und Müdigkeit ließen sie frösteln. Daran änderte sich auch nichts, als Mr. Parker endlich eintrat. Er wirkte seltsam nervös und verschlossen. Ihren Fragen nach dem Hausherrn wich er geschickt aus.

Schließlich gab sie ihm zu verstehen, dass er diesen Raum erst wieder verlassen würde, wenn sie eine Antwort erhalten habe. Seine darauf zögerlich vorgebrachten Erklärungen waren nicht dazu angetan, sie zu beruhigen!

»Ich versichere Ihnen, Ma'am, ich habe den Herrn seit gestern Abend nicht mehr gesehen. Von einem Ausritt weiß ich nichts! Ich weiß nur, dass in aller Herrgottsfrühe eine Kutsche nach Bakewell aufbrach.«

»Eine Kutsche nach Bakewell? Wieso?«

Er zuckte mit den Schultern.

»Befand sich Mr. Darcy in der Kutsche?«

»Nein, Ma'am. Die Kutsche war leer.«

»Wer fuhr sie?«

»Mr. Holmes.«

»Mr. Holmes fuhr eine Kutsche nach Bakewell?«

Er nickte.

»Ich dachte, Mr. Holmes sei damit beschäftigt, die Schäden zu beseitigen!«

Nachdem er kurz mit sich gerungen hatte, entgegnete er: »Ich weiß nicht, ob es damit zusammenhängt, Ma'am. Aber die plötzliche Abreise Mr. Saunders nach Bakewell geschah auf Veranlassung Mr. Darcys.«

»Ja, nachdem ein Bote von Mrs. Maycott eingetroffen war«, ergänzte seine Herrin.

»Es hat nie einen Boten gegeben, Ma'am!«, entgegnete er leise.

»Wie habe ich das zu verstehen, Mr. Parker? Sprechen Sie endlich! Oder muss ich Ihnen jedes Wort einzeln entreißen? Sagen Sie mir offen und ohne Umschweife: Haben Sie eine Vermutung, warum Mr. Holmes nach Bakewell fuhr?«

»Nein, Ma'am. Das müssen Sie mir glauben! Ich weiß nur, dass Mr. Holmes, bevor er fuhr, den Gärtnern anordnete, den Weg zur Lichtung im kleinen Wäldchen von heruntergefallen Ästen und dergleichen zu befreien.«

»Wieso denn das?«

»Das entzieht sich meiner Kenntnis, Ma'am. – Wenn ich mir nicht so große Sorgen machte, hätte ich es niemals gewagt, zu sprechen. Mr. Darcy hatte mir ausdrücklich befohlen, zu schweigen. In all den Jahren, die ich die Ehre habe, in Pemberley House meinen Dienst zu verrichten, habe ich immer gewissenhaft die Anweisungen der Herrschaft befolgt. Schon der selige Mr. Darcy schenkte mir sein uneingeschränktes Vertrauen. Es ist das erste Mal, dass ich es für nötig hielt …«

Indes seine Herrin hörte ihrem verzweifelten Butler längst nicht mehr zu. Eine dunkle Vorahnung bemächtigte sich ihrer. Und je mehr sie diesem unheilvollen Gedanken nachhing, umso weniger nahm sie noch ihre Umgebung wahr. Bilder stiegen in ihr auf, die bedrückend klar das Verhalten ihres Mannes erklärten. Auf einmal erkannte sie, dass Darcy einem Gespräch mit ihr aus dem Wege gegangen war.

Mit nie zuvor gezeigter Entschlossenheit unterbrach sie Mr. Parkers Wortschwall. Sie forderte ihn auf, unverzüglich dafür Sorge zu tragen, das Gig anspannen zu lassen. Energisch wies sie ihn auf die Eile hin, in der selbiges zu erfolgen habe. Und als wollte sie ihren Worten Nachdruck verleihen, entschwand sie in fliegender Hast aus dem Raum.

In der Eingangshalle traf sie auf ihre Schwägerin. Georgiana machte einen völlig verstörten Eindruck.

Dabei konnte sie von den Ereignissen noch keine Kenntnis haben. Elizabeth, nicht gewillt, unnötig Zeit zu verlieren, vertröstete sie auf später. Doch Georgiana war nicht bereit, dies hinzunehmen! Dafür benahm sich Elizabeth zu seltsam. So folgte sie ihr über den Hof bis zu den Stallungen. Und als Elizabeth das bereitstehende Gig bestieg, zögerte Georgiana keinen Moment, es ihr nachzutun.

Elizabeth protestierte. Doch Georgiana verschränkte nur die Arme und sah sie herausfordernd an. Da Elizabeth die Hartnäckigkeit der Darcys kannte, musste sie sich auf eine längere Diskussion gefasst machen. Allein dafür fehlte ihr die Zeit. So blieb ihr nichts anderes übrig, als einzulenken.

»Nun gut, Georgiana. Dann kommst du eben mit!«
»Was ist denn passiert?!«

Statt zu antworten, schwang Elizabeth die Peitsche. Abrupt setzte sich der einachsige Wagen in Bewegung. Schnell gewann er an Fahrt. Jetzt zeigte sich, wie gut sie daran getan hatte, darauf zu bestehen, den kleinen Wagen selbst zu lenken. Darcy wäre stolz gewesen, hätte er gesehen, wie furchtlos seine Gattin das Gefährt selbst bei engen Kurven führte.

Bald schon tauchte das Gig in den lichten Nebel ein, der über den Auen hing. Gespenstisch farblos wirkten Bäume und Sträucher, die am Wege standen. Wäre Elizabeth nicht so in Sorge gewesen, hätte sie den bizarren Anblick der Natur genossen. Stattdessen feuerte sie unablässig den Rappen an, getrieben von einem einzigen Gedanken: Darcy! Stumm sandte sie Stoßgebete zum Himmel, auf dass sie sich irren möge. Sie musste sich irren, oder nicht? Wie könnte Darcy ihr *das* antun? Sie hatten ein Kind! Hatte er auch nur einen Moment an sie beide gedacht? Sie brauchten ihn!

Dann vernahmen sie ein Klirren. Ein Klirren, wie es nur entsteht, wenn Metall auf Metall trifft. Georgiana neben ihr zuckte zusammen und umklammerte ihren Arm so fest, dass es Elizabeth Schmerz bereitete. Ein Schmerz, der zu den grauenhaften Bildern passte, die in ihr aufstiegen. Sie sah Darcy verwundet vor sich liegen. Ihrer beider Glück mit einem Mal zerstört!

In rasender Geschwindigkeit fuhren sie weiter, ab und an von einem Ast gestreift. Eine Kurve nahm Elizabeth so eng, dass der Wagen drohte vom Weg abzukommen. Dann hatten sie nur noch eine Biegung vor sich. Nun konnten sie zwei Männer im Zentrum der Lichtung erkennen. Diese bewegten sich mehr einem Tanz gleich denn einem zerstörerischen Messen ihrer Geschicklichkeit.

Elizabeth hielt ohne Unterlass auf die beiden Kämpfenden zu. Es war gleichsam so, als wolle sie das Gig wie einen Keil zwischen die beiden Gentlemen treiben, um sie zu zwingen, voneinander zu lassen. Durch ein kurzes und kräftiges Zerren an den Zügeln brachte sie das Gig augenblicklich zum Stehen. Im nächsten Moment war sie auch schon vom Wagen gesprungen und rannte auf einen der Duellanten zu.

Der völlig aus dem Gleichgewicht gebrachte Darcy hatte gerade noch Zeit genug, seinen Degen wegzuwerfen, um seine Frau aufzufangen.

»Was hat das zu bedeuten!«, schrie Elizabeth und hämmerte mit Fäusten auf seine Brust ein. »Erklär mir das, Darcy! Wie kannst du mir nur so einen Schrecken einjagen! Ich dachte, ich finde dich hier mit Saunders. Ich war tatsächlich der irrigen Annahme, du könntest dich mit ihm duellieren. Und jetzt das!«

Endlich ließ sie von weiteren Schlägen gegen seine Brust ab, drehte sich um und sah mit einem Furcht einflößenden Blick Paul Wragsdale an! Für einen Moment sah es so aus, als wollte sie auch auf ihn losgehen.

»Liebste!«, hielt Darcy sie zurück. »Beruhige dich.«

Ihr hochrotes Antlitz zeigte vereinzelt helle Flecken. »Ich will mich nicht beruhigen!«

»Liebste«, entgegnete er eindringlich, »wäre es dir tatsächlich lieber, du hättest mich in einem Duell mit Mr. Saunders vorgefunden?«

»Was für ein Spiel treibst du mit mir, Darcy?«, rief sie außer Atem.

»Bitte, du musst dich beruhigen. Zur gegebenen Zeit werde ich dir Rede und Antwort stehen.«

Laut und vernehmlich räusperte sich Georgiana, die unbemerkt neben sie getreten war.

»Nun, gut! Ich werde euch *beiden* Rede und Antwort stehen«, korrigierte er sich. »Aber zuerst muss ich Mr. Wragsdale meine Wertschätzung entgegenbringen. Denn dank ihm blieb es bei einem Scheingefecht!«

»Das ist zu viel der Ehre, Mr. Darcy. Und das wissen Sie auch. Sie hatten nichts zu befürchten!«, sagte der junge Gentleman auf sie zugehend. Er wandte sich an Elizabeth. »Seien Sie versichert, Mrs. Darcy, Ihr Gatte handelte durch und durch ehrenvoll!«

»Trotzdem, ich stehe in Ihrer Schuld, Sir!«, entgegnete Darcy und reichte ihm die Hand, die Paul nur zu gerne in die seinige nahm.

»Da Sie meine Dienste nicht mehr benötigen, Sir, empfehle ich mich. Es war mir eine Ehre, Ihr Sekundant zu sein. Ich würde sagen, jeder Zeit wieder. Aber ich wage zu behaupten, Sie werden sich fürderhin nicht mehr auf einen Waffengang einlassen.«

»Dessen seien Sie gewiss, Mr. Wragsdale!«, erwiderte Darcy erleichtert.

# Kapitel 39

Den Weg zum Herrenhaus legten die drei in einträchtigem Schweigen zurück. Darcy hielt seinen Wallach nahe dem Gig, obwohl ein Ritt über die Wiesen kürzer gewesen wäre. Er mochte sich nicht vom Anblick seiner Frau trennen. Die Sonne, die Stück für Stück die Nebelschwaden auflöste, lachte ihm entgegen. Das Leben war schön! Das Gewitter vorbei! Und Mr. Saunders würde bald nur noch eine verblassende Erinnerung sein.

Ganz andere Empfindungen hatten die beiden Damen auf dem Gefährt neben ihm. Ein Gefühl unbändigen Glückes konnten sie nicht verspüren. Zu viele Fragen lasteten ihnen auf der Seele. Und obwohl das Gig langsam fuhr, waren sie überrascht, wie schnell sie vor der großen Freitreppe von Pemberley House ankamen.

Kaum hatte Elizabeth die Zügel angezogen, sprang Georgiana auch schon vom Wagen herunter. Für einen kurzen Augenblick glaubte Elizabeth, ihre Schwägerin wolle vor der Wahrheit fliehen. Aber das Gegenteil war der Fall. Statt zur Freitreppe schritt Georgiana auf den Reiter zu. Beherzt griff sie nach den Zügeln. Trotz des Wallachs Aufbegehren hielt sie unverzagt fest. Diese Entschlossenheit von so einem schüchternen Wesen wie seiner Schwester zeigte Darcy nur allzu schmerzhaft, dass sein ersehntes Frühstück in weite Ferne rückte.

Um ungestört zu sein, fiel Georgianas Wahl auf ›Lizzys Salon‹. Ihre Begründung war einfach und klar. Dort würden sie vor weiteren Zuhörern sicher sein. Darcy willigte ein. Nur in die Bibliothek wolle er nicht. Denn dort hatte er die grauenvolle Nacht ausgeharrt, ohne zu wissen, was das Schicksal ihm am Morgen bescheren würde.

Bevor er seine ausführliche Darlegung begann, überraschte er die beiden mit der Erklärung, Mr. Saunders habe Kenntnis von Georgianas einstiger Zuneigung zu George Wickham.

Sodann berichtete er ihnen, zu welcher Einsicht er nach Mr. Saunders *Andeutung* gelangte. Es sei ihm klar geworden, wie unwichtig fürs Erste die Frage sei, *wer* Mr. Saunders in Kenntnis setzte. Vielmehr müsse der feine Gentleman daran gehindert werden, die Geschichte zu verbreiten. Am meisten hätte ihn Mr. Saunders Arroganz erschüttert, in der jener mit seinem Wissen prahlte! Glücklicherweise traf er in Frances die falsche Person. Denn Frances wies die Idee als völlig abstrus weit von sich. Obendrein könnten sie sicher sein, dass *sie* niemanden von dem Vorfall unterrichten würde.

Der Termin mit Mr. Holmes, erst am Morgen vereinbart, gereichte Darcy dann zum perfekten Vorwand, um sich von der Gesellschaft unauffällig zu entfernen. Doch anstatt sich mit jenem über die Vorkehrungen für das befürchtete Unwetter auszutauschen, sprach er ihm sein Vertrauen aus, alles in eigener Verantwortung zu erledigen und entließ ihn unverzüglich.

Dann beorderte er Mr. Parker zu sich. Ihn beschwor er, äußerste Diskretion zu wahren. Das Wohl von Pemberley hinge von seiner Verschwiegenheit ab. Da der Butler es liebte, wenn ihm die Wichtigkeit seiner Person so deutlich vor Augen geführt wurde, hegte Darcy keinen

Zweifel, dass jener seinen Auftrag in seinem Sinne erledigen würde. Er schärfte Mr. Parker die Worte ein, die er zu Mr. Saunders sprechen sollte. Zudem erteilte er ihm den Auftrag, eine Kutsche aus der Remise bereitzustellen.

Eine Anweisung, die er ihm noch gab, überraschte Mr. Parker wohl am meisten. Er bestand darauf, niemand dürfe sich in dem Teil des Hauses aufhalten, in dem die Räumlichkeiten lagen, die Mr. Saunders während seines Aufenthaltes bei ihnen bewohnte. Dies war ein Befehl! Zudem solle er Mr. Saunders auffordern, selbst für das Packen seiner Habseligkeiten zu sorgen. Er würde dem Gentleman persönlich aufwarten.

»Dann hast du Mr. Saunders zur Rede gestellt!«, unterbrach ihn seine Gattin. »Und um keine Zeugen zu haben, hast du das Personal angewiesen, seinen Gemächern fernzubleiben. So weit, so gut, Darcy. – Aber wieso, frage ich dich, *wieso*, Darcy, hast du Saunders zum Duell gefordert?! Wie konnte es so weit kommen?«

Er seufzte. »Das hatte ich nicht geplant, Liebste. Das musst du mir glauben! Bis zu diesem Zeitpunkt bildete ich mir ein, vor solcher Torheit gefeit zu sein. Doch ich verlor die Beherrschung. Es liegt an Mr. Saunders Art! Dieses fürsorgliche, elegante Getue auf der einen Seite und dann diese unbedachten, grotesken Äußerungen auf der anderen. Äußerungen, die jegliches Gefühl für Verantwortung und Ehre missen lassen!«

Nach diesem schonungslosen Urteil konnte Georgiana ihre Tränen nicht mehr zurückhalten. Seit Mr. Saunders plötzlicher Abreise war sie zutiefst verunsichert. Hiernach die rasante Fahrt zur Lichtung, ohne zu wissen, was überhaupt geschehen war. Dann die zwei

Männer, die sich duellierten. Schließlich die Erkenntnis, sie hatten sich nur ein Scheingefecht geliefert. Sie verstand von alldem noch zu wenig. Aber eines wurde ihr in aller Deutlichkeit bewusst. Eine Verbindung mit Mr. Saunders war nach diesen Ereignissen undenkbar. Das harte Urteil ihres Bruders würde für immer zwischen Saunders und ihr stehen, unabhängig davon, was sich jener zu Schulden kommen ließ.

»Es tut mir leid, Georgiana!«, entschuldigte sich Darcy für seine harten Worte. »Ich hätte dir das gerne erspart. Wenn ich nicht davon überzeugt wäre, dass es wichtig ist, dass du die Wahrheit über deinen Kavalier erfährst, würde ich dir raten, nun zu gehen. Denn jetzt kommt wahrlich der schlimmste Teil.«

Er machte eine kurze Pause, als würde er ernsthaft erwarten, Georgiana würde einen Einwand erheben. Dann fuhr er fort:

»Als Mr. Saunders *mich* in seinen Gemächern antraf, war er zu verwirrt, um seine echten Empfindungen zu verbergen. Zornig stellte ich ihn zur Rede. Ich fragte ihn, wie er dazu käme, solche Lügen über dich zu verbreiten, Georgiana! Erst leugnete er. Seine Worte seien nicht ernst gemeint gewesen. Dann aber zeigte er sein wahres Gesicht! Er sagte: ›Wieso sollte ich Sie schonen, Mr. Darcy?! Ja, es stimmt. Ich bin von dem Vergehen Ihrer Schwester unterrichtet! Miss Darcy tut immer so unschuldig. Aber sie ist es nicht! Wie ich aus zuverlässiger Quelle weiß, erwog sie einst, mit Mr. Wickham durchzubrennen. Wie das Ganze geendet hätte, vermag man sich vorzustellen. Lydia Wickham gibt ein beredtes Zeugnis ab! Doch ich habe es nicht nötig, des Geldes wegen zu heiraten. Ich nicht! Ich werde dereinst über ein großes Vermögen verfügen! Also, frage ich Sie, Mr. Darcy, wieso sollte ich mich jetzt schon binden? Zugegeben Ihre Schwester ist ein liebes Mädchen. Und ja, auf dem Pianoforte ist sie sogar über die Maßen begabt. Aber erst seit der Soiree war ich ernsthaft in Gefahr, mich zu verlieben. So betrachte ich es als einen Wink des Schicksals! Mein Fauxpas hindert mich daran, gegen meinen Vorsatz zu handeln. Ich bin noch einmal davon gekommen!‹ – Entschuldige«, meinte Darcy mit einem sorgenvollen Blick auf seine Schwester, »wie furchtbar muss sich das für dich anhören.« Dann wandte er sich an seine Gattin. »Verstehst du mich nun, Liebste? Dieser *Gentleman* trug unverhohlen seine Widrigkeiten vor. Ich ... ich konnte nicht anders! Er ließ mir keine andere Wahl. Die Beleidigung ging zu tief! So ließ ich ihm meine ganze Verachtung spüren, indem ich Satisfaktion verlangte!«

Verzagt nickte Elizabeth und schloss die mittlerweile herzzerreißend weinende Georgiana in die Arme.

»Sei versichert, Georgiana«, suchte Darcy sie zu trösten, »Mr. Saunders wird es fürderhin nicht wagen, unbedachte Äußerungen über dich und Mr. Wickham zu machen. Das zumindest habe ich erreicht. Freilich, als ich Satisfaktion von ihm verlangte, ahnte ich nicht, wie groß mein Triumph über ihn würde. Ich forderte Mr. Saunders zum Duell in der Überzeugung, einen Meister der Fechtkunst vor mir zu haben. Erinnere dich, Georgiana, wie du ihm selbst diesen Titel gabst. Ich wähnte mich besonders edel, als ich ihm – trotz dieses Wissens – den Degen als Waffe vorschlug.«

Weiter konnte Darcy nicht sprechen. Das entsetzte Antlitz seiner Frau zeigte ihm nur zu deutlich, wie leichtfertig er ihrer beider gemeinsame Zukunft aufs Spiel gesetzt hatte. Er ging zum Fenster, blickte zum Fluss in der Ferne und fuhr mit seinem Bericht fort.

»Ich weiß, liebste Elizabeth, was du jetzt von mir denken musst. Mein Stolz, mein Ehrgefühl trieben mich dahin. Glaube mir, ich habe mir das selbst letzte Nacht unentwegt zum Vorwurf gemacht! Die Stunden bis zum Abend wollten nicht vergehen. Ich hatte Mr. Saunders Uhrzeit und Ort genannt. Für einen Sekundanten sollte er selbst Sorge tragen. Damit es wegen der Örtlichkeit zu keinem Missverständnis käme, versprach ich ihm, eine unserer Kutschen zu schicken, die ihn und seinen Sekundanten zur Lichtung brächte. Es schien mir angemessen, das Duell auf unserem eigenen Grund und Boden auszutragen, um seine Geheimhaltung zu gewährleisten.«

Einmal mehr besann er sich für einen Augenblick. Dann nahm er erneut das Wort:

»Obwohl ich nicht mit dem Schlimmsten rechnete, ausschließen konnte ich es nicht! Von daher wurden mir die Stunden, bis Paul Wragsdale an die Tür der Bibliothek klopfte, wahrlich lang.«

»Weiß denn Paul Wragsdale von unserem *Problem*, Darcy?«, fragte Elizabeth, die sich nun ärgerte, weil sie nicht auf die Idee gekommen war, Darcy in der Bibliothek zu suchen.

»Nein! Er handelte, ohne Fragen zu stellen. Noch vertraute er sich jemanden an.«

Bei diesen Worten drehte Darcy sich um und sah um Verständnis heischend seine Gattin an.

»Mich traf die ganze Angelegenheit ebenfalls unvorhergesehen«, verteidigte er sich. »Ein Duell hatte ich zu keiner Zeit in Betracht gezogen. Ich beeilte mich, sobald Mr. Saunders das Haus verlassen hatte, wieder zu euch zu stoßen. Denn mir schien es ratsam unter den gegebenen Umständen, die Einladung der Wragsdales abzusagen. Das drohende Unwetter bot mir einen glaubhaften Grund. Paul als Sekundanten zu wählen, entsprach einer Eingebung des Augenblicks. Ich entsann mich, wie Lady Wragsdale ihn uns als Sieger eines Wettkampfes präsentierte. So hatte ich eine Note vorbereitet, in der ich ihn bat, mich noch am selbigen Abend in der Bibliothek aufzusuchen. Ich wies ihn an, die Hintertreppe zu nehmen und die Angelegenheit vertraulich zu behandeln. Das größte Problem, ihm die Nachricht unauffällig zuzustecken, erledigte sich wie von selbst. Paul sah mir offenbar an, dass ich etwas von ihm wollte. Bei der Verabschiedung erfolgte die Übergabe unbemerkt. – Freilich, wie glücklich die Fügung war, die mich ausgerechnet ihn wählen ließ, stellte sich für mich erst später heraus.«

»Wegen seiner Fechtkunst?«, meinte Georgiana zögerlich.

»Nein, liebe Schwester, wegen seiner Rivalität!«

»Was meinst du mit Rivalität?«, fragte sie verwirrt.

»Georgiana, nicht nur ich hatte meine Vorbehalte gegen Mr. Saunders!«

»Du meinst wohl deine *Vorurteile*!«, korrigierte ihn Elizabeth.

»Nein, ich bestehe darauf, Liebste, es waren *Vorbehalte*! Und angesichts der Ereignisse kannst selbst du nicht leugnen, meine *Vorbehalte* ihm gegenüber hatten ihre Berechtigung. – Aber ich schweife ab. Paul jedenfalls hatte an der Aufrichtigkeit dieses galanten Kavaliers ebenfalls seine Zweifel. Zur Gewissheit wurden selbige, als er von Mr. Saunders Fechtkunst erfuhr. Wie konnte es angehen, dass er mit der gleichen Leidenschaft, am gleichen Ort studierte, und noch nie etwas von Mr. Saunders gehört hatte? Er schrieb an seinen Fechtlehrer.«

»Und, Darcy, war ihm Mr. Saunders bekannt?«, wollte Elizabeth wissen.

»In der Tat nahm Mr. Saunders bei ihm private Stunden. Dies immerhin entsprach der Wahrheit. Er schrieb Paul, er habe noch nie einen so verzagten Schüler erlebt!«

Georgiana schüttelte traurig den Kopf. »Und ich hielt ihn für bescheiden!«, sagte sie erschüttert.

»Es hängt nicht mit mangelnder Fähigkeit zusammen«, erklärte Darcy. »Ich denke, davon konnten wir uns beim Federballspiel überzeugen. Aber ein Schläger für den Federball und ein Degen haben nicht viel gemein! Das eine ist ein Spielzeug. Das andere aber eine tödliche Waffe!«

»Soll das heißen, Mr. Saunders ist ein Hasenfuß?«, fragte Elizabeth, die mit Absicht einen abwertenden Begriff bemühte.

»So kann man es ausdrücken! – Um der Wahrheit die Ehre zu geben, muss ich hinzufügen, dass es für sein Verhalten einen triftigen Grund gibt. Als Kind wurde Mr. Saunders Zeuge eines tödlichen Treffers bei einem Spiel zwischen zwei Jungen. Daher befällt ihn eine panische Angst, wenn jemand vor ihm mit einem Degen ausholt. Er ergreift die Flucht, bevor sein Gegner überhaupt parieren kann. Im privaten Unterricht hoffte er, diese Angst zu überwinden. Ein Trug, wie sich bald herausstellte. Der

Fechtlehrer teilte Paul dies alles unter dem Siegel der Verschwiegenheit mit. Er wollte Mr. Saunders die Schmach ersparen, von Paul zu einem Kampf herausgefordert zu werden.«

»Welch ein Pech für Mr. Saunders, dass du es tatest!«, meinte Elizabeth spitz.

»Ich hoffe, Liebste, du wirst mir das eines Tages verzeihen.«

»Ich werde mich bemühen, Darcy. Im Gegenzug musst du mir allerdings auch etwas versprechen. Ich bitte dich, wie sehr man dich fürderhin auch provozieren mag, nie wieder Satisfaktion zu verlangen.«

»Ich denke, Liebste, in diesem Punkt kann ich dich beruhigen. Die Stunden, bis Paul zu mir kam, waren grauenvoll!«

»Ich hoffe, du vergisst sie nie!«

Der Rest der Geschichte war rasch erzählt. Mr. Saunders hatte wohl irrigerweise angenommen, es reiche, Darcy vorzuspielen, er meine es ernst, um jenen von seinem Vorhaben abzubringen. Doch Paul Wragsdale durchkreuzte diesen Plan. Er machte Darcy den Vorschlag zum Scheinduell. Und in dem Moment, als er die Kutsche kommen hörte, sei Paul so selbstlos gewesen, vorzutäuschen, er sei Darcy unterlegen. Was Mr. Saunders dachte, als er sah, wie schwer es der Gewinner eines Wettkampfes hatte, sich gegen den Herrn von Pemberley zu behaupten, habe ihm deutlich im Gesicht gestanden. Er bat Darcy um ein Gespräch unter vier Augen. Sämtliche Arroganz war von ihm abgefallen. Er fürchtete um sein Leben! Inbrünstig erklärte er, einem Irrtum erlegen zu sein. Mrs. Fletcher habe recht, ein solches Verhalten sei bei Miss Darcy ganz undenkbar. Er bedauere zutiefst, diese abfällige Äußerung gemacht zu haben. Er versicherte ihm, dergleichen nie wieder zu behaupten. Wenn er darauf bestünde, würde er um Miss Darcys Hand anhalten. Nur duellieren, duellieren könne er sich nicht mit ihm. Mr. Darcy solle an seine Familie denken.

»Immerhin einer, der dich darauf hinwies!«, warf Elizabeth ein.

Darcy überhörte ihren Einwand und fuhr fort: »Er zitterte am ganzen Leibe. Seine Angst war unübersehbar. So nahm ich ihm sein Versprechen ab. Zuvor ließ ich ihn jedoch wissen, sollte er sich an selbiges nicht halten, würde ich davon erfahren. Und in einem solchen Fall würde ich keine Gnade kennen. Dann würde ich dafür Sorge tragen, die richtigen Leute wissen zu lassen, was für ein Feigling er sei! – Um ihn meine ganze Verachtung spüren zu lassen, sprach ich ihm ab, ein Gentleman zu sein! Darüber hinaus erklärte ich ihm, werde sich für meine Schwester zweifellos ein würdigerer Kandidat finden!«

»Du tatest gut daran, Darcy, ihm dies zu erklären«, meinte Georgiana leise.

Nach diesem Einvernehmen verging eine Weile schweigend. Einen jeden von ihnen überfiel eine Erschöpfung. Eine Erschöpfung hervorgerufen durch eine schlaflose Nacht und den Schrecken des morgendlichen Erlebnisses. Elizabeth und Georgiana waren zudem von dem gerade Gehörten überfordert. Es würde eine Zeit brauchen, bis sie alles in Gänze verstanden. Doch eine Frage war offen geblieben. Eine Frage, die Darcy gleich zu Beginn als unwichtig fürs Erste bezeichnete. Und diese Frage ging Elizabeth nun durch den Kopf. Sie entschloss sich, sie laut auszusprechen.

»Darcy, hat dir Mr. Saunders mitgeteilt, von *wem* er die Geschichte über ...«

»Nein!«, unterbrach er sie rasch mit Rücksicht auf Georgiana. »Mr. Saunders weigerte sich, mir seine Quelle zu nennen. Zumal er nun davon überzeugt war, derjenige habe ihn absichtlich getäuscht! Es sei allein seine Schuld, auf diese Mär hereingefallen zu sein. Er klang aufrichtig. Da ich nicht den Eindruck erwecken wollte, es könne an der Behauptung ein Körnchen Wahrheit sein, gab ich mich damit zufrieden. – Zumal, denke ich, kein Zweifel besteht, *wer* für diese Verleumdung verantwortlich ist.«

»Wer?«, fragte Georgiana mit brechender Stimme.

»Wickham! Wer sonst?«

»Wickham?«, rief Elizabeth ungläubig. »Wieso sollte er dergleichen tun?«

»Hast du seine Forderung vergessen, Liebste? Oder seine eigenartige Äußerung, ich hätte ein Interesse, jeglichen Schaden von der Familie fernzuhalten? Es passt alles! Und Gelegenheit gab es reichlich. Mr. Saunders Besuch bei Mr. Dixon fiel in die Zeit, in der das Ehepaar Wickham auf Glenister weilte. Darüber hinaus teilten sie sich gemeinsam eine Kutsche nach Norden!«

»Ich hatte nicht den Eindruck, Wickham würde sich mit Saunders gut verstehen«, widersprach Elizabeth. »Nein, ganz im Gegenteil!«

»Spielt das im Augenblick eine Rolle?«, fragte Georgiana verzagt.

Betreten verneinte Elizabeth. Mit einem um Verzeihung heischenden Blick zu Darcy, schlug sie ihrer Schwägerin vor, sich in ihre Gemächer zurückzuziehen und bot ihr an, sie zu begleiten. Beidem stimmte Georgiana zu.

## Kapitel 40

Als man sich endlich zum Frühstück niederließ, entschuldigte der Hausherr Gattin und Schwester bei den anderen. Keiner am Tisch wunderte sich. Beides ließ sich hinreichend erklären. Für das späte Frühstück musste das Unwetter verantwortlich sein. Für das Fehlen der beiden Damen konnte die plötzliche Abreise Mr. Saunders geltend gemacht werden. Denn sicher war Georgiana über dessen Fortgang untröstlich und Elizabeth stand ihr bei.

Nur die auffallend gute Laune des Herrn von Pemberley konnte Bingley nicht mit dieser Erklärung in Einklang bringen. Deshalb erkundigte er sich bei Darcy über die Schäden, die das Unwetter angerichtet habe, und gab der Hoffnung Ausdruck, sie seien nicht so ernst, wie befürchtet. Die Antwort war dann das Kurioseste, was er je von diesem zu hören bekam. Denn Darcy entgegnete heiter, dies entzöge sich seiner Kenntnis.

»Aber, Darcy!«, rief Catherine empört. »Wegen der befürchteten Schäden hast du die Einladung der Wragsdales für heute ausgeschlagen! Und nun erweckst du den Eindruck, dich ginge das gar nichts mehr an!«

»Beruhige dich, Kitty!«, sagte Jane. »Darcy weiß, was er tut. Er wäre bestimmt nicht so vergnügt, wenn es schwere Schäden zu beklagen gäbe.«

»Du meinst wohl, mein Liebling, er hätte dann nicht so einen unbändigen Appetit!«, berichtigte Bingley sie.

»Mr. Holmes kümmert sich um alles«, erklärte Darcy selbstzufrieden. »Ich vertraue ihm! Es war an der Zeit, ihn selbstständig arbeiten zu lassen.«

»Das höre ich mit Bedauern, Darcy«, erwiderte Bingley, angesteckt von dessen Heiterkeit. »Ich dachte, ich könnte einen weiteren Verwalter von dir *erben*!«

»Da muss ich dich enttäuschen, mein Freund. Mr. Holmes ist bereits glücklich verheiratet und besitzt eine Schar von Kindern!«

Jane verschluckte sich. Ihr Hustenanfall verhinderte, dass Catherines erstaunte Frage: Was das *damit* zu tun habe?, von Darcy gehört wurde.

»Ich werde deinen Rat beherzigen, Darcy, und mir einen verheirateten Mann als neuen Verwalter suchen«, sagte Bingley eiligst, um Darcys Fauxpas zu verschleiern. Catherine sollte lieber nicht den wahren Grund erfahren, weshalb Mr. Rogers Pemberley verließ.

»Darüber hinaus solltest du darauf achten, Bingley, einen Mann einzustellen, der bereits ein Kind hat!«, meinte Catherine übermütig. »Man stelle sich vor, der nächste Verwalter würde euch wieder davonlaufen und ein weiteres Kind zurücklassen!«

»Kitty!«, rief Jane schockiert. »Wie kannst du nur *so* reden! Ohne jegliche Pietät! Über das Ableben der armen Mrs. Rogers im Kindbett macht man keine Scherze!«

»Du hast ja recht, Jane!«, wandte Catherine halbherzig ein. »Anderseits«, sie lachte, »wäre es doch sehr praktisch, nicht wahr? Ich meine, auf diese Art könnten Bingley und du auch an eine Schar von Kindern geraten.«

»Kitty, was ist bloß in dich gefahren?« Jane wünschte, Elizabeth wäre anwesend. Mit ihr vereint würde sie ihre jüngere Schwester in die Schranken weisen. Am meisten erstaunte sie aber Darcys Verhalten. Er schien überhaupt keinen Anstoß an Kittys Gerede zu nehmen.

»Ich bin mir sicher, Lydia hätte nichts dagegen, auf diese Art an Kinder zu kommen«, fuhr Catherine unbeirrt fort. »Es hätte immerhin weder Einfluss auf ihre Figur noch auf ihr Wohlbefinden!«

»Kitty, wie kannst du nur so derb deine Possen treiben?«, unternahm Jane den nächsten Versuch, sie zum Schweigen zu bringen.

»Ich denke auch, Kitty, du solltest es gut sein lassen!«, kam ihr endlich Bingley zu Hilfe. Es lag ihm nicht, jemanden zu maßregeln, aber er sah sich in die Pflicht genommen, seiner Gattin beizustehen. Zumal Darcy, dem dergleichen viel besser angestanden hätte, seine ganze Aufmerksamkeit dem Speck auf seinem Teller zu schenken schien. »Wir sind unter uns«, fuhr Bingley ruhig fort, »und wir mögen auch alle etwas ausgelassen sein, aber übertreiben, Kitty, übertreiben darf man es mit seinen Späßen dennoch nicht!«

»Ach, nein!« rief Catherine und stand abrupt auf. Dabei warf sie aus Versehen ihren Stuhl um. Immerhin bescherte ihr der Krach, den sie verursachte, endlich Darcys Beachtung. »Wieso sind *wir* eigentlich so ausgelassen?«, fragte sie verärgert.

Es war, als würde Darcy aus einem Traum erwachen. Er hatte von dem Disput nichts mitbekommen. Erstaunt blickte er in das zornige Gesicht seiner jüngeren Schwägerin. Unfähig auf deren offenkundige Wut einzugehen, starrte er sie unverwandt an. Im nächsten Augenblick verließ die junge Dame, ohne ein weiteres Wort zu sagen, den Raum.

Betroffen fragte sich Bingley, was er gesagt hatte, um so ein unbändiges Verhalten auszulösen. Jane wiederum schwieg tief verletzt von Kittys Worten. Und selbst Darcys Fröhlichkeit war verflogen. Nach einer geraumen Zeit der Stille wagte er, sich zu erkundigen: Was denn eigentlich geschehen sei?

»*Das*, mein Freund«, entgegnete Bingley, »würde ich gerne von dir erfahren!«

Um die Gründe für sein Verhalten zu erklären, brauchte Darcy nicht nur Zeit, sondern vor allem einen Ort ohne Zuhörer. Ein kurzer Blick zu den Lakaien genügte, um Bingley das Problem verständlich zu machen. Da ihm ohnehin der Appetit vergangen war, fragte Darcy die anderen, ob sie damit einverstanden wären, die Tafel aufzuheben. Er war sich bewusst, dass er früher oder später die Bibliothek wieder betreten musste, deshalb schlug er ihnen dort in einer halben Stunde eine Zusammenkunft vor. Bis dahin wolle er sich nach Georgianas Befinden erkunden. Insgeheim begehrte er in Erfahrung zu bringen, ob seine Gattin ihm weiterhin zürnte.

Wie sich herausstellte, waren seine Sorgen unbegründet. Elizabeth war zu glücklich, dass er unversehrt blieb, um ihm länger böse zu sein. Und obwohl es ihr schwer fiel, es sich einzugestehen: Darcy hatte sich wie ein echter Gentleman verhalten, als er die Ehre seiner Schwester verteidigte! Sogar Georgiana wirkte ruhiger. Ein Tee hatte Wunder gewirkt. Nun wollte sie sich hinlegen. Dies ermöglichte Elizabeth, ihren Gatten zu der Unterredung mit Bingley und Jane zu begleiten.

»Was ist mit Kitty?«, fragte sie Darcy, als sie auf dem Weg zur Bibliothek die Galerie mit den Porträts seiner

Ahnen entlangschritten. »Sollten wir sie nicht mit einbeziehen? Es würde dir eine weitere Wiederholung der Geschichte ersparen.«

So vernünftig die Argumentation seiner Gattin auch sein mochte, hielt Darcy es für klüger, Catherine fürs Erste nicht einzuweihen.

»Ich bin noch unentschlossen«, meinte er, »ob wir sie ins Vertrauen ziehen sollen. Ihr Betragen beim Frühstück ließ die nötige Reife dafür jedenfalls nicht erkennen.«

Was die Erklärung hierfür anging, musste er sie auf das Gespräch mit Bingley und Jane vertrösten, denn er sei über das Geschehen nicht im Bilde.

»Wie ist das möglich, Darcy? Hast du denn nicht mit den anderen gemeinsam gefrühstückt?«

»Doch! Ich war zugegen! Physisch zumindest!«, bekräftigte er. »Bingley und Jane können es dir bestätigen. Allein, was meine geistige Gegenwart betrifft, muss ich klar verneinen, Liebste. – Es gehört nun einmal nicht zu meinen Gewohnheiten, noch vor dem Frühstück ein Duell auszutragen! Wenn es letztendlich auch bei einem Scheingefecht blieb.«

»Es erleichtert mich ungemein, Darcy, dies zu hören!«, erklärte Elizabeth verschmitzt.

Zweifelsohne, auch sie war erleichtert. Für Darcy und sie hatte diese Affäre ein glückliches Ende genommen. Bei Georgiana sah es anders aus. Sie würde weitaus mehr Zeit benötigen, die neuerliche Enttäuschung zu überwinden.

Bingley und Jane staunten nicht schlecht, als sie von den Vorfällen erfuhren, die sich während ihrer Anwesenheit auf Pemberley zugetragen hatten, ohne dass sie etwas davon mitbekommen hätten. Wie nicht anders zu erwarten, konnte Jane trotz aller Widrigkeiten nicht umhin, Mitleid für Mr. Saunders zu empfinden.

»Wie furchtbar muss es sein, derart bloßgestellt zu werden!«, meinte sie.

»Ich hoffe, Jane, bei allem Mitgefühl für Mr. Saunders siehst du auch, wie schändlich er sich gegenüber Georgiana verhielt«, erwiderte Darcy scharf. »Du magst mich für rigoros halten, aber das Wohlergehen meiner Schwester liegt mir mehr am Herzen! Bedenke, wie kühl Mr. Saunders eine Heirat mit Georgiana erwog! Letztendlich können wir dankbar sein. Georgiana wurden – wenn auch durch unglückliche Umstände – so doch immerhin noch rechtzeitig die Augen über diesen Gentleman geöffnet.«

»Kann er wahrlich so schlecht sein?«, fragte Jane, nach wie vor bemüht, eine Erklärung für Mr. Saunders Verhalten zu finden. »Offenbar war er selbst überrascht, wie gut er auf der Soiree bei ihrem Vortrag mit Georgiana harmonierte.«

»Das mag zutreffen, Jane!«, entgegnete Darcy. »Dennoch machte er keinen Hehl aus seiner Erleichterung, noch einmal davon gekommen zu sein!«

Wie sehr sie sich auch bemühten, Mr. Saunders Gründe zu ermitteln, eine Antwort, die ihnen plausibel erschien, war nicht zu erreichen. Dies traf auch auf das ungehörige Benehmen Kittys beim Frühstück zu.

»Von Mr. Parker erfuhr ich«, wusste Bingley zu berichten, »Kitty sei noch vor dem Frühstück mit Hannah ausgeritten.«

»Und das hat Mr. Holmes erlaubt?!«, fragte Darcy erschüttert. »Wie konnte er? Hat er nicht bedacht, dass heruntergerissene Äste auf den Pfaden liegen oder schlimmer noch ihnen auf die Köpfe fallen könnten?!«

»Willst du damit sagen, Darcy, am Morgen nach einem Unwetter sei ein Ausritt fast so unvernünftig wie ein Duell?«, wagte Bingley den Einwand.

»Du tust ganz recht daran, mein Freund, mich zu rügen«, erwiderte Darcy betroffen. »Nein, Elizabeth, ich habe den Vorwurf verdient! Durch mein unüberlegtes Handeln brachte ich auch dich und Georgiana in Gefahr. Was hätte euch nicht alles passieren können! Auf den Wegen lagen noch genügend abgebrochene Zweige, wenn es um die Reitpfade auch schlimmer bestellt sein mag.«

»Ich wollte dir keineswegs widersprechen, Darcy«, meldete sich nun seine Gattin zu Wort. »Es lag mir nur daran, dich darauf hinzuweisen, dem armen Mr. Holmes nicht mangelnde Obhut vorzuwerfen. Denn schließlich fuhr Mr. Holmes heute Morgen eine Kutsche nach Bakewell hin und zurück, nicht wahr? So dürfte der gute Mann kaum in der Lage gewesen sein, Kitty und Hannah von einem Ausritt abzuhalten!«

Nach dieser Erkenntnis schwieg der Herr von Pemberley betreten. Ganz nach ihrer Art befand Elizabeth, sei es an der Zeit, die Ereignisse als gegeben hinzunehmen. Sie erklärte, es gäbe genügend andere Probleme, denen sie ihre Zeit widmen sollten. Der Besuch von Mrs. Beagles stünde beispielsweise am morgigen Tage an. Vielleicht wäre es ratsam, sich vorab Gedanken darüber zu machen, wie die von Mrs. Beagles vorgeschlagene *gemeinsame* Sorge um Camilla aussehen konnte. Nur zu gern ließen sich Bingley und Jane auf dieses Thema ein. Zumal sie ihre baldige Rückreise nach Glenister erwogen.

# Kapitel 41

So sehr sich auch der Spruch: ›Die Zeit heilt alle Wunden!‹ bewahrheiten mag, dem, der gerade eine schmerzhafte Enttäuschung erlitt, spendet er selten Trost. Und sollte jenem gar zuvor schon Ähnliches widerfahren sein, kann niemand ihn davon überzeugen, dass sich die Zeiten je ändern und die unbeschwerten Tage zurückkehren werden. In seinem Schmerz, die gehegten Erwartungen in Trümmern zu sehen, zieht er sich zurück. Gleichsam wie er sich von der Welt ausgeschlossen fühlt, schließt er nun die Welt aus! Da er keinen Anteil hat an dem Glück, das für die meisten anderen selbstverständlich scheint.

Auf diese Weise verhielt sich auch Georgiana Darcy nach Mr. Saunders überstürztem Weggang. Sie zog sich in ihre Gemächer zurück und wünschte, allein gelassen zu werden. Darcy erwog, Mrs. Annesley zurückzuholen, die ausgerechnet an dem denkwürdigen Tag des Federballspiels für längere Zeit zu ihrer Schwester nach Shropshire gefahren war. Elizabeth bat ihren Gatten, von diesem Ansinnen Abstand zu nehmen. Sie wollte Georgiana davor bewahren, sich auch noch verstellen zu müssen. Zeit war die Medizin, von der sich Elizabeth Heilung für ihre Schwägerin erhoffte.

So ging eine Woche ins Land. Als dann die nächste begann und sich nichts änderte, war Darcys Geduld bereits erschöpft.

»Ich hätte ihr diese Extravaganz nicht erlauben dürfen!«, erklärte er verärgert seiner Gattin. »In ihren Gemächern speisen! Dabei rührt sie kaum das Essen an! Glaube nicht, Elizabeth, ich wüsste das nicht. Ich habe Mrs. Reynolds gebeten, mir Auskunft zu geben. Du siehst, es nützt nichts, mir etwas zu verheimlichen! Und damit du nicht mehr in Versuchung gerätst, wird Georgiana ab Morgen die Mahlzeiten wieder mit uns einnehmen. Schließlich ist sie nicht krank!«

»In gewisser Weise schon«, verteidigte Elizabeth das Verhalten ihrer Schwägerin. »Erinnere dich bitte, Darcy, wie sich Fitzwilliam seinerzeit verhielt, als er der Überzeugung war, Anne niemals für sich gewinnen zu können.«

»Dennoch nahm er an unser aller Leben teil!«, widersprach Darcy.

»Ja, und dadurch zog er uns alle mit seiner Melancholie in Bann. Zudem war er ein Gast in diesem Haus. Noch dazu ein Gast, der sich selbst einlud, um vor seiner eigenen Familie zu fliehen.«

»Willst du mir damit sagen, Elizabeth, ich müsse dankbar sein, weil Georgiana nicht den Wunsch hegt, uns zu verlassen?«

»Keineswegs. Ich möchte nur deine Zustimmung für ihre selbst gewählte Abgeschiedenheit.«

»In dem Fall ist es wohl besser, ich lasse nach Mr. Stanford schicken!«

Den Apotheker, das wusste Elizabeth, wollte Georgiana auf gar keinen Fall sehen. Nach einem längeren Hin und Her gelang es ihr zumindest, Darcys Einverständnis zu erhalten, es ihr zu überlassen, Georgiana seinen *Wunsch* schonend beizubringen.

»Dann teile ihr bitte mit, Liebste, sie möge sich mehrere Stunden am Tag unserer Gesellschaft anschließen«, bat er sie besänftigt. »Immerhin wollen Bingley und Jane diese Woche wieder nach Glenister aufbrechen«, fügte er als Erklärung hinzu.

Keine zwei Stunden später fand sich Georgiana im Salon ein, wo sie die weiblichen Mitglieder der Familie mit den beiden Kinder antraf. Mit Bedacht wählte sie ihren Sitzplatz fern von den anderen in einer Fensternische, wandte ihnen den Rücken zu und blickte starr aus dem Fenster in die Ferne. Geradeso als wollte sie ihnen vor Augen führen, was sie von der erzwungenen Geselligkeit hielt.

Jane und Elizabeth bemühten sich, mit gesenkten Stimmen ein möglichst unverfängliches Gespräch zu führen. Und da dies mit den Kindern auf dem Arm nicht ganz so einfach war, hatten sie sich nebeneinander auf einer Couch niedergelassen.

Edward versuchte immer wieder, die Aufmerksamkeit seiner Mutter auf sich zu lenken, indem er die Standfestigkeit seiner Beine erprobte. Bisher war er noch keinen Schritt gelaufen! Was ihn augenscheinlich ärgerte, zumal seine Tante Catherine es ihm so unverschämt vormachte. Kitty nämlich beliebte, aufgeregt im Raum auf und ab zu gehen.

»Dann werdet ihr Camilla wieder mit nach Glenister nehmen?«, fragte sie übertrieben laut.

»Ja«, bestätigte eine überaus glückliche Jane. »Mrs. Beagles wird alles Nötige für ihren Umzug nach Sherby vorbereiten. Obwohl Charles ihr das Cottage anbot, in dem zuletzt die Rogers wohnten, lehnte sie dankend ab. Es wäre ihr zu einsam. Sie sei es gewohnt, im Herzen eines kleinen Marktfleckens zu leben. Und so wolle sie es auch fürderhin halten. Ich kann euch gar nicht sagen, wie glücklich wir sind! Manchmal muss ich mich zwicken, um mich zu vergewissern, dass ich nicht träume. Aber es ist wahr: Mrs. Beagles verlässt ihr Zuhause, ihre lieben Freunde und Nachbarn, um in Camillas Nähe zu sein. Ich hätte nicht zu hoffen gewagt, dass sie zu einem so großen Opfer bereit ist.«

»Ich bin mir sicher, Jane, Lady Wragsdale wird es sich nicht nehmen lassen, Mrs. Beagles zu besuchen, wenn sie auf Ravensdale bei den Fletchers weilt.«

»Ab und an ein Besuch von einer alten Freundin, Lizzy«, meinte Jane, »ist kaum mit dem zu vergleichen, was sie in Lambton gewohnt ist.«

»Ach, Herrgott, viel öder als hier wird es in Sherby auch nicht sein!«, wandte Catherine mürrisch ein.

»Mich würde ja schon interessieren, Kitty, welche Laus dir über die Leber gelaufen ist!«, beschwerte sich Elizabeth. »Du bist schon seit Tagen unausstehlich. Dabei hindert dich niemand mehr daran, deine *Reitkünste* zu vervollkommnen. Obwohl es dir weit besser anstünde, dich um deine Freundin zu kümmern.«

»Wieso? Das tut ihr doch schon zur Genüge!«

»Kitty!«, zischte Elizabeth und blickte unruhig zu Georgiana hinüber, in der Hoffnung, jene habe den herzlosen Kommentar nicht mitbekommen.

»Schau, Georgiana, was Eddy schon vermag!«, rief Jane aus der gleichen Sorge.

Und in der Tat hatte es Master Edward endlich geschafft, auf seinen eigenen Beinen zu stehen und einen Schritt vorwärts zu machen. Er schwankte zwar noch bedenklich und ohne die helfenden Hände seiner Mutter wäre er hingefallen, aber es waren zweifellos seine ersten Schritte!

»Ist Eddy nicht *umwerfend*!«, meinte Jane und zeigte der kleinen Camilla den strammen Burschen.

Doch just in dem Moment verlor Eddy die Balance, Elizabeth bekam ihn nicht mehr zu packen und er landete unsanft auf dem Boden.

»Ach, deshalb fällt er immer wieder hin!«, sagte Catherine bissig über die Bemühungen ihres Neffen.

»Oh, Kitty, wie erfrischend heiter du wieder bist!«, entgegnete Elizabeth, die es längst aufgegeben hatte, ihre jüngere Schwester zu maßregeln. Zu Jane gewandt, meinte sie flüsternd: »Bleibt nur zu hoffen, unsere kleine Schwester legt ihr trotziges Verhalten bis Michaeli ab. Nicht auszudenken, Mama bekäme dergleichen mit. Es wäre für sie eine willkommene Gelegenheit, mir meine Unfähigkeit vor Augen zu führen.«

»Werden sich die Gardiners den anderen nun anschließen?«, flüsterte Jane zurück.

»Ich weiß es nicht. Tante Gardiner hat mir noch nicht geantwortet.«

»Hast du ihr von dem *Vorfall* berichtet?«, wollte Jane wissen, die es wie die anderen vermied, Mr. Saunders beim Namen zu nennen.

Elizabeth schüttelte den Kopf. »Es gibt Dinge, die man besser nicht einem Brief anvertraut. Ich wünsche mir so sehr, Tante Gardiner käme. Vielleicht wüsste sie einen Rat, wie wir Georgiana helfen können.«

»Was tuschelt ihr beiden die ganze Zeit so!«, unterbrach Catherine sie unsanft. »Gibt es wieder etwas, was das *Kind* nicht hören darf?«

»Sei unbesorgt, Kitty«, entgegnete Elizabeth, die ihren Sohn mittlerweile wieder im Arm hielt, »Eddy mag zwar seine ersten Schritte unternehmen, unsere Gespräche kann er darum noch lange nicht verstehen.«

»Ich dachte nicht an Eddy! Ich meinte *mich*! Schließlich behandelt ihr mich wie ein Kind!«

»Wenn du aufhörst, Kitty, dich wie ein Kind zu benehmen, werde ich dich nicht mehr wie eins behandeln!«, erwiderte Elizabeth gelassen.

»Sag, Jane, bist du etwa dabei, eine Hochzeit zwischen Eddy und Camilla zu planen?«, fragte Catherine, als hätte sie Elizabeths Worte nicht vernommen. »Ist das nicht in der Familie Darcy üblich? Ihr seht, ich bin nicht ganz so unwissend, wie ihr glaubt. Es gibt Menschen, die sich mir gelegentlich anvertrauen!«

»Ich weiß nicht, wovon du sprichst«, entfuhr es Jane.

»Ach nein, Jane? Soll das heißen, Lizzy hat dir nichts davon erzählt? Wie ist das möglich? Ihr habt doch *immer* schon die Köpfe zusammengesteckt! Ich spreche von der ehrenwerten Lady Catherine de Bourgh und ihrer seligen Schwester Lady Anne Darcy! Nun, was sagst du, Lizzy? War das nicht tadellos ausgedrückt? Die beiden Schwestern planten, ihre beiden Sprösslinge miteinander zu verkuppeln, da lag die kleine Anne noch in der Wiege. Ach, Jane, wie ich deiner Miene entnehme, kennst du die Geschichte doch. Alles andere hätte mich auch gewundert!«

»Kitty, offen gesagt«, meinte Elizabeth, »zöge ich es vor, du würdest dich wieder in Schweigen hüllen, wie du es die letzten Tage zu tun beliebtest!«

»Oh, dann ist Madam nicht entzückt von dem Gedanken einer Verlobung Master Edwards mit der kleinen Camilla?«, entgegnete Catherine garstig.

»Aber, Kitty, sag doch, was haben wir dir getan?«, wollte Jane wissen. »Warum bist du so wütend auf uns?«

»Oh, wie nett du wieder bist, liebe gute Jane!«, rief Catherine sarkastisch. »Die liebe Jane hat sich ja auch noch *nie* daneben benommen! Nicht wahr? Aber, wenn ich dir einen Rat geben darf, Jane. Ich würde mir das mit dem Verkuppeln der Kinder noch einmal überlegen. Da kann ich dir nur von abraten. Sieh mal, bei Darcy und Anne hat es schon nicht geklappt! Und *die* stehen wenigstens gesellschaftlich auf einer Stufe! Welche Möglichkeit, frage ich dich, hat da die kleine Camilla? Denn zuerst einmal ist Eddy der Stammhalter der Darcys, nicht wahr?!«

»Wie überaus charmant von dir, Kitty, uns darauf hinzuweisen!«, meinte Elizabeth.

»Die *Wahrheit*, Lizzy, nur die *Wahrheit*! Ab und zu muss man sie ertragen. Ich bin dafür bereit. Doch, halt, du hast recht! Besitz allein, nein, Besitz allein ist auch kein Garant! Da muss ich mir nur Miss Georgiana Darcy anschauen! Was hat der lieben Georgiana ihr Vermögen letztendlich genutzt? Der Kavalier ist – wie es aussieht – vom Haken! So würde es jedenfalls Sir Arthur trefflich formulieren!«

»Kitty!«

»Lass sie, Lizzy! Bitte!«, ergriff nun tatsächlich Georgiana das Wort. Sie klang heiser, wohl als Folge der tagelangen Schonung ihrer Stimme. »Im Grunde hat sie ja recht.«

Catherine warf Elizabeth einen triumphierenden Blick zu, geradeso als wollte sie sagen: Sieh her, ich habe es geschafft! Ich habe sie zum Reden gebracht, weil ich sie provozierte.

»Georgiana, magst du vielleicht Camilla halten?«, unternahm Jane einen erneuten Versuch, jene aus ihrer Trübnis zu befreien.

»Lass es gut sein, Jane«, flüsterte Elizabeth ihrer Schwester zu, »ich glaube, wir lassen sie besser in Ruhe.«

»Wenn man nur etwas tun könnte. Es schmerzt mich, sie so zu sehen.«

»Ja, sie erinnert mich an Fitzwilliam seinerzeit. Man merkt, dass die beiden miteinander verwandt sind.«

»Apropos Fitzwilliam. Wie geht es Anne? Hat sie dir geschrieben?«

»Es geht ihr gut, Jane.«

»Ach, Lizzy, willst du meine Gefühle schonen oder warum sonst vermeidest du, über sie zu sprechen? Ich versichere dir, dessen bedarf es nicht. Ich freue mich aufrichtig für Anne. Offen gestanden ließ mich diese Nachricht anfangs wieder hoffen. Aber mittlerweile denke ich, es wäre besser, ich würde damit endgültig abschließen. Und jetzt haben wir ja wie durch ein Wunder Camilla. Sie sollte mir genügen.«

»Du liebe gute Jane, gib nicht so rasch auf.«

Verlegen sah Jane zu Georgiana hinüber. »Wenn *er* Georgiana jetzt so sehen würde, ich bin mir sicher, er käme zurück.«

»Oh, Jane, Lady Wragsdale würde jetzt sagen, du seist hoffnungslos romantisch«, erwiderte Elizabeth. Der rasche Wechsel des Themas bestätigte ihr nur, wie recht sie daran tat, nicht über Anne und deren andere Umstände zu sprechen. »Mache nicht den Fehler, Jane, einen Vergleich mit Bingleys Fortgang aus Netherfield seinerzeit zu ziehen. Mag auch dein Schmerz ein ähnlicher wie bei Georgiana gewesen sein, Bingley liebte dich die ganze Zeit.«

»Es ist nicht zu fassen!«, unterbrach Catherine sie schroff. »Jetzt seid ihr schon wieder am Flüstern! Warum solltet ihr auch mit mir sprechen? Ich will es euch verraten! Ihr könntet *mir* zum Beispiel erklären, warum niemand mehr von Saunders spricht! Kein einziges Wort mehr *von* dem Gentleman, noch *über* ihn! War er überhaupt unser Gast? Und was ist mit den Wragsdales? Waren wir nicht eingeladen? Ich meine, deren Einladung sollte doch *nur* verschoben werden, oder?!«

Jane und Elizabeth sahen sich unangenehm berührt an. Georgiana hielt ihren Blick starr aus dem Fenster gerichtet.

»Oh, ich verstehe!«, fuhr Catherine fort, da sie keine Antwort erhielt. »Hüllt euch nur wieder in Schweigen! Aber von mir erwartet ihr, ich solle mich erwachsen benehmen. Wir wär's, wenn ihr beginnt, mich wie eine Erwachsene zu behandeln. Ich denke nur an Miss Bingley!«

»Was hat Caroline damit zu schaffen?«, fragte Jane unangenehm berührt.

»Für wie dumm haltet ihr mich eigentlich?!«

»Willst du eine ehrliche Antwort?«, fragte Elizabeth herausfordernd.

»Erst ist Caroline verlobt!«, überging Catherine die Frage. »Dann heißt es plötzlich: Die Verlobung sei gelöst! Und das war es! Keine weitere Erklärung. Geradeso, als hätte Conte Horatio sie einfach vergessen. Wie kann das angehen? Ich dachte, er liebt sie! Muss er dann nicht alles unternehmen, um ihr nahe zu sein?«

»Mitunter entspricht eine Verlobung nicht den romantischen Vorstellungen, Kitty, die junge Mädchen von einer solchen haben! Manchmal verhindern widrige Umstände eine Verbindung.«

»Hab ich es doch gewusst! Du weißt mehr, Lizzy, als du zuzugeben bereit bist! – Von welchen Umständen sprichst du? Die Geschichte von Miss Bingleys plötzlicher Erkenntnis, sie könne nicht ihre Kirche verraten, nehme ich euch nicht ab! Was dachte sie denn, wenn sie einen Italiener heiratet? Und überhaupt, das Ganze erklärt nicht, wieso wir Miss Bingley auf Glenister nach dem Ball nicht mehr gesehen haben! Ja, selbst bei unserer Abreise hat sie sich nicht blicken lassen!«

Nun schien selbst Georgianas Neugierde geweckt zu sein.

»Du tätest gut daran, Kitty, dich um deine eigenen Angelegenheiten zu kümmern!«, sagte Elizabeth bestimmt.

»Aber ich bitte dich, Lizzy, wenn ich mich für Caroline Bingley interessiere, dann kümmere ich mich doch um meine Angelegenheiten!«, protestierte Catherine vehement. »Caroline gehört als Janes Schwägerin zur Familie. Wie oft, Lizzy, hast gerade du mir in letzter Zeit mangelnden Familiensinn vorgeworfen! Für deinen Geschmack war ich ja viel zu häufig im Stall. Noch gestern hast du mir vorgehalten, du würdest mich kaum mehr sehen. Und jetzt, da ich mich kümmere, ist es dir auch nicht recht!«

»Mir ist rätselhaft«, entgegnete Elizabeth belustigt, »wie du auf den Gedanken verfällst, du kümmertest dich, wenn du deine Nase in Dinge steckst, die dich nichts angehen.«

»Wo ist Caroline eigentlich zurzeit?«

»Sie hält sich in Scarborough auf, Kitty«, sagte Jane aufgewühlt. »Sie besucht dort Freunde aus Kindertagen. Gerne würde sie wieder eine Reise unternehmen.«

»Aber sie kann unmöglich ohne Begleitung reisen!«, wandte Catherine ein.

»Und genau da liegt ihr Problem«, meinte Elizabeth, die das Thema beendet sehen wollte. »Mrs. Brookman und Mrs. Alistaire, die beiden älteren Damen, mit denen Caroline gemeinsam nach Rom reiste und die sich auch jetzt als Reisegefährtinnen anboten, haben ihr inzwischen abgesagt.«

»Die *Ärmste*!«, meinte Catherine. Dabei vermochte man nicht zu sagen, ob sie Miss Bingley wirklich bedauerte. »Hab ich es nicht gesagt, Lizzy?! Bloß nicht zu viel Wissen preisgeben, nicht wahr?« Und als Ausdruck ihrer Wut, nicht die erhofften Antworten erhalten zu haben, lief sie geradewegs zur Tür, riss selbige auf, um sie im nächsten Augenblick geräuschvoll von außen zu schließen.

»Sie weiß von *alldem* nichts?«, fragte Georgiana erschüttert.

»Wir dachten, es sei an dir, zu entscheiden, was sie wissen soll und was nicht, Georgiana«, erwiderte Elizabeth.

»Ich hätte nicht gedacht, dass sie unser Schweigen so ungehalten aufnimmt!«, stellte Jane erschüttert fest.

»Ach, Jane, mich wundert das ganz und gar nicht«, entgegnete Elizabeth. »Es ist ja nicht so, als würde ich sie nicht verstehen. Trotzdem rechtfertigt das alles nicht ihr ungebührliches Benehmen. Vielleicht, Georgiana, magst du ja mit Kitty sprechen. Schließlich seid ihr befreundet. Und eine Aussprache mit einer Freundin könnte auch dir bei deinem Kummer helfen.«

Georgiana schüttelte nur den Kopf. Dann bat sie, sich entfernen zu dürfen. Und ging.

»Na, wunderbar«, stellte Elizabeth fest, »das haben wir ja ganz hervorragend hinbekommen. Jetzt sind beide beleidigt!«

Tröstend legte Jane ihren freien Arm um die Schulter ihrer Schwester und zog sie an sich.

»Lizzy, wie du einst so treffend sagtest: Geduld! Wir müssen jetzt Geduld mit ihr haben.«

## Kapitel 42

Mit der Geduld ist das so eine Sache. Sie von einem anderen zu verlangen, fällt leicht. Sie aber selbst auszuhalten, ist es etwas ganz anderes. Diese Tatsache musste die Herrin von Pemberley schmerzhaft erfahren. Denn so sehr selbige ihren Gatten um Geduld für *seine* Schwester bat, umso weniger brachte sie diese für ihre *eigene* auf. Solange Jane auf Pemberley weilte und sie beruhigte, ging alles gut. Nach der Abreise der Bingleys aber gab es niemanden, der diese Aufgabe übernahm. Und als Catherine sich einmal mehr am Frühstückstisch unmöglich benahm, verlor Mrs. Darcy *die* Geduld, die sie anderen predigte.

Doch was hatte das Fass zum Überlaufen gebracht? Kitty hatte sich trotzig wie ein Kind bei Tisch verhalten. Seit zwei Wochen kannte man sie nur noch übel gelaunt. Zudem verließ sie mittlerweile selten ihre Gemächer. Und seit nunmehr drei Tagen ritt sie nicht mehr mit Hannah aus. Allein die Frage nach dem Grund dafür, von ihrer Schwester gestellt, genügte ihr, um sich in der nächsten unhöflichen Tirade zu ergehen. Vom Hausherrn zurechtgewiesen, war Catherine beleidigt aufgesprungen und aus dem Zimmer gelaufen.

»Ja, trifft man denn in diesem Hause nicht mehr auf *einen* vernünftigen Menschen ohne irgendwelche Grillen?«, rief die Hausherrin erbost. Und dem Einwand ihres Gatten keine Beachtung schenkend, verließ auch sie wütend das Frühstückszimmer.

Hätte sie sich doch nur einen Moment der Ruhe gegönnt. Einen Moment, um tief durchzuatmen. Besser noch, sie hätte ihren eigenen Rat befolgt, den Dingen ihre Zeit zu lassen. Aber das war das Problem. Elizabeth kannte keinen Grund, wofür sie Kitty hätte Zeit lassen sollen! So ging sie ungestüm durch die breiten Flure, unaufhaltsam einem Zusammentreffen mit ihrer Schwester entgegen, das alles verändern sollte.

Man möge der Herrin von Pemberley verzeihen, dass sie nicht anklopfte. Sie war zu aufgebracht, um die gängigen Anstandsregeln zu wahren. Wütend riss sie Kittys Zimmertür auf! Durch den plötzlichen Luftzug wirbelten mit einem Mal unzählige Blütenblätter in blassrosa Farbe vom Bette auf. Wie erstarrt blieb Elizabeth in der Tür stehen, geblendet vom Licht, das durch das offene Fenster in den Raum floss und auf den federleichten Blütenblättern zu tanzen schien.

»Was, um Himmels willen, ist das?!«, rief sie, als sie ihre Sprache wiederfand.

»Lizzy?!«, entgegnete Catherine bestürzt und sprang vom Bette auf.

»Hast du jemand anderes erwartet, Kitty?«

»Ich? – Wie kommst du darauf, ich würde jemanden erwarten?«

»Und für wen sollte dann dieser imposante Empfang sein?«

Nun, als die Wirkung des Schreckens nachließ, tat Elizabeth ein paar Schritte in den Raum. Zaghaft hob sie eins der zarten Blütenblätter auf, die zum größten Teil wieder auf das große Tuch zurückgefallen waren, das ausgebreitet auf dem Bette lag.

»Bitte, Kitty, sag mir, dass es nicht das ist, wonach es aussieht!«

Die über Catherines Wangen laufenden Tränen bedurften keiner weiteren Erklärung. Die an Worten nicht verlegene Miss Catherine Bennet schien angesichts der Tatsache, dass sie auf frischer Tat ertappt wurde, ihre Sprache verloren zu haben.

»Der ... der Rosenkavalier?«, sagte Elizabeth stockend. »*Du*, Kitty? Nein, nicht du! Oder? – Ist das ... möglich? Wie konntest du ... nach der Tragödie ... damals! – Oh, Kitty, wie konntest du nur?«

Genauso rasch, wie sie ihre Sprache verlor, gewann Catherine sie zurück. Mit schriller Stimme entgegnete sie: »Natürlich, Kitty darf das nicht! Nicht Kitty! Sie muss zusehen, wie sich um Georgiana die Kavaliere scharen. Was kümmert uns da Kitty!«

»Was meinst du damit? Es mangelt dir doch nicht an Verehrern.«

»Ach ja, Lizzy! Nenn mir *einen*!«

»Nun, da wäre ...«

»Ha! Siehst du! Nicht *einer* fällt dir ein!«

»Was ist mit Matthew und Paul Wragsdale?«, beeilte sich Elizabeth, zumindest zwei Gentlemen zu nennen.

»Ich bitte dich, Lizzy, das kann nicht dein Ernst sein! Ja, ist dir denn niemals aufgefallen, dass Paul keinen Blick mehr an mich verschwendet, sobald Georgiana anwesend ist?! Freilich, solange Georgiana in der Stadt weilte, da benahm er sich mir gegenüber anders. Aber seit die Debütantin aus London zurück ist, buhlen *alle* Gentlemen im Umkreis von zehn Meilen nur noch um sie. ›Miss Darcy mit ihrer großen Mitgift! Und nett anzusehen ist sie auch noch, nicht wahr?!‹ Wen kümmert da noch dieses andere Mädchen, diese *Miss Catherine Bennet*! Ich höre sie noch, diese *feinen Damen* auf dem Ball zu Ehren von Miss Georgiana Darcy. – ›Miss Catherine Bennet, nein, die verfügt über keine nennenswerte Mitgift!‹ ›Oh, wirklich? Ich dachte, ihr Schwager sei der Herr von Pemberley. Sehen Sie, dort drüben steht er. Was für ein stattlicher Mann!‹ ›Und neben ihm, ist das nicht die andere Schwester? Sie sollen ein Gut in Nottinghamshire haben.‹ ›Bedauerlich, dass Miss Bennet bei solchen Beziehungen nicht besser ausstaffiert ist.‹ ›Ja, ja, sehr bedauerlich!‹ ›Und Sie sind sich da auch ganz sicher?‹ – Oh, Lizzy, jedes ihrer grausamen Worte hat sich mir ins Gedächtnis gebrannt.«

Wenn die Geschichte nicht so traurig wäre, hätte Elizabeth über Kittys unglaubliche Darbietung lachen müssen. Im Nachahmen ihrer Zeitgenossen hatte jene es wahrlich zur Meisterschaft gebracht.

»Kitty, ich verstehe, wie sehr dich solch ein Gerede verletzt«, machte Elizabeth mit sanfter Stimme einen Schritt auf ihre Schwester zu. »Unvergessen sind mir diese Art von Kränkungen, deren unfreiwillige Zeugin ich einst auch oft genug wurde. Aber bist du der Ansicht, dein Verhalten würde dadurch gerechtfertigt? Ich meine«, sie machte einen weiteren Schritt, »das gestattet dir nicht, Rosenblüten aus fremden Gärten zu entwenden.«

Bevor sie noch einen Schritt weiter machen konnte, um ihre Schwester in die Arme zu nehmen, wich diese entsetzt zurück.

»Du glaubst wirklich, Lizzy, ich hätte es nötig, mir selbst Rosen zu pflücken?! – Das ist ja noch beleidigender als alles, was mir bisher zugemutet wurde!«

Ein völlig neuer Gedanke kam Elizabeth in den Sinn, der sie maßlos verwirrte.

»Ach, Lizzy, jetzt hat es dir tatsächlich die Sprache verschlagen! Kitty, die dumme kleine Kitty hat einen Verehrer?«

Ein Gefühl aus längst vergangenen Tagen beschlich Elizabeth. Es war, als sei es gestern gewesen. Sie sah sich selbst die Zeilen lesen: Lydia ist mit Wickham nach Gretna Green durchgebrannt. »Kitty!« Es fiel ihr schwer, dies zu fragen, aber sie musste es wissen: »Kitty, du hast nicht etwa ...«

»Einen Kavalier, der mir Rosen schenkt? Doch, den habe ich! Oder ich sollte wohl besser sagen: Ich hatte ihn!«

»Der Rosenkavalier!«, hauchte Elizabeth.

»Mein Gott, Lizzy, so viel Getöse wegen ein paar Blumen!«

»Getöse? Es ...«

»Ich weiß«, unterbrach Catherine sie barsch, »es handelt sich um die schönsten Rosen ganz Derbyshires! Aber sieh, jetzt sind es nur noch getrocknete Blütenblätter. Und bald schon werden diese zu Staub zerfallen!«

Und als wollte sie ihre Worte bekräftigen, griff sie in die Fülle der zarten Blätter und warf sie in die Höhe.

»Oh, Kitty! Wie konntest du nur in aller Ruhe zuhören, wie wir uns mit der Frage quälen, wer dafür verantwortlich ist? Schlimmer noch, du nahmst die Rosenblüten an, trotz des mit ihnen verbundenen Leides!«

»Aber ich wusste doch nichts von diesem *Rosenkrieg*!«, rechtfertigte sich Catherine. »Hast du das schon vergessen? Wenn mich keiner von euch ins Vertrauen zieht, woher soll ich dann wissen, dass die Rosen, die er mir schenkt, aus den Gärten von irgendwelchen Rosenliebhabern stammen? Mein Gott, es sind *Rosen*, Lizzy! Keine Diamanten oder dergleichen. Außerdem brachte er mir nie mehr als ein, zwei Blüten mit. Wie kann man darum nur so ein Drama machen?!«

»Mein Gott, deine *Reitkunst* verbessern! Wie konnte ich nur so blind sein! Du hast dich mit *ihm* getroffen! Daher deine ständigen Ausritte! Wer ist *er*, Kitty? Mit wem triffst du dich?«

»Ich wüsste nicht, was das jetzt noch für eine Rolle spielt!«, wich Catherine aus. »Jetzt, da er offenbar nicht mehr zurückkehrt!«

»Wer kehrt nicht mehr zurück?«

»Ich hoffte, Georgiana wüsste mehr.«

»Was, Kitty, hat Georgiana mit *deinem* Kavalier zu schaffen?«

Sie hatte die Frage gestellt, obwohl es nur eine plausible Erklärung gab. Allein die Richtigkeit dieser Annahme konnte Elizabeth nur in Zweifel ziehen. Es darf nicht sein, was nicht sein darf!

»Du willst mir nicht sagen, Kitty, du sprächest von Saunders, oder? Das ist ganz unmöglich!«

Und in der Tat wurde Elizabeth in diesem Augenblick bewusst: Es *war* unmöglich! Denn die Rosen aus Mrs. Hayes Garten waren bereits *vor* Georgianas Rückkehr aus London entwendet worden. Saunders aber kam erst *danach* zu seiner Tante ins schöne Derbyshire.

»Ausgeschlossen! Saunders kommt nicht infrage!«, stellte Elizabeth aufgrund dieser Überlegung erleichtert fest.

»Wieso, Lizzy, traust du mir nicht zu, sein Interesse zu gewinnen?«, entgegnete Catherine und stemmte streitlustig ihre Arme in die Seiten.

»Was soll der Unsinn, Kitty! Abgesehen davon, dass es vom zeitlichen Ablauf her nicht zutreffen kann, hast du keinen Hehl aus deiner Abneigung ihm gegenüber gemacht!«

Die Arme ineinander verschränkend schien Catherine nicht gewillt, weitere Auskünfte zu geben.

»Kitty, mit wem du dich auch immer triffst oder getroffen hast, es kann sich nicht um einen ehrbaren *Gentleman* handeln. Denn ein solcher würde es nicht verabsäumen, sich der Etikette und dem Anstand entsprechend bei deiner Familie vorzustellen.«

»Vielleicht hat *dieser* Gentleman ja seine Gründe, warum er nicht offen um mich wirbt oder geworben hat!«

»Und welche Gründe sollen das sein, Kitty?«

»Vielleicht hat er ja entdeckt, dass seine Gefühle, die er dachte, für ein Mädchen zu haben, gar nicht der Wahrheit entsprachen. Vielleicht bereut er ja, diesem Mädchen offen den Hof gemacht zu haben. Und nun weiß er nicht, wie er deren Familie gegenübertreten soll.«

»Welchem Mädchen hat er den Hof gemacht? Ist er gar mit ihr verlobt? Oder bist *du* im Endeffekt dieses Mädchen? Kitty, sag endlich, wer er ist! Du wirst es nicht ewig verheimlich können. Früher oder später kommt es heraus!«

Mit einem Mal schwand die Kühnheit aus Catherines Zügen. Kleinlaut erklärte sie: »Ich wollte es nicht, Lizzy! Bitte glaube mir das! Ich meine, man sucht sich schließlich nicht aus, in wen man sich verliebt, oder?«

Erstaunt ob dieser Erklärung sah Elizabeth lange in die dunklen Augen ihrer Schwester. Am liebsten hätte sie erwidert, dass aus Heimlichkeit nichts Gutes erwachsen kann. Doch einst hatte auch sie ihre Familie in Unkenntnis gelassen. So verschwieg sie den Heiratsantrag von Darcy. Und selbst Jane erzählte sie nicht alles, was sie seinerzeit in Kent erlebte. Deswegen verzichtete sie auf eine harsche Erwiderung. Vielmehr versuchte sie mitfühlend, das Geheimnis ihrer Schwester zu ergründen.

»Nun gut«, lenkte sie daher ein. »Ich weiß nicht *wie*, geschweige denn mit *wem* du in Verbindung getreten bist. Möglicherweise kennen wir ihn. Vielleicht aber auch nicht? Er muss in unserer Nachbarschaft leben. Nur so konnte er sich der Rosen von Mrs. Hayes bedienen. Wie auch immer, Kitty, ich flehe dich an, mach deiner Familie keine Schande, wie es einst Lydia tat. Ich verspreche dir, solltest du ihn uns eines Tages vorstellen, ihn mit offenen Armen zu empfangen. Obwohl ich davon ausgehe, dass er kein Gentleman ist.«

Die Herrin von Pemberley glaubte, verständig und ruhig ihre Ansicht vorgetragen zu haben. Daher war sie äußerst verblüfft, ob der heftigen Entgegnung.

»Lizzy, glaubst du wirklich, du müsstest mich an Lydias schändliches Verhalten gemahnen? – Ich bin nicht wie Lydia! Ich ließ mir nichts zu Schulden kommen! Hannah war immer in unserer Nähe!«

»Ich bin erleichtert, dies zu hören.«

»Oh, Lizzy, als ob du dieser Versicherung bedurftest!«

Allmählich drohte Elizabeth, abermals die Geduld zu verlieren. Nun erdreistete sich ihre kleine Schwester auch noch, die Beleidigte zu spielen! »Ich denke, Kitty, du bist nicht in der Lage, *mir* Vorhaltungen zu machen! Du solltest die gegebenen Umstände nicht verdrehen. Schließlich hast du dich mit einem nicht standesgemäßen jungen Mann aus der Nachbarschaft getroffen, oder? Offenkundig fand er es besonders aufregend, dir gestohlene Rosenblüten zu euren Tête-à-Têtes mitzubringen. Und dies, obwohl er sehr wohl wusste, an welch längst vergangenes Unglück er durch seine Gabe rührte.«

»Du glaubst, Lizzy, das sei der Grund gewesen?«

»Hast du ihn denn nicht zur Rede gestellt?«

»Wann denn, Lizzy? Er ist ja nicht mehr zu unserer verabredeten Stelle gekommen! Jeden Tag habe ich vergeblich auf ihn gewartet! Doch seit er hier …«

»Seit er hier *was*, Kitty? Es ist nicht *doch* Saunders, oder?«

Trotzig wie früher als kleines Mädchen presste Catherine Bennet ihre Lippen fest aufeinander. Das reichte ihrer Schwester als Antwort. Wusste Elizabeth doch genau, dass sich Kitty nur dann so benahm, wenn man ihr zu guter Letzt auf die Schliche gekommen war.

Elizabeth fühlte sich, als würde ihr der Boden unter den Füßen weggezogen. Sie ließ sich auf das Bett fallen und verbarg ihr Gesicht in den Händen. Dermaßen in sich gekehrt, nahm sie ihre Umgebung nicht mehr wahr. So zuckte sie zusammen, als ihr sanft übers Haar gestrichen wurde. Ungläubig sah sie zu ihrer Schwägerin auf.

»Dann ist *er* es also!«, stellte Georgiana nüchtern fest. »Ich weiß nicht, Kitty, ob ich dich bedauern oder dir gratulieren soll. Du wirst uns sagen müssen, was von beiden angebracht ist.«

»Georgiana!«, rief Elizabeth erschüttert. »Wie kommst du hierher?«

»Die Tür stand offen. Und ihr habt nicht gerade leise gesprochen.«

»Seit wann, ich meine ...«

»Lange genug, Lizzy.«

»Ich bereue nichts, Georgiana!«, erklärte Catherine mit fester Stimme. »Ich habe mir nichts zu Schulden kommen lassen. Es ging allein von ihm aus!«

»Daran hege ich keinen Zweifel«, erwiderte Georgiana. »Seit wann?«

Nun zögerte Catherine.

»Kitty, das Einzige, worum ich dich bitte, ist, lass uns ehrlich miteinander umgehen«, meinte Georgiana stoisch. »Wenigstens jetzt! Ich verurteile dich nicht. Ich weiß, wie charmant *er* sein kann.«

»Seit dem Ball!«, erwiderte Catherine.

»Welchem Ball?«, fragte Elizabeth konsterniert.

»Na, der Ball in London!«, entgegnete Catherine, die sich wieder gefangen hatte. Und in der Tat zeigte sie kein Bedauern, als sie fortfuhr: »Schon beim Tanzen hat er mir Avancen gemacht. Später dann hat er mich in einem unbeobachteten Moment zur Seite gezogen und mir erklärt, er wolle mich sehen. Da es in London unmöglich sei, schlug er eine Zusammenkunft in Nottinghamshire vor. Dies dürfe nicht allzu schwer zu bewerkstelligen sein, meinte er, da wir beide dort in der

Nähe von Sherby Verwandtschaft hätten. Ich solle Sorge dafür tragen, möglichst bald dorthin aufzubrechen. Sein Onkel Mr. Dixon sei so geschwätzig, von ihm würde er bestimmt alsbaldig über meine Ankunft auf Glenister in Kenntnis gesetzt. Hiernach würde er in Kürze folgen. Der Stadt und der Veranstaltungen sei er ohnehin längst überdrüssig.«

»Aber es war doch *Lydia*, die du auf Glenister treffen wolltest!«, erklärte Elizabeth verstört. »Soll das heißen, Lydia diente dir nur als Vorwand, um *ihn* zu sehen? Aber das würde bedeuten, Lydia wusste die ganze Zeit Bescheid! Ihr hast du dich anvertraut. Wie früher! Ich hätte wissen müssen, dass ihr beide etwas ausheckt. Da brauche ich nur an Lydias Satz bei der Begrüßung zu denken: ›Wie wunderbar sie alles eingefädelt habe!‹ Oh, Kitty! Wie konntest du nur?!«

Während die Hausherrin laut ihren Unmut äußerte, schloss Catherine die Tür, in dem Bemühen das Personal von diesem Disput auszuschließen.

»Selbstverständlich habe ich Lydia nicht eingeweiht!«, sagte sie bestimmt. »Nicht zur Gänze jedenfalls.«

»Was soll das nun schon wieder bedeuten?«, rief Elizabeth aufgebracht.

»Na, irgendetwas musste ich ihr doch schreiben, weshalb ich so dringend nach Glenister wollte. Also machte ich Andeutungen! Mein Glück hinge davon ab. Das reichte für Lydia. Sie war sogleich Feuer und Flamme! Und Wickham war auch nicht abgeneigt. Wie du dich erinnern wirst, Lizzy, begehrte er deine Unterstützung bei der Suche einer neuen Tätigkeit für ihn.«

»Du hast mich benutzt, Kitty! Das ist es! Etwas anderes fällt mir dazu nicht ein!«

»Wickham«, sagte Georgiana nun mit brüchiger Stimme. »*Er* machte dessen Bekanntschaft auf Glenister. *Er* mochte ihn nicht, konnte ihn nicht leiden. Das hat *er* mir mehrmals gesagt.«

»Welche Rolle spielt es, ob Saunders nun Wickham mochte oder nicht?«, fragte Elizabeth gereizt. »Mich interessiert vielmehr, wie es möglich sein soll, dass Wochen bevor Saunders nach Bakewell kam, die Rosen aus Mrs. Hayes Garten verschwanden!«

»Oh, Lizzy, er war *hier*, ganz in unserer Nähe, auf einem Hof nur zwölf Meilen in nördlicher Richtung«, erwiderte Catherine mit unverkennbarem Stolz auf die Genialität ihrer beider Heimlichkeit. »Hast Du vergessen, dass Saunders als Knabe öfters zu Gast bei seiner Tante war? So hat er einen Freund aus Kindheitstagen, der mittlerweile einen Hof bewirtschaftet. Und da der Hof in entgegengesetzter Richtung zu Bakewell liegt, war er weit genug entfernt von seiner Tante. Außerdem ist sein Freund kein Pächter von Darcy, sonst hätte jener wohl kaum Stillschweigen bewahrt. Auf Glenister erzählte mir Saunders, sein Freund hätte ihm geantwortet und er könne bereits in der darauffolgenden Woche dort sein. Sein Besuch bei seinen Verwandten in Yorkshire sollte nicht mehr als eine Woche dauern. Sodann nannte er mir eine Stelle im Park von Pemberley, die er noch von früher kannte. Ich war mir sicher, Hannah würde mir helfen, sie zu finden. Für Saunders war es dennoch gar nicht so leicht, unbemerkt dorthin zu gelangen. Der Ort, an dem wir uns trafen, war immerhin so günstig gelegen, dass es nichts ausmachte, ob er aus nördlicher Richtung vom Hof seines Freundes oder aus südwestlicher Richtung von Bakewell kam. Die Schwierigkeit in beiden Fällen war, unentdeckt an den Feldern von Alberney entlang zu reiten.«

»John Booth!«, rief Elizabeth aus, »Matthew Wragsdale erzählte, dass sein Knecht John Booth beobachte, wie jemand regelmäßig auf den Feldwegen nach Pemberley reite. Das muss Saunders gewesen sein! Und auf diese Weise kam er jedes Mal am Garten der Hayes vorbei.«

»Davon hat er mir nie etwas gesagt!«, beharrte Catherine auf ihrer Unwissenheit. »Deshalb war ich ja auch so erschüttert, als ich von der Geschichte erfuhr. Mir war natürlich sofort klar, dass Saunders der Rosenkavalier sein musste! Aber es fand sich keine Gelegenheit für mich, ihn darauf anzusprechen. Zumal er mir ohnehin keine Rosen mehr schenkte, weil wir uns während seines Aufenthaltes auf Pemberley nicht mehr vor dem Frühstück trafen. Das wäre zu sehr aufgefallen! Und so hatte in gewisser Weise der *Rosenkrieg* ein Ende gefunden.«

»Und das verstehe ich am wenigsten!«, entfuhr es Elizabeth. »Saunders kannte die Geschichte seit seiner Kindheit. Folglich musste er wissen, was er anrichtet!«

»Ich bin mir sicher«, meinte Catherine, »dass gerade darin für ihn der Reiz bestand. Er ist ein recht tollkühner Mann!«

»Offenbar aber nur dann, wenn es darum geht, Grenzen der Schicklichkeit und des Anstandes zu übertreten!«, entgegnete Elizabeth, der die Bewunderung ihrer Schwester für diesen feinen Gentleman langsam zu viel wurde.

»Was willst du ihm damit unterstellen, Lizzy?«, verteidigte Catherine nach wie vor ihren Kavalier. »Saunders ist ein ...«

»*Hasenfuß*!«, ergänzte Elizabeth.

Und nach einer kurzen Versicherung mit ihrer Schwägerin berichtete Elizabeth ihrer nicht minder staunenden Schwester von dem Vorfall, der zur abrupten Abreise von Mr. Saunders führte. Auch sein unrühmliches Verhalten beim Duell gegen Darcy ließ sie nicht aus.

»Dann kommt er *nie* mehr zurück!«, rief Catherine den Tränen nahe.

»Du glaubtest also ernsthaft, er liebte dich!«, stellte Elizabeth ungläubig fest.

»Auch wenn du es nicht für möglich hältst und mich ein törichtes Weib schimpfen magst, ja, Lizzy, ich hoffte es zumindest.«

Leise meldete sich Georgiana erneut zu Wort: »Wickham hat es nicht getan. Du warst es, Kitty! Nicht wahr?«

Elizabeth sah von einer zur anderen. »Was meinst du, Georgiana?«

»Georgiana, du musst wissen, wie sehr ich litt!«, antwortete Catherine an deren Stelle. »In eurem Beisein behandelte er mich, als wäre ich gar nicht anwesend. Da erzählt er mir noch vor dem Frühstück, wie wunderbar ich sei und dass er sich immer eine solche Frau gewünscht habe. Du seist ihm dagegen viel zu brav, Georgiana! Und dann zwei Stunden später, wenn er angeblich von seiner Tante kam, schien er mich nicht mehr zu kennen! Anfangs konnte ich mir noch vormachen, dass er sich so verhielt, damit niemand bemerke, wie es um ihn ... um *uns* wirklich stand. Deshalb tat ich so, als könnte ich ihn nicht ausstehen. Dann aber, nach eurem musikalischen Vortrag auf der Soiree, änderte sich alles! Seine mit einem Mal schweigsame und verschlossene Art war mir unheimlich. So suchte ich ihn kurz vor dem Federballspiel in seinem Zimmer auf. Er war in Eile und sehr ungehalten. Er befürchtete, jemand könnte mich entdecken. Er stritt ab, sich verändert zu haben und wies mich an, zu gehen! Da ist es mir ... einfach ...«

Sie musste nicht weitersprechen. So beruhigend es auch sein mochte, Wickham nicht für die Verbreitung seiner eigenen Untat verantwortlich zu sehen, fragte sich Elizabeth, was Kittys Geständnis für deren Freundschaft mit Georgiana bedeute. Schlimm genug, dass beide in denselben Mann verliebt waren. Aber das hier war etwas anderes. Georgiana musste sich Kitty anvertraut haben. Und nun hatte Kitty dieses Wissen gegen sie verwandt. Über eins war sich die Herrin von Pemberley sogleich bewusst, sollte Georgiana den Wunsch äußern, Kitty nicht länger auf Pemberley zu dulden, müsste diesem entsprochen werden. Vielleicht, so fragte sich Elizabeth, sei es ohnehin besser, Kitty mit den Bennets nach deren Besuch wieder nach Longbourn zu schicken. Die nächsten Wochen würden es zeigen.

## Kapitel 43

»Sie verstehen das nicht, Mrs. Darcy! Wie sollten Sie auch? – Es ist so. Sie kennen nur die halbe Geschichte! Die Wahrheit, ja die Wahrheit die kennt niemand außer mir. – Ach, es war eine schlimme Zeit. Die erste Liebe kann mitunter schmerzhaft sein und tragisch enden.«

»Sie brauchen nicht weiterzusprechen, Mrs. Beagles.«

»Ich verstehe, Mrs. Darcy, ich nehme an, Lady Wragsdale konnte nicht umhin, Ihnen alles zu berichten. Zumindest, was sie weiß. Denn auch sie kennt nicht die Wahrheit, obwohl sie sich dies einbilden mag.«

»Nein, nicht Lady Wragsdale, sondern Mrs. Peabody war so freundlich, mich von den Ereignissen seinerzeit in Kenntnis zu setzen. Sie dürfen ihr deshalb nicht zürnen. Es war kein Gefallen am Klatsch. Sie kennen Mrs. Peabody besser als ich. Sie wissen, sie gab mir nur Auskunft, um mir den erneut ausbrechenden *Rosenkrieg* verständlich zu machen.«

Es war interessant, dass Mrs. Beagles nicht davon ausging, der Herr von Pemberley hätte seine Gattin über die Geschehnisse unterrichtet. Einmal mehr musste Elizabeth das Feingefühl der alten Frau bewundern, Darcys Abneigung für das Thema richtig einzuschätzen.

»Dann hat Lady Wragsdale tatsächlich Wort gehalten!«, stellte Mrs. Beagles überrascht fest. »Damals freilich legte sie sich nicht eine solche Zurückhaltung auf. Alle haben über die unselige Liebesgeschichte getratscht. Aber

Mrs. Wragsdale, ich meine natürlich, *Lady Wragsdale*, war am schlimmsten! Mir scheint, meine liebe alte Bekannte hat aus ihren Fehlern der Vergangenheit gelernt.«

Offenbar hatten die damaligen Ereignisse Lady Wragsdale in der Tat bewogen, sich fürderhin nicht mehr an tragischen Liebesgeschichten zu ergötzen. Vielleicht, dachte Elizabeth, war das auch der Grund, weshalb jene nun in Hinsicht auf Miss Bingley ebenfalls ihr Schweigen, wie versprochen, hielt. Immerhin war dies eine plausible Erklärung für das ungewöhnliche Verhalten ihrer Ladyschaft.

Die Herrin von Pemberley hatte nicht erwartet, ihr Gespräch mit Mrs. Beagles könnte diese Wendung nehmen. Der Grund ihres Besuches waren Neuigkeiten, die sie von Jane erfahren hatte. Ein kleines Haus im Herzen von Sherby sei für die alte Dame gefunden. Jane hatte ihre Schwester zudem gebeten, Einzelheiten für Mrs. Beagles Übersiedlung nach Nottinghamshire mit jener zu besprechen.

Aber hier, in der kleinen, engen Stube fühlte sich Elizabeth mit einem Mal dieser zarten, leidgeprüften Frau verbunden. So hatte sie jener freimütig berichtet, wer dieser Tage der *Rosenkavalier* war. Offen hatte sie Mrs. Beagles ihre Ohnmacht gestanden, angesichts dieser ungeheuren Entdeckung. Das ihr entgegengebrachte Vertrauen bewog daraufhin Mrs. Beagles, Mrs. Darcy ihrerseits ins Vertrauen zu ziehen.

»Gut!«, meinte Mrs. Beagles nach einer längeren Pause, in der sie sich gesammelt hatte. »Dann muss ich nicht allzu weit ausholen. Denn, obwohl es nun beinahe zwanzig Jahre her ist, schmerzt es mich noch immer, darüber zu sprechen. – Wissen Sie, Mrs. Darcy, man denkt, man würde sein eigenes Kind kennen; glaubt, nur anderen würde so etwas passieren; wähnt sich in dem Irrtum, dem jungen Ding die eigenen Werte vermittelt, einen anständigen Menschen herangezogen zu haben. Einen Menschen, der die Gebote Gottes ernst nimmt und befolgt! Und dann kommt ein junger Mann daher und verdreht diesem reizenden, unschuldigen Geschöpf den Kopf. – Ja, dass dachte ich mir, Mrs. Darcy. Davon haben Sie keine Ahnung. Wie sollten Sie auch?«

»Entschuldigung, Mrs. Beagles, ich ging davon aus, Martha hätte Bob Johnson nicht erhört!«

»Das tat sie auch nicht, Mrs. Darcy. Leider! Wer weiß, vielleicht wäre dann alles anders gekommen.«

Schwerfällig stand Mrs. Beagles auf und trat an das einzige Fenster des kleinen Raumes. Es ging zum Marktplatz von Lambton hinaus. Eine kurze Weile beobachtete sie mit ihren altersschwachen Augen das Treiben unter ihr.

»Etwa fünf Jahre waren nach dem schrecklichen Unglück vergangen, da erhielt ich einen Eilbrief aus Matlock. Ich kannte niemanden in Matlock! Mühsam entzifferte ich die Zeilen. Sie klärten mich darüber auf, dass *Camilla* schwer erkrankt sei. Und so ich die arme Seele noch einmal lebend antreffen wolle, ich mich beeilen müsse. Ich kannte keine *Camilla*! Bis auf … meine Martha legte sich beim Spielen ab und an diesen Namen zu. Keine Ahnung, wo sie ihn aufgeschnappt hatte. Eine Zeit war sie ganz vernarrt in die Vorstellung, *Camilla* zu heißen. Halten Sie mich für töricht, Mrs. Darcy. Aber ich konnte nicht anders. Ich sah eine Verbindung, weil ich sie sehen wollte. Ich wusste, meine Martha war nicht mehr.

Dennoch reiste ich nach Matlock, um mich mit eigenen Augen davon zu überzeugen, dass ich mich irrte.«

Für einen Moment sprach sie nicht weiter. Ihr Blick schweifte über die Dächer von Lambton in die Ferne, als würde sie noch einmal in Gedanken die Strecke nach Matlock zurücklegen.

»Meinen Bekannten erzählte ich, eine entfernte Verwandte von mir läge im Sterben. Ich sähe es als meine Christenpflicht an, ihr als einzige Verwandte in ihren letzten Stunden beizustehen. Die Überraschung in Lambton war groß. Gemeinhin ging man davon aus, es gäbe keine Menschenseele mehr, die mit mir verwandt sei. Mrs. Wragsdale, ich meine natürlich ihre Ladyschaft, wollte mir die Reise sogleich ausreden. Aber ich blieb unnachgiebig. Alle hielten mich für verrückt. Was hätten sie erst gedacht, wenn sie den wahren Grund meiner Reise gekannt hätten? Ich konnte mich ja kaum selbst verstehen.«

Wieder hielt sie in ihrem Bericht inne.

»Sie können sich nicht vorstellen, Mrs. Darcy, was ich empfand, als ich in das stickige Zimmer trat. Die Kargheit des Raumes und der Schmutz überall ließen mich erschaudern. Dann erst sah ich das Bett. Aus der Decke ragte ein knochiger Schädel heraus. Es war eine Frau. Sie war noch jung. Ihr Haar stumpf und ungepflegt. Die Veränderungen waren enorm. Aber die Züge des Gesichts unverkennbar. Es gab keinen Zweifel. Vor mir lag meine totgeglaubte Tochter! Mein Kind! Es lebte. Wenn Martha auch nicht mehr lange zu leben hatte. Ich würde mich verabschieden können. Wie oft hatte ich mir das in den vergangenen fünf Jahren gewünscht. Ich konnte keine Freude empfinden angesichts des Leides vor mir. Auch war ich zu aufgebracht! Fünf Jahre lang ließ sie mich in dem Glauben, sie sei gestorben! Fünf Jahre lang verheimlichte sie mir diese unselige Liebe zu jenem Mann! Ein wandernder Gesell. Mit so einem lässt man sich nicht ein! So einer zieht eines Tages weiter. Das weiß man doch! – Was soll ich lange drumherum reden. Ich bitte Sie, Mrs. Darcy, urteilen Sie nicht zu streng über meine Martha. Sie war ein unerfahrenes Kind. Er schmeichelte ihr. Sie gab sich ihm hin. Es passierte das, was passieren musste. Sie war guter Hoffnung! Ich ahnte nichts von alldem. Ihr Gesell wanderte weiter. Nicht einmal verabschiedet hat er sich von ihr. Unnötig zu sagen, dass er seinerzeit der *Rosenkavalier* war. Martha hatte die Blüten von ihm bekommen. Sie versteckte und trocknete sie. Die Lüge, die sie am Flussufer Bob erzählte, Barbara hätte sie in ihr Zimmer geschmuggelt, um sich an ihr zu rächen, tat ihr nun von Herzen leid. – Und auch Bob war ohne Schuld. Als er nach ihr greifen wollte, wich sie zurück, stolperte und fiel unglücklich in die Fluten. Die Kälte des Flusses traf sie wie ein Schlag. Benommen sank sie unter Wasser. Anfangs erwog sie, es hinzunehmen und hier und jetzt ihrem Leben ein Ende zu setzen! Doch dann verspürte sie den Wunsch zu leben. Sie konnte schwimmen! Sie hatte es bereits als Kind gelernt. Ihr Vater bestand darauf. John, Gott hab ihn selig, war ein guter Mann, bevor er beim Spiel alles Geld verlor. Er war in jungen Jahren zur See gefahren. Einst sah er einen gestandenen Seemann ertrinken. So lernte er schwimmen und brachte es mir und Martha heimlich bei. – Sie müssen verstehen, ich sagte dem Constable nichts davon. Die Jungs hatten zu Protokoll gegeben, Martha habe einen Schlag gegen den Kopf bekommen. Ohnmächtig sei sie ins Wasser gefallen. Da weder Bob noch die Jungs schwimmen konnten, hatten sie untätig zusehen müssen, wie Martha wie ein Stein im Wasser unterging. Hätte ich angesichts dieser Aussagen dem Constable noch erklären sollen, meine Tochter kann schwimmen? Wozu? Das hätte nur unnötiges Gerede gegeben. Sie war ertrunken! Daran hegte ich wie alle anderen keinen Zweifel. – Martha erzählte mir, der Strom habe sie ans andere Ufer getrieben. Der Fluss macht an dieser Stelle eine ziemlich schroffe Biegung. In Ufernähe stehen ein paar mächtige Weiden. Unter einer deren Wurzeln suchte sie Schutz. Eine Weile später konnte sie unbemerkt von den anderen aus dem Wasser steigen. – Können Sie sich das vorstellen?«

Mrs. Beagles drehte sich um und sah Mrs. Darcy herausfordernd an.

»Sie hörte Bob und die Jungs verzweifelt ihren Namen rufen! Und was macht sie? Geht einfach von dannen! Zu ihrem geheimen Versteck lief sie. Keiner sah sie. Es war ein alter Heuschober. Ein Ort, an dem nur selten jemand vorbeikam. Dort ist sie hin. Sogar Kleider hatte sie da versteckt. Sie hatte längst beschlossen, ihrem Geliebten zu folgen. Jetzt war sie frei! So sagte sie mir! Und so ging sie, ohne zurückzuschauen. Kann man so etwas fassen? Der Mann lehnt sie und ihr Bankert ab! Will nichts von Verantwortung wissen. Und sie rennt ihm nach! – Später stellte sie fest, Kälte und Schock hatten ihr das Kind genommen. Es war noch alles sehr früh, ich meine, sie war noch nicht lange ... – Sie läuft jedenfalls diesem Nichtsnutz von Mann hinterher, findet ihn und er nimmt sie bereitwillig auf, jetzt, da sie nicht mehr guter Hoffnung war! So lebten sie zusammen. Ließen die braven Leute glauben, sie seien vor Gott Mann und Frau. Bis sie eines Tages ihre Wege nach Matlock führten. Dort ereilte sie das gleiche Schicksal. Alles wiederholte sich. Sie war guter Hoffnung! Und er ging. Heimlich! Und ohne sie! Diesmal aber kam er nicht weit. Nennen Sie es eine Strafe Gottes. Ich will mich nicht versündigen. Überfallen wurde er auf der Landstraße. Verblutet ist er. Und die guten Leute von Matlock dachten, als sie davon hörten, sie müssten der armen, jungen *Witwe* des verunglückten Gesellen beistehen. Eine alte Dame nahm sie in Dienst, gewährte ihr und dem Kind, das keine sieben Monate später kam, Obdach! – Anstatt sich an ihre *Mutter* zu wenden, nutzte sie die Gutmütigkeit ihrer Mitmenschen aus. Sie habe sich geschämt, zu mir zu kommen. Schließlich galt sie als tot in Lambton! Sie wusste, man hatte das Flussufer wochenlang nach ihrer sterblichen Hülle abgesucht. Die Nachricht von ihrem *Verschwinden* hatte sich in ganz Derbyshire verbreitet. Es war ein Unglück, über das man lange sprach. Nicht umsonst nannte sie sich von da ab, um unentdeckt zu bleiben: *Camilla*! – Nun aber, bereit ihrem Schöpfer entgegenzutreten, hatte sich ihr Gewissen gerührt. Dabei dachte sie wohl auch mehr an ihr Kind! So hatte sie nach mir schicken lassen. Sie war sich sicher, ich würde die Verbindung zu ihr durch den Namen herstellen. Und so kam Clara, gerade mal ein paar Monate alt, zu mir! Meine Enkelin! Nicht irgendein Mädchen! Nicht nur entfernt verwandt mit mir, wie Lady Wragsdale immer zu sagen pflegt! Nein, meine Enkeltochter! Sie war alles, was mir von meiner Martha blieb. Auch wenn das niemand wissen durfte. Und nun, ist auch sie mir genommen! Doch wenigstens war sie eine ehrbare Ehefrau. Auch wenn der Mann, den sie erwählte, sich als ein Schuft herausstellte, wie ihr eigener Vater einer war.«

Hier beendete Mrs. Beagles sichtlich bewegt ihren Bericht. Elizabeth hatte tief erschüttert zugehört. Einmal mehr war sie froh, die arme Frau über die wahren Umstände von Mrs. Rogers Eheschließung in Unkenntnis gelassen zu haben. Wie hätte es wohl auf jene gewirkt, zu erfahren, dass auch ihre Enkeltochter nicht so ehrbar war, wie sie annahm. So war also die kleine Camilla die Urenkelin von Mrs. Beagles! Was für eine Erkenntnis! Martha Beagles war fünf Jahre später, als angenommen, vor ihren Schöpfer getreten. Und nicht zuletzt der Rosenkavalier von einst stand genauso wenig mit der Gemeinde von Lambton in Verbindung wie jener dieser Tage. Bei Lichte betrachtet, gab es nie eine Fehde in der Gemeinde von Lambton. Der *Rosenkrieg* war ein Trug, basierend auf einer falschen Annahme! Ein Trug, dem die braven Leute von Lambton vor zwanzig Jahren genauso wie heute erlegen waren. Und das würden sie nie erfahren!

Die Frage, die Elizabeth nun bewegte, war, ob sie ihren Gatten und ihre Schwester über das gerade Gehörte ins Vertrauen ziehen durfte. Das unglückliche Gesicht von Mrs. Beagles, nachdem sie ihr diese Bitte antrug, veranlasste Elizabeth zu einem nicht minder verwunderlichen Geständnis. Sie erzählte Mrs. Beagles, wie ihre Schwester Lydia vor vier Jahren mit Wickham durchbrannte.

Die Wirkung ihrer Worte waren erstaunlich. Dass die Herrin von Pemberley ihr so eine heikle Sache anvertraute, ehrte Mrs. Beagles. Sie bekannte, Gerüchte über dergleichen vernommen, ihnen aber keinen Glauben geschenkt zu haben. Mrs. Beagles dankte ihr für ihr Vertrauen und versicherte ihr zudem ihre Verschwiegenheit.

»Wer, Mrs. Beagles, wenn nicht *Sie*, weiß, ein Geheimnis zu wahren«, meinte Elizabeth.

»Wohl wahr, Mrs. Darcy. – Es gibt aber noch einen anderen Grund, weshalb ich Ihnen danken möchte. Mit Ihrem Geständnis haben Sie mir eine große Last von der Seele genommen. Ich fühlte mich immer schuldig. Sie wissen, wie ich es meine, oder? Ich dachte, ich hätte versagt. Als Mutter meine ich. Nun weiß ich, dass auch anderen dergleichen widerfährt. Noch dazu einer so respektablen Familie wie der Ihrigen. Verstehen Sie mich nicht falsch, Mrs. Darcy. Ich bin mir wohl bewusst, dass die Vergehen meiner Martha und Ihrer Schwester nicht vergleichbar sind. Dennoch beruhigt es mich zu wissen, dass ich nicht allein bin mit diesem Leid. Und es nimmt mir die Last der eigenen Schuld am Unglück meines Kindes.«

Danach war es Mrs. Beagles mehr als recht, wenn Mrs. Darcy ihrem Gatten sowie dem Ehepaar Bingley von der wahren Geschichte ihrer Tochter berichte. Sie sei froh, sich endlich jemanden anvertraut zu haben. In all den Jahren hätte sie die Last der Wahrheit mit niemandem geteilt, nicht einmal mit Mrs. Peabody. Sie habe der Pfarrersfrau diese Bürde nicht auferlegen wollen.

Die unerwartete Wendung ihres Gespräches hatte den eigentlichen Grund ihres Besuches vernachlässigt. So verabschiedete sich Mrs. Darcy mit der Einladung, Mrs. Beagles am nächsten Tag auf Pemberley willkommen zu heißen. Selbstredend würde sie ihr eine Kutsche schicken. Überwältigt von so viel Fürsorge willigte Mrs. Beagles nur zu gerne ein.

## Kapitel 44

Die Routine des Tages kann mitunter eine heilsame Wirkung ausüben. So jedenfalls empfanden es die beiden jungen Mädchen im Herrenhaus von Pemberley. Da der Hausherr ihnen jegliche Eskapaden verbat und auf ihrer Anwesenheit nicht nur bei den Mahlzeiten bestand, fanden Catherine und Georgiana allmählich auch wieder Gefallen an den alltäglichen Kleinigkeiten.

Durch eine Kette glücklicher Umstände wirkte selbst Mrs. Beagles nachmittäglicher Aufenthalt im Herrenhaus dabei unterstützend. Denn von jenem erfuhr Lady Wragsdale. Diese befand nun ihrerseits, es sei an der Zeit, der Herrschaft von Pemberley einen längst fälligen Besuch abzustatten. So konnte bereits am darauffolgenden Tage Mr. Parker laut und vernehmlich Lady Wragsdale nebst Söhnen ankündigen. Zu seiner Beruhigung waren die Töchter ihrer Ladyschaft inzwischen abgereist und er folglich vor deren Schabernack sicher.

Schon den ersten Fragen, die ihre Ladyschaft stellte, entnahm Darcy, dass Paul Wragsdale nichts von den Vorfällen um Mr. Saunders verlauten ließ. Ein Umstand, der Darcys Achtung für den jungen Gentleman nur noch steigerte.

Beide jungen Gentlemen verstanden es obendrein, die beiden Mädchen galant zu einem Spaziergang aufzufordern. Ausgelassen wie schon lange nicht mehr verließen Catherine und Georgiana daraufhin den Salon, um die

Herren zu begleiten. Catherine, die noch nie viel für Spaziergänge übrig hatte, schlug bereits im Herausgehen eine Partie Krocket vor. Es stünde noch eine Revanche an.

Allein Lady Wragsdale hatte keine rechte Freude an ihrem Besuch. Das Gespräch mit dem Ehepaar Darcy erwies sich in jeder Hinsicht als fruchtlos, um ihre Neugierde zu befriedigen. Keinem von beiden war zu entlocken, was eigentlich geschehen war. Weder auf die fluchtartige Abreise Mr. Saunders noch auf die anschließende Unpässlichkeit Miss Darcys erhielt sie eine plausible Erklärung. Das Einzige, was ihr zur Genüge zuteil wurde, waren Ausflüchte.

Mrs. Darcy entschuldigte sich höflich, der Einladung nach Alberney nicht mehr nachgekommen zu sein. Erst hätten sie die Schäden des Unwetters abgehalten. Dann habe man die familiäre Zusammenkunft nicht stören wollen. So selten, wie Mrs. Perkins auf Alberney weilen würde, da bliebe eine Familie auch gerne unter sich. Es war, als würde Mrs. Darcy die gewöhnlichen Verhältnisse umkehren. Sonst beliebte Lady Wragsdale, ohne Unterlass zu reden. Nun ließ Mrs. Darcy ihrem Gast keine Gelegenheit zu widersprechen. Vielmehr plauderte sie einfach weiter. So erkundigte sie sich, ob Mrs. Perkins die weite Rückreise nach Hampshire gut überstanden habe, um sogleich auszuführen, schon von Mrs. Bingley über die glückliche Rückkehr Mrs. Fletchers auf Ravensdale gehört zu haben.

Im Nu hatte sie Lady Wragsdales Aufmerksamkeit gewonnen. Ihre Kinder waren nun einmal deren Lieblingsthema. Und so kam es, wie es kommen musste. Ihre Ladyschaft ließ sich hinreißen. Mr. Darcys anerkennende

Worte über ihren Sohn Paul ließen Lady Wragsdale dann beinahe sogar den Anlass ihres Besuches vergessen.

Doch bald schon besann sie sich und einmal mehr obsiegte ihre Neugierde! In einem weiteren Vorstoß versuchte Lady Wragsdale, mehr über Mr. Saunders überstürzte Abreise zu erfahren.

»Ich wollte schon bei Mrs. Maycott in Bakewell vorstellig werden«, erklärte sie aufgebracht. »Ich dachte mir, meine Wenigkeit könne Ihnen auf diese Weise zu Diensten sein. Aber Sir Arthur bestand darauf, dass ich mich heraushalte. Nebenbei bemerkt, kenne ich Mrs. Maycott kaum. Sie wurde mir von Mr. und Mrs. Wells vorgestellt. Vielleicht sind Ihnen ja die Wells bekannt, Mr. Darcy? Sie lebten früher in Lambton, bevor sie nach Bakewell zogen. Na, jedenfalls an einem Markttag vor etlichen Jahren stellten mir die Wells eben Mrs. Maycott vor. Mehr war da nicht! Da dachte ich mir, warum spreche ich nicht die Wells auf das Problem an? Und was soll ich Ihnen sagen! Mrs. Wells meinte, sie habe gehört, Mr. Saunders Onkel, der, den er eines Tages beerben soll, sei erkrankt. Kann das angehen? Haben Sie dergleichen auch vernommen? Es wäre zumindest eine Erklärung für seine überstürzte Abreise!«

Der geradezu überschwängliche Dank der Herrin von Pemberley, dies in Erfahrung gebracht zu haben, war nicht dazu angetan, Lady Wragsdales Misstrauen zu besänftigen. Im Gegenteil! Dabei war Mrs. Darcy in der Tat ihrer Ladyschaft mehr als je zuvor verbunden. Hatte sie ihnen doch damit eine willkommene Ausrede für die Ereignisse an die Hand gegeben. Von selbst wären sie nie auf eine solche verfallen. Dafür waren sie zu sehr von den

Folgen der wahren Begebenheiten gefangen genommen. Obendrein war dies offenbar die von Mr. Saunders gewählte offizielle Erklärung für seine Abreise. Schon allein um Unstimmigkeiten zu verhindern, würden sie sich also fürderhin dieser bedienen.

Letztendlich blieb Lady Wragsdale nichts anderes übrig, als ihren Besuch bei ihren Nachbarn zu beenden, ohne irgendwelche Auskünfte erhalten zu haben.

Mr. und Mrs. Darcy hingegen waren erleichtert. Sie hatten die Feuertaufe ohne Schwierigkeiten überstanden. Die Dinge entwickelten sich besser, als unter den gegebenen Umständen erwartet. Selbst das von Elizabeth so sehr befürchtete Zerwürfnis zwischen Catherine und Georgiana unterblieb. Ein Umstand, der allein dem sanftmütigen Wesen Georgianas zuzuschreiben war.

»Ich bin mir nicht sicher, ob ich an Georgianas Stelle zu solch einem großmütigen Verhalten in der Lage wäre«, sagte Elizabeth bei einer Spazierfahrt zu ihrem Gatten.

Seit dem Duell hatten sie das Gig nicht mehr aus der Remise geholt. Doch heute befanden sie, sei es an der Zeit, mit dem kleinen, wendigen Wagen wieder eine gemeinsame Fahrt durch den Park von Pemberley zu unternehmen.

»Georgiana ist eben durch und durch eine Darcy!«, erklärte der stolze Bruder. »So schlimm die Angelegenheit auch ist, Liebste, bin ich offen gestanden erleichtert, Mr. Wickham von jeglichem Verdacht freisprechen zu können. Das lässt für die Zukunft hoffen!«

»Ich bin mir bewusst, als Kitty sich dazu hinreißen ließ, Saunders von Georgianas Verirrung zu erzählen, handelte sie im Affekt. Dennoch hat sie Georgianas Vertrauen missbraucht, Darcy! Und das wiegt schwer! Und abgesehen davon kann Kittys Liebelei mit Saunders kaum als eine unüberlegte Handlung abgetan werden!«

Die Art und Weise mit der Catherine sie alle hintergangen hatte, setzte Elizabeth nach wie vor zu. Nicht auszudenken, Kitty hätte sich Saunders hingegeben, wie dies einst die junge Martha tat! An die Folgen mochte die Herrin von Pemberley nicht denken. Mrs. Beagles hatte recht. Es blieb ein Gefühl des eigenen Versagens!

Elizabeth machte sich selbst zum Vorwurf, nicht misstrauisch geworden zu sein. Die vielen, noch dazu regelmäßigen Ausritte hätten sie stutzig machen müssen. Auch Kittys Weigerung mit nach Longbourn zu kommen, um nicht einen Tag zu verlieren, an dem sie ihre Reitkunst vervollkommnen konnte, sah sie nun in einem anderen Lichte! In Wahrheit traf sich Kitty in jener Zeit bereits täglich mit Saunders. Ja, selbst deren *Opfer*, morgens in aller Herrgottsfrühe auszureiten, angeblich um der unerträglichen Hitze am Tage zu entgehen, hatte sie ihr abgenommen. Dabei hatte Kitty mit ihren frühen Ausritten erst begonnen, als Saunders regelmäßig in der Mittagszeit nach Pemberley kam. Denn nur so war es ihr möglich gewesen, ihn weiterhin ungestört zu treffen. Und nicht zuletzt Kittys zur Schau gestellte, übertriebene Abneigung gegen Saunders entbehrte einer plausiblen Erklärung. All dies hätte ihr zu denken geben müssen!

Darcy, der um ihre Schuldgefühle wusste, meinte liebevoll: »Sei nicht so streng mit dir, Liebste. Bei aller Heimlichkeit wahrte deine Schwester immerhin die Schicklichkeit. Ein bemerkenswerter Umstand, wie ich finde! Denn trotz Catherines Weigerung, für Georgiana die Rolle der Anstandsdame zu übernehmen, bestand sie ihrerseits auf eine solche. Indem sie sich Hannah auf diese Weise bediente, bewies sie ein gehöriges Maß von Anstand und Sitte. So bescheiden dir dies auch vorkommen mag. Wichtig allein ist: Catherine wahrte den Anstand! Deshalb, Elizabeth, solltest du dir zugestehen, ihr etwas sehr Wesentliches vermittelt zu haben.«

»Du überraschst mich Darcy! Ich hätte dich nicht für so nachsichtig gehalten.«

»Ich habe den Tag in Ramsgate nicht vergessen, Liebste, an dem mir meine kleine Schwester offenbarte, sie trüge sich mit der Absicht mit Mr. Wickham durchzubrennen. Ich erinnere mich noch gut des Gefühls der Ohnmacht, das dieses Geständnis bei mir auslöste.«

»Es war ein Beweis ihrer vertrauensvollen Liebe zu dir, Darcy, dass Georgiana dir davon berichtete.«

»Es war ein Beweis meines unglückseligen Fehlurteils über Mrs. Younge, Liebste. Denn in ihre Obhut gab ich meine Schwester! Eine Dame, die eine freundschaftliche Beziehung zu Mr. Wickham pflegt. Sonst wäre er nicht in der Lage gewesen, seinen heimtückischen Plan auszuhecken. So, Elizabeth, muss es gesehen werden!«

»Du magst es so sehen wollen, Darcy, doch mich würde mehr interessieren, wie du dich nun Wickham gegenüber zu verhalten gedenkst. Ich meine, nun da wir wissen, dass er Saunders nichts von dem Geschehen in Ramsgate erzählte.«

»Ich habe nicht vor, meinen Entschluss zu ändern, Liebste. Die neuerlichen Ereignisse haben mir einmal mehr gezeigt, wie schwer Georgiana noch heute an dieser alten Verletzung trägt.«

»So wirst du ihm nicht helfen, seine Lebensumstände zu verändern?«

»Ich beabsichtige nicht, mich von Mr. Wickham nach Belieben für seine Interessen einspannen zu lassen. Dessen ungeachtet werde ich mich weiterhin umhören, indem ich Mr. Spencers Verbindungen nutze. Vielleicht werde ich Mr. Wickham eines Tages ein Angebot offerieren, das ihn vom Militärdienst befreit. Aber nicht, weil er danach verlangt! Im Übrigen kannst du unbesorgt sein. Mr. Wickham befindet sich nicht in Gefahr! Fitzwilliam hat mir in einem Brief, den ich erst gestern erhielt, *seine* Sicht der Dinge dargelegt.«

Sie zog ihn tadelnd am Arm, weil er ihr nicht mitgeteilt hatte, dass er Post aus Rosings erhalten habe. Nachdem er sie von dem ausgezeichneten Befinden Annes überzeugt hatte, fuhr er fort:

»Ich hatte nach unserer neuen Erkenntnis beschlossen, Fitzwilliam einzuweihen. Du magst mich tadeln, weil ich dies nicht schon zuvor tat. Ich wollte ihn nicht auch noch mit diesem Problem behelligen. Fitzwilliam ist jedenfalls der Auffassung, Mr. Wickhams Gefahr bestünde allein in Ehrenschulden, die er nicht begleichen könne. Sonst berge sein Posten keinerlei Gefahren! – Ganz im Gegensatz, wie mir scheint, zu den Gefahren, die es bedeutet, zwei junge Damen durch die Untiefen der Suche nach einem Ehepartner zu lotsen. Ich hätte nicht gedacht, dass dies so schwierig sein würde. So muss ich dir gestehen, Liebste, sowohl Leistung als auch Klage Mrs. Bennets mittlerweile mit anderen Augen zu sehen.«

»Darcy, du überraschst mich immer wieder. An Mama darf ich gar nicht denken! Wenn sie erfährt, was in den letzten Wochen alles geschehen ist, wird es ihr eine Freude sein, mich in Stücke zu reißen!«

»Keine Sorge, Liebste, ich werde dir beistehen und die *Reste* zusammensuchen.«

»Was für einen überaus charmanten Kavalier habe ich mir da *eingefangen*!«

»Den besten!«, sagte er mit Inbrunst und reichte ihr die Zügel.

»Du willst mir wahrhaft die Zügel überlassen, Darcy?«, fragte sie ungläubig.

»Damit du in Übung bleibst.«

»Ich habe nichts dagegen, solange du nicht wieder irgendwelche Duelle im Morgengrauen planst!«

»Das ist wieder typisch für euch Frauen! Eine Ausnahme wird direkt zur Regel! Dabei gilt: Keine Regel ohne Ausnahme! Und die Ausnahme habe ich nun hinter mich gebracht, Liebste! Das reicht mir für mein ganzes Leben, dessen sei versichert.«

»Beruhigend zu wissen!«, entgegnete Elizabeth, schnalzte mit der Zunge und trieb den Rappen an, die nächste Kurve in einer rasanten Geschwindigkeit zu nehmen.

»Erwarten wir Gäste zum Dinner?«, fragte ihr Gatte ungerührt.

»Nein. Wieso?«

»Bitte, Elizabeth, richte deine Augen auf den Weg!«, rief er, sein Entsetzen nicht länger verbergend. »Ich frage mich, warum du es mit einem Mal so eilig hast?!«

»Stört es dich?«, erwiderte sie verschmitzt. »Dabei war ich überzeugt, dir einen Gefallen zu tun, Darcy. Ich wollte nur deiner reizenden Ansicht über uns Frauen gerecht werden. Wie rasch doch die Ausnahme zur Regel wird!«

»Gut! Ich nehme alles zurück und behaupte fürderhin das Gegenteil. Nur bitte, Elizabeth, zügele das Pferd!«

Und da sie ihm den Gefallen tat, konnten sie dem Ende des Sommers ohne weitere Katastrophen entgegensehen.

# Kapitel 45

Die Jagdsaison hatte begonnen. Und damit die Zeit im Jahr, in der die Gentlemen wieder nach Herzenslust dem ihnen würdigen Zeitvertreib des Schießens nachgehen konnten. Trotz dem mit viel Lärm verbundenen Treiben erhoffte man sich im Herrenhaus von Pemberley ein paar friedliche Tage. Selbstredend waren auch hier die Büchsen gereinigt, poliert und bereitgelegt. Aber vor allem richtete sich die Aufmerksamkeit auf das Füllen der Speisekammern. Galt es doch bald, einige Gäste zu bewirten!

Wie im Frühjahr beschlossen, sollte nun endlich die familiäre Zusammenkunft stattfinden. Wenn auch nicht in der von Lydia Wickham erhofften Konstellation. Denn zu guter Letzt war sie selbst nicht geladen! Die Herrin von Pemberley hatte *vergessen*, ihr eine Einladung zu schicken. Mrs. Darcy hatte nie einen Hehl aus ihrer Abneigung gemacht, ihre jüngste Schwester auf Pemberley willkommen zu heißen. Nun kam noch ihr Wissen um Lydias Rolle bei der Begegnung von Saunders und Kitty auf Glenister hinzu! Wen nimmt es da Wunder, dass Mrs. Darcy, um all dies zu *vergessen*, auch die verantwortliche Person *vergaß*!

Doch nicht nur das unliebsame Mitglied der Familie blieb der Zusammenkunft fern. Zum größten Bedauern der Herrschaft von Pemberley hatten die Gardiners abgesagt. Nach wie vor wich Mrs. Gardiner einer Begegnung mit

Mrs. Bennet aus. Seit dem unseligen Prozess letzten Jahres hatte das Verhältnis beider schwer gelitten. Und solange Mrs. Bennet nicht aufhörte, Mrs. Gardiner die Schande des Prozesses zum Vorwurf zu machen, würde sich in absehbarer Zeit auch nichts an diesem Zustand ändern. Zum Trost für die jetzige Absage gereichte den Darcys die Zusage der Gardiners für das kommende Weihnachtsfest.

Somit wurden zu Michaeli neben den Bingleys aus Nottinghamshire *nur* noch die Bennets und die Philips aus Hertfordshire erwartet!

Die Vorbereitungen für das Ereignis liefen ohne besondere Schwierigkeiten ab. Die Tage versprachen ruhig und schön zu werden. Und nichts schien der familiären Zusammenkunft im Wege zu stehen.

Doch dann, drei Tage vor Michaeli, als die Herrschaft am Frühstückstisch saß, traf völlig erschöpft ein Bote mit einem Eilbrief aus Longbourn ein. Und da Eilbriefe in der Regel eilige Nachrichten enthalten, wagte Mr. Parker, selbigen den Herrschaften noch während des Frühstücks zu *servieren*. Musste er doch befürchten, der Brief könne die Planung der nächsten Tage ernsthaft gefährden!

So rief denn auch die Herrin von Pemberley entsetzt aus: »Ein Brief von Mrs. Bennet? Um Himmels willen, nicht *noch* eine Änderung!«

»Das wäre typisch für Mama!«, entgegnete Catherine, der diese Aussicht sichtlich Vergnügen bereitete. Eine Empfindung, die der Brief schon bald ins Gegenteil verkehren sollte.

Nachdem der Butler seiner Herrin versicherte, der Kurier sei zu keiner Antwort angehalten worden, entschuldigte er sich noch einmal für sein Eindringen und zog sich zurück.

Alle Augen waren nun auf Elizabeth gerichtet, die das Siegel erbrach.

»Bitte, Lizzy, lies ihn laut vor!«, rief Catherine ungestüm.

Dies war Aufforderung genug für den Hausherrn, den Dienern einen Wink zu geben, sich zu entfernen. Dann sah er nicht minder neugierig seine Gattin an, wie Schwester und Schwägerin dies taten.

»Also gut«, fügte sich Elizabeth wider besseren Wissens. »Wenn ihr darauf besteht, lese ich ihn euch laut vor, *ohne* den Inhalt zu kennen. Doch seid gewappnet, bei Mama weiß man nie, was einen erwartet!«

Welch wahres Wort sie da gelassen aussprach!

Sie las:

»Longbourn, 25. September

Mein liebes Kind,

Du wirst nie erraten, welch *wunderbare* Neuigkeit ich Dir zu berichten habe! Oh, Lizzy, ganz Meryton steht deswegen schon Kopf! Dabei ist es erst gestern Abend *passiert*! Natürlich wäre es vernünftiger zu warten, bis wir bei Euch sind. Zumal wir ja schon mehr oder weniger im Begriff sind, unsere Reise anzutreten! Und ich weiß Gott Wichtigeres zu tun habe, als mich in der Frühe hinzusetzen und Dir einen Brief zu schreiben. Aber nicht auszudenken, jemand anderes käme mir zuvor! Das kann ich nicht riskieren! Von *mir* musst Du es erfahren. Schließlich bin ich Deine Mutter! Schon allein deshalb steht es mir zu, Dir zu sagen, was sich hier zugetragen hat! Oder erliege ich einem Irrtum, Lizzy? Bist Du womöglich längst im Bilde, worum es geht? Mr. Bennet behauptet schließlich steif und fest, Du seist mit Abstand sein klügstes Kind! Jetzt bilde Dir darauf nur nicht zu viel ein. Das schadet nur Deinem Charakter! Also, wie sieht es aus, Lizzy, hast Du es bereits erraten? Nein, nicht? Dann hier eine Andeutung, die Dir ausreichen sollte. Bald schon werden in unserer Familie wieder die Glocken zu einer Hochzeit läuten! Wer hätte das gedacht? Aber selbst so ein unscheinbares Mädchen wie Mary findet einen Ehepartner! Noch dazu einen durchaus respektablen, wie ich meine. Aber eins muss ich Dir schon gestehen, Lizzy, *dieser* Heiratsantrag traf mich völlig unvorbereitet. Bei Jane habe ich es ja von Anfang an gewusst. Bingley und sie waren einfach füreinander bestimmt! Das konnte jeder sehen! Dagegen hast Du mich seinerzeit mit Deiner Wahl schon überrascht. Aber wer, frage ich Dich, hätte je gedacht, Mary würde all dem noch die Krone aufsetzen? Diese Tochter, dachte ich, wäre ihren alten Eltern sicher. Nie hätte ich es für möglich gehalten, Mary könnte eines Tages heiraten. Mir war bisher auch verborgen geblieben, dass sie eine Ehe für sich überhaupt anstrebt. Du und Jane, Ihr habt das anders gesehen! Das weiß ich wohl. Nun denn, meine Kinder scheinen immer für eine Überraschung gut zu sein. Mary wird heiraten! Und nicht nur das! Sie heiratet sogar noch *vor* Kitty! Ich habe es ja immer gesagt! Kitty hätte besser daran getan, Longbourn nicht zu verlassen. Ich bin mir sicher, *ich* hätte schon längst für sie einen Ehepartner gefunden. Mein erster Gedanke freilich war, bei den vielen Vorbereitungen, die für Marys Hochzeit

anstehen, Euch besser abzusagen. Um Himmels willen, da hättest Du aber meine Schwester Philips sehen sollen! Letztes Jahr weigerte sich Mrs. Philips noch nach Pemberley zu kommen, *wegen* uns. Und dieses Jahr vermag sie nicht, *ohne* uns zu fahren. Wenn Du mich fragst, besteht sie nur auf unser aller Reise, weil sie so die Kosten spart! Ach, alle Menschen sind schlecht! Dabei wird es mit fünfen schrecklich eng in dem Gefährt. Da kann mir Mr. Bennet lang und breit erzählen, gut sechs Personen fänden in unserer Kutsche Platz! Von wegen, wo doch Philips gut und gerne zwei Sitze einnimmt. Nein, wirklich, seit er seinen Adlatus in der Kanzlei hat, ist er richtig auseinander gegangen. Wenn Du mich fragst, verwöhnt ihn Mrs. Philips zu sehr. Aber, wie dem auch sei, Mr. Bennet wollte von dergleichen nichts hören. Er bestand auf unseren Besuch bei Euch! Danach hätte ich noch genug Zeit für die Vorbereitungen zur Hochzeit. Ich bitte Dich, Lizzy, was weiß schon ein Mann von diesen Dingen? Freilich in seiner Bibliothek möchte Mr. Bennet nicht gestört werden! Und alles andere gehört nicht in seine Obliegenheit. Oh, Lizzy, nun muss ich schließen. Hill ist gerade hereingekommen. Es gibt ja noch *so* viel zu tun, bis wir aufbrechen. Das hätte ich mir auch nicht träumen lassen, dass ich auf meine alten Tage so viel reisen werde. Aber, was soll man machen, wenn die Kinder alle so weit wegziehen!
Herzlichst Deine etc.«

Kaum hatte Elizabeth mit dem Lesen des Briefes geendet, ereiferte sich Catherine: »Wie kann das angehen! Mary heiratet! *Mary*! Das ist ein Witz! Das muss ein

Witz sein. Mama erlaubt sich einen Scherz mit uns. Weshalb würde sie sich sonst des Vergnügens berauben, unsere Gesichter zu sehen, wenn sie uns *diese* Neuigkeit erzählt!«

»Ich denke«, entgegnete Elizabeth und sah dabei kurz zu ihrem Gatten hinüber, »hier irrst du, Kitty.«

»Was hat das zu bedeuten?«, rief Catherine anklagend. »Wieso schaust du zu Darcy? Wisst ihr etwas, wovon ich mal wieder keine Ahnung habe?«

»Ich versichere dir, Catherine, uns trifft diese Neuigkeit genauso unerwartet wie dich«, suchte Darcy sie zu beruhigen.

Obwohl dies der Wahrheit entsprach, konnte Elizabeth nicht umhin zu schmunzeln. Darcys kühner Plan, Mr. Adamson die Pfarrei in Kympton zu geben, zeigte seine Früchte. Schließlich war es ihrem Gatten doch noch gelungen, eine Ehe zu stiften.

»Erzähl mir nichts! Dein Lächeln verrät dich, Lizzy! Bist du alldieweil wieder als Kupplerin tätig gewesen? Und Mama scheint von alldem nichts zu ahnen. Sonst würde sie ja nicht die Unverschämtheit besitzen, zu erklären, sie hätte mir längst einen Mann beschafft, so ich denn in Longbourn geblieben wäre!«

»Oh, Kitty, es ist nett von dir, mir dergleichen zuzutrauen. Aber ich mag mich nun einmal nicht mit fremden Federn schmücken. Sei gewiss, ich habe mit Marys Hochzeit wahrlich nichts zu schaffen.«

»Natürlich nicht! Und das soll ich dir glauben, Lizzy, nach allem, was gewesen ist! Du, der du alles für dich behältst! Oh, Lizzy, das Ganze passt so gut zu den ganzen Heimlichkeiten der letzten Zeit!«

»Du wirst mir bei genauerer Betrachtung recht geben, Catherine«, entgegnete Darcy scharf, »wie schlecht es gerade dir ansteht, dich über Heimlichkeiten zu beklagen! Oder wie würdest du dein und Mr. Saunders Verhalten beschreiben?«

Darcy hatte es bisher unterlassen, seine Schwägerin auf ihre Verbindung zu Mr. Saunders anzusprechen. Ohnehin wurden Gespräche über den junge Gentleman vermieden. Folglich erblasste Georgiana, allein schon bei der Nennung seines Namens. Catherine hingegen war zu aufgebracht von der Tatsache, dass in Kürze alle ihre Schwestern verheiratet sein würden. Alle, außer ihr!

»Ja, ja, ich weiß! Ich bin schuld!«, rief sie laut. »Wie konnte ich auch ohne Rücksicht auf Georgiana meinen Träumen nachgehen!«

»Ich sehe nicht, Kitty, wohin dich deine Träume gebracht haben!«, entgegnete Elizabeth erbost.

»Bitte, Lizzy«, meldete sich Georgiana leise zu Wort. Sie war so aufgeregt, wegen der unerwarteten Wendung des Gespräches, dass sie unablässig an ihrem Kleid zupfte. »Sie ist schon genug bestraft.« Nach einer längeren Pause fuhr sie fort: »Ich gebe zu, Kitty, es hat etwas gedauert. Aber nun möchte ich dir danken.«

»*Du* dankst mir?«

»Ja, Kitty. Ich danke dir. Denn du hast mir das Bedauern erspart, was ich zuvor empfand. Ich meine, bevor ich von dir und ihm erfuhr. Ich hatte viel Zeit, um über all die Ereignisse nachzudenken. Du, Lizzy, wolltest nach meiner Rückkehr aus der Stadt wissen, welche Gefühle ich für ihn hegte. Ich war so unsicher. Ich wusste die seinen nicht zu deuten. Ich denke, tief in mir habe ich es schon damals gespürt. Er machte sich nicht wirklich etwas aus mir. Für ihn war alles nur ein Spiel. Das Verbotene reizte ihn gleichermaßen, wie die Gefahr entdeckt zu werden. Sonst hätte er niemals *diese* Rosen an sich genommen! Daher ist mir bewusst geworden, wie dankbar ich sein muss. Nicht *er* ist davon gekommen! Nein, ich bin es, die davon kam! Denn, was für einen Ehemann hätte er abgegeben? Du, Kitty, solltest es ebenso sehen. Es würde dir helfen. – Im Übrigen, ich freue mich für Mary. Ich wünsche ihr ...«

Sie vermochte nicht weiterzusprechen. Stattdessen erhob sie sich, flüsterte eine Entschuldigung und verließ den Raum.

Nach dieser für Georgiana ungewöhnlich langen Rede sprach keiner mehr von ihnen über Mr. Saunders oder Marys Hochzeit. Einvernehmlich schwiegen sie über beide Themen.

Es gab viel zu bedenken, insbesondere für Catherine. Der Schock, Mary vor sich selbst verheiratet zu sehen, saß tief. Nie hätte sie dergleichen für möglich gehalten. Unvergessen war ihr, wie sie einst mit Lydia wettete, wer von ihnen wohl als Erste heirate. Und nun war sie die Letzte von *allen* fünf Bennetmädchen! Es wäre für sie leichter zu ertragen gewesen, wenn Saunders nun an ihrer Seite stünde. Nicht genug, dass sich ihre Liebe als Trug erwies. Seinetwegen hatte sie Matthew Wragsdale, der immerhin ein wenig Interesse an ihr zeigte, zudem auch noch in diesem Sommer recht kühl behandelt. So stand sie nun ganz ohne Kavalier da! – Es blieb ihr nur eins zu tun: Die Flucht nach vorn! So hatte es Colonel Fitzwilliam ihr einmal erklärt: Wenn deine Situation hoffnungslos ist, musst du den Gegner glauben lassen, alles verliefe genau nach deinem Wunsche! Sie würde Mama die Stirn bieten! Wer sagte denn überhaupt, dass sie, Miss Catherine Bennet, heiraten wollte? Allein schon Mrs. Bennets Anmaßung, in ihrer Obhut hätte sie längst einen Partner gefunden, versetzte sie in Wut. Ist dem so? Da musste sie sich nur an deren Versuch, sie mit Mr. Forrester zu verkuppeln, erinnern. Ein wahrer Albtraum!

Obwohl Catherine niemandem ihre Überlegungen anvertraute, bekamen dennoch alle deren Wirkung zu spüren. Wie ausgewechselt wusste sie sich wieder zu benehmen. Sie war höflich zu jedermann, saß so gerade auf dem Stuhl, als hätte sie einen Stock verspeist und selbst ihre Art sich auszudrücken, hielt einen Vergleich mit Georgiana stand. Jetzt blieb Darcy und Elizabeth nur noch zu hoffen, dass dieses Verhalten die nächsten Wochen anhielt!

## Kapitel 46

Bei dem Dinner, das am Abend der Ankunft der Gäste stattfand, wurde eine Vielzahl besonderer Delikatessen gereicht. Mrs. Darcy hatte ihren Küchenchef dazu angehalten, eine ganz spezifische Auswahl von Gerichten zuzubereiten. Sie gedachte ein unvergessliches Festmahl aufzutischen! Denn mehr oder weniger wollte sie an diesem Abend die Verlobung von Miss Mary Bennet feiern. Ungewöhnlich an diesem Vorhaben war nicht nur der Ausschluss der Öffentlichkeit. Nein, auch der Bräutigam würde sehr zum Bedauern der Hausherrin nicht mit am Tisch sitzen.

Die Herrin von Pemberley hatte ernsthaft erwogen, selbigen mit einer Kutsche abholen zu lassen. Eine größere Überraschung, dachte sie, könne sie ihrer Schwester nicht bereiten! Allein ihr Gatte wehrte sich vehement gegen dieses Vorhaben. Mr. Adamson bereits *vor* der in einem Monat geplanten, feierlichen Übernahme der Pfarrei Kympton nach Derbyshire zu holen, könne seiner Ansicht nach auf den derzeitigen Vertreter des noch amtierenden Pfarrers befremdlich wirken. So sehr sich Darcy auch über Marys Verlobung freute, zum jetzigen Zeitpunkt, meinte er, würde Mr. Adamsons Erscheinen auf Pemberley nur Unmut hervorrufen. Er wolle jenem und sich selbst den Vorwurf einer familiären Bevorzugung ersparen. Ein Vorwurf, wie seine Gattin befand, der nicht nur zutreffend, sondern auch unerheblich sei. Denn, so meinte sie mit seinen eigenen Worten, wer, wenn nicht der Patron habe über die Vergabe einer Pfründe zu bestimmen! Indes Darcy blieb unnachgiebig. In Wahrheit befürchtete er eine Predigt Mr. Peabodys zu diesem Thema! So ungehalten wie jener darüber war, nicht selbst Begünstigter dieser lukrativen Pfründe geworden zu sein, würde er keine Zurückhaltung kennen. Und solch eine Predigt wollte Darcy nicht vor seinen Schwiegereltern gehalten wissen! Da Mrs. Bennet in ihrem Brief nicht um eine Einladung des Bräutigams bat, diente Darcy dieser Umstand als geeigneter Vorwand, um die Idee zu verwerfen. Darüber hinaus wollte er den Eindruck vermeiden, *er* könne etwas mit der Verlobung zu schaffen haben. Er vermeinte, gewisse Anspielungen hierzu seien im Brief vorhanden. So blieb Elizabeth letztendlich nichts anderes übrig, als sich zu fügen.

Die festlich gedeckte Tafel passte zu der kostbaren Garderobe, auf die die Hausherrin bestanden hatte. Die dargebotenen Gerichte, die Mrs. Darcy für diesen außergewöhnlichen Anlass wählte, zeichneten sich im Besonderen dadurch aus, Lieblingsgerichte von jedem einzelnen der um den Tisch Versammelten zu sein. Diesem Anliegen gerecht zu werden und gleichzeitig noch eine stimmige Zusammenstellung des Menüs zu bewerkstelligen, darin bestand die tatsächliche Herausforderung der Köche von Pemberley House.

Doch was war der Grund für diesen enormen Aufwand? Miss Mary Bennet war in ihrem Leben bisher noch nie viel Beachtung geschenkt worden. Bei gesellschaftlichen Anlässen stand sie meist außerhalb, unbeachtet, nur aufgefordert, wenn eine Begleitung am Pianoforte gewünscht wurde. Der Ball auf Glenister im vergangenen

Jahr hatte allerdings schon gezeigt, dass es auch anders möglich war. Denn dort hatten einige Gentlemen an der spröden Mary Gefallen gefunden. Nun wollte Elizabeth ihrer Schwester zu Ehren keine Mühen scheuen, um jene viel zu lang Vernachlässigte gebührend zu feiern.

Als alle um den Tisch versammelt waren, erhob der Hausherr sein Glas, um seine Gäste noch einmal willkommen zu heißen. Gerne hätte er die anderen darüber hinaus aufgefordert, mit ihm auf die Verlobung von Miss Mary Bennet mit Mr. Richard Adamson Esq. anzustoßen. Allein niemand hatte ihn dazu aufgefordert. Hinzu kam, dass keiner aus der Familie Bennet bisher von der Verlobung gesprochen hatte! Dies war seltsam! Dagegen war zu erwarten gewesen, Mrs. Bennet würde, kaum dass sie einen Schritt in die Eingangshalle von Pemberley House setzte, unentwegt über dieses *Glück* sprechen. Nicht nur Darcy machte dieser Umstand nervös. Während sie sich für das Dinner umkleideten, hatte er ausführlich mit Elizabeth über die möglichen Gründe spekuliert. Die Befürchtung lag nahe, die Hochzeit würde womöglich gar nicht stattfinden.

Eine unbegründete Befürchtung, wie sich bald herausstellen sollte. Denn sie hatten mit dem Essen kaum begonnen, als Mrs. Bennet ihre Zurückhaltung auch schon ablegte und sie endlich auf *das* Thema zu sprechen kam.

Nach einem längeren Austausch über die schreckliche Hitze dieses Sommers meinte Mrs. Bennet treffend: »Ach, bei solchen Temperaturen mussten ja zwei Herzen füreinander entflammen!«

»Eine interessante Feststellung, Mrs. Bennet«, entgegnete ihr Gatte amüsiert. »Vielleicht machst du bei der Royal Society in dieser Hinsicht eine Eingabe. Die Wissenschaft sollte unbedingt untersuchen, ob es einen Zusammenhang zwischen Temperatur und Liebesbeziehungen gibt. Es könnte sich hierbei immerhin um eine weltbewegende Erkenntnis handeln. Man stelle sich vor, niemand käme mehr auf die Idee, während der Saison die Debütantinnen in die Stadt zu schicken. Vielmehr sollten sich dort alle, die willens sind zu heiraten, in der Hitze des Sommer treffen! Denn dann wären deiner Annahme zufolge, Mrs. Bennet, ihre Gefühle leichter zu entflammen!«

»Oh, Mr. Bennet, du kannst mich heute Abend nicht ärgern! Nein, wirklich, angesichts dieser *Gemüsepastete* vermagst du das nicht! Lizzy, wie schön, dass du nicht ganz die Vorlieben deiner Mutter vergessen hast!«

»Ich bedaure dergleichen zu hören, Mrs. Bennet«, sagte Mr. Bennet forsch. »So sehr es mich auch freut, wie sehr dir die Pastete mundet, kann ich doch nicht umhin, ein Bedauern zu empfinden, dich nicht für meine Idee zu begeistern. Aber vielleicht mag sich ja die Debütantin in unserer Mitte zu meinem Vorschlag äußern. Denn schließlich dürfte sie die Kennerin von dem Geschäft sein!«

Entsetzt sah Elizabeth zu ihrer Schwägerin hinüber, stellte dann aber beruhigt fest, dass sich Georgiana nicht beleidigt fühlte. Ganz im Gegenteil, jene fand es offenbar erfrischend, nicht wie ein zerbrechliches Wesen behandelt zu werden. Zudem kannte Georgiana Mr. Bennet mittlerweile gut genug, um zu wissen, wie wenig jener mit solch einer Bemerkung verletzen wollte.

»Ich fürchte, ich muss Sie enttäuschen, Mr. Bennet. Sie sprachen von denjenigen, die willens sind, zu heiraten! Da ich mich nie zu jenen zählte, bin ich wohl kaum die rechte Person, um sich ein Urteil über Ihre Idee zu erlauben.«

»Welch kolossale Aussage!«, erwiderte Mr. Bennet, den die Antwort nicht nur verblüffte, sondern ihm auch Respekt abnötigte. »Eine Debütantin ohne die Absicht, sich zu vermählen! Entschuldigen Sie, Miss Darcy, aber dies erscheint mir ein Widerspruch zu sein. Wieso sollte man sonst ein Debüt mitmachen? Oder sollte ich besser sagen: durchleiden?« Dabei zwinkerte er ihr verstehend zu.

»Ach, papperlapapp!«, warf Mrs. Bennet in ihrer unverkennbaren Art ein. »Was bedeutet es schon, ob man willens ist oder nicht! Schaut euch doch nur Mary an! Hat sie je auch nur ein Wort in diese Richtung verloren?«, fragte sie, ungeachtet der Tatsache, dass Mary zugegen war.

»Nicht jeder trägt sein Herz auf der Zunge!«, stellte jene daraufhin nüchtern fest.

Nach dieser Äußerung sprach fürs Erste niemand mehr. Vielleicht warteten die Anwesenden auf Marys übliche dozierende Rede. Doch diese blieb aus. Nicht nur, dass Mary ungerührt auf Mrs. Bennets Attacke parierte, sie tat dies auch noch kurz und bündig!

Da es ihm nun angemessen schien und er zudem das Schweigen brechen wollte, forderte der Gastgeber nach einer Weile alle anderen auf, mit ihm gemeinsam das Glas auf Miss Bennet zu erheben. Einer Aufforderung, der man gerne nachkam.

Catherine nippte nur vom Wein, setzte dann betont langsam ihr Glas ab und meinte geziert: »Die Frage scheint vermessen, denn offenbar kennt ein jeder außer mir an diesem Tische den Namen des Bräutigams. Dennoch würde mich interessieren, Mary, mit *wem* du beabsichtigst, den Bund fürs Leben einzugehen?«

Elizabeth war so glücklich über die höfliche Art, in der ihre Schwester die Frage stellte, dass sie dem Inhalt kaum Beachtung schenkte. Weshalb sie die Aufregung, die daraufhin Mrs. Bennet befiel, nicht recht verstand. Denn auf deren Gesicht zeigten sich mit einem Mal rote Flecken.

»Oh, Kitty«, rief Mrs. Bennet spitz, »solltest du wirklich unwissend sein? Ja, kümmerst du dich, seit du hier weilst, denn gar nicht mehr um die Belange deiner Familie? Es dürfte doch nicht schwer sein, eins und eins zusammenzuzählen!«

Verlegen sah Catherine ihre Schwester Elizabeth an. Bevor diese jedoch die Möglichkeit hatte, etwas zu erwidern, ergriff Mrs. Bennet erneut das Wort:

»Dann ist dir, Kitty, tatsächlich entgangen, dass bei eurem Besuch in Longbourn *mein* Schwiegersohn Mr. Darcy unserem Hilfspfarrer eine Pfründe hier in Derbyshire anbot?«

»Mr. Adamson!«, erinnerte sich Catherine nun freudestrahlend.

Derweil legte Mr. Bennet geräuschvoll Messer und Gabel beiseite. Er wollte seine Aufmerksamkeit ganz dem Disput widmen. Unnötig zu erwähnen, dass er sich köstlich amüsierte!

»Ja, Kitty, Mr. *Adamson*! Unser *armer* Hilfspfarrer Mr. Adamson! *Mein* listiger Schwiegersohn gab Mr. Adamson nicht nur eine attraktive Pfarrstelle. Nein! Er achtete auch darauf, ihn möglichst lang genug bei uns zu belassen, um mir auch noch die letzte Tochter zu nehmen!«

»Mrs. Bennet! Du willst Mr. Darcy für seine Mühen doch nicht rügen!«, stellte ihr Gatte mit gespieltem Entsetzen fest. »In der Tat, Sir, sind wir Ihnen zu großem Dank verpflichtet. Wenn mir auch die Umstände verborgen blieben, weshalb Sie sich für die Anwesenheit des jungen Gentlemans bei unserem Dinner seinerzeit so verwendeten. Ihnen haben wir letztendlich zu verdanken, dass er ein häufiger Gast in unserem Kreise wurde! Und sich somit die *zarten* Bande zwischen ihm und Mary spinnen konnten.«

»Das ist zu viel der Ehre, Sir!«, entgegnete Darcy verunsichert. Er war bisher immer davon ausgegangen, Mary hätte von jeher mit dem mittellosen Hilfspfarrer in regem Kontakt gestanden. Auch konnte er sich nicht entsinnen, um Mr. Adamsons Teilnahme beim Dinner gebeten zu haben. Möglich war es. Schließlich war er mit der Absicht nach Longbourn gekommen, jenem die Pfarrei Kympton anzubieten.

»Nein, wahrhaftig, Ihnen allein gebührt der Verdienst!«, beharrte Mr. Bennet auf seinem Standpunkt.

»Oh, Lizzy, nun schau doch nicht so überrascht!«, meinte Mrs. Bennet triumphierend. »Dachtest du, uns wären eure Bemühungen entgangen, Mr. Adamson mit Mary zu verkuppeln?«

»Wieso verkuppeln?«, echauffierte sich Elizabeth, deren Unruhe mit jeder weiteren Minute wuchs. »Darcy hat Mr. Adamson lediglich eine Pfarrei angeboten. Neben Mr. Peabody wird er bestimmt eine Bereicherung sein.«

»Nun gut, wenn dem so ist!«, erwiderte Mrs. Bennet. »Dann kann man euch nur wünschen, dass Mr. Adamson euren Ansprüchen gerecht wird!«

»Ich verstehe nicht, worauf du anspielst!«, meinte Elizabeth tapfer. »Das klingt ja fast so, Mama, als würdest du Darcy irgendwelche unlauteren Absichten bei der Wahl seines Pfarrers unterstellen.«

»Dieser Tage einem jungen Geistlichen ein ausreichendes Einkommen zu bescheren, das so vielen von ihnen versagt bleibt, kann wohl kaum einer unlauteren Absicht entsprungen sein!«, entgegnete Mary kühl. »Ich freue mich für Mr. Adamson, dass eure Wahl auf ihn fiel und wünsche ihm für die Zukunft alles Gute!«

Mit dieser Feststellung wussten weder Darcy noch Elizabeth etwas anzufangen.

»Soll das bedeuten, Mary«, meldete sich nun wieder Catherine zu Wort, »man hätte mich zu unrecht der mangelnden Aufmerksamkeit geziehen?« Mochte Catherine auch noch nicht ihre gewohnte Sprache zurückerlangt haben, so doch zumindest ihren Widerspruchsgeist. »Es will mir scheinen, Mary, als würdest du dich *nicht* mit der Absicht tragen, eine Verbindung mit Mr. Adamson einzugehen! Ist dies zutreffend?«

»Ich schätze Mr. Adamson, Kitty. Dies trifft zu. Doch rein vom Verstand betrachtet ist er mir unterlegen!«, stellte Mary kühn fest.

»Und welcher Gentleman, Mary, vermag es mit deinem Verstand aufzunehmen?«, fragte Elizabeth herausfordernd.

»Mr. Robert Spencer!«, erwiderte Mary selbstbewusst.

»Mr. Robert Spencer? Wer ist das?«, fragte Jane, die dem Gespräch staunend gelauscht hatte.

»Mr. Spencer ist mein Adlatus«, antwortet Mr. Philips stolz.

»Dein Adlatus?« entgegnete Elizabeth. »Meinst du etwa meinen reizenden Tischnachbarn beim ersten festlichen Dinner in Longbourn House? Doch, ja, jetzt entsinne ich mich! Mr. Spencer, der so vergnüglich über seine Jahre in London zu berichten wusste.«

»Selbiger!«, tönte Mrs. Bennet nicht ohne Stolz. »Da staunst du, nicht wahr, Lizzy. Du siehst, *wir* sind sehr wohl in der Lage, geeignete Junggesellen in unserer Nachbarschaft zu finden. *Wir* bedürfen keineswegs *eurer* Unterstützung!«

Zustimmend nickte Mrs. Philips.

»Ach, und ich dachte, Mr. Spencers Anwesenheit bei jenem Dinner verdankt ihr ausschließlich Darcy!«, stichelte Elizabeth.

»Pah, über kurz oder lang hätten wir den jungen Gentleman schon näher kennengelernt«, erwiderte Mrs. Bennet ungerührt.

»Keine Frage!«, stimmte ihr Mrs. Philips zu.

»Ich hoffe, Lizzy, mein Brief war dir eine Lehre!«, fuhr Mrs. Bennet fort. »Es hat mir eine diebische Freude bereitet, den Namen des Bräutigams zu verschweigen und jeglichen Hinweis auf Spencer zu vermeiden. Ich bediente mich sogar an einer Stelle des Wortes Adlatus, damit du keinen Verdacht schöpfen konntest!«

»Es ist dir wahrlich gelungen, uns in die Irre zu führen!«, stellte Elizabeth anerkennend fest. Damit hatte sich auch die Frage geklärt, weshalb Mrs. Bennet sich des Vergnügens beraubte, ihre Gesichter angesichts der Neuigkeit zu sehen. Stattdessen hatte sie ihnen ein Trugbild präsentiert und konnte sich nun an ihrer Verwirrung erfreuen.

»Dabei«, meinte Mrs. Bennet freudestrahlend, »wird Spencer nicht mehr lange *nur* der Adlatus sein! Ich denke, Philips, ich darf verraten, dass du dich mit der Absicht trägst, meinen zukünftigen Schwiegersohn in Bälde zu deinem *Kompagnon* zu machen!«

Zustimmend nickte Mr. Philips, den es nicht zu stören schien, dass Mary jetzt schon von dem Geschenk erfuhr, das er ihr zur Hochzeit darbringen wollte.

»Aber, Jane, was ist mit dir?«, rief Mrs. Philips aufgeschreckt. »Du bist ja schneeweiß im Gesicht! Hat dich die Geschichte so mitgenommen?«

Und in der Tat, trotz der schwachen Beleuchtung des Kerzenlichtes stach die Blässe in Janes Antlitz hervor. Und da Mrs. Philips jener gegenübersaß, war ihr diese auch vor allen anderen aufgefallen. Nun brach sogleich ein Tumult los. Alle sprachen durcheinander. Ob man ihr ein Glas Wasser holen solle? Ob das Essen ihr nicht bekomme sei? Ob es an dem Fisch liegen könne?

Tapfer ließ Jane all die Fragen über sich ergehen. Da sie keine davon beantwortete, kehrte allmählich wieder Ruhe ein. Dann stahl sich ein Lächeln auf ihr Antlitz. »Ihr könnt ganz beruhigt sein. Weder ist das Essen schuld, noch das gerade Gehörte. Anstecken könnt ihr euch auch nicht. Aber in nächster Zeit wird es wohl häufiger vorkommen, dass mir ein wenig übel wird. – Das gehört nun einmal dazu. Ich meine, es ist völlig normal in meinem *Zustand*!«

Es dauerte eine Weile, bis ein jeder die Bedeutung dieser Worte erfasst hatte. Einmal mehr kam Darcy an diesem Abend seiner Pflicht als Gastgeber nach. Diesmal erhob er sein Glas auf das Wohl von Mrs. Bingley.

»Auf dich, liebe Jane, die du mir so nahe stehst wie meine Schwester! Möge es dir vergönnt sein, eines Tages auf eine ganze Schar von gesunden Kindern zu blicken!«

Die Vorstellung einer Schar von Kindern hatte für Elizabeth etwas Bedrohliches. Doch bei Jane war das etwas anderes. Jene würde nie genug Kinder haben können. Als hätte sie die Gedanken ihrer Schwester erraten, rief Catherine aus:

»Bingley, in dem Fall brauchst du nun bei der Wahl deines neuen Verwalters, *keine* Rücksicht mehr auf mögliche Kinder zu nehmen!«

»Kitty!«, mahnte Elizabeth sie, wie so oft in letzter Zeit. Nur diesmal empfand sie Erleichterung.

Zu guter Letzt hatte sich der Schalk bei Catherine also wieder durchgesetzt. Nicht nur Elizabeth fühlte sich darob erleichtert. Mrs. Bennet versicherte, Kittys vornehmes Gerede hätte sie schon ein wenig beängstigt.

An diesem Abend spielte es keine Rolle mehr, wer, was, wie sagte. Nach diesen beiden überraschenden Neuigkeiten war man ausgelassen und fröhlich. Elizabeth ließ ihren Blick über die gedeckte Tafel schweifen und fragte sich, was das nächste Jahr wohl für Überraschungen für sie bereithielt. Eins stand fest: Bei ihrer Familie würde es nie langweilig!

"Irrungen und Wirrungen auf Pemberley" ist die ERSTE DEUTSCHE FORTSETZUNG des Romans "Stolz und Vorurteil" von Jane Austen.

Angereichert mit Fantasie, gewürzt mit Humor und Ironie hat Brigitte H. Hammerschmidt die Geschichte weitergesponnen.

Seit einem Jahr sind die Bennetmädchen verheiratet. Da taucht Jane in Pemberley auf. Sie erzählt ihrer Schwester Elisabeth, wie sehr sie unter Mama und Caroline leide. Bingley und sie seien entschlossen, in Derbyshire ein Gut zu suchen. Doch dann passiert ein Unglück. Elisabeth erkrankt schwer. Um die Lebensgeister ihrer Schwester anzustacheln, greift Jane zu einer List ...

Brigitte H. Hammerschmidt
**Irrungen und Wirrungen auf Pemberley**
352 Seiten, Taschenbuch-Originalausgabe
(Klappenbroschur), 12 × 18,5 cm
ISBN 978-3-939337-84-3

Eine weitere Fortsetzung von Jane Austens Novelle Stolz und Vorurteil aus der Feder der Autorin Brigitte H. Hammerschmidt. Wie schon bei ihrem ersten Roman Irrungen und Wirrungen auf Pemberley schildert Brigitte H. Hammerschmidt in Trennungen und Neuanfänge auf Pemberley ein weiteres Jahr im Leben der Familien Darcy, Bingley, Bennet und Fitzwilliam.
Die Bennetmädchen sind nun zwei Jahre verheiratet. Darcy und Elisabeth erwarten ihr erstes Kind ...

Brigitte H. Hammerschmidt
**Trennungen und Neuanfänge auf Pemberley**
432 Seiten, Taschenbuch-Originalausgabe
(Klappenbroschur), 12 × 18,5 cm
ISBN 978-3-939337-93-5

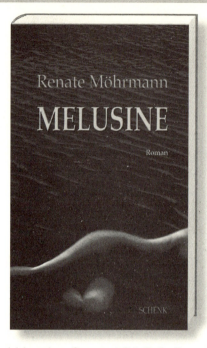

Mit der gleichnamigen Sagengestalt teilt die Romanfigur vor allem die Vorliebe fürs Wasser. Als Kind stürzt sie sich in die Badewanne und will das Wasser austrinken, als Studentin in Paris vermietet sie ihre Badewanne gegen Bares. Etwas „männermordendes" aber hat sie nicht, vielmehr ist sie eine moderne Frau, verheiratet, zwei Töchter, erfolgreich im Beruf – bis plötzlich ihr Mann stirbt und ihr solide gezimmertes Leben ins Wanken gerät.

Renate Möhrmann
**Melusine**
312 Seiten, 13 × 21 cm, Hardcover
ISBN 978-3-939337-28-7

Die Schriftstellerin Antonia arbeitet in Paris an einer Biografie über Sarah Bernhardt. Sie recherchiert Fakten aus deren Leben, die andere Biografen zuvor vernachlässigt haben, um ein differenziertes Bild der großen Diva und ihrer Zeit zu zeichnen. Doch während der Arbeit am Manuskript wird Antonia von Ihrem Partner verlassen und stürzt in eine Krise. Hinter Jean-Lucs Verschwinden scheint mehr zu stecken als das bloße Ende einer Liebesbeziehung. Mithilfe eines jungen Archivangestellten versucht Antonia, Jean-Luc aufzuspüren und stößt dabei auf Ungereimtheiten in seinem Leben, die einen kriminellen Hintergrund vermuten lassen.

Renate Möhrmann
**Antonia und Sarah**
312 Seiten, Hardcover, 13 × 21 cm
ISBN 978-3-939337-40-9

Sie will kochen – nichts anderes. Schon als Kind liest sie statt Schulbücher nur Kochbücher und die Märchen der Gebrüder Grimm. Doch Ricardas Eltern haben anderes mit ihr vor. Einen ordentlichen akademischen Beruf soll sie ergreifen, wie ihre drei Schwestern. Aber Ricarda bleibt stur, widersetzt sich den erbarmungslosen Zwängen der Mutter.

Renate Möhrmann
**Die Frau, die kocht**
224 Seiten, Hardcover mit Schutzumschlag
ISBN 978-3-939337-50-8

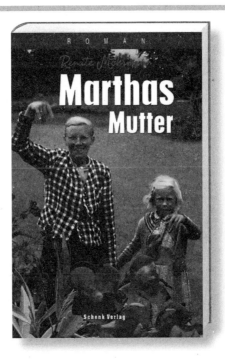

Nichts ist, wie es scheint ...
Marthas Mutter ist der Roman einer ungewöhnlichen Frau, einer Frau, die zwei Weltkriege erlebt hat, ihren Mann in Stalingrad verlor, in den Strudel politischer Kontroversen und verleumderischen Machenschaften geriet und immer wieder entschieden nach dem Glück greift.

Renate Möhrmann
**Marthas Mutter**
352 Seiten, Taschenbuch-Originalausgabe
(Klappenbroschur)
ISBN 978-3-939337-95-9

Printed in Hungary